Der Auftrag

SILVIA ROTH

DER AUFTRAG

Ein Helena-Steen-Krimi

ueberreuter

Danke, dass Sie sich für unser Buch entschieden haben.
Wir freuen uns, wenn wir Sie auch weiterhin über unsere Neuerscheinungen informieren dürfen, und laden Sie ein, unseren Newsletter unter www.ueberreuter.at zu abonnieren.

1. Auflage 2022

ISBN 978-3-8000-9012-9

Titelseite: @ istock, Mazger
Covergestaltung und Satz: Saskia Beck, s-stern.com
Druck und Bindung: Finidr Ltd., Ceský Tesin
www.ueberreuter.at

Inhalt

Prolog 6

Erster Teil 12

Zweiter Teil 45

Dritter Teil 102

Vierter Teil 147

Fünfter Teil 201

Sechster Teil 236

Prolog

Los Angeles

Sie brachen um Punkt 22:00 Uhr auf. Ganz wie immer. Ein Angestellter hatte den Lexus vollgetankt und unmittelbar neben dem Lift geparkt. Der Schlüssel steckte.

Olav warf seine Manschettenknöpfe in die Ablage der Tür und glitt geschmeidig hinters Lenkrad. Er fuhr grundsätzlich selbst, ganz egal, wie stressig sein Tag gewesen war. Und das hatte in erster Linie mit seinem Bedürfnis nach Kontrolle zu tun. So viel immerhin hatte Irina inzwischen verstanden.

An der Kopfstütze vorbei musterte sie sein Profil. Noch immer wusste sie nicht viel über den Mann, der seit zwei Monaten ihr Gehalt zahlte. Nur, dass Olav sich mit unermüdlichem Fleiß bis in die Konzernspitze hochgearbeitet hatte. Ein bescheidener Mann, ruhig und freundlich, wenn auch auf eine distanzierte Art.

Der Pförtner hob grüßend die Hand, als sie das Tor passierten, während Irina noch einmal den Gurt von Troys Kindersitz überprüfte.

Maribel quittierte ihre Gründlichkeit vom Beifahrersitz aus mit einem flüchtigen Lächeln. Dann zog sie ihre Strickjacke enger um den Körper, lehnte den Kopf zurück und schloss die Augen. Doch ihre Haltung wirkte alles andere als entspannt. Irinas Blick streifte die langen, feingliedrigen Finger, die aussahen, als ob sie verknotet wären. Dabei lebte Maribel eigentlich nur für die Wochenenden. Wenn sie in der Stadt waren, verließ sie kaum das Haus. Doch sobald es nach Riversteen ging, blühte sie regelrecht auf. Nur nicht heute, dachte Irina, und irgendetwas an dem Gedanken bereitete ihr Unbehagen.

Nach und nach blieben die Lichter der Großstadt hinter ihnen zurück, und Himmel und Meer rückten näher zusammen.

Aus Troys Kopfhörer drangen leise Musikfragmente. Als Irina sah, dass er schlief, nahm sie ihm den Kopfhörer ab.

Auf der Küstenstraße fiel ihr auf, dass Olav regelmäßig in den Rückspiegel blickte. Sie drehte den Kopf und entdeckte in einiger Entfernung ein bläuliches Scheinwerferpaar. Doch der Wagen war zu weit entfernt, als dass sie etwas erkennen konnte. Trotzdem verstärkte das blaue Licht das Gefühl des Unbehagens, das ihr folgte wie ein Schatten, den sie einfach nicht abschütteln konnte.

Mach dich nicht lächerlich, schalt sie sich. Es ist nichts. Er ist nur gestresst, weil die Berichtsaison ansteht. Und Maribel ist besorgt wegen Troys Hüfte. Nichts weiter … Irina atmete tief durch und ließ ganz bewusst ein paar Minuten verstreichen. Dann schaute sie abermals über ihre Schulter.

Die Scheinwerfer waren verschwunden.

Als sie wieder nach vorn sah, blickte ihr Olav aus dem Rückspiegel heraus direkt in die Augen. Einen kurzen Moment lang verhakten sich ihre Blicke. Dann sah er wieder auf die Straße.

Er hat Angst, stellte Irina verwundert fest, und automatisch suchten ihre Augen den Maxi-Cosi, den sie wie immer zwischen sich und Troys Kindersitz auf der Rückbank befestigt hatte.

„Sie haben Medizin studiert?“, hatte Maribel sie gefragt, nachdem sie Irinas Lebenslauf überflogen hatte. „Schwerpunkt Pädiatrie?“

„Das ist korrekt“, hatte Irina geantwortet. Und vorsichtshalber hinzugefügt: „Aber leider nicht zu Ende.“

Sie hatte fest damit gerechnet, dass Maribel sie nach dem Grund für den Abbruch fragen würde. Immerhin hatte ihre Unterhaltung bis zu diesem Moment eher einem Kreuzverhör als einem Vorstellungsgespräch geglichen. Doch ihre künftige Arbeitgeberin war mit keiner Silbe auf das abgebrochene Studium eingegangen.

„Warum wollen Sie weg aus Deutschland?“, hatte sie stattdessen gefragt.

Und Irina hatte beschlossen, ihr reinen Wein einzuschenken. Selbst auf die Gefahr hin, sich damit für den Job, den sie so dringend brauchte, ein für allemal zu disqualifizieren. Seltsamerweise hatte ihr Geständnis das genaue Gegenteil bewirkt.

„Sie können morgen anfangen“, hatte Maribel gesagt und Irina dabei zum ersten Mal ihr seltenes Lächeln geschenkt. „Siebenhundert Dollar die Woche. Freie Kost und Logis. Vier Wochen bezahlter Urlaub pro Jahr. Einverstanden?“

Irina hatte genickt und selbst, als sie längst wieder auf der Straße gestanden hatte, war sie noch überzeugt gewesen, zu träumen. Sie war ganz und gar nicht daran gewöhnt, dass irgendetwas in ihrem Leben einfach glattging. Und noch immer ertappte sie sich dabei, nach dem versteckten Haken zu suchen. Nach etwas, das faul war an diesem Job, dieser Chance, die sich ihr so unerwartet geboten hatte.

Doch das Vorstellungsgespräch mit Maribel lag inzwischen neun Wochen zurück und Irina konnte sich über die Arbeit wahrhaftig nicht beklagen. Neben ihr gab es eine Sekretärin, eine Haushälterin und mehrere Putzfrauen. Und selbst in Riversteen hatten sie eine Angestellte, die kochte und sauber machte, sodass Irina über die Beaufsichtigung der Kinder hinaus nicht viel zu tun hatte.

Wie aufs Stichwort wurde Tony neben ihr plötzlich unruhig. Die kleinen Füßchen zappelten durch die klimatisierte Fahrgastzellenluft und gleich darauf begann das Baby leise zu wimmern.

„Irgendwas nicht in Ordnung?“, fragte Maribel mit einem Anflug von Sorge.

„Sieht nach Übelkeit aus“, konstatierte Irina, während sie routiniert Tonys Stirn und anschließend auch den Bauchraum des Babys betastete.

„Vielleicht sollten wir kurz anhalten“, schlug Maribel vor. „Bei Troy hat frische Luft immer geholfen.“

Olav verzog das Gesicht. Er brachte die hundertsechzig Kilometer nach Riversteen am liebsten so schnell wie möglich hinter sich.

Als ob auch er auf der Flucht wäre, dachte Irina. Hinzu kam, dass es auf diesem Straßenabschnitt nur wenige Haltemöglichkeiten gab. Jenseits der Fahrbahn fiel die Küste steil zu den Klippen hin ab. Und auf der gegenüberliegenden Seite gab es nur einen winzigen Randstreifen.

„Da vorn“, sagte Maribel.

Olav gab ein resigniertes Stöhnen von sich und steuerte eine staubige Haltebucht auf der Meeresseite an. Zahllose Reifenspuren verrieten, dass hier über Tag Touristen hielten, um Fotos zu machen. Doch jetzt, um kurz vor elf, war der Aussichtspunkt verwaist.

„Lassen Sie nur“, sagte Irina, als sie sah, dass Maribel nach ihrem Mantel griff. „Tony und ich gehen ein paar Schritte auf und ab. Und wenn das nicht hilft, habe ich Vomex im Kofferraum.“

Maribel nickte und griff nach ihrer Thermosflasche, die Tag und Nacht heißen Kaffee enthielt.

Irina nahm das Baby aus seinem Sitz und hörte, wie sie zunächst Olavs und anschließend ihren eigenen Becher füllte. Dann schnappte die Tür des Lexus hinter ihr ins Schloss und das Plätschern des Kaffees verstummte wie abgeschnitten.

Die frische Seeluft ließ Irina frösteln, aber nach all den Klimaanlagen der letzten Tage genoss sie die Extraportion Sauerstoff. Und auch Tony wurde augenblicklich ruhiger. Irina zupfte die cremeweiße Decke zurecht, die wie eine Kapuze um das kleine Köpfchen lag, und ging dann mit schaukelnden Bewegungen auf den Mülleimer am Ende der Haltebucht zu. Dahinter erhoben sich ein paar windzerzauste Büsche in den Nachthimmel, und über dem Ozean glitzerte ein Meer an Sternen.

Gott sei Dank, dachte Irina, ohne recht zu wissen, was sie damit meinte. Dann ging sie weiter.

Neben dem Mülleimer lag etwas auf dem Boden, das wie ein kaputtes Stofftier aussah. Neugierig trat Irina darauf zu. Im selben Moment riss ein Knall die nächtliche Stille in Stücke. Nur Sekundenbruchteile später fegte eine Welle von Hitze über sie hinweg.

Die Wucht der Detonation riss Irina von den Füßen, und instinktiv drehte sie sich so, dass ihr Körper das Baby beschirmte. Glühende Splitter bohrten sich in ihre Waden und Oberschenkel, ringsum prasselten Funken nieder und aus dem völlig zerfetzten Lexus schlugen meterhohe Flammen.

Ein Sprengsatz! Die Erkenntnis zuckte durch Irinas Bewusstsein wie ein Feuerball. Und voller Entsetzen stellte sie fest, dass sie nicht überrascht war. Olav und Maribel waren ihre Zuflucht gewesen. Ihre buchstäblich allerletzte Chance auf ein halbwegs normales Leben. Und doch hatte sie die ganze Zeit über gespürt, dass etwas nicht stimmte. Dass von irgendwoher Gefahr drohte. Tödliche Gefahr …

Sie rappelte sich auf und blinzelte durch den dichten Ascheregen zur Straße. Die Hitze der Explosion hatte ihr die Wimpern versengt und von ihrer Stirn tropfte Blut auf die cremeweiße Babydecke. Aber all das nahm Irina nur ganz am Rande wahr, denn just in diesem Augenblick tauchte hinter der Biegung der Lichtkegel von Scheinwerfern auf.

Zwei kühle blaue Lichtkleckse im Dunkel der Nacht.

Voller Panik begann Irina zu kriechen, rückwärts, das Baby fest an sich gepresst. Wie weit bis zum Mülleimer? Den Büschen? Dem Abgrund? Ihre Beine fühlten sich taub an und die Haut an ihrer rechten Hand hing im wahrsten Sinne des Wortes in Fetzen. Aber sie hatte keine Wahl. Wenn sie nicht auf der Stelle unsichtbar wurden, waren sie tot. Sie und das Baby.

Irina fühlte die Wärme des kleinen Körpers durch den Stoff ihrer Bluse und flüsterte Tony ein paar beruhigende Worte ins Ohr. Dann kroch sie weiter, bis am Rande ihres Gesichtsfeldes endlich das kaputte Stofftier auftauchte. Es war eine Ente mit blaugrünem Gefieder. Sie hatte ein Loch dort, wo eigentlich der Schnabel sein sollte, und an der Seite des Spielzeugs klebte eine milchige Substanz. Joghurt vielleicht …

Nimm es mit! Lass es auf gar keinen Fall dort liegen!

Nichts darf seine Aufmerksamkeit erregen.

Irinas Finger gruben sich in den zerschlissenen Stoff, während ihre überwachen Sinne den Geruch faulender Lebensmittel registrierten. Rostiges Metall, zersetzt vom Salz des Ozeans. Verstreute Glasscherben. Eine davon bohrte sich in ihren Oberschenkel, als Irina sich mit letzter Kraft hinter den stinkenden Abfallbehälter schob und hastig die Beine nachzog.

Das blaue Licht hatte unterdessen den Lexus erreicht. Der Wagen stoppte. Kurz darauf trat eine Gestalt aus dem Dunkel hinter den Scheinwerfern. Sie verharrte einen Augenblick neben dem brennenden Wrack, als müsse sie sich explizit davon überzeugen, dass das zerstörerische Werk tatsächlich vollbracht war. Dann drehte sie plötzlich den Kopf und blickte in Irinas Richtung.

Irina erstarrte.

Er hat mich gesehen!

Er MUSS mich gesehen haben!

Wir sind verloren.

Das Baby spürte ihre Angst und begann zu weinen, doch Irina hielt ihm den Mund zu. In ihren Wunden pochte das Blut, während die Luft um sie herum immer dicker wurde. Es war, als versuchte sie, Teer zu atmen. Zugleich blitzten vor ihrem inneren Auge Bruchstücke von Erinnerungen auf: Maribel am Kamin. Der Duft von frischem Stockbrot und Kaffee. Das kleine, blau lackierte Boot, mit dem sie hin und wieder zum Angeln rausfuhren. Und vor dem Haus eine Kinderschaukel ...

Irina begann zu zittern. Unkontrolliert. Wild.

Eilig sah sie wieder Tony an. In den klaren Babyaugen spiegelte sich der Widerschein der Flammen, die in ungebremster Wut über den Nachthimmel leckten.

„Sei still", flüsterte Irina beschwörend. „Er darf uns nicht finden."

Sie presste die Stirn gegen den rostigen Abfalleimer und lauschte dem Schlag ihres Herzens. Oder war es der Herzschlag des Babys? Sie wusste es nicht.

Irgendwann hörte sie, wie der Fahrer einstieg und den Wagen zurücksetzte. Nur Sekunden später krachte Blech auf Blech.

Irina schob den Kopf um die Ecke und sah gerade noch, wie der Lexus über die Klippe stürzte. Das Kreischen von Metall auf den schroffen Steinen dröhnte wie ein letzter verzweifelter Hilferuf aus dem Abgrund herauf.

Dann war es von einer Sekunde zur anderen totenstill. Nur das Flattern des Windes war zu hören. Das Flattern des Windes und das Motorengeräusch eines teuren SUV, der sich zügig vom Ort des Geschehens entfernte.

ERSTER TEIL

Dreiundzwanzig Jahre später …

1

Frankfurt am Main, Wahlkreisbüro von Lorna Hoogstraat

Margit Klug hatte den Jungen nicht hereinkommen gehört. Nur deshalb zuckte sie zusammen, als er plötzlich vor ihr stand. Er trug ein dunkelblaues Basketballshirt mit einer aufgedruckten Vierzehn und seine Augen leuchteten ihr aus dem Halbdunkel des Vorraums entgegen wie zwei glühende Kohlen. Automatisch blickte Margit an ihm vorbei, zur Tür. Aber da war niemand. Keine Begleitperson. Kein Erwachsener. Nur der Junge … Vielleicht hatte er sich in der Tür geirrt.

„Kann ich dir helfen?“, fragte sie.

Der Junge hielt ihr ein Päckchen von der Größe eines Schuhkartons entgegen. „Ich soll das hier abgeben.“

Margits Augen scannten die Schachtel. „Was ist das?“

„Keine Ahnung.“ Er zuckte die Achseln. „Ich soll's nur abgeben.“ Auf dem Schreibtisch hinter dem Tresen begann das Telefon zu klingeln.

„Warte kurz“, sagte Margit und nahm den Anruf entgegen. Sie spürte die Blicke des Jungen in ihrem Rücken, als sie sich abwandte.

„Cornelia Sudek nochmal, Hessischer Rundfunk“, meldete sich eine angenehm dunkle Frauenstimme. „Ich wollte fragen, ob Sie denn inzwischen schon Gelegenheit hatten, mit Frau Hoogstraat über das geplante Porträt ...“

Margit klemmte das Telefon zwischen Ohr und Schulter fest und angelte den Ausdruck einer E-Mail aus dem obersten Fach ihrer Postablage. Die Anfrage der Reporterin war erst zwei Stunden alt und komplett in Rot geschrieben. Ein Umstand, der Margit gleich auf den ersten Blick gegen die Absenderin aufgebracht hatte.

„Ich habe Ihre Mail umgehend an Frau Hoogstraats persönliche Referentin weitergeleitet", fiel sie der Journalistin freundlich, aber bestimmt ins Wort. „Und ich gehe davon aus, dass sich Frau Dorn zeitnah bei Ihnen melden wird."

Doch ihre Gesprächspartnerin war viel zu erfahren, um sich mit vagen Versprechungen hinhalten zu lassen.

„Ich brauche Frau Hoogstraats Zusage bis spätestens acht", erklärte sie in bemerkenswert gleichgültigem Ton. „Sonst ist da leider gar nichts mehr zu machen."

„Ich gebe es weiter", versprach Margit, aber Cornelia Sudek hatte die Verbindung bereits unterbrochen.

Arrogante Kuh!

Margit seufzte und drückte die Kurzwahl von Vicky Dorn. Doch leider meldete sich abermals nur die Mailbox. Schicksalsergeben trat Margit an den Computer und rief die E-Mail auf, die sie Vicky vor knapp zwei Stunden geschrieben hatte. Sie versah die Nachricht mit einem zusätzlichen Ausrufezeichen und dem Vermerk: EILT. Dann klickte sie auf ERNEUT SENDEN und drehte sich wieder zu dem Jungen im Basketballshirt um. Doch der Raum vor der Theke war leer.

Margit ging langsam zur Tür, die sperrangelweit offen stand, und blickte die Straße entlang. Der Bürgersteig war regennass und die meisten Autos fuhren bereits mit Licht. Gleich um die Ecke begann das Bankenviertel, von wo aus Männer und Frauen in steifer Businesskleidung ihrem wohlverdienten Feierabend entgegeneilten. Doch von dem Jungen im Basketballshirt war weit und breit nichts mehr zu sehen.

Kopfschüttelnd kehrte Margit zur Theke zurück und betrachtete das Päckchen, das sie dort abgelegt hatte. Es war an das „Wahlkreisbüro Lorna Hoogstraat" adressiert, frankiert und gestempelt, was Margit angesichts der Umstände irgendwie merkwürdig fand. Aber vielleicht war der Junge der Sohn eines DHL-Fahrers, der rasch aus dem Wagen sprang und kleinere Sendungen abgab, während sein Vater in zweiter Reihe hielt.

Sie hob das Päckchen an und schüttelte es vorsichtig hin und her. Es war überraschend leicht und hatte eine Aufreißhilfe, wie

Margit sie von den Kartontaschen kannte, in denen sie Flyer und andere Drucksachen erhielten. Doch das Allermeiste lief heutzutage ohnehin digital. Ganz anders als früher, dachte Margit mit einem Anflug von Wehmut. Sie war vierundfünfzig und hatte bereits für zwei Ministerpräsidenten und mehrere Bundestagsabgeordnete gearbeitet. Früher hatten sie waschkörbeweise Briefe und Päckchen bekommen – vom selbst gebackenen Kuchen bis zu Tierkadavern. Doch heute kamen selbst die Morddrohungen in aller Regel per E-Mail. Und manchmal waren sie sogar unterschrieben …

Margit drehte das Päckchen um und zog an der Aufreißhilfe.

Das Letzte, was ihr Gehirn registrierte, war der ohrenbetäubende Knall, der ihre Trommelfelle platzen ließ. Dann wurde es schlagartig finster.

2

Ehemaliger Truppenübungsplatz nahe St. Augustin

Helena Steen, genannt „Hel“, versuchte, ihren Atem unter Kontrolle zu bringen. Nicht die leichteste Aufgabe, wenn man gerade zehn Kilometer Waldlauf in fünfunddreißig Minuten hinter sich hat. Aber sie durfte sich keinen Fehlschuss erlauben. Die Ergebnisse von heute flossen in ihre Quartalsbeurteilungen ein. Ihr Haar war nass vom Nieselregen und zwischen den künstlich aufgeschütteten Hügeln hingen Schleier von Feuchtigkeit. Die Bunkeranlage stammte noch aus Zeiten, in denen sich die Amerikaner nicht ausschließlich auf sich selbst konzentriert hatten. Seither rottete sie mehr oder weniger ungehindert vor sich hin. Durch die Sohlen ihrer Sneakers konnte Hel den bröckligen Asphalt fühlen.

Ihr Ziel befand sich direkt vor dem Eingang des Bunkers mit der Nummer Neunzehn. Drei Scheiben, auf unterschiedlichen Höhen platziert. Keine von ihnen hatte mehr als dreißig

Zentimeter Durchmesser. Links von ihr pfiff bereits das erste Projektil durch die Luft. Mark Bender – topfit, arrogant und einer ihrer schärfsten Konkurrenten – war ihr bereits wieder einen Schuss voraus. Hels Unterlid zuckte. Dann kam ihr Körper schlagartig zur Ruhe.

Ausatmen. Fixieren. Schuss eins.

Die Scheibe war zu weit entfernt, als dass sie das Ergebnis hätte erkennen können. Aber sie hatte ein gutes Gefühl.

Also dann ... Schuss zwei.

Wiederum war Mark Bender eine Millisekunde schneller. Aber es kam nicht allein auf Geschwindigkeit an, sondern auch auf Präzision.

Hel gönnte sich einen weiteren tiefen Atemzug. Dann krümmte sich ihr Zeigefinger erneut um den Abzug ihrer HK USP 45 Tactical.

„Danke, das war's", schepperte es gleich darauf aus dem Megafon ihres Übungsleiters. „Die Ergebnisse finden Sie morgen früh in Ihrem Postfach."

Hel ließ die Waffe sinken, wischte sich mit dem Ärmel ihrer Trainingsjacke den Schweiß von der Stirn und trabte dann in gemäßigtem Tempo Richtung Umkleide.

Wie immer waren Bonnie und sie in dem unbeheizten Waschraum unter sich.

„Und?", fragte Bonnie, die bereits wieder Jeans und T-Shirt trug. „Wie ist es gelaufen?"

„Geht so", antwortete Hel.

„Das sagst du immer", versetzte Bonnie. „Und dann bist du wieder bei achtundneunzig Prozent."

„Ich war noch nie bei achtundneunzig Prozent", widersprach Hel. Doch da war ihre Freundin bereits aus der Tür.

Seit ein paar Tagen war die Stimmung zwischen ihnen spürbar angespannt, obwohl sie sich eigentlich von Beginn an gut verstanden hatten. Und inzwischen hatte Hel das Gefühl, dass Bonnie ihr systematisch aus dem Weg ging.

Ich sollte endlich lernen, meine Klappe zu halten, dachte sie und stopfte ihre verschwitzten Sachen in die dunkelblaue

Sporttasche mit dem Logo der Bundespolizei. Im selben Moment meldete sich ihr Smartphone. Hel warf einen Blick auf das Display.

„Hi Leo."

„Wo steckst du?"

Sie lachte. „Du klingst wie eine eifersüchtige Ehefrau."

Am anderen Ende der Leitung machte sich ratloses Schweigen breit. Als Asperger-Autist hatte ihr Mitbewohner schon von Haus aus gewisse Schwierigkeiten beim Erfassen und Verarbeiten von ironischen Bemerkungen. Und da Hel sich selbige aus Rücksicht auf ihren Seelenfrieden in den letzten Monaten konsequent verkniffen hatte, brachte ihre Antwort Leo gleich doppelt ins Schleudern.

„Ich bin noch auf dem Schießplatz", schob sie eilig hinterher.

Leo gab ein erleichtertes Brummen von sich. „Ah."

„Soll ich Essen mitbringen?"

„Hm."

Hel stutzte. „Sonst noch ein Grund, warum du mich anrufst?"

Sein Zögern ließ in ihr augenblicklich sämtliche Alarmglocken schrillen, obwohl Leo sich auch sonst nur äußerst sparsam mitteilte. Die ersten drei Wochen des Zusammenlebens in ihrer kleinen WG hatten sie mehr oder weniger schweigend verbracht. Doch zu Beginn der vierten Woche war Leo eine kurzfristige Veränderung in Hels Whatsapp-Frequenz aufgefallen, die ihn veranlasst hatte, sein Schweigen zu brechen.

„Was is?", hatte er über den Rand seines Bildschirms hinweg gefragt, nachdem Hel kurz nach dem Frühstück bereits die dritte Nachricht an diesem Morgen erhalten hatte.

„Nichts", hatte sie lächelnd entgegnet. „Alles bestens."

Leos wasserblaue Augen waren misstrauisch zwischen ihr und ihrem Smartphone hin und her gewandert. Und irgendwann hatte Hel es nicht länger übers Herz gebracht, ihn zappeln zu lassen: „Ich habe heute Geburtstag."

Leos Antwort auf ihre Eröffnung hatte „Okay" gelautet. Aber am Abend, als Hel von ihrem Forensiklehrgang in das kleine

Zweizimmer-Apartment zurückgekehrt war, hatte sie einen Schokoriegel auf ihrem Nachtschrank vorgefunden. Sogar einen mit weißer Schokolade, obwohl sie nie erwähnt hatte, dass sie die am liebsten aß.

Seit damals wusste sie, dass sie gern mit Leo zusammenwohnte.

„Komm schon“, drängte sie, als ihr sein Schweigen zu lange dauerte. „Sag mir, was los ist!“

„Das Krankenhaus hat angerufen.“

Hels Finger schlossen sich fester um das Smartphone. „Wer?“, fragte sie nur.

„Mira.“

Sie schluckte, obwohl sich damit im Grunde nur bestätigte, was sie bereits erwartet hatte: Erst gestern hatte Miras Mutter sie angerufen und stolz berichtet, dass es ihrer Tochter endlich besser ginge. Die Schmerzen seien so gut wie weg, und Mira habe sogar ein halbes Brötchen gegessen. Zum ersten Mal seit Wochen … Hels Augen wanderten zu den beiden schmalen Fenstern, die unter der Decke des Waschraums klebten wie zwei Schießscharten. Sie kannte Miras Krankenakte, und ihr war klar gewesen, dass die Befunde der Achtjährigen keinerlei Verbesserung erhoffen ließen. Zugleich wusste sie aus Erfahrung, dass sich der Zustand vieler Patienten unmittelbar vor dem Tod noch einmal signifikant verbesserte. Daher hatte sie nach dem Gespräch mit Miras Mutter bereits geahnt, was ihnen bevorstand. Trotzdem traf sie der Schmerz mit voller Wucht.

Warum kann ich mich nicht einfach mal irren?, dachte sie, während ihr Tränen, die sie nicht weinen wollte, aus den Augen platzten. Am anderen Ende der Leitung ließ Leo derweil ein nervöses Räuspern hören.

„Alles klar?“, fragte er vorsichtig.

„Sicher“, sagte Hel und wischte eilig die Tränen weg. „Ich bin in einer halben Stunde zu Hause.“

Sie unterbrach die Verbindung, bevor ihr Mitbewohner noch irgendetwas entgegnen konnte. Dann putzte sie sich die Nase, verstaute ihre Waffe und verließ die Umkleide.

3

Landsitz Vintergaarden, Südschweden

Wer das schmiedeeiserne Tor von Vintergaarden passiert, hat augenblicklich das Gefühl, die Realität zu verlassen: Uralte Kastanien werfen ihre langen, tiefdunklen Schatten über die Auffahrt, und selbst die Hecken sind an manchen Stellen mehr als vier Meter hoch. Dazwischen kann man hier und da einen Springbrunnen oder eine Laube erahnen. Hinter dem Haus, das im Stil des Klassizismus erbaut wurde, befindet sich ein Swimmingpool ohne Wasser. Lediglich ein paar Pfützen stehen auf dem Grund, und zwischen den wertvollen Mosaiken klebt Laub. Über dem gesamten Areal liegt eine tiefe, unwirkliche Stille. Sie dringt durch das geöffnete Fenster im ersten Stock und hüllt den Mann auf dem Bett in einen Kokon trügerischen Friedens.

Doch Heinrich Mogendorf lässt sich nicht täuschen. Nicht mehr.

Glaubst du an Zufall?

Seine Augen suchen das Foto über dem Kamin. Das letzte, ganz rechts. Die Aufnahme zeigt ein junges Ehepaar. Die Frau ist hochschwanger, ihr kleiner Sohn klammert sich scheu an das Bein seines Vaters. Der Junge ist dunkelhaarig wie seine Mutter. Und auch die tiefbraunen Augen hat er von Mutter und Großmutter geerbt. Die gleiche Schönheit, denkt Mogendorf, und wenn er noch lächeln könnte, würde er es tun. Manchmal, wenn er die Augen schließt, sieht er Troy wieder über die Wiese tollen. Die kurzen Beinchen fest gegen die Pedale seines roten Dreirads gestemmt. Ausgelassen. Lebendig. Und doch für immer verloren …

Sein Blick wandert weiter zu dem fahrbaren Computertisch, der in der Ecke neben dem Fenster steht. Rechner und Bildschirm sind sorgsam mit passenden Plastikhüllen versehen. Immerhin hat die Anlage den Wert eines Einfamilienhauses – ein Wunderwerk der Technik, das Beste, was derzeit auf dem freien Markt zu haben ist. Mogendorfs Augen füllen sich mit

Tränen der Wut. Er sieht zu, wie sie vom Rand seiner Wimpern auf sein akkurat gebügeltes blaues Hemd fallen.

„Ziehen Sie ihn an, als ob er ins Büro müsste", lautet die Anweisung, die Mascha tagtäglich gewissenhaft befolgt, weil sie plausibel ist.

Mascha kennt ihn gut. Beinahe ihr ganzes Leben hat sie in seinen Diensten gestanden. Sie hat seine Hemden gebügelt und seine Gäste bewirtet. Sie weiß ganz genau, wie er tickt. Und den Tag in einem gebügelten Hemd zu verbringen, selbst wenn man sich in seinem Zustand befindet, entspricht dem Bild, das sie sich in zweiundvierzig Jahren von ihrem Arbeitgeber gemacht hat.

Wie perfide, denkt er bitter. Es bedurfte vieler solcher Wahrheiten, um die eine Lüge verkaufen zu können: Dass er seinen Computer nicht mehr will. Dass es ihn aufregt, zu kommunizieren. Dass er seine Ruhe haben möchte. Ironischerweise hat er nach exakt demselben Prinzip früher seine Geschäfte gemacht. Viel Geld investieren und bewusst auf Vorteile verzichten, um Glaubwürdigkeit aufzubauen. Und alles nur, damit man seinen Geschäftspartner im entscheidenden Augenblick umso leichter über den Tisch ziehen kann. Auf lange Sicht zu planen – darin ist er einer der Besten gewesen. Dass sich seine Fähigkeiten vererbt haben könnten, ist ihm freilich nie in den Sinn gekommen.

Auch so ein Versäumnis …

Seine Augen suchen die Beule in der Abdeckung, unter der sich die Retina-Steuerung befindet. Der Computer ist seine letzte Hoffnung gewesen. Der letzte Strohhalm, den er mit ein wenig Glück vielleicht hätte zu fassen bekommen können. Aber jetzt steht die Anlage unbenutzt in der Ecke und Mascha ist unerreichbar geworden, obwohl sie ihm nach wie vor mehrmals täglich so nahe kommt, dass kein Blatt mehr zwischen ihre Körper passt.

Glaubst du an Zufall?

Nein, denkt er. Tue ich nicht. Nicht mehr …

Vor dem Fenster frischt der Wind auf. Hin und wieder kommt eine Amsel auf das Sims und blickt mit schief gelegtem

Kopf zu ihm herein. Es ist immer dieselbe, soweit er das beurteilen kann, und von Zeit zu Zeit fragt er sich, was sie von ihm will.

Als er die Schritte hört, sind sie bereits auf der Treppe. Sein Puls beschleunigt sich. Dabei war er nie besonders schreckhaft. Trotz allem.

Ruhig Blut, ruft er sich ärgerlich zur Ordnung. Vermutlich ist es nur der Arzt. Aber warum hat er in diesem Fall den Wagen nicht gehört? Seine Ohren funktionieren nach wie vor gut. Überdurchschnittlich gut sogar, wenn man den Ärzten glaubt. Was eigentlich kein Wunder ist. Wer nicht sprechen kann, muss hören …

Er sieht die Tür an und beginnt zu zittern. Aber selbst das geschieht ohne Beteiligung seiner Muskeln.

4

Ehemaliger Truppenübungsplatz nahe St. Augustin

Auf dem Weg zum Parkplatz fing es wieder an zu regnen. Die Tropfen mischten sich mit den Resten von Hels Tränen, aber ansonsten hatte sie sich wieder im Griff. Trotzdem blitzte hier und da Miras Gesicht zwischen den Stämmen der Bäume auf, als sie die lange, von Pfützen übersäte Zufahrt hinunterging. Das zarte Kindergesicht mit den brennenden Augen, die so unfassbar freudig geleuchtet hatten, wann immer Hel in ihrem Clownkostüm durch die Tür getreten war …

Die meisten ihrer Kameraden hatten die Anlage bereits verlassen.

Hels Discovery stand mutterseelenallein unter den tief hängenden Zweigen einer Buche. Sie zerrte den Autoschlüssel aus der Tasche, als sie hinter sich ein Motorengeräusch hörte. Hel drehte den Kopf und sah eine gepanzerte Limousine, die ihr vom Trainingsparcours her entgegenkam. Da die Zufahrt an dieser Stelle sehr schmal war, wich sie auf den Grasstreifen aus. Doch der Fahrer hatte nicht vor, sie zu überholen.

Hel fühlte die Wärme der Motorhaube durch den Stoff ihrer Jeans, als der Wagen direkt neben ihr zum Stehen kam. Gleich darauf öffnete sich die hintere Seitentür.

„Steigen Sie ein!"

Hel linste in den Fond. Sie war Erin Weisz bislang nur ein einziges Mal begegnet, auf dem Hauptstadtempfang ihrer Behörde letzten Herbst. Aber natürlich hatte die Direktorin der Dienststelle Personenschutz Inland bei dieser Gelegenheit nicht die geringste Notiz von ihr genommen. Hel hingegen kannte sämtliche Geschichten, die über Erin Weisz im Umlauf waren. Die wenigsten davon waren schmeichelhaft.

„Irgendwas nicht in Ordnung?", fragte sie mit einem Anflug von Sorge.

Erin schenkte ihr ein Lächeln, das irgendwo auf dem Weg zu ihren Augen stecken blieb. Sie trug ein schlichtes dunkelblaues Businesskostüm und duftete dezent nach Hermès.

„Steigen Sie ein", wiederholte sie. Dieses Mal mit unüberhörbarem Nachdruck.

Zögernd glitt Hel auf den Rücksitz. Kaum dass die Tür ins Schloss gefallen war, gab der Fahrer Gas.

„Sie haben vor Kurzem an einem JAMAM-Lehrgang in Tel Aviv teilgenommen", begann Erin ohne jede Einleitung. „Evakuierung von Schutzpersonen aus Fahrzeugkonvois und anderen *High Risk Zones*."

„Es war nicht direkt die JAMAM", beeilte sich Hel klarzustellen. „Eher eine nachgeordnete Aufklärungseinheit."

„Die Beurteilung Ihrer Ausbilder dort ist sehr positiv ausgefallen", fuhr die Direktorin fort, ohne auch nur mit einer Silbe auf Hels Einwand einzugehen. „Und auch sonst erzielen Sie durchweg überdurchschnittliche Ergebnisse." Ihre Augen streiften Hels Tasche. „Selbst beim Sport findet sich Ihr Name regelmäßig unter den oberen zehn Prozent."

„Wir sind zweiundfünfzig im Jahrgang", entgegnete Hel trocken. „Das bedeutet, dass allein in meiner Stufe regelmäßig fünf Leute besser abschneiden als ich."

Erin Weisz schenkte ihr ein mitleidiges Lächeln. „Jetzt klingen Sie wie Ihr Freund Leo."

Sie hatte ganz beiläufig gesprochen, aber Hel erfasste die Bedeutung der Bemerkung sofort. Natürlich war ihr klar, dass das bisschen Privatleben, das sie sich gönnte, für ihre Behörde ein offenes Buch war. Aber wenn die Direktorin der PSI wusste, welchen Umgangston sie mit ihrem Mitbewohner pflegte, wurde die Sache interessant!

„Warum bin ich hier?", fragte sie so ruhig es ihre aufgewühlte Seelenlage erlaubte.

Die Direktorin antwortete mit einer Gegenfrage: „Wann haben Sie zum letzten Mal die Nachrichten gehört?"

„Vor zweieinhalb Stunden." Zu lange. Hel fühlte, wie ihr das Blut in den Kopf schoss. Informiert zu sein, war ein wichtiger Teil ihrer Arbeit. Und normalerweise checkte sie gleich nach dem Training die Meldungen. Normalerweise ...

Die erwartete Rüge blieb allerdings aus. Stattdessen hielt Erin Weisz ihr ein Tablet unter die Nase.

EILMELDUNG, las Hel in den Tickermeldungen von n-tv. ***ANSCHLAG AUF NACHWUCHSPOLITIKERIN IN FRANKFURT***BRIEFBOMBE VERLETZT MITARBEITERIN SCHWER***VERTRETER ALLER PARTEIEN ÄUSSERN BESTÜRZUNG***

Hel sah hoch. „Und die betroffene Politikerin ist ...?"

„Lorna Hoogstraat."

Das überraschte Hel. Zwar war Lorna Hoogstraat der unbestrittene Shootingstar der Politikszene: jung, tatkräftig und geradezu erschreckend schlagfertig. Jemand, dem man ohne weiteres zutraute, in absehbarer Zeit ein Ministerium zu leiten. Oder sogar das Kanzleramt. Doch bislang hatte Hel die toughe Brünette nicht als besonders polarisierend wahrgenommen. Eher im Gegenteil ...

„Haben auch andere Politiker Sprengsätze erhalten?", fragte sie, um Zeit zu gewinnen.

Erin schüttelte den Kopf. „Nur Lorna Hoogstraat."

„Gibt es ein Bekennerschreiben?"

„Bislang nicht."

Hels Blick suchte wieder das Tablet. „Aber Frau Hoogstraat war nicht in der Nähe, als die Bombe detonierte, oder?"

Die Direktorin verneinte. „Sie hielt sich zum fraglichen Zeitpunkt in der Lichtigfeld-Schule auf, wo sie an einer Podiumsdiskussion zum Thema „Antisemitismus und Globalisierung" teilnahm."

In Hels Kopf blitzte das Bild eines vierstöckigen Gebäudes auf: Kameras. Sicherheitszäune. Polizeiautos vor dem Eingang. Die üblichen Schutzmaßnahmen für jüdische Einrichtungen in Deutschland.

„Gibt es da einen Zusammenhang?"

„Wissen wir noch nicht", winkte Erin ab. Dann griff sie in die Aktentasche zu ihren Füßen und zog ein daumendickes Schriftstück heraus. „Ich nehme an, Sie sind mit Frau Hoogstraats politischen Positionen vertraut?"

Die Frage war rein rhetorisch. Umfassend über das politische Geschehen informiert zu sein, gehörte schließlich zu ihrem Job. Aber Hel nickte trotzdem.

Erin nickte auch und blickte an Hel vorbei aus dem Fenster, wo der Wald mit jeder Minute finsterer wurde.

„Und wie würden Sie diese Positionen im Hinblick auf die aktuellen Geschehnisse bewerten?"

„Spontan fällt mir nichts ein, das Lorna Hoogstraat dazu prädestinieren würde, zur Zielfigur radikaler Kräfte zu werden", antwortete Hel mit aller gebührenden Vorsicht.

„Sehr diplomatisch formuliert", befand Erin mit einem süffisanten Lächeln. „Hoogstraats politische Gegner sind da übrigens weniger zurückhaltend. Sie behaupten, Lorna hätte nicht mal zur Frage ihres Lieblingsessens eine eigene Meinung. Was natürlich Unsinn ist. Aber wie so oft steckt zweifellos auch ein Körnchen Wahrheit in dieser Art von Gerede." Sie lehnte sich in ihrem Sitz zurück und schlug gelassen die Beine übereinander. „Apropos Gerede: Wissen Sie, wie mein Spitzname innerhalb der Behörde lautet?"

Der unerwartete Themenwechsel hebelte Hel einen Moment lang völlig aus.

Erin bemerkte es und lächelte. „Sie nennen mich den Aasgeier", erklärte sie so sachlich, als verlese sie die Nachrichten. „Bezogen auf meine Fähigkeit, aus dem Scheitern sowohl meiner Gegner als auch meiner politischen Weggefährten Kapital zu schlagen. Wie lautet Ihrer?"

„Ich kümmere mich nicht darum, was andere sagen", entgegnete Hel.

„Selbstverständlich tun Sie das", widersprach Erin. „Und Sie wissen sehr genau, wie Ihre Kommilitonen Sie nennen, wenn Sie nicht in der Nähe sind."

Hel blickte auf ihre Knie hinunter, die nass waren vom Regen. „Sie nennen mich Kassandra."

„Ärgert Sie das?"

„Sollte es?"

„Die tragische Heldin, die das Unheil voraussieht und niemals Gehör findet ..." Erins Stahlaugen blitzten. „So gesehen ist der Name eigentlich unzutreffend, nicht wahr? Immerhin ist es eines Ihrer größten Probleme, dass man Ihnen sehr wohl Gehör schenkt. Denn das macht Sie automatisch zu der Spielverderberin, die Sie nicht sein wollen. Und darum setzen Sie sich nach Dienstschluss eine rote Nase auf und spielen den Clown für todkranke Kinder."

Erin hatte sich keinen Millimeter bewegt und doch hatte Hel das Gefühl, dass die Direktorin ihr in den letzten paar Sekunden nähergekommen war. Und offenbar war sie noch lange nicht fertig mit ihr …

„Ihre Eltern sind kurz nach Ihrer Geburt bei einem Autounfall ums Leben gekommen?", resümierte sie mit der Routine der berufsmäßigen Informationsbeschafferin. „Und Sie sind bei Ihrer Großmutter an der Nordsee aufgewachsen?"

„Ja, auf Borkum." Hel hatte sich angewöhnt, das immer gleich dazuzusagen. Nordsee – das assoziierten die meisten Menschen mit Hamburg. Einer Metropole. Doch in ihrem Fall sah die Wahrheit grundlegend anders aus.

„Mochten Sie das Inselleben?"
„Nein."
„Warum nicht?"
„Es war mir zu eng."
Ihre Ehrlichkeit entlockte Erin ein Lächeln.
Doch Hel hatte allmählich genug: „Können wir uns diesen ganzen Quatsch nicht einfach sparen?", bat sie. „Ich meine, Sie wissen doch offensichtlich nur zu gut, wer ich bin."
„Nein", erwiderte Erin todernst. „Ich weiß nur, wo Sie herkommen."
Hel stieß ein resigniertes Stöhnen aus und wandte den Blick ab. Eine Weile saßen sie schweigend nebeneinander und blickten in unterschiedliche Richtungen. Die Stille des Waldes vermittelte sich sogar über das leise Surren des Motors hinweg, und als sie wieder einmal schlucken musste, empfand Hel das Geräusch als unverhältnismäßig laut und störend.
Was, zur Hölle, will diese Frau von mir?, hämmerte es hinter ihrer Stirn. Was trieb die erfolgreichste Rekrutenwerberin der Behörde den weiten Weg aus Berlin hierher? Auf diesen verdreckten Übungsplatz mitten in der rheinischen Provinz?
Sie zuckte zusammen, als Erin Weisz neben ihr ruckartig den Kopf wandte.
„Sie haben die bemerkenswerte Fähigkeit, eine Geschichte zu Ende zu denken und sich dabei deren schlimmstmögliche Wendung auszumalen", ließ sie sich zu erklären herab, als hätte sie Hels stumme Fragen gehört. „Eine Begabung, die viele Ihrer Mitmenschen vorschnell als notorische Schwarzseherei abtun. Einigen sind Sie direkt unheimlich, weil Ihre Prognosen – im Nachhinein betrachtet – fast wie Hellseherei daherkommen. Aber wenn Sie mich fragen, haben Sie einfach ein verdammt gutes Gespür für Dinge, die sozusagen in der Luft liegen. Nehmen wir nur Ihre Freundin Bonnie ..."
Hels Finger krallten sich in das Leder der Sitzbank. Sie hatte immer mehr das Gefühl, dieses Gespräch nicht führen zu wollen. Aber ihr war auch klar, dass sie keine Wahl hatte. Erin Weisz war keine Frau, bei der man einfach Nein sagte. Also

verkniff sie sich die Antwort, die ihr auf der Zunge lag, und bemühte sich um eine möglichst gleichmütige Miene zu Erins Vortrag.

„Bonnie verliebt sich in Manuel, einen ebenso erfolgreichen wie gut aussehenden Bauingenieur", setzte diese derweil ihre Rede fort. „Er schlägt ihr vor, eine Woche in die Karibik zu fliegen, um sich besser kennenzulernen. Und natürlich ist die gute Bonnie außer sich vor Glück. Doch bevor sie zusagt, beschließt sie, ihre Freundin Kassandra um Rat zu fragen ..."

„Ihr Fehler", kommentierte Hel bitter.

„Oh, nein." Erin hob abwehrend die Hände. „Sie um Rat zu fragen, war das Vernünftigste, was Bonnie tun konnte."

Hel verzog das Gesicht. „Das sieht Bonnie ganz offenbar anders."

„Natürlich." Die Direktorin zuckte gelangweilt die Achseln. „Die meisten Menschen ertragen die Wahrheit nur, wenn Sie schmeichelhaft ist. Und das trifft, wie Sie wissen, nur in wenigen Ausnahmefällen zu. Aber haben Sie sich nie gefragt, warum man Sie trotzdem ständig um Rat bittet?"

„Nein", versetzte Hel inbrünstig. „Ich habe nicht die leiseste Ahnung."

„Ich denke, die Menschen erhoffen sich von Ihnen eine Art Absolution." Die Direktorin sah wieder aus dem Fenster. Ihr Gesicht war seltsam alterslos, obwohl sie – soweit Hel das beurteilen konnte – dem Eindruck in keiner Weise nachzuhelfen versuchte. Ihr Make-up war dezent und das naturblonde Haar von feinen Silbersträhnen durchzogen. „Wenn Sie zu Bonnie gesagt hätten: ‚Oh ja, flieg unbedingt auf die Malediven, dieser Manuel ist das Beste, was dir passieren kann', dann hätte sie es vielleicht geschafft, die mahnenden Stimmen in ihrem Kopf zum Schweigen zu bringen. Denn ob Sie's glauben oder nicht: Die meisten Leute wissen tief in ihrem Inneren sehr genau, dass es höchst unklug wäre, zu tun, was ihnen gerade vorschwebt. Aber sie bringen einfach nicht die innere Stärke auf, sich selbst einen Riegel vorzuschieben." Sie griff wieder nach ihrem Tablet und rief ein Schriftstück auf. „Manuel Neubert", las sie. „Zweifach geschieden, Vater eines ehelichen und zweier unehelicher Kinder, für die er rein theoretisch unterhaltspflichtig wäre, wenn ihm seine Spielsucht nicht einen Schuldenberg von 352.000,00 Euro eingetragen hätte." Sie sah wieder Hel an. „Da wäre ihm die Erbschaft, die Ihre Freundin Bonnie vor Kurzem gemacht hat, zweifellos sehr zupass gekommen, denken Sie nicht auch?"

Hel zog überrascht die Augenbrauen hoch. „Von einer Erbschaft höre ich heute zum ersten Mal."

„Ich weiß", stellte Erin unsentimental fest. „Genau aus diesem Grund sind Sie hier. Denn Sie haben nicht nur alle Eventualitäten auf dem Zettel, sondern verfügen auch über Sensoren, die weit über das normale Maß eines gesunden Instinktes hinausgehen."

„Aber was hat das alles mit dem Anschlag auf Lorna Hoogstraat zu tun?", platzte es aus Hel heraus.

Die Direktorin wurde schlagartig ernst. „Das Attentat von heute markiert nur den vorläufigen Höhepunkt einer Entwicklung, die Lorna Hoogstraats Wahlkampfteam bereits seit geraumer Zeit beunruhigt", erklärte sie, und ihre sorgfältig manikürten Finger glitten über die Akte, die noch immer zwischen ihnen lag. „Bis vor ein paar Wochen war Lorna den meisten Menschen in diesem Land trotz ihres Erfolges mehr oder weniger gleichgültig. Doch auf einmal schießen ihre Feinde wie Pilze aus dem Boden, ohne dass wir einen Grund dafür ausmachen können. Sie hat nichts gesagt oder getan, was sich nennenswert von ihren früheren Positionen abheben würde. Und die sind – wie Sie ganz richtig festgestellt haben – weder übermäßig polarisierend noch besonders spektakulär."

„Dann geht es vielleicht um etwas Persönliches", schlug Hel vor.

Die Direktorin kniff die Augen zusammen. „Ja. Vielleicht."

„Haben Sie Lorna Hoogstraats Vergangenheit im Hinblick auf diese Möglichkeit durchleuchtet?"

„Ich dachte, das könnten Sie übernehmen." Erin reichte Hel die Akte und einen silbernen USB-Stick. „Hier drin steht alles, was wir bislang wissen. Und das ist, wie Sie feststellen werden, erstaunlich wenig für eine Frau, die achtundneunzig Prozent ihrer Zeit in der sogenannten Öffentlichkeit verbringt." Sie beugte sich vor und klopfte gegen die Glasscheibe, die sie von ihrem Fahrer trennte, woraufhin dieser den Wagen in einen nahen Waldweg lenkte, um zu wenden. „Auf dem Stick finden Sie auch ergänzendes Videomaterial: Hoogstraats Reden, Mitschnitte ihrer letzten Auftritte und dergleichen mehr. "

Hels Finger spielten mit dem USB-Stick. Das Ganze klang nach jeder Menge Fleißarbeit, und vermutlich würde Erin sie gnadenlos ausnutzen. Aber dieser Auftrag bot auch eine Chance. Und Hel hatte die Erfahrung gemacht, dass das eine selten ohne das andere zu haben war.

„Denken Sie, der Täter ist auf mediale Aufmerksamkeit aus?", wandte sie sich wieder an ihre Gesprächspartnerin.

„Falls ja, hätte er sich die Falsche ausgesucht."

„Wieso?"

„Weil Lorna Hoogstraats Berater mit Nachdruck darauf bestehen, die Bedrohung geheim zu halten." Die Direktorin nahm eine Flasche Mineralwasser aus dem Kühlschrank neben ihrem Sitz und schraubte den Deckel ab. „Sie haben offenbar Angst, dass ihr Schützling zu ängstlich rüberkommt."

Hel runzelte die Stirn. „Ist ängstlich denn allen Ernstes schlimmer als sorglos?"

„Ich schätze, Politiker sollten im Zusammenhang mit Bedrohungslagen eher Attribute wie unbeeindruckt ansteuern", erwiderte Erin lächelnd. „Zumindest wenn sie in Erwägung ziehen, eines Tages ganz oben mitzuspielen." Sie setzte die Flasche an die Lippen und nahm einen Schluck. „Sie sind vom Unterricht freigestellt, solange es dieser Einsatz erfordert", erklärte sie dann. „Unser Unterstützungsgesuch liegt Ihrem Vorgesetzten bereits vor. Die offizielle Begründung lautet: personelle Engpässe."

„Aber ich befinde mich noch in der Ausbildung", widersprach Hel. „Ich bin nicht qualifiziert für eine Aufgabe dieser Größenordnung."

„Nur keine falsche Bescheidenheit, meine Liebe", wischte Erin ihren Einwand mit einer knappen Geste vom Tisch. „Ihre Instinkte machen Sie zu einer idealen Kandidatin für den Job. Außerdem bekommen Sie einen erfahrenen Kollegen zur Seite gestellt, der sich um Frau Hoogstraats Sicherheit kümmert, während Sie sich in aller Ruhe Ihrer eigentlichen Aufgabe widmen."

„Die da wäre?"

„Bezeichnen wir es der Einfachheit halber als Gefahrenanalyse." Die Direktorin tippte auf den Aktendeckel. „Studieren Sie die Vorgeschichte und begleiten Sie Lorna Hoogstraat ein paar Tage auf ihrer Wahlkampftour."

„Und dann?", fragte Hel.

„Schreiben Sie einen Bericht."

„Das ist alles?"

Erin nickte. „Ja, das ist alles."

Hel glaubte ihr kein Wort, aber sie hütete sich, das zu zeigen. „Wer sonst weiß von dem Einsatz?"

„Sie, ich, Ihr Vorgesetzter und der Kollege vor Ort", zählte die Direktorin routiniert auf. „Ach ja, und natürlich Ihr Freund Leo, der Sie aus dem Hintergrund heraus als Analyst unterstützen wird."

Der Gedanke, dass Leo mit von der Partie sein würde, beruhigte Hel ein wenig. „Wann fange ich an?", fragte sie.

„Ein Fahrer wird Sie morgen früh um 6:30 Uhr zu Hause abholen. Um Punkt 9:00 Uhr treffen Sie sich in Frankfurt mit Lorna Hoogstraats Wahlkampfteam."

„Brauche ich eine spezielle Legitimation?"

Die Direktorin griff abermals in ihre Aktentasche und zog eine ID-Card der PSI heraus. Auf der Vorderseite prangte Hels Foto. „Sie benutzen, wo immer es geht, Ihren normalen Dienstausweis, der Sie als Beamtin der Bundespolizei ausweist, und nur in Ausnahmefällen diese Karte", mahnte sie. „Sollten Sie Zusatzinformationen benötigen, die Ihnen auf dem regulären Dienstweg nicht zugänglich sind, rufen Sie mich an." Sie reichte Hel ein nagelneues Smartphone. „Die Nummer ist vorinstalliert. Benutzen Sie das Gerät ausschließlich zur Kommunikation mit mir, Leo oder Ihrem Kollegen in Frankfurt. Alles andere lassen Sie über Ihr normales Diensthandy laufen, verstanden?"

Hel nickte.

„Ich erwarte Ihre erste Zusammenfassung bis morgen Abend, 22:00 Uhr."

Der Wagen stoppte und Hel stellte überrascht fest, dass sie bereits wieder auf dem Parkplatz waren.

„Wir hören voneinander", sagte Erin und zog die Autotür zu.

Der Fahrer gab umgehend Gas.

Hel lauschte dem Knirschen des Schotters unter den Reifen und zog fröstelnd die Schultern hoch. Es regnete nicht mehr. Dafür war der Wind spürbar aufgefrischt. Der Wald ringsum knarrte und ächzte unter den Böen, die von Westen heranfegten. Und irgendwo in weiter Ferne glaubte Hel, den Ruf eines Käuzchens zu hören.

Bedeutete dergleichen nicht Unglück?

Sie sah den Rücklichtern der Limousine nach, bis sie in der Dunkelheit verschwunden waren. Erst dann stieg sie in ihren Wagen und fuhr nach Hause.

5

Frankfurt, Begegnungszentrum *Nachtcafé e.V.*

„Was ist denn da passiert?"

Das Mädchen in der Schlange vor ihm dreht den Kopf und glotzt ihn aus leeren braunen Augen an. Ihren Namen weiß er nicht. Nur, dass sie Chrystal Meth raucht und hin und wieder herkommt, um zu duschen.

„Hm?"

Anstelle einer Antwort deutet er auf den Fernsehbildschirm in der Ecke, wo ein Reporter mit ernster Miene in das Mikrofon eines überregionalen Fernsehsenders spricht. Auf seinem

Gesicht flimmert der Abglanz von Blaulicht. Aber der Ton ist abgeschaltet. So wie immer.

„Dieser kleine Park, da im Hintergrund“, sagt er. „Ist das nicht der in der Herthauer Straße?“

Das Crystal-Meth-Mädchen blickt folgsam in die Richtung seines ausgestreckten Zeigefingers. Aber er bezweifelt, dass sie überhaupt irgendetwas wahrnimmt.

„Vergiss es“, murmelt er.

Das Mädchen macht einen Schritt vorwärts und er tut es ihr gleich. Doch sein Blick klebt wie festgefroren am Fernseher in der Ecke. Die Kamera schwenkt vom Gesicht des Reporters nach links, auf eine rußgeschwärzte Fassade. Und auf ein Loch, das früher einmal eine Tür gewesen ist …

„He, du Penner“, protestiert eine Stimme in seinem Rücken. „Worauf wartest du?“

Er zuckt erschrocken zusammen und schließt eilig die Lücke, die sich vor ihm aufgetan hat.

„Na, was ist jetzt?“ Die Frau an der Essensausgabe schwenkt einladend ihre Kelle. Am Griff klebt ein bisschen eingetrocknete Kartoffelsuppe. „Willst du hier essen oder Wurzeln schlagen?“

Eilig hält er ihr sein Tablett entgegen. Gleich darauf landet eine Portion Suppe mit einem satten Klatscher auf seinem Teller. Mettwurst heute. Eigentlich ein Grund zur Freude …

„Brot gibt's da hinten“, erklärt die Frau hinter der Theke. Sie ist neu. Zumindest hier. „Der große Korb in der Ecke.“

Er nickt und fühlt, wie er einfach weitergeschoben wird, während in seinem Kopf tausend verschiedene Gedanken durcheinanderstolpern. Er hat das Haus sofort wiedererkannt, obwohl er sich sonst nur selten in diese Gegend verirrt. Und leider weiß er auch ganz genau, was die zerstörte Fassade für ihn bedeutet: Die Verabredung, die er später an diesem Abend hat, fällt aus. Oder vielmehr: Er wird nicht hingehen. Er ist zwölf und ziemlich allein auf der Welt. Aber er ist nicht blöd. Und erst recht nicht lebensmüde.

Seine Finger schließen sich fester um das Tablett mit seinem Abendessen. Was jetzt? Was kann er tun? Wo soll er hin, fast ohne Geld? In seiner Hosentasche steckt der Schein, den er zusammen mit dem Päckchen bekommen hat. Zwanzig Euro. Die Anzahlung. Ein Witz. Nicht mal genug, um aus der Stadt zu kommen. Was um Himmels willen, denkt er, habe ich dafür getan?

Durch die Tür zur Straße drängen jetzt immer mehr Menschen herein, getrieben von Hunger und Langeweile. Alte. Junge. Junkies. Leere Gesichter mit toten Augen und Regen im Haar. In den Tropfen spiegelt sich das Licht der nackten Neonröhren und der Raum füllt sich mit dem unangenehmen Geruch von nassen Textilen, Schweiß und Urin.

Nur mit Mühe widersteht er der Versuchung, sich die Nase zuzuhalten.

Worauf wartest du?, pocht es hinter seinen Schläfen. *Hau ab!*

Die meisten der Ankommenden halten den Kopf gesenkt. Fast so, als schämten sie sich ihrer kümmerlichen Existenz. Sein Blick streift Kapuzen und löchrige Basecaps, taucht routiniert in den Schatten von Säulen und unter den Rand von Kopftüchern. Ein paar Gesichter kommen ihm bekannt vor. Zu einigen wenigen hat er auch einen Namen im Kopf. Aber das Gesicht, das ihm Sorgen bereitet, ist nicht darunter. Oder? Sein Herz klopft wie wild. In seinem Rücken klappern Teller.

Ich hätte auf mein Gefühl hören sollen, denkt er mit einem Anflug von Wut. Aber er weiß auch, dass ihm diese späte Erkenntnis weniger als nichts … Eine flüchtige Bewegung am Rande seines Blickfelds bringt seine Gedanken unvermittelt ins Stocken. Zugleich hat er das Gefühl, als ob die Temperatur um ihn herum schlagartig um mindestens zehn Grad fällt. Wie ein eisiger Windhauch, der über die nackten Tischplatten streicht.

Ein paar endlose Sekunden steht er wie erstarrt. Dann rennt er los. Ohne Rücksicht auf Verluste.

„Ey, Alter, spinnst du?“, schimpft das Crystal-Meth-Mädchen, als das Tablett mit ihrer Suppe scheppernd zu Boden kracht. „Pass gefälligst auf, du blöder Wichser!“

Ihr wütendes Gezeter lässt auch die Frau, die das Essen verteilt, kurz aufblicken. Aus den Augenwinkeln sieht sie, wie der

Junge im blauen Basketballshirt, den sie kurz zuvor bedient hat, im Flur vor den Toiletten verschwindet. Von der Person, die ihm folgt, nimmt sie keine Notiz. Sie ist nichts als ein gesichtsloser Schatten in einem Haufen verlorener Seelen …

6

St. Augustin, Gelände der Bundespolizei

Die Zufahrt zum Gelände der Bundespolizei in St. Augustin bei Bonn liegt hinter einer Rechtskurve. Hel passierte gerade die Schranke, als sie eine Nachricht von ihrem Ausbilder erhielt: Robert Beck wollte sie in seinem Büro sprechen. Sofort.

Sie parkte direkt vor dem Gebäude und brachte in aller Eile ihre Haare in Ordnung. Die Tüte mit Fast Food, die sie auf der Heimfahrt besorgt hatte, ließ sie auf dem Beifahrersitz stehen. Trotzdem hatte sie das Gefühl, nach altem Frittenfett zu riechen, als sie die Treppe in den ersten Stock hinaufhastete.

Sie fand Beck im Vorzimmer seines Büros im Gespräch mit einem Rekruten, und ihr erster Eindruck war, dass er sich geärgert hatte. Als er sie bemerkte, wedelte er einladend mit der Hand. Gleich darauf stürmte der Rekrut mit einem knappen Gruß an ihr vorbei.

„Was, zum Teufel, haben Sie angestellt?“ Lange Vorreden oder Höflichkeitsfloskeln waren Robert Becks Sache nicht. Stattdessen knallte er ihr ein Schriftstück hin: „Das hier ist ein offizielles Unterstützungsgesuch der PSI, den Anschlag auf Lorna Hoogstraat betreffend“, verkündete er, ohne sie aus den Augen zu lassen.

Hel merkte, wie ihr das Blut in die Wangen schoss. „Ja“, entgegnete sie. „Das … ist mir bekannt.“

„Und wie kommt das zustande?“

Das wüsste ich auch gern, gab Hel ihm im Stillen zur Antwort, während sie fieberhaft überlegte, was sie ihm sagen konnte, ohne wie die letzte Idiotin dazustehen. Das Problem war, dass sie selbst nicht wusste, was hier gerade passierte.

Doch glücklicherweise schien Beck erst gar keine Antwort von ihr zu erwarten. Er riss das Schriftstück wieder an sich und lehnte sich gegen einen der Schreibtische.

„Sie befinden sich noch in der Ausbildung", stellte er in vorwurfsvollem Ton fest. „Mag sein, dass Sie gut vorankommen und überdurchschnittliche Ergebnisse erzielen. Aber trotz allem sind Sie nach wie vor Studentin."

„Richtig."

„Und wieso glauben Sie dann, einfach so nach Frankfurt fahren und eine künftige Spitzenpolitikerin beschützen zu können?"

„Das glaube ich gar nicht", protestierte Hel. Doch ihr Widerspruch schien ihren Vorgesetzten nur noch mehr aufzubringen.

„Sie haben hier, verdammt noch mal, Verpflichtungen zu erfüllen", polterte er in ungebremster Wut weiter. „Und überhaupt … Ich dachte immer, Sie wollten in die Analyse."

„Will ich auch", beeilte sich Hel zu versichern. „Ich stehe bereits auf der Liste für die weiterführenden forensischen und psychologischen Lehrgänge."

Beck stemmte die Fäuste gegen die Tischplatte. „Und warum lassen Sie sich dann von Erin Weisz direkt an die Front schicken? Noch dazu in einem Fall von solcher Tragweite." Er unterbrach sich und legte seine markant geschwungene Stirn in tiefe Falten. „Woher kennen Sie einander überhaupt?"

„Wir kennen uns nicht", stellte Hel klar. „Bis heute Nachmittag hatte ich noch nie mit Direktorin Weisz oder ihrer Dienststelle zu tun."

In Becks Augen schimmerte Misstrauen. „Sie sind ihr nie zuvor begegnet?"

„Nur auf dem Empfang in Berlin letzten Herbst." Hel zögerte, bevor sie vorsichtshalber hinzufügte: „So wie wir alle."

„Und Sie haben mit Erin Weisz bei dieser Gelegenheit auch sicher keins von diesen Gesprächen geführt?", fasste ihr Vorgesetzter trotzdem noch einmal nach. „Zum Beispiel über die

Frage, wie es mit Ihrer Karriere nach dem Abschluss Ihrer Ausbildung hier bei uns weitergehen könnte?"

„Ich habe mit Direktorin Weisz vor dem heutigen Tag nie auch nur ein einziges Wort gewechselt", wiederholte Hel und kam sich vor wie ein Kind, das man wegen irgendeines Vergehens ins Büro des Schulleiters zitiert hatte. Was, zum Teufel, wollte auf einmal alle Welt von ihr?

„Wie auch immer", knurrte Beck. „Aber irgendwie muss die PSI ja schließlich auf Sie aufmerksam geworden sein, oder sehen Sie das anders?"

Die wütende Hartnäckigkeit, mit der er sie löcherte, gab Hel zu denken. „Ich kann mir keinen konkreten Anlass vorstellen", antwortete sie ausweichend.

„Und Sie haben Direktorin Weisz auch nicht nach dem Grund für Ihre Auswahl gefragt?"

„Doch. Natürlich."

Seine Pupillen verengten sich. „Was hat sie geantwortet?"

„Dass sie jemanden haben will, der die Sache zu Ende denkt."

Er ließ sich die Begründung eine Weile durch den Kopf gehen. Und als er weitersprach, wirkte er tatsächlich ein wenig entspannter als zuvor. „Hat sie gesagt, wie lange Sie in Frankfurt bleiben werden?"

„Nein."

„Hm." Seine Finger strichen über die Schreibtischkante. „Sie verpassen das Sonderwaffentraining am Donnerstag."

„Ja. Vermutlich."

„Das müssen Sie nachholen."

„Selbstverständlich."

Unter Becks linkem Auge flimmerte ein Muskel. „In Gottes Namen", stöhnte er, „dann fahren Sie nach Frankfurt und erledigen Sie, was auch immer die PSI Ihnen aufträgt. Aber danach, Steen …" Seine graugrünen Augen fixierten sie wie ein Reh, das es zu erlegen galt. „Danach kommen Sie umgehend wieder her und schließen Ihre Ausbildung ab, haben Sie mich verstanden?"

Die Eindringlichkeit seiner Worte ließ Hel an Meister Yoda denken. Die Stelle, an der er Luke Skywalker warnt, sich zu früh der dunklen Seite zu stellen. Allerdings war ihr alles andere als zum Lachen zumute. „Natürlich“, versicherte sie. Und in Gedanken fügte sie hinzu: lieber heute als morgen.

„Ich habe Sie für die SEGA im Auge“, bemerkte Beck in beiläufigem Ton, während er langsam auf seine Bürotür zuging.

Die Spezialeinheit für Gefahrenanalyse und -abwehr. Hels Ehrgeiz witterte Morgenluft. Zugleich wunderte es sie, dass er ihr ausgerechnet jetzt ein solches Zuckerl hinwarf. Umso mehr, da sie bislang eigentlich nicht das Gefühl gehabt hatte, dass Robert Beck großartig Notiz von ihr nahm. Aber anscheinend musste sie ihre Einschätzungen dringend einer Revision unterziehen.

„Die SEGA wäre mein Wunschressort“, bekannte sie freimütig.

Beck legte eine seiner kleinen, fleischigen Hände auf die Klinke. „Gut“, sagte er, ohne sich noch einmal zu ihr umzudrehen. „Dann wäre das ja geklärt. Ach, und Steen …“

„Ja?“

Einen Moment lang verharrte er unschlüssig unter dem Türrahmen. Dann atmete er tief durch und murmelte: „Viel Glück.“

Hel bezweifelte, dass es das war, was er ursprünglich hatte sagen wollen. Aber sie bedankte sich höflich und ging zurück zu ihrem Auto.

7

St. Augustin, Wohnheim der Bundespolizei, Apartment III/F

„Wo ist das Essen?“, fragte Leo, als sie kurze Zeit später die Tür des Apartments aufschloss, das sie sich seit einem knappen Jahr teilten.

„In der Mülltonne vor dem Haus.“

Ihr Mitbewohner blickte irritiert auf. Wie so oft um diese

Tageszeit hockte er auf dem Sofa vor dem Fernseher und hatte seinen Laptop auf den Knien. „Wieso?“

„Weil es kalt und absolut ungenießbar war.“

Er sah zur Uhr.

„Ich schiebe uns eine Pizza in den Ofen“, seufzte Hel.

„Vier Käse“, brummte Leo. Dann war sein pechschwarzer Lockenschopf wieder hinter dem Rand seines Monitors verschwunden.

Eigentlich, dachte Hel mit einer Mischung aus Rührung und Erstaunen, müsste man diesem Mann ein Schild umhängen mit der Aufschrift: PFLEGELEICHT.

Sie schaltete den Backofen ein, legte zwei Pizzen aufs Blech und stopfte ihre völlig durchweichten Sportsachen in die Waschmaschine. Dann gönnte sie sich eine schöne heiße Dusche.

Als sie das Bad verließ, duftete das Apartment verführerisch nach heißem Fett und Kohlehydraten. Leo hatte das Sofa gegen seinen ergonomischen Kniestuhl getauscht und beugte sich konzentriert über seinen Skizziertisch. Er verfügte über eine ausgeprägte Inselbegabung in Bezug auf Formen und Symmetrien und zeichnete mit geradezu zwanghafter Akribie Gebäude, Skylines, Brücken und Fabrikanlagen, die er irgendwann einmal irgendwo gesehen hatte – alles frei Hand und aus dem Gedächtnis. Doch wann immer man Leos Zeichnungen neben Fotografien der Originalbauwerke legte, fanden sich keinerlei Abweichungen. Selbst dann nicht, wenn ihr Mitbewohner die betreffenden Gebäude nur für ein paar Sekunden zu Gesicht bekommen hatte.

Hel trat zu ihm ans Zeichenbrett. Ausnahmsweise schien er an einer Art Landkarte zu arbeiten: Wege und Straßen, die in der Mitte zu einer ungewöhnlichen kreuzförmigen Struktur zusammenliefen. Dazu jede Menge Zahlen.

„Was ist das?“, fragte sie.

„Sektion 5, Abschnitt 41A“, murmelte Leo, während sein Zeichenstift in unverminderter Eile übers Papier glitt.

Hel verdrehte die Augen. „Sektion 5 von was?“

„Wien, Zentralfriedhof.“ Er rieb sich die Nase. „Ich war als Bub ein paarmal mit meiner Mutter da.“

Hels Augen folgten der Bleistiftspitze, die unermüdlich neue Zahlen und Linien zu Papier brachte. Tief in ihrem Inneren war sie überzeugt, dass eine derart ausgeprägte Begabung zwangsläufig Defizite in anderen Bereichen zur Folge haben musste. Doch bislang hatte sich noch nichts Gravierendes feststellen können: Leo putzte. Leo brachte den Müll raus. Leo fuhr Fahrrad und kam meistens sogar an. Und selbst im Job lief alles reibungslos. Das einzige Defizit, das sie bislang ausgemacht hatte, war ein Leck in Leos Energieversorgung (zumindest war Leo der einzige Mensch, den sie kannte, der sich bereits zum Frühstück zwölf Scheiben Toast mit Nutella reinziehen konnte und trotzdem so aussah, als könne ihn bereits der leiseste Windhauch einfach davontragen).

Wahrscheinlich fordern die vielen Gräber und Fassaden von seinem Hirn eine solche Rechenleistung, dass die Kalorien einfach verpuffen, dachte Hel mit einem nachsichtigen Blick auf das Wegegewirr des siebtgrößten Friedhofs der Welt.

„Wie oft genau bist du dort gewesen?“, fragte sie.

„Zweieinhalb Mal.“

„Wie, bitte, kann man ein halbes Mal auf einem Friedhof gewesen sein?“, fragte Hel, ohne sicher zu sein, ob sie die Antwort auf diese seltsame Frage wirklich hören wollte.

Doch Leo schien nichts dabei zu finden. „Zweimal richtig“, entgegnete er todernst. „Und beim dritten Mal sind wir nur gerannt, weil es wie aus Kübeln geschüttet hat.“

„Wie alt waren wir denn da?“

„Vier.“

„Na klar“, murmelte Hel und schnappte sich ein Paar Topflappen von der Ablage über dem Herd. So unerfreulich ihr Tag auch gewesen sein mochte – dieser Kerl schaffte es immer, sie wieder zum Lachen zu bringen!

Eigentlich ist er derjenige, der sich das Clownkostüm anziehen müsste, dachte sie und kippte Leos Pizza auf einen der wenigen Teller, die sie besaßen.

„Warum suchst du dir nicht eine kleine Wohnung außerhalb, statt mit diesem Freak in einem winzigen Apartment zu hocken?", hatte Bonnie sie zu Beginn ihrer Ausbildung noch regelmäßig gefragt.

Hel war sich durchaus bewusst, dass ihrem Leben etwas zutiefst Provisorisches anmutete, aber sie mochte den kasernenartigen Charme ihrer Unterkunft. Die unaufdringliche Gesellschaft und der dezente Trubel, der hier zu jeder Tages- und Nachtzeit herrschte, erinnerte sie an ihre Zeit im Internat. Und auch ihre Kindheit in der Ferienpension ihrer Großmutter war von ständig neuen Bekanntschaften geprägt gewesen. Die Gäste waren selten länger als zwei Wochen geblieben. In der Praxis hatte das alle vierzehn Tage neue Gesichter, neue Temperamente und neue Geschichten bedeutet – ein wahres Paradies für ein fantasiebegabtes Kind, das gern beobachtete.

Sie kramte Besteck aus der Schublade und trug die Teller zum Couchtisch hinüber. Während des Essens sahen sie die Nachrichten. Der Anschlag auf Lorna Hoogstraats Büro war noch immer eine der Top-Schlagzeilen, doch in den Tickern der Nachrichtensender dominierten bereits wieder andere Themen.

„Aber warum ich?", fragte Hel, nachdem sie Leo von ihrem Gespräch mit Erin Weisz berichtet hatte. „Und erzähl mir nicht, dass sie mich ausgewählt hat, weil ich so unfassbar gut bin."

Wie immer prallte ihre Selbstironie an ihrem Mitbewohner ab wie Regen an einem frisch polierten Sportwagen. „Vielleicht braucht sie einfach eine Frau", schlug er vor. „Irgendeine interne Quotenvorgabe, die sie zu erfüllen hat. Oder eine Politikerin, der sie in den Hintern kriechen muss, reitet auf der Gender-Welle."

„Super", entfuhr es Hel. „Ich wollte schon immer aufgrund meines Geschlechts Karriere machen."

„Wirst du nicht", murmelte Leo und kehrte an seinen Zeichentisch zurück.

„Bist du Erin Weisz eigentlich mal begegnet?", fragte Hel, während sie die Spülmaschine einräumte.

„Was heißt begegnet …“ Leo kniff die Augen zusammen. „Auf dem Hauptstadtempfang letztes Jahr habe ich sie, glaube ich, von Weitem gesehen und …“

„Ha!“, triumphierte Hel.

Er blickte irritiert auf. „Hab ich was Falsches gesagt?“

„Nein.“ Sie lachte. „Ich musste nur gerade an mein Gespräch mit Beck denken.“

„Wieso?“

„Er hat ziemlich seltsam auf meine Anwerbung reagiert. Irgendwie …“ Sie suchte eine Weile nach dem passenden Wort. „Irgendwie argwöhnisch.“

Leos lange, dünne Finger zupften den Abrieb von seinem Radiergummi. „Vielleicht hat er einfach Sorge, dass man ihm seine beste Rekrutin ausspannt.“

„Ich bin nicht seine beste Rekrutin“, widersprach Hel. „Und bislang hat dieser Mann noch nicht einmal Notiz von mir genommen, wenn ich direkt vor seiner Nase gestanden habe.“

„Woher willst du das wissen?“, fragte Leo und etwas an seinem Einwand ließ Hel schaudern.

Doch ihre Emotionen erreichten Leos Gehirn allenfalls in Form von mehr oder minder unverständlichen Störgeräuschen. „Wie auch immer“, sagte er, „Erin Weisz steht seit jeher in dem Ruf, ein ausgezeichnetes Gespür für Potenziale zu haben. Trotz dieser Sache damals in Wien.“

Seine Bemerkung bezog sich auf eine missglückte Operation in der österreichischen Hauptstadt, bei der ein Waffeninspekteur der Vereinten Nationen mit seinem Konvoi in einen Hinterhalt gelockt und getötet worden war. Die Operation galt bis heute als einer der größten Fehlschläge der Dienststelle Personenschutz Ausland, deren Leiterin Erin Weisz zu diesem Zeitpunkt gewesen war. Soweit Hel wusste, war die Direktorin daraufhin eine Weile vom Dienst freigestellt worden, doch langfristig hatte die Sache ihrer Karriere in keiner Weise geschadet. Und das obwohl damals neben der Schutzperson auch drei der vier beteiligten Personenschützer ums Leben gekommen waren. Die Plaketten mit ihren Dienstnummern hingen noch immer im Eingangsbereich des Hauptgebäudes, und einmal im Jahr gedachten Ausbilder und Rekruten der Getöteten im Rahmen einer kleinen Andacht.

„Vergessen Sie also niemals, was dieser Beruf in letzter Konsequenz für Sie bedeuten kann", hatte Robert Beck auch beim letzten Mal wieder am Ende seiner Ansprache gemahnt. Und Hel hatte genau wie die anderen pflichtschuldig gelauscht und war anschließend zur Tagesordnung übergegangen.

„Vermutlich nennen sie diese Frau nicht umsonst den Aasgeier", murmelte sie, mehr zu sich selbst als an Leo gewandt.

„Aasgeier?" Er sah hoch. „Ernsthaft?"

„Hat sie selbst gesagt."

„Oh." Sein Stirnrunzeln vertiefte sich. „Ich kannte bislang nur ihren anderen Spitznamen."

„Der da wäre?"

„Fettauge."

„Ach du Schande!" Hel gab ein Tab in die Kammer der Spülmaschine und knallte die Tür zu. „Das wird ja immer schmeichelhafter!"

„Aber es ist zweifellos etwas Wahres dran, denn Erin scheint die seltene Gabe zu besitzen, selbst nach den gravierendsten Fehlschlägen als Siegerin vom Platz zu gehen." Er zuckte seine knochigen Schultern. „Egal wie schlecht es für sie zwischenzeitlich aussehen mag: Am Ende kriegt sie den Prinzen und das Schloss."

„Apropos Prinz", griff Hel diese Steilvorlage in Sachen Privatleben ihrer Auftraggeberin dankbar auf. „Ist sie eigentlich verheiratet?"

„Seit einer halben Ewigkeit", nickte Leo. „Mit einem Geschichtsprofessor aus Bonn."

„Kinder?"

„Nicht, dass ich wüsste."

Er nahm sich einen Schokoriegel und beugte sich wieder über seine Zeichnung, während Hel sich in die Akte vertiefte, die Erin ihr überlassen hatte. Doch die Dokumente enthielten tatsächlich wenig Erhellendes. Und auch die Videomitschnitte von Lorna Hoogstraats Reden der vergangenen Wochen und Monate erwiesen sich als ziemlich unergiebig. Allerdings entdeckte Hel bei der Durchsicht des Bildmaterials eine Sequenz, die sie stutzen ließ.

„Sieh dir das hier mal an!", sagte sie.

Das Video zeigte Lorna Hoogstraat bei der Verleihung irgendeines neu gestifteten Preises für Nachwuchswinzer. Die Veranstaltung fand in einer festlich geschmückten Turnhalle statt und umfasste auch eine Weinprobe, bei der die Ehrengäste – Hels vorsichtiger Schätzung nach etwa zweihundert Personen – an einer großen, u-förmig aufgestellten Tafel saßen.

„Die Aufnahmen sind von Freitag vor einer Woche", erläuterte Hel und zoomte dichter an Lorna Hoogstraat heran. „Ich habe mir die Wetterdaten angesehen – und an diesem Tag war es fast überall in Deutschland noch einmal außergewöhnlich warm." Sie klickte ein Menü an der Seite ihres Bildschirms an. „Zum Zeitpunkt der Veranstaltung betrug die Außentemperatur 29,7 Grad. Und diese Turnhalle ist natürlich nicht klimatisiert, weshalb die Veranstalter die Tür denn auch während der gesamten Weinprobe offen gelassen haben, siehst du?"

Sie vergrößerte den Bildbereich neben Lorna Hoogstraats rechter Schulter, wo die zweiflügelige Hallentür tatsächlich sperrangelweit offen stand. Im Hintergrund war ein asphaltierter Parkplatz zu erkennen.

„Lorna saß zweiundfünfzig Minuten mit dem Rücken zur offenen Tür", resümierte Hel, „während ihre Personenschützer", sie swipte nach rechts, „an diesem separaten Tisch hier drüben Platz genommen haben und sich in aller Seelenruhe einen kleinen Imbiss genehmigen."

Leo musterte die beiden kauenden Mittdreißiger mit gerunzelter Stirn. „Du meinst, wer immer Lorna Hoogstraat etwas antun will, hätte vor neun Tagen fast eine Stunde lang freie Schussbahn gehabt?"

Hel lehnte sich zurück. „So sieht's aus. Und ich frage mich ernsthaft, warum ein Attentäter eine derart günstige Gelegenheit verstreichen lässt und sich stattdessen damit begnügt, mit einer Briefbombe eine nachgeordnete Angestellte zu verletzen."

„Vielleicht hatte er Lorna ja vor neun Tagen noch gar nicht im Visier", schlug Leo nach kurzem Überlegen vor.

„Doch", widersprach Hel. „Erin sagt, dass Lornas Team bereits seit Längerem um ihre Sicherheit fürchtet. Das ist auch der Grund, warum sie überhaupt Personenschutz hat, obwohl sie streng genommen bislang nur eine einfache Bundestagsabgeordnete ist."

„Und wer hat das organisiert?"

„Lornas Wahlkampfteam aufgrund einer entsprechenden Empfehlung der Polizei." Hel klickte ein neues Dokument an. „Die Firma heißt SAFEHOUSE, Stammsitz in Berlin. Aber sie haben auch Dependancen in Frankfurt, Hamburg und München."

„Schick", spöttelte Leo beim Anblick der durchgestylten Homepage. „Aber vom Schutzlevel her sind die Typen eher dekorativ als effizient."

Hel zuckte die Achseln. „Bis heute Nachmittag waren Lorna Hoogstraats Leute offenbar der Meinung, dass das ausreicht."

Leo strubbelte sich durch die Locken, was er oft tat, wenn er intensiv nachdachte. „Was ist mit Social Media?"

Hel verließ die Website des Sicherheitsanbieters und rief eine von Erins Grafiken auf. „Seit knapp drei Wochen lässt sich ein signifikanter Anstieg von Hasskommentaren gegen Lorna Hoogstraat verzeichnen", fasste sie zusammen, was die sprunghaft anwachsenden Balken eindrucksvoll illustrierten. „Es gab sogar eine Seite mit dem Namen *Lock LornaH up!* – in Anspielung auf Donald Trumps Attacken gegen Hillary Clinton. Aber die ist inzwischen wieder offline."

Leo nahm seine Brille ab und polierte die Gläser mit dem Saum seines Sweatshirts. „Was hat die Ärmste getan, dass ihr plötzlich alle Welt an den Kragen will?"

Genau das, dachte Hel, müssen wir unbedingt herausfinden. Laut sagte sie: „Kannst du rauskriegen, ob diese Hasskampagnen gezielt initiiert wurden?"

Er schürzte die Lippen. „Kommt drauf an."

Sie fragte nicht, worauf, weil sie wusste, dass sie die Antwort ohnehin nicht verstehen würde. Stattdessen sagte sie: „Tu mir einfach den Gefallen und versuch es, ja?"

„Okay." Er setzte die Brille wieder auf und reckte seinen spindeldürren Körper. „Ich setze mich gleich morgen früh dran."

Morgen früh? Hel sah zur Uhr. 01:30 Uhr. „Ich mache dann auch Schluss", beschloss sie und zog Erins USB-Stick aus ihrem Laptop. „Den Rest kann ich mir genauso gut auf der Fahrt ansehen."

„Wann geht's denn los?", wollte ihr Mitbewohner wissen.

„6:30 Uhr." Mit viel Glück immerhin vier Stunden Schlaf …

„Dann sehen wir uns nicht beim Frühstück", stellte Leo gähnend fest.

Hel grinste. „Kommst du klar oder soll ich dir sicherheitshalber eine Lunchbox zurechtmachen?"

„Nein, danke. Passt schon."

Die ernsthafte Beantwortung rhetorisch gemeinter Fragen war typisch für Asperger-Autisten, und hin und wieder konnte Hel einfach nicht widerstehen, ihren Mitbewohner diesbezüglich aufs Glatteis zu führen. „Gute Nacht, Leo", setzte sie mit einem Anflug von schlechtem Gewissen hinzu.

„Nacht", murmelte Leo und tappte mit Laptop und Schokoriegeln zur Tür jenes Raumes, den er großspurig als „sein Zimmer" bezeichnete. In Wahrheit war es nicht viel mehr als eine Abstellkammer, gerade groß genug für ein Einzelbett, einen Flatscreen und eine schmale Kommode. Aber Leo schien sich dort wohlzufühlen. „Ich rufe dich an, sobald ich was habe", nuschelte er an der Schokosoße in seinem Mund vorbei. Dann fiel die billige Sperrholztür hinter ihm ins Schloss.

ZWEITER TEIL

Fünfzehn Jahre zuvor …

Sei still!

Er darf uns nicht finden …

Die beiden Sätze haben sich in ihrem Gedächtnis festgebrannt, auch wenn sie keine Ahnung hat, woher sie kommen. Sie hat ihre Mutter gefragt. Hundertfach. Aber sie erhält nie eine Antwort. Zumindest keine, die irgendetwas erklärt.

Manche Kinder träumen schlecht.

Mag ja sein. Aber sie glaubt nicht länger an einen Traum. Nicht seit eine ihrer Lehrerinnen sie vor Kurzem gefragt hat, was das für ein Drache sei, der da hinter dem Käfig hervorschaut. Sie sollten einen Zirkus malen. Auf den Bildern der anderen Kinder sind Tiger und Löwen. Lustige bunte Zelte mit Fähnchengirlanden, die im Wind flattern. Aber nicht bei ihr.

„Du, sag mal …“ Die Lehrerin bleibt direkt vor ihrem Tisch stehen. „Was ist denn das für ein Drache da auf deinem Bild?“

Sie antwortet nicht und hofft inständig, dass ihre Lehrerin einfach weitergeht.

Aber Frau Dernoth rührt sich keinen Millimeter von der Stelle. „Weißt du überhaupt, was ein Drache ist?“, fragt sie.

Sie schüttelt den Kopf.

Die Augen hinter der schwarz geränderten Brille verengen sich und ihr wird schlagartig klar, dass sie einen Fehler begangen hat. Wenn du nicht weißt, was ein Drache ist, kannst du, verdammt noch mal, auch keinen malen!

Der Ärger über ihre Nachlässigkeit lässt ihr das Blut in den Kopf schießen. Es pocht in ihren Wangen. Gleichmäßig im Takt ihres Herzens. Warum fällt ihr ausgerechnet jetzt keine gute Erklärung ein? Immerhin denkt sie sich doch auch sonst andauernd Geschichten aus.

„Der Drache …“, beginnt sie stockend.

Der Ausdruck in Frau Dernoths Augen wechselt von misstrauisch zu interessiert. „Ja?“

Sie schluckt. Durch ihre Kehle würde nicht mal ein Strohhalm passen. Wo sind die Worte, die sie retten können? Und warum ist es so warm hier?

„Aber Kind, was ist denn los mit dir? Hast du Fieber?"

Sie zuckt zusammen und spürt einen Kranz kühler Finger auf ihrer Stirn. Zugleich blitzt wie aus dem Nichts ein Bild vor ihr auf: eine niedrige Autodecke, bezogen mit Leder, das sauber und neu riecht. Davor eine Kopfstütze, cremefarben. Und ein Gesicht. Seltsam unscharf. Als ob sie durch den Boden eines Glasbechers blickte ...

„Alles okay?"

„Sieht nach Übelkeit aus", hört sie sich antworten, bevor sie etwas dagegen unternehmen kann. Aber ihre Stimme hört sich seltsam fremd an. Fast so, als gehöre sie einer anderen Person.

„Wie bitte?", fragt Frau Dernoth und lässt ihre Stirn los.

„Nichts", versichert sie hastig.

Du musst unbedingt still sein!

„Soll ich deine Mutter anrufen, damit sie dich abholt?"

Sie schüttelt den Kopf. Heftig.

„Nein, es ... es geht mir gut."

Sie kann zusehen, wie es hinter Frau Dernoths Stirn zu arbeiten beginnt. Sie gehört zu der Sorte von Erwachsenen, die immer und für alles Verständnis aufbringen. Zugleich will sie an nichts schuld sein. Eine gefährliche Kombination in ihrem Fall.

„Mir ist nur übel", wiederholt sie vorsichtshalber.

Ein neuerliches langes Zögern. Dann das erlösende: „Na, schön. Dann geh erst mal einen Moment auf die Couch und leg die Füße hoch, ja?"

Sie nickt und steht auf. Aber ihre Beine wollen ihr kaum gehorchen.

„Möchtest du ein Glas Wasser?"

Nein. Möchte sie nicht. Aber sie weiß, es ist besser, wenn sie „Ja" sagt.

Das Nächste, was sie fühlt, ist der Rand einer Trinkflasche an ihren Lippen. Es kostet sie enorme Überwindung, aber sie trinkt.

„Geht es dir besser?"

„Ja. Danke."

Frau Dernoth nickt. „Ruh dich aus", sagt sie. „Über den Drachen sprechen wir später."

Heute …

1

Frankfurt, Wohnung von Lorna Hoogstraat

„Paul Maar."

„Helena Steen."

Seine hellblauen Augen glitten flüchtig über ihr Gesicht. Dann drückte er auf den Knopf für die achte Etage.

Insgeheim hatte Hel einen anderen Typ Mann erwartet. Groß, austrainiert und deutlich älter. Doch Paul Maar war nur ein paar Zentimeter größer als sie selbst und insgesamt eher schmal als athletisch gebaut. Allerdings wusste Hel allzu gut, wie leicht der äußere Anschein trügen konnte. In Israel hatte sie zwei Typen von Agenten kennengelernt: die Kleiderschränke mit den raspelkurzen Haaren, die den Eindruck vermittelten, in jedem olympischen Zehnkampffinale mithalten zu können, und die, die eher wie Netanyahu aussahen. Wenn Hel gegen einen von beiden kämpfen müsste, würde sie immer den Zehnkämpfer wählen.

„Wie lange arbeiten Sie schon für Erin?"

Hel warf einen Blick auf die Uhr. „Ziemlich genau vierzehn Stunden."

Er grinste.

„Und Sie?"

„Ein paar Monate."

„Und wie ist sie so?", erkundigte sich Hel in lockerem Plauderton. „Als Vorgesetzte meine ich?"

„Anspruchsvoll."

„Kann ich mir denken." Sie versuchte, seinem Gesichtsausdruck einen Hinweis darauf zu entnehmen, wie er wirklich zu

Erin Weisz stand. Doch seine Aufmerksamkeit war stur auf die Anzeigetafel des Fahrstuhls gerichtet.

„Ich schätze, wir sollten uns besser duzen", sagte er. „Damit der Eindruck entsteht, dass wir ein Team sind."

„Klar. Kein Problem." Hel studierte sein Profil und ertappte sich bei der Frage, ob er früher wegen seiner rotblonden Haare und den Sommersprossen gehänselt worden war. Jungen wie Paul Maar waren nicht unbedingt die Stars ihrer Kindergartengruppe oder Grundschulklasse. Zumindest bis zu dem Zeitpunkt, an dem sie auf andere Weise punkten konnten.

„Ihre Freunde nennen Sie Hel, nicht wahr?", riss seine Stimme sie aus ihren Gedanken.

„Ja, genau", antwortete Hel und überlegte, wie viel Erin Weisz ihm über sie erzählt haben mochte.

„Paul."

Ha, ha! Hel bedachte sein Spiegelbild mit einem finsteren Blick, während der Aufzug sie Stockwerk um Stockwerk nach oben trug. Lorna Hoogstraats Frankfurter Stadtwohnung lag am Rande des Bankenviertels. Ein kühles, chromblitzendes Gebäude mit einer ebenso noblen wie sterilen Eingangshalle. Ein Mitarbeiter einer privaten Sicherheitsfirma kontrollierte den Zugang, und Hel überlegte, wie es ihm gelungen war, die Presse fernzuhalten. Schließlich wurde das Haus seit dem Anschlag von Journalisten regelrecht belagert.

„Sind Sie … Bist du Lorna Hoogstraat schon mal begegnet?", wandte sie sich wieder an ihren neuen Kollegen. „Persönlich, meine ich."

„Nein."

Du könntest dir in puncto Konversation ruhig ein bisschen mehr Mühe geben, dachte Hel mit einem Anflug von Ärger. Damit der Eindruck entsteht, dass wir ein Team sind, ha, ha!

Paul Maar schien ihre Verstimmung zu spüren und wandte den Kopf. „Alles klar?"

„Sicher", entgegnete sie eilig. Und glücklicherweise hatten sie just in diesem Moment auch endlich ihr Ziel erreicht: Die Lifttüren glitten lautlos auseinander, und Hel sah Marmor und jede

Menge anthrazitfarbene Türen. Aus der Akte wusste sie, dass Lorna Hoogstraat die gesamte Etage gemietet hatte. Sagenhafte zweihundertvierzig Quadratmeter in bester Frankfurter Wohn- und Geschäftslage.

Vom anderen Ende des Flurs her kam ihnen ein Mann mittleren Alters entgegen. Er trug einen etwas zu eng geschnittenen grauen Anzug und ein Businesshemd ohne Krawatte. „Steen und Maar?", fragte er.

Die beiden Personenschützer bejahten.

„Ich bin Tom Gellert. Lornas Wahlkampfmanager." Sein Blick blieb an Paul hängen, und Hel konnte sehen, dass er dasselbe dachte wie sie: Ich hatte ihn mir größer vorgestellt. „Bitte, kommen Sie mit!"

Sie folgten ihm um die Ecke, wo ein schwarz gelockter Mann lebhaft mit einer schlanken jungen Frau diskutierte. Sie trug einen dunkelblauen Hosenanzug und hatte ihre kastanienroten Locken in einem Knoten gebändigt.

„Kommt überhaupt nicht infrage", sagte sie und der Stresspegel ihrer Stimme verriet, dass sie enorm unter Druck stand. „Nicht unter derart unkalkulierbaren Umständen."

„Ich bitte dich, Vicky", stöhnte ihr Gesprächspartner. „Du weißt doch, wie das läuft."

„Eben", versetzte die Frau unmissverständlich endgültig.

Aber der Mann gab nicht nach: „Hast du mal einen Blick in die Kommentare geworfen?", fragte er, mühsam beherrscht. „Wenn wir jetzt nicht schnell reagieren, vertun wir nicht nur eine Riesenchance, sondern liefern obendrein auch noch den Beweis, dass Lorna tatsächlich das karrieregeile, empathielose Miststück ist, für das die Mehrheit der Bundesbürger sie angeblich hält."

„Wir klären das später", entgegnete seine Gesprächspartnerin mit einem gequälten Lächeln ins Hels Richtung.

Der Mann mit den schwarzen Locken drehte sich um, Hel verortete ihn herkunftsmäßig irgendwo im Mittleren Osten.

„Darf ich bekanntmachen?" Tom Gellert breitete salbungsvoll die Arme aus. „Vicky Dorn, Lornas persönliche Referentin. Und der Mann der klaren Worte ist Ashrav Rouhani, unser

Pressesprecher. Frau Steen und Herr Maar von der PSI."

„Freut mich." Hel reichte Vicky Dorn und anschließend auch Ashrav Rouhani die Hand. Sie hatte durchaus erwartet, dass eine erfolgversprechende Nachwuchspolitikerin von erfahrenen Profis betreut wurde. Aber Lorna Hoogstraats Beraterstab konnte locker mit dem Personal eines amerikanischen Präsidentschaftsbewerbers mithalten.

„Gut, dass Sie hier sind", frohlockte Rouhani. Und an Vicky Dorn gewandt setzte er hinzu: „Dann können wir die Kollegen ja gleich in unsere Planungen einbeziehen."

„In welche Planungen?", fragte Tom Gellert.

„Lorna möchte ins Krankenhaus, um Margit Klug zu besuchen", erklärte Rouhani. „Und ich halte das für eine verdammt gute Idee."

Vicky Dorns Wangen füllten sich mit Blut. „Ich habe Nein gesagt."

Rouhani reckte angriffslustig das Kinn vor. „Falls du es noch nicht bemerkt haben solltest: Wir befinden uns mitten im Wahlkampf. Und im Augenblick haben wir eine Kandidatin, deren Sympathiewerte sich irgendwo zwischen Bolsonaro und Boris Johnson bewegen."

„Aber mit einer toten Kandidatin gewinnt man ganz sicher auch keine Wahlen", konterte Vicky Dorn.

„Herrgott noch mal!" Rouhani verdrehte entnervt die Augen. „Wenn es nach dir ginge, würde Lorna keinen Fuß mehr aus diesem Haus setzen."

„Das ist doch Quatsch", startete Vicky Dorn – nicht zuletzt angesichts der Zuhörer – einen neuen Versuch, die Diskussion zu entschärfen. „Ich bin nur der Ansicht, dass wir zum jetzigen Zeitpunkt jedes unnötige Risiko ..."

„Ich weiß deine Besorgnis zu schätzen", unterbrach sie eine angenehm dunkle Stimme in Hels Rücken. „Aber ich werde auf jeden Fall in diese Klinik fahren."

„Gute Entscheidung", lobte Rouhani. „Sagen wir in einer Stunde?" Er wartete nicht auf eine Antwort, sondern zückte sein Smartphone und eilte geschäftig den Flur hinunter.

„Arschloch", zischte Vicky.

„Er macht nur seinen Job", sagte Tom Gellert.

Doch Vicky Dorn warf ihm einen verächtlichen Blick zu und verschwand hinter einer der angrenzenden Türen, während Hel die Frau, für deren Leben sie ab sofort verantwortlich waren, einer ausgiebigen Musterung unterzog. In natura wirkte Lorna Hoogstraat deutlich jünger als im Fernsehen, wenngleich sie auch jetzt aufwendig gestylt war: Jede einzelne Strähne ihres dunkelbraunen Bobs saß genau da, wo sie sein sollte, und das großzügig aufgetragene Make-up betonte geschickt sämtliche Vorzüge ihres Gesichts. Ihre Augen waren tiefdunkelbraun. Eine sehr außergewöhnliche, warme Farbe. Seltsamerweise wirkte Lornas Blick trotzdem eher kühl.

„Ich fürchte, ich muss Ihrer Assistentin beipflichten", sagte Paul, nachdem auch er Lorna Hoogstraat die Hand geschüttelt hatte. „Solange wir nicht wissen, aus welcher Richtung die Bedrohung kommt, halte ich einen spontanen Besuch in einem öffentlichen Krankenhaus für viel zu riskant."

Hel funkelte ihn von der Seite an. *Vielen Dank auch, dass du mich so selbstverständlich in deine Reden einbeziehst!*

„Eine Frau ringt mit dem Tod, einzig und allein deshalb, weil sie für mich gearbeitet hat", entgegnete Lorna Hoogstraat derweil ruhig, aber bestimmt. „Da ist es ja wohl das Mindeste, dass ich mich nach ihrem Befinden erkundige."

„Klar, natürlich, kein Problem", entgegnete Paul und reichte ihr sein Smartphone. „Tun Sie sich keinen Zwang an!"

Hel hielt die Luft an. Sie hatte keine Erfahrungen mit Einsätzen wie diesem. Aber das forsche Auftreten ihres Kollegen erfüllte sie mit einer Mischung aus Anerkennung und Schrecken.

Lorna Hoogstraat hingegen wirkte eher amüsiert als beeindruckt. „Sie beide haben doch bestimmt noch irgendwelche Vorbereitungen zu treffen, damit wir heil in dieses Krankenhaus und anschließend auch wieder zurück kommen." Sie schenkte Paul ein strahlendes Lächeln und Hel wünschte, sie hätte ein Foto von seinem Gesicht machen können. „Tom wird Ihnen alles zeigen."

Tom Gellert spürte, dass die Situation kurz vor einer Eskalation stand. „Abgesehen von den üblichen Polizeischutzmaßnahmen bei größeren Veranstaltungen haben wir bislang mit einer privaten Sicherheitsfirma zusammengearbeitet", erklärte er eilig. „Kommen Sie, ich mache Sie mit den Kollegen bekannt."

Paul Maar rührte sich nicht von der Stelle. „Lassen Sie mich eins klarstellen", sagte er, ohne Lorna Hoogstraat auch nur eine Sekunde lang aus den Augen zu lassen. „Meine Kollegin und ich sind keine Dienstleister, sondern wir unterliegen einzig und allein den Anweisungen der zuständigen Bundesbehörde. Falls Sie also Einwände oder Vorbehalte gegen unsere Einschätzungen und Vorgehensweisen haben, können Sie sich jederzeit gern an unsere Vorgesetzte wenden. Die Nummer haben Sie ja, oder nicht?"

Lorna Hoogstraat hielt seinem Blick stand. „Sie beide erledigen Ihren Job und ich meinen", stellte sie in ruhigem, sachlichem Ton fest. „Wie Sie das finden, geht mir – mit Verlaub – am Arsch vorbei. Allerdings denke ich, dass wir versuchen sollten, einander nicht mehr als unbedingt nötig in die Quere zu kommen, meinen Sie nicht auch?"

„Aber wenn Sie nicht wollen, dass …", setzte Paul an.

Doch Lorna fiel ihm umgehend wieder in die Rede. „Ich habe Ihre Bedenken zu Kenntnis genommen", erklärte sie unmissverständlich endgültig. „Und jetzt entschuldigen Sie mich. Ich muss noch ein paar Mails beantworten, bevor wir fahren." Sie drehte sich auf dem Absatz um und öffnete eine Tür links des Ganges.

„Meine Kollegin wird Sie begleiten", rief Paul, der seine Niederlage nicht so einfach hinnehmen wollte, ihr nach. „Seien Sie doch bitte so gut und geben Sie ihr einen Überblick über die Drohungen, die Sie in den vergangenen Wochen erhalten haben."

Hel schnappte nach Luft. Was bildete sich dieser arrogante Mistkerl eigentlich ein? Sie herumzureichen wie eine Schachtel Pralinen, während er mit irgendwelchen privaten Sicherheitsleuten über die nächsten Schritte beriet!

Doch Paul Maar ignorierte ihre empörten Blicke und folgte Tom Gellert den langen, blitzsauberen Flur hinunter.

„Wie lange arbeiten Sie beide schon zusammen?", erkundigte sich Lorna Hoogstraat mit einem verstohlenen Lächeln.

„Lange genug", versetzte Hel wütend.

„Na schön", seufzte Lorna. „Dann zeige ich Ihnen mal die Freakshow!"

2

Landsitz Vintergaarden, Südschweden

Er schreit mit den Augen. Zumindest versucht er es. Aber Mascha ist zu beschäftigt, um ihn anzusehen. Dabei hat man ihm früher regelmäßig gesagt, dass er diesen sehr besonderen Blick habe. Intensiv und irgendwie zwingend. Die Art von Blick, die Worte überflüssig macht. Viele seiner Angestellten sind diesem Blick ihr gesamtes Arbeitsleben lang ausgewichen. Er hat Meetings auf diese Weise geleitet. Gegner in Schach gehalten. Kunden überzeugt und Menschen übers Ohr gehauen.

Was für eine Ironie, denkt er, dass mein Blick ausgerechnet jetzt, wo es drauf ankommt, nichts mehr auszurichten vermag … Oder irrt er sich?

Er blinzelt in das Licht der Nachttischlampe, während Mascha seinen rechten Fuß in den bereitgelegten Kompressionsstrumpf zwängt. Das letzte Mal, dass er sich im Spiegel gesehen hat, ist viele Monate her. Wozu auch?, werden sich die Pflegerinnen vermutlich fragen. Und je länger er über die Sache nachdenkt, desto weniger kann er ihnen ihr Versäumnis verübeln. Was sollte es ihm bringen, sich im Spiegel zu betrachten? Er wird gewaschen, rasiert und eingerieben. Und er ist auch nie besonders eitel gewesen. Wozu, um Himmels willen, sollte er sich ins Gesicht sehen wollen?

Ich möchte wissen, was noch übrig ist, denkt er trotzig. Ob noch etwas übrig ist. Oder ob ich nur noch ein sabbernder Hautsack bin. Automatisch gleiten seine Augen abwärts, wo das blaue Businesshemd einem blauen Pyjamaoberteil gewichen ist. Keine Speichelflecken. Keine Tränen. Keine Spuren. Und doch, denkt er, muss mein Gesicht jeglichen Ausdruck verloren haben. Sonst müsste Mascha doch bemerken, dass ich …

Sonst würde sie doch …

Ihm stockt im wahrsten Sinne des Wortes der Atem, als sie auf einmal mitten in einer Bewegung innehält. Fast so, als ob sie seine stummen Schreie gehört hätte. Ihre vertrauten Züge wenden sich ihm zu.

„Oh Verzeihung, habe ich Ihnen wehgetan?", fragt sie bestürzt.

Sein Blick brennt sich in ihr Gesicht. *Helfen Sie mir!*

„Tut mir leid, Herr Mogendorf. Das wollte ich nicht." Sie sieht ihn nur selten an, seit er in diesem Zustand ist. Nicht, weil sie sich drücken will. Zum Drücken ist sie nicht der Typ. Aber das Nicht-Ansehen ist ihre Form von Respekt. Das letzte bisschen Würde, das sie ihm zugestehen kann. Doch jetzt blickt sie ihm direkt in die Augen und er kann zusehen, wie sich der Ausdruck in ihrem Gesicht verändert.

„Herr Mogendorf?", flüstert sie. „Ist irgendwas nicht in Ordnung?"

Sie müssen ihn aufhalten! Hören Sie? Was immer er vorhat, er darf es auf keinen Fall zu Ende bringen! Die Anstrengung treibt ihm das Blut in die Wangen. Aber er muss es irgendwie schaffen, dass sie ins Nachdenken kommt. Vielleicht gar Verdacht schöpft. Mascha ist seine einzige Chance. Die letzte, die er hat. *Sieh mich an! Sieh hin! HILFE!*

Die Miene seiner Haushälterin nimmt einen besorgten Ausdruck an. „Soll ich den Doktor rufen?"

Nein! Auf keinen Fall! Nicht den Doktor! Seine Augen wandern beschwörend zur Ecke neben dem Fenster. *Der Computer!*

Mascha stutzt.

Sieh hin, verdammt! Gib mir eine Chance! Ihre Augen folgen seinem Blick, und zum ersten Mal seit Wochen glaubt er, einen Hauch von Zweifel darin zu erkennen. *Gut! Gut! SEHR GUT! Folge deinem Instinkt. Scheiß auf die Anweisung. Im Grunde deines Herzens weißt du doch, dass sie von einem Psychopathen stammt. Also geh, verdammt noch mal, da rüber und gib mir meine Stimme zurück!*

Sein Herz macht einen Sprung, als zwei Zimmer weiter das Telefon zu schrillen beginnt.

Nein! Bitte!

NICHT AUSGERECHNET JETZT!

„Ich bin gleich wieder da", verkündet Mascha, nun wieder mit dem Ausdruck geschäftiger Zuverlässigkeit, den er so gut kennt. Und wie immer schließt sie gewissenhaft die Tür, als sie das Zimmer verlässt.

3

Frankfurt, Wohnung von Lorna Hoogstraat

In Lorna Hoogstraats Büro sah es aus wie in einer militärischen Kommandozentrale. An der Wand hingen mehrere Bildschirme, über die stumm die neuesten Nachrichten flimmerten. Und auch der Schreibtisch war mit modernster High-End-Elektronik ausgestattet. Dazu gab es hohe Regale mit Sammelkartons und Aktenordnern. Und auf dem Parkett standen mehrere Umzugskartons, randvoll mit Drucksachen und Papieren.

Wozu braucht diese Frau überhaupt noch ein Wahlkreisbüro?, war das Erste, was Hel dachte. Das Zweite war: ganz schön viel Papier für eine Frau, die angeblich so wenig zu sagen hat.

„Bitte, bedienen Sie sich." Lornas Absätze klackerten auf dem neuwertigen Eichenholz. „Die beiden Kartons da drüben sind die aus den letzten drei Wochen."

Hel angelte sich einen Stapel E-Mails aus dem obersten Karton. „Und das sind alles Drohungen?"

„Drohungen. Beschimpfungen. Militante Bittbriefe." Lorna ließ sich in ihren Chefsessel fallen und zog die kabellose Tastatur näher zu sich. „Das Übliche. Ach ja, und irgendwo in diesem ganzen Chaos müsste rein theoretisch auch noch ein Ordner mit Liebeserklärungen sein. Aber der ist beschämend dünn."

Hel mochte ihren Humor. „Gibt es irgendwen, der nicht Ihr Feind ist?“, fragte sie in locker-flockigem Ton, weil sie hoffte, auf diese Weise am meisten zu erreichen.

Lorna lachte. „Irgendwer hat mal gesagt, dass man sich als Politiker erst dann ernsthaft Gedanken machen muss, wenn einen niemand mehr umbringen will.“

Es klang harmlos, wie sie das sagte. Und tatsächlich konnte Hel nicht die leiseste Spur von Verunsicherung in ihrem Ton ausmachen.

„Wann genau hat das angefangen?“, fragte sie.

„In der zweiten Klasse.“

Hel verzog das Gesicht. „Ich mein's ernst.“

„Ja“, nickte Lorna. „Ich auch.“ Sie öffnete die oberste Schreibtischschublade und zog ein zusammengeknülltes DIN-A4-Blatt heraus. „Hier“, sagte sie. „Das ist die erste Morddrohung, die ich erhalten habe.“

Hel entfaltete das Papier. Die ungelenke Zeichnung zeigte einen Galgen, an dem eine unförmige Gestalt mit stilisierten Zöpfen baumelte.

„In Ermangelung von Schreibfertigkeiten ist es eher ein Piktogramm“, kommentierte Lorna knochentrocken. „Aber ich denke, die Kernaussage kommt trotzdem rüber.“

Hel betrachtete das erkennbar übergewichtige Strichmännchen mit den dunkelbraunen Zöpfen genauer. Auf der Herfahrt hatte sie alte Schulzeugnisse von Lorna Hoogstraat studiert. Dazu mehrere Artikel aus Schülerzeitungen, die die spätere Abgeordnete verfasst hatte – leidenschaftliche Appelle gegen die Diskriminierung von Andersdenkenden und für den Schutz von Wäldern und Flüssen. Allerdings hatte sie nicht ein einziges Foto der jungen Lorna Hoogstraat gefunden …

„Er hieß Stefan“, riss Lornas Stimme sie aus ihren Gedanken, und Hel brauchte einen Augenblick, um zu begreifen, dass sie noch immer von dem zerknüllten Zettel sprach. Der Kinderzeichnung. „Stefan Kranemann.“

„Was ist aus ihm geworden?“, fragte Hel.

Die Politikerin antwortete mit einer Gegenfrage: „Wieso denken Sie, dass ich mich darum schere?“

„Weil es nicht zu Ihnen passt, solche Dinge auf sich beruhen zu lassen."

„Ach ja?" Jetzt lachte sie wieder. Allerdings klang es bei Weitem nicht mehr so entspannt wie zuvor. „Glauben Sie?"

„Irre ich mich?" Einen Augenblick lang fürchtete Hel, Lorna würde sie rauswerfen.

Aber sie irrte sich: „Ich habe nicht die geringste Ahnung, was Stefan heute macht", erklärte sie. „Aber ich bin mir ziemlich sicher, dass er nicht so weit gehen würde, mein Wahlkreisbüro in die Luft zu jagen, falls es das ist, worauf Sie hinauswollen. Dazu hätte dieser dreckige kleine Scheißer niemals die Courage."

Privat redet sie offenbar noch immer gern Tacheles, resümierte Hel, während sie in Gedanken den Namen notierte, den ihre Schutzperson genannt hatte: Stefan Kranemann.

„Wer sonst käme für eine solche Wahnsinnstat infrage?", erkundigte sie sich.

Lorna zuckte die Achseln. „Sie wissen doch selbst, wie viele Idioten da draußen rumlaufen."

Hel sah wieder den Karton mit den Drohmails an. „Gibt es eine Person oder Gruppe, von der Sie regelmäßig bedroht werden?"

„Na ja, da wäre dieser Verein aus Brandenburg", antwortete Lorna, ohne ihr Tippen auch nur für eine Sekunde zu unterbrechen. „Nennt sich *Vaterland AH* … AH für Adolf Hitler. Die Jungs schicken mir nahezu wöchentlich Einladungen zu meiner eigenen Beerdigung – immer recht aufwendig gestaltet und mit irgendwelchen alttestamentarischen Bibelsprüchen garniert. Und die Typen vom NSU 2.0 beehren mich natürlich auch mit schöner Regelmäßigkeit."

„Aber diese Leute würden sich zu einem Bombenanschlag auf Ihr Büro bekennen, oder?", wandte Hel ein.

„Mag sein."

„Was ist mit einem persönlichen Motiv?", entschloss sich Hel, ein wenig unangenehmer zu werden. „Ein Ex-Freund vielleicht. Oder ein abgewiesener Verehrer?"

Das Tipp-Geräusch am Schreibtisch verstummte. „Glauben Sie im Ernst, ich bin so blöd, mir meine Karriere mit Sex zu versauen?"

Hel machte einen Schritt auf sie zu. „Man hat nicht immer alles im Griff, oder?“ Einen Moment lang verkeilten sich ihre Blicke.

Dann schaute Lorna Hoogstraat als Erste weg. „Warum hat man ausgerechnet Sie geschickt, um mich zu beschützen?“, fragte sie, während ihre Finger bereits wieder tippten.

„Warum nicht?“, konterte Hel.

„Wie alt sind Sie?“

„Nicht wesentlich jünger als Sie.“

Um Lorna Hoogstraats Mundwinkel spielte ein Lächeln. „Und was tun Sie, wenn Sie mal nicht arbeiten?“

Hel griff wieder in den Karton. „Ich spiele Mundharmonika.“

Ihre Schutzperson hielt überrascht inne. „Mundharmonika?“

„Ich bin Clown“, erklärte Hel. „Auf der Kinderkrebsstation. Sie wissen schon: Musik und kleine Tricks mit Karten und Stoffhasen. Zur Ablenkung.“

„Oh.“ Sie schien ernsthaft beeindruckt. „Das ist bestimmt … hart.“

Erstaunlich, dass sie das so sieht, dachte Hel und automatisch fragte sie sich, ob Lorna Hoogstraat wohl Erfahrung mit schwerkranken Menschen hatte. Aus der Akte ging nichts hervor, das in diese Richtung deutete. Sie wusste nur, dass Lorna keine Geschwister hatte und von ihrer aus den Niederlanden stammenden Mutter allein aufgezogen worden war. Sie hatten in billigen Zweizimmerwohnungen ohne Balkon gelebt, in Deutschland Urlaub gemacht und einen zwanzig Jahre alten Fiat besessen.

Der fremde Klingelton von Erins Smartphone in der Tasche ihres Blazers ließ Hel erschrocken zusammenfahren.

Lorna bemerkte es und warf ihr einen interessierten Blick zu.

Doch Hel drehte sich weg. „Ja?“

„Du solltest herkommen und dir das ansehen!“ Paul Maars Stimme klang, als ob er in einem leeren Schwimmbad stünde, und am liebsten hätte sie ihm die vertraute Anrede um die Ohren gehauen.

Aber sie beherrschte sich und sagte nur: „Ich bin unterwegs.“

„Probleme?“, fragte Lorna.

„Ich hoffe nicht“, entgegnete Hel und steckte das Smartphone weg. „Bitte entschuldigen Sie mich einen Augenblick.“

„Klar“, sagte Lorna und tippte weiter, während in der Ecke hinter ihr ein Drucker zu rattern begann.

Doch kaum dass Hel die Tür hinter sich geschlossen hatte, schob sie mit einer entschlossenen Bewegung die Tastatur von sich. Der Drucker verstummte und eine ganze Weile saß Lorna Hoogstraat absolut regungslos da, den Blick starr auf die Ordner mit den Drohbriefen gerichtet. Dann öffnete sie die oberste Schublade ihres Schreibtisches und nahm eine eselsohrige Kladde heraus. Das Foto, das auf dem obersten Blatt klebte, zeigte einen etwa dreißigjährigen Mann, der soeben im Begriff war, ein Bordell im schweizerischen Lausanne zu verlassen. Hinter dem Foto befanden sich Kopien von Arbeitszeugnissen, Versicherungspolicen, Kontoauszügen, Leasingverträgen und Whatsapp-Nachrichten. Dazu Fotos verschiedener Gebäude und Fahrzeuge sowie der Grundriss eines eleganten Einfamilienhauses mit Tennisplatz und Pool.

Lorna ließ den daumendicken Papierstapel nachdenklich durch ihre Finger gleiten. Dann stand sie auf, nahm die zerknitterte Zeichnung des Mädchens am Galgen, die Hel auf der Schreibtischkante zurückgelassen hatte, wieder an sich und schob sie vorsichtig in die Kladde zurück. Anschließend verstaute sie das Dokument wieder in der Schublade, trat an eines der bodentiefen Fenster und blickte fröstelnd in den trüben Frankfurter Morgen hinaus.

4

Frankfurt, Wohnung von Lorna Hoogstraat

„Ein Kinderfoto von Lorna Hoogstraat?“ Paul Maar sah aus, als zweifele er ernsthaft an Hels Verstand. „Wozu?“

„Ich habe die Akte durchgesehen und festgestellt, dass es keinerlei Material gibt, auf dem sie jünger als siebzehn ist“, erklärte Hel anstelle einer Antwort.

„Ja, und?“

„Findest du das nicht merkwürdig?"

Paul zuckte gleichmütig die Schultern. „Wahrscheinlich ist sie der Ansicht, dass Pickel und Zahnspangen nicht zu ihrem Image passen."

„Nach allem, was ich gesehen habe, hat sie ihre Vergangenheit systematisch glattgebügelt", insistierte Hel.

Er drehte den Kopf. „Tun das nicht alle Politiker?"

„Mag sein", entgegnete Hel. Doch überzeugt war sie nicht.

Auf dem blitzsauberen Marmor in ihrem Rücken erklangen Schritte.

„Tut mir leid, dass es ein bisschen gedauert hat", entschuldigte sich der Security-Mitarbeiter, mit dem sie sich über eine Aufstockung der Sicherheitsmaßnahmen für Lorna Hoogstraats Privatwohnung beraten hatten.

„Kein Problem", sagte Hel und nahm einen Stapel DIN-A3-Pläne entgegen. Das Papier atmete noch die Wärme des Druckers.

„Brauchen Sie sonst noch irgendwas?", fragte der Mann.

Ja, gab sie ihm im Stillen zur Antwort, ein Kinderfoto von Lorna Hoogstraat. Aber das behielt sie selbstverständlich für sich. „Nein, danke. Falls irgendetwas unklar sein sollte, melden wir uns."

Der Mann nickte und wandte sich wieder seinen Monitoren zu, während sich Hel und Paul auf den Weg in die Tiefgarage machten.

Gemeinsam mit Tom Gellert und Vicky Dorn waren sie Lornas Termine für die kommenden Tage durchgegangen – und die hatten es wahrhaft in sich: Schon morgen stand die feierliche Einweihung eines der ehrgeizigsten Frankfurter Bauprojekte der letzten Jahrzehnte auf dem Programm – des Neurologischen Zentrums Westend (NZW), das nach dem Willen der Investoren zu einem Hotspot der europäischen Hirnforschung avancieren sollte. Außerdem fand bereits in vier Tagen im vierzig Kilometer entfernten Wiesbaden ebenjener Parteitag statt, auf dem sich Lorna Hoogstraat erstmals um den Posten der Stellvertretenden Vorsitzenden ihrer Partei bewerben würde. Dazu kamen ein Talkshow-Auftritt am Vorabend des Parteitags sowie neun weitere Termine, die bereits seit Längerem feststanden. Von den Interviewanfragen, die seit dem Bombenanschlag nahezu minütlich eingingen, ganz zu schweigen.

Im Fahrstuhl checkte Hel ihre Mails und fand eine kurze Nachricht von Leo: *Hasskampagne gegen Lorna Hoogstraat ist mit großer Wahrscheinlichkeit gesteuert. Initiator nutzt aufwendige Verschlüsselung. Bin dran!*

Sie gab die Information an Paul weiter und schloss: „Glaubst du, der Initiator der Kampagne und unser Bombenleger sind ein und dieselbe Person?"

„Schwer zu sagen", brummte Paul. „Ebenso gut möglich wäre, dass die Saat des Hasses im Netz bereits Früchte trägt und einen von diesen Spinnern auf den Plan gerufen hat, die der Meinung sind, dass man echte Reformen nur mit drakonischen Mitteln erreicht."

Hel ließ sich diese Möglichkeit einen Augenblick durch den Kopf gehen. „Jedenfalls konnte der Bombenleger nicht davon ausgehen, Lorna in diesem Büro zu erwischen."

„Nein, wohl kaum."

„Warum macht er es dann?"

„Vielleicht will er ihr bloß Angst einjagen", mutmaßte Paul.

„Sie hat aber keine Angst."

Er zupfte an seinem Jackett, das die kugelsichere Weste verdeckte. „Na, dann hoffen wir mal, dass ihn dieser Umstand nicht dazu treibt, seine Bemühungen zu intensivieren."

Hel biss sich auf die Lippen.

Ich glaube, Politiker sollten im Zusammenhang mit Bedrohungslagen eher Attribute wie „unbeeindruckt" anstreben, flüsterte Erin in ihrem Kopf.

Die Tiefgarage war – wie sie wussten – bis in den letzten Winkel kameraüberwacht. Zu jeder Wohneinheit gehörte ein eigener, mit der jeweiligen Wohnungsnummer gekennzeichneter Parkplatz. Außerdem befanden sich auf einer zweiten Parkebene sechsundzwanzig weitere Stellplätze für Gäste und Besucher. Fremdvermietungen gab es laut Auskunft des Hauseigentümers hingegen nicht.

Lorna Hoogstraats privater Volvo stand auf dem vorletzten Parkplatz neben dem Notausgang. Unmittelbar nach dem Bombenanschlag war er von Experten des BKA auf mögliche Sprengsätze untersucht worden. Doch Paul hatte entschieden, kein Risiko einzugehen, und eine gepanzerte Limousine angefordert.

Durch den außerplanmäßigen Besuch im Krankenhaus war das Zeitfenster, das den beiden Personenschützern zur Vorbesichtigung des morgigen Veranstaltungsortes blieb, deutlich zusammengeschmolzen. Und Paul gab sich nicht die geringste Mühe, seinen Unmut über diese Tatsache zu verbergen, als Lorna Hoogstraat kurz darauf in Begleitung von Vicky Dorn aus dem Aufzug trat. Sie hatte sich umgezogen und trug jetzt eine handschuhweiche rotbraune Wildlederjacke zu Bluejeans und Stiefeln.

Irgendjemand hatte einen wagenradgroßen Blumenstrauß besorgt und Hel überlegte, ob sie erwähnen sollte, dass Blumen auf Intensivstationen in aller Regel verboten waren. Doch als sie Pauls missbilligenden Blick bemerkte, entschied sie sich ganz bewusst dagegen. Sie wollte Lorna auf keinen Fall bloßstellen. Sie musste – im Gegenteil – unbedingt Lornas Vertrauen gewinnen, wenn sie mehr über die Hintergründe der Bedrohung erfahren wollte.

Lorna und Vicky fuhren mit Hel und Paul in der Limousine, während Tom Gellert und Ashrav Rouhani in einem separaten Fahrzeug folgten. Warum sie überhaupt mitkamen, war Hel ein Rätsel. Vermutlich aus purer Neugierde.

Als die Limousine aus der Tiefgarage rumpelte, blickte einer der Fotografen, die noch immer vor dem Gebäude lauerten, zufällig herüber. Hel sah, wie der Mann stutzte. Zwar waren die Fenster des Wagens verspiegelt, aber sein geschulter Instinkt verriet dem Mann, dass sich hier eine gute Gelegenheit anbahnte. Im Rückspiegel sah Hel, wie er sein Handy zückte und zu einem der parkenden Wagen eilte.

„Sind Sie irre?", empörte sich die Ärztin, die kurz darauf die Tür zur Intensivstation öffnete, als sie den Tross in Lornas Rücken entdeckte. „Wenn Sie unbedingt Publicity wollen, dann laufen Sie nackt über den Ku'damm!"

Hel sah, wie Lorna unter der Wucht ihrer Verachtung zusammenzuckte.

Und auch Ashrav Rouhani reagierte sofort: „Frau Hoogstraat möchte sich in keiner Weise aufdrängen", stellte er klar. „Aber sie empfindet es als ihre Pflicht, sich persönlich …"

„Fein", unterbrach ihn die Ärztin. „In diesem Fall kann sie nächste Woche gern ganz persönlich zum Begräbnis gehen."

Rouhani starrte sie an.

„Ja", versetzte die Ärztin. „Margit Klug ist vor zehn Minuten verstorben. Und jetzt entschuldigen Sie mich. Ich habe Patienten, um die ich mich kümmern muss."

Die Schallschutztür an der Schleuse schloss sich mit einem Zischen. Dann war es von jetzt auf gleich totenstill.

Hel schielte zu Lorna, die von einem Augenblick auf den anderen kreidebleich geworden war. In ihren Augen schimmerten Tränen der Demütigung.

„Tja", kommentierte Rouhani, während Vicky Dorn ihrer Chefin eilig den Blumenstrauß aus der Hand nahm.

Die Situation war einigermaßen grotesk, fand Hel. Wie eine Szene in einem Bühnenstück, bei dem jemand versehentlich auf die Stopptaste gedrückt hatte. Und es kam erst wieder Bewegung in die Sache, als hinter ihnen der Aufzug knackte.

Die Tür öffnete sich, und Hel erkannte den Fotografen von eben. Seine Augen suchten die Wand, die dem Lift gegenüberlag. Offenbar war er nicht sicher, ob er sich in der richtigen Etage befand. Doch er erfasste die Szene, die sich ihm an der Pforte zur Intensivstation bot, sofort und hielt ohne Zögern drauf.

Als das Blitzlicht aufflammte, riss Lorna schützend die Hand vor die Augen.

„Aufhören!", schrie Vicky Dorn und stellte sich schützend vor ihre Chefin.

Aber der Fotograf dachte gar nicht daran, sich diese einmalige Gelegenheit durch die Lappen gehen zu lassen. „Frau Hoogstraat, wie geht es Ihnen?", rief er, ohne den Sucher seiner Kamera auch nur eine Sekunde lang aus dem Blick zu lassen. „Fühlen Sie sich schuldig an dem, was Ihrer Mitarbeiterin passiert ist?"

„Das hier ist ein privater Besuch", fauchte Vicky Dorn ihn an. „Und ich darf Sie dringend ersuchen, Frau Hoogstraats Privatsphäre zu respek…"

„Frau Hoogstraat, werden Sie trotz allem am Samstag kandidieren?", setzte der Fotograf seine Fragentirade ungerührt fort.

Doch Paul hatte endgültig genug und schob sich an Vicky Dorn vorbei. „Bundespolizei", sagte er, indem er dem Mann seinen Ausweis unter die Nase hielt und ihn dann sanft, aber entschieden Richtung Treppenhaus abdrängte. „Sie verlassen jetzt auf der Stelle diese Station oder Sie haben eine Anzeige wegen Belästigung am Hals, haben Sie mich verstanden?"

Der Fotograf war klug genug, keinen Widerstand zu leisten. Schließlich konnte er mit seiner Ausbeute auch so hochzufrieden sein. Hel registrierte den Triumph in seinen Augen, als er die Tür zum Treppenabgang aufstieß, und ihr erster Gedanke war, dass die Fotos Lorna vermutlich sogar nützen würden. Sie blickte zu Ashrav Rouhani hinüber und stellte fest, dass er ebenfalls nicht unzufrieden wirkte.

Klar, dachte Hel, immerhin liefern die Fotos aus seiner Sicht einen eindrucksvollen Beweis dafür, dass Lorna nicht das karrieregeile, empathielose Miststück ist, für das sie von ihren Gegnern angeblich gehalten wird.

Rouhani schien ihre Gedanken zu erraten und drehte wütend den Kopf weg, während Hel Lorna den Arm auf die Schulter legte.

„Kommen Sie", sagte sie. „Wir bringen Sie nach Hause."

Lorna nickte und tappte wie in Trance zum Aufzug.

Ihre Wildlederjacke kaschierte einiges, aber Hel bemerkte trotzdem, dass ihre Schutzperson am ganzen Körper zitterte.

Doch der Moment der Schwäche währte nicht lang, und als Lorna Hoogstraat drei Stockwerke tiefer unter dem Blitzlichtgewitter der Journalisten aus dem Aufzug trat, strahlte sie bereits wieder jene souveräne Kompetenz aus, wegen der ihre Parteifreunde sie aller Voraussicht nach in wenigen Tagen zur jüngsten Stellvertretenden Vorsitzenden aller Zeiten wählen würden.

5

Frankfurt, Wahlkreisbüro von Lorna Hoogstraat

Vor dem Eingang des Wahlkreisbüros parkten drei Einsatzwagen, und ein Stück die Straße runter entdeckte Hel zwei Zivilfahrzeuge, die sie ebenfalls der Polizei zuordnete. Sie zeigte dem Beamten am Eingang ihren Ausweis und trat durch das Loch, das einmal die Tür gewesen war.

Der kleine Vorraum des Büros war vollkommen verwüstet. Und auch von der hölzernen Theke, hinter der sich der eigentliche Arbeitsbereich befunden hatte, waren nur noch Fragmente übrig. Der Boden war übersät mit Splittern und an den Wänden klebte eine stinkende Mischung aus Blut und Löschschaum.

Inmitten dieses Chaos stand ein drahtiger Mann mit Bart und Stirnglatze und unterhielt sich mit einer blonden Frau um die dreißig. Als er Hel bemerkte, ließ er die Frau stehen und kam auf sie zu

Automatisch wollte Hel nach dem Ausweis greifen, den Erin ihr gegeben hatte. Doch es gelang ihr gerade noch, diese Geste der Unsicherheit zu überspielen.

„Sind Sie die Kollegin von der PSI?“

„Helena Steen, ja. Ich hatte angerufen.“

„Max Collin, BKA.“ Er reichte ihr eine erstaunlich warme Hand, während seine Wieselaugen sie mit einer Mischung aus Argwohn und Interesse taxierten. „Ich leite die Untersuchungen zu diesem Anschlag.“

Und er ist nicht gerade begeistert über meine Einmischung, analysierte Hel im Stillen. Laut sagte sie: „Irgendwelche neuen Erkenntnisse?“

Collin schüttelte den Kopf. „Außer dass die Angestellte inzwischen ihren Verletzungen erlegen ist. Aber das wissen Sie vermutlich.“

„Ja“, sagte Hel. „Das weiß ich.“

Die Fotos der erschütterten Lorna Hoogstraat vor der Tür zur Intensivstation wurden im Netz quer durch alle sozialen Medien bereits eifrig geteilt. Die Kommentare waren durchaus nicht alle freundlich, aber sie bescherten Lorna einen signifikanten Zuwachs an medialer Aufmerksamkeit – der Währung der modernen Zeit.

„Die Wucht der Detonation hat die Tür aus den Angeln gesprengt", ließ Collin sich zu erklären herab. „Zum Glück war gerade niemand auf dem Bürgersteig unterwegs." Er schob die Hände in die Taschen. „Zwei vorbeifahrende Fahrzeuge wurden durch Splitter beschädigt, aber alles in allem ist es glimpflich abgegangen."

Nicht für Margit Klug, widersprach Hel ihm stumm. Doch sie hütete sich, das laut auszusprechen.

„Die Untersuchung des Sprengsatzes ist noch nicht abgeschlossen", fuhr Collin fort. „Aber es scheint keine allzu raffinierte Konstruktion gewesen zu sein."

„Etwas, das jeder bauen könnte?"

„Sozusagen."

Hel blickte auf die Glasscherben zu ihren Füßen hinunter. Sie hatte noch immer keine Meinung zu dem, was hier passiert war. Etwas, das sie zunehmend nervös machte. Immerhin war sie allein ihrer angeblichen Instinkte wegen hier. Doch die schwiegen beharrlich.

„Leider haben wir nach wie vor keine Ahnung, wie das Päckchen mit dem Sprengsatz überhaupt hier reingekommen ist", riss Collins Stimme sie aus ihren Gedanken.

Hel zog überrascht die Brauen hoch. „Es kam nicht mit der Post?"

„Nein. Wir haben sämtliche Paketzusteller und Kurierdienste überprüft. Aber keiner hat zum fraglichen Zeitpunkt hier eine Sendung abgegeben. Ganz abgesehen davon, dass die Postzustellung in dieser Gegend in aller Regel früher erfolgt. Gegen 14:30 Uhr."

Also gut zwei Stunden vor dem Anschlag, resümierte Hel. „Glauben Sie, dass das Päckchen mit dem Sprengsatz persönlich vorbeigebracht wurde?"

Collin gab ein unbefriedigtes Brummen von sich. „Scheint so."
„Von wem?"
„Das wüssten wir auch gern." Seine Augen wanderten über die rußverschmierte Wand in ihrem Rücken. „Leider gibt es hier im Büro keinerlei Überwachungstechnik."
Das wunderte Hel. Immerhin wurde heutzutage gefühlt jedes zweite Kinderzimmer bis in den letzten Winkel von Kameras erfasst. „Auch nicht außen am Haus?", wandte sie sich wieder an den Kollegen vom BKA, obwohl sie sicher war, dass ihr das aufgefallen wäre.
„Nein, auch nicht außen am Haus", knurrte Collin. „Er hätte direkt vor dem Eingang parken können, ohne von irgendwas erfasst zu werden."
Vielleicht hat er deshalb ausgerechnet hier zugeschlagen, überlegte Hel. „Und wer sagt, dass das Paket mit dem Sprengsatz nicht schon ein paar Stunden ungeöffnet hier gelegen hat, bevor es detonierte?"
„Margit Klugs Kollegin." Pflichtschuldig drehte sich Collin wieder zu der Frau um, die noch immer wie ein Fremdkörper mitten in dem zerstörten Büro stand. „Sie sagt, dass sie gestern nur drei größere Sendungen erhalten haben, was sich auch mit den Daten von der DHL deckt. Ihre Kollegin hat alle drei Pakete gescannt und anschließend sofort geöffnet."
Margit Klug war also vorsichtig, vermerkte Hel in Gedanken.
„Zwei der Päckchen enthielten Drucksachen für den Wahlkampf", setzte Collin derweil seinen Bericht fort. „Bei der dritten Sendung handelte es sich um eine Weinauswahl, die irgendein Winzerverband als Dankeschön für Frau Hoogstraats Teilnahme an einer ihrer Veranstaltungen geschickt hat. Natürlich in der Hoffnung, dass sie die Weine künftig bei ihren Veranstaltungen servieren lässt."
Hel blinzelte, als unvermittelt wieder das Bild der sperrangelweit geöffneten Turnhallentür vor ihr aufblitzte. Die erschreckend freie Schussbahn, die sich dem Attentäter vor noch nicht einmal zwei Wochen geboten hatte. „Und wo war Margit Klugs Kollegin, als die Bombe explodierte?"

„Frau Weber bleibt nachmittags grundsätzlich nur bis drei", antwortete Collin. Und setzte hinzu: „Ihre Kinder gehen noch zur Schule."

„Dürfte ich eventuell kurz mit ihr sprechen?" Hel war nicht wirklich der Meinung, fragen zu müssen, aber sie wollte es sich mit den Zuständigen vor Ort auch nicht gleich zu Beginn verscherzen.

Und ihre Taktik ging auf: Collin trat bereitwillig einen Schritt zurück. „Ich wollte mir sowieso mal kurz die Beine vertreten", knurrte er und verschwand in dem schmalen Durchgang neben dem Büro.

Hel wartete, bis er außer Hörweite war. Dann trat sie zu Margit Klugs Kollegin, die zwar kreidebleich, aber erstaunlich gefasst war. „Frau Weber?"

„Ja?"

„Mein Name ist Helena Steen. Von der Dienststelle Personenschutz Inland. Dürfte ich Ihnen ein paar Fragen stellen?"

In den hellbraunen Augen der jungen Frau lag eine gewisse Ratlosigkeit, als sie nickte. Aber Hel war entschlossen, ihr erst gar keine Gelegenheit zum Nachhaken zu geben. Sie kam sich auch so schon anmaßend genug vor. Wie jemand, der etwas zu sein vorgab, das er nicht war.

„Stimmt es, dass Ihre Kollegin hier nachmittags üblicherweise allein war?"

„Ja, ich …" In Kira Webers Blässe mischte sich ein Hauch von Farbe. „Meine Kinder gehen noch zur Schule. Und das war auch von Anfang an so … Es steht im Arbeitsvertrag."

Sie hat ein schlechtes Gewissen, analysierte Hel. Weil sie am Leben ist. Laut sagte sie: „Aber wenn die Post kommt, sind Sie meistens noch hier, oder?"

Kira Weber nickte.

„Auch gestern?"

Wieder Nicken.

„Herr Collin erwähnte, dass Sie nur drei größere Sendungen erhalten haben und dass Frau Klug alle drei unmittelbar nach Erhalt gescannt hat?"

„Das ist korrekt.“ Kira Weber schluckte. „Wir haben einen von diesen Detektoren. Sie wissen schon, so ein ausgemustertes Ding vom Flughafen. Er steht im Hinterzimmer.“

Hel warf einen Blick in den erstaunlich unversehrten Nebenraum. Sie kannte das Modell des deutschen Herstellers Rhode & Schwartz aus der Forschungs- und Erprobungsstelle in Lübeck und wusste, dass die Geräte in aller Regel sehr zuverlässig arbeiteten.

„Seit dem Mord an Walter Lübcke sind wir angewiesen, jede größere Sendung vor dem Öffnen zu überprüfen“, erklärte Kira Weber, die ihr gefolgt war. „Und Margit ist … war in diesen Dingen sehr gewissenhaft. Sie hatte eine Menge Erfahrung, wissen Sie? Deshalb verstehe ich, ehrlich gesagt, auch nicht, wieso sie …“ Sie brach ab und kämpfte eine Weile stumm mit den Tränen.

Ja, pflichtete Hel ihr in Gedanken bei, das ist eine interessante Frage: Wie hat er Margit Klug dazu gebracht, das Päckchen zu öffnen, ohne es vorher unter den Scanner zu legen? Wie hat er es geschafft, ihre Instinkte zu umgehen? Ihre Gewohnheiten? Bei aller Erfahrung, die Margit Klug hatte …

„Ist Frau Hoogstraat eigentlich oft hier?“, wandte sie sich wieder an ihre Zeugin, indem sie sich das geräumige Büro in Lornas Privatwohnung in Erinnerung rief.

„Oh, ja.“ Kira Webers Gesicht wandte sich ihr zu. „Wenn sie in der Stadt ist, schaut sie beinahe täglich rein.“

„Gibt es feste Zeiten für diese Besuche?“

„Nein, das …“ Kira Weber zog ein Taschentuch heraus und putzte sich die Nase. „Es ergibt sich meist in Verbindung mit anderen Terminen.“

Hel schaute wieder die blutbespritzten Wände an. „So wie dem in der Lichtigfeld-Schule gestern?“

„Da weiß ich … Es war nichts geplant, soweit ich weiß. Aber darüber kann Ihnen Frau Dorn sicherlich besser Auskunft geben. Bei ihr laufen alle Termine zusammen.“

Hel hatte bereits mit Vicky Dorn gesprochen und die Information erhalten, dass gestern kein Abstecher zu Lornas Wahlkreisbüro geplant gewesen war. Letztmals in der Herthauer Straße gewesen sei Lorna am vergangenen Mittwoch.

Also vor sechs Tagen, resümierte Hel und bedankte sich bei Kira Weber. Dann trat sie durch das Loch in der Fassade auf die Straße hinaus. Es war mild, aber die Luft roch nach Regen. Direkt gegenüber befand sich eine kleine Grünanlage: ein Sandkasten. Ein Klettergerüst mit Holzbrücke, die defekt aussah. Zwei Bänke und eine traurige Ansammlung von Büschen. Definitiv kein Ort, an dem man sich gerne aufhielt. Nicht mal, wenn man ein genügsames Stadtkind war. Andererseits aber auch kein Gelände, in dem sich ein Attentäter oder Beobachter verbergen konnte …

Warum hier?, pochte es hinter Hels Stirn, während ihre Augen die lange und schnurgerade Herthauer Straße hinunter wanderten. Die Häuser hatten vier bis fünf Etagen und Ladenlokale im Erdgeschoss. Imbisse, ein Versicherungsbüro und eine Beratungsstelle für Suchtkranke. In einiger Entfernung entdeckte Hel zudem einen Juwelier und einen Asia-Laden. Ganz sicher nicht die nobelste Gegend der Stadt. Aber definitiv auch keine, in der man sich als Frau nach Einbruch der Dunkelheit nicht mehr allein auf die Straße wagen konnte.

Nach einem letzten Blick auf den trostlosen Spielplatz gegenüber machte sich Hel auf die Suche nach Collin. Sie fand ihn im Hof hinter dem Büro, wo er sich mit einem Mitarbeiter des Erkennungsdienstes über einen Müllcontainer beugte.

„Ich brauche die Bänder aus den Überwachungskameras sämtlicher Gebäude im Umkreis von fünfhundert Metern“, verkündete sie ohne Einleitung. „Vielleicht findet sich da irgendein Hinweis auf den Boten.“

Collin hob den Blick. Aggressiv. „Meine Leute sind dran, okay?“

Hel schenkte ihm ein sparsames Lächeln. „Was dagegen, wenn ich mich selbst darum kümmere?“

Haben Sie nichts Besseres zu tun?, las sie in seinen Augen. Aber auch: *Elende Klugscheißerin!*

Laut sagte er: „Tun Sie sich keinen Zwang an.“

„Danke sehr“, entgegnete Hel und räumte schleunigst das Feld.

Zehn Minuten später fand sie dreiundvierzig Stunden Videomaterial in ihrem Postfach.

„Du mich auch, du Arsch", fluchte sie und leitete die Aufnahmen zusammen mit einem kurzen Kommentar an Leo weiter. Dann stieg sie auf dem abgesperrten Vorplatz des Neurologischen Zentrums Westend aus ihrem Taxi, um gemeinsam mit Paul den Veranstaltungsort für die morgige Einweihung in Augenschein zu nehmen.

6

Landsitz Vintergaarden, Südschweden

Das Scharren winziger Füße auf dem Fensterbrett reißt ihn aus dem Schlaf.

Die Amsel!

Wie spät ist es? Wieso ist er nicht wach? Was, zum Teufel, geben sie ihm, dass er andauernd so müde ist? Er blinzelt. Durch die Blätter des Efeus, der die Rückfront umrankt, fällt helles Sonnenlicht ins Zimmer. Feine Staubteilchen tanzen im Schatten unter dem Fenster. Und irgendwo in weiter Ferne schlägt die alte Standuhr, die er aus dem Haus seiner Großmutter hat holen lassen, nachdem sie gestorben ist.

Was willst du von mir?, denkt er und meint die Amsel, die noch immer mit schief gelegtem Kopf auf dem Sims hockt. Warum kommst du immer und immer wieder her? Was treibt dich dazu, auf diesem Sims zu sitzen und mich anzustarren, statt herumzufliegen? Der Sonne entgegen?

Die milde Brise, die an dem Vogel vorbei zu ihm hereinweht, duftet bereits nach Winter, auch wenn die Temperaturen hier in Südschweden zumindest über Tag noch immer fast sommerlich sind.

Dasselbe Wetter, denkt er mit einer Mischung aus Verwunderung und blankem Horror. Einer von diesen Tagen, die völlig harmlos daherkommen. Ein alter Filmtitel fällt ihm ein. *Es geschah am hellichten Tag.* Heinz Rühmann und Siegfried Lowitz in Schwarzweiß vor einer sonnenüberglänzten Kinderleiche. Eilig schließt er die Augen, auch wenn ihm klar ist, dass das nichts nützen wird. Die Wahrheit lässt sich nicht ausblenden. Dabei sah es zunächst so aus, als würde ihm genau das gelingen …

Ein sonniger Tag im Spätsommer. Zwei kleine Jungs, die am Pool spielen. Im Wagen das Baby. Das Mädchen. Maribel. Der Wind spielt keck mit dem federleichten Blümchenstoff über ihrem Kopf, als eine der beiden Jungenstimmen plötzlich verstummt. Das Fenster seines Arbeitszimmers ist weit geöffnet. Und ausnahmsweise ist er an diesem Vormittag mal nicht im Büro. Daher registriert er sehr wohl, dass etwas fehlt, aber die Erkenntnis dringt nicht bis in sein Bewusstsein. Warum auch? Da sind nur zwei Kinder, die mit ihrem Spielzeugboot toben. Beide können bereits schwimmen. Und beide tun das auch regelmäßig. Allein und unbeaufsichtigt.

Kein Grund zur Sorge.

Kein Anlass …

Er zuckt zusammen, als sich die Amsel auf seinem Fensterbrett nach einer langen Pause plötzlich bewegt. Sie hüpft auf dem Sims hin und her, als überlege sie ernsthaft, ob sie zu ihm hereinkommen dürfe.

Hau ab!, denkt er.

Doch die Amsel rührt sich nicht von der Stelle.

Bei den meisten Menschen sind Erinnerungen mit Bildern verknüpft. Vielleicht auch mit Gerüchen. Bei ihm ist das anders. Sein Horror ist rein akustisch: eine trügerische Stille. Vögel, die im Schatten der Bäume zwitschern. Das Surren eines Kleinflugzeugs, dessen Pilot das gute Wetter ausnutzt. Und irgendwann gesellt sich auch wieder Maribels vertrautes Weinen dazu. Seine Frau ist kurz nach der Geburt des Babys gestorben. Vielleicht ist er deshalb bei Maribel aufmerksamer, als er es bei seinen Söhnen war. Doch während er noch überlegt, ob er nachsehen soll, hört er bereits Maschas eilige Schritte auf dem Marmor im Erdgeschoss. Es gibt natürlich auch noch eine Nanny, aber die hat heute frei. Also kümmert sich Mascha. So wie sie sich immer kümmert.

Der Gedanke legt sich wie eine schützende Umarmung um seine Schultern. Doch etwas ist an diesem Morgen anders.

Die Schritte stutzen.

Das Nächste, was er hört, ist: „*Bozhe moy!*"

Er kann kein Wort Russisch. Und versteht doch sofort.

„Was ist?", ruft er panisch und endlich gesellen sich nun auch wieder Bilder zu den Geräuschen seiner Erinnerung: das Glitzern von Wasser. Ein Spielzeugboot, das unbeachtet in der Mitte des Pools treibt. Und am Beckenrand … Sein Puls schlingert. Im Wasser ein lebloser Körper. Die muskulösen Ärmchen wehen sanft hin und her. Fast wie Seegras. Aber die Haut ist schon blau. Er erkennt es selbst noch aus der Entfernung, während er Mascha dabei zusieht, wie sie seinen ältesten Sohn aus dem Wasser zerrt. Sie sieht fremd aus. Fern. Als ob sie sich in einer anderen Welt befände …

Neben seinem Bett schlägt der Monitor Alarm. Sein Blutdruck ist bei 205 zu 117. Gleich wird die Tür auffliegen und Mascha wird ins Zimmer stürzen. Doch im Augenblick kniet sie noch auf den sonnenwarmen Terrassenplatten, die den Pool umgeben, die Fäuste fest gegen Michas Brustkorb gepresst.

„Komm schon!", hört er sie flüstern, während sich sein Blick schutzsuchend an die Mosaiken auf dem Grund des Schwimmbads heftet. Blätterranken und Rautenmuster. Das Werk eines bekannten italienischen Künstlers.

Seine Frau hat diese Mosaiken geliebt. Sie waren einer der Gründe, warum sie so unbedingt dieses Haus haben wollte.

„Es ist einfach perfekt", hatte sie gesagt, als sie zum ersten Mal hier waren. „Ein Paradies für unsere Kinder."

Da hätte er vielleicht schon stutzig werden sollen.

Es gibt kein Paradies ohne Schlange …

Vier Meter unter ihm hebt Mascha den Kopf. In ihren Augen liegt Entsetzen. Aber auch etwas wie Schuld. Dabei hatte sie nicht den Hauch einer Chance. Zumindest das kann er mit Sicherheit sagen. Die Stille vor dem Weinen hat mindestens zehn Minuten gedauert. Vielleicht sogar länger.

„Rufen Sie Dr. Viggard“, weist er sie an. Mit derselben ruhigen Klarheit, mit der er seine Firma zu einem Milliardenunternehmen gemacht hat.

Mascha erhebt sich, müde wie eine alte Frau. „Wo ist Carl?“, fragt sie und in ihrer Frage liegt nicht der Hauch eines Verdachts. Lediglich Sorge.

Er beißt sich auf die Lippen und ertappt sich dabei, sie um ihre Ahnungslosigkeit zu beneiden. Laut sagt er: „Ich kümmere mich darum.“ Doch da ist Mascha schon längst auf dem Weg zum Telefon.

7

Frankfurt, Gelände des Neurologischen Zentrums Westend

Das Gelände des Neurologischen Zentrums Westend erwies sich als sicherheitslogistischer Albtraum: Das Areal war riesig und im Grunde eine einzige Baustelle, denn bislang waren lediglich das Hauptgebäude und die dazugehörige Tiefgarage am Südende des Komplexes fertiggestellt. Auf der weitläufigen Fläche dahinter würden in den nächsten zwei Jahren zahlreiche weitere Gebäude entstehen, unter anderem ein eigenes radiologisches Institut und ein Entwicklungszentrum für neuromorphe Technologien. Doch bislang war von all dem nicht viel mehr als ein paar Markierungen zu sehen.

An der Ostseite wurde das Areal von einer hohen Backsteinmauer begrenzt. Dahinter befand sich – wie Hel ihren Unterlagen entnahm – der Mitarbeiterparkplatz eines Kaufhauses. Dort, wie auch im gesamten Umkreis, würden morgen zusätzliche Einsatzkräfte patrouillieren, darunter auch Hundeführer und Sprengstoffexperten.

„Der neuralgische Punkt ist der Bauzaun“, brummte Paul und deutete auf die – im wahrsten Sinne des Wortes – offene Flanke des Geländes an der Westseite. Doch ihrem Ansinnen, die dahinterliegende Straße für die Dauer der Veranstaltung zu sperren, hatten die Stadtverantwortlichen vor wenigen Minuten eine klare Absage erteilt: „Sie ist nicht die Bundeskanzlerin“, hatte ihr Ansprechpartner in der Staatskanzlei den zuständigen Referenten zitiert. Und: „Wir tun, was wir können, aber wir müssen die Kirche im Dorf lassen.“

Der designierte Direktor des NZW, Dietmar Scheck, hingegen hatte sich trotz des schlechten Wetters persönlich herbemüht, um den beiden Personenschützern die Bühne und das gesamte Drumherum zu zeigen. Offenbar war er finster entschlossen, sich die Einweihung seines Lebenstraums durch nichts und niemanden verderben zu lassen.

„Auf das Gelände selbst kommen ausschließlich geladene Gäste“, erklärte er gerade. „Und die Tiefgarage wird vorsichtshalber ebenfalls gesperrt.“

Hels Blicke folgten einem Techniker, der gerade dabei war, das Mikrofon am Rednerpult zu verkabeln – zehn mal drei Meter Podium, mit dunkelblauem Stoff verkleidet. Sie konnte nicht verhindern, dass eine Bühne in ihr gewisse Assoziationen weckte. Die Attentate der jüngeren Geschichte gehörten selbstverständlich zum Lehrstoff ihrer Abteilung – und die meisten davon hatten sie zusätzlich im Rahmen von mock trials und Disputen zu Übungszwecken wieder und wieder durchgekaut. Wenn sie die Augen schloss, sah Hel Oskar Lafontaine auf der Bühne der Mülheimer Stadthalle stehen, den Kopf über ein einladend aufgeklapptes Poesiealbum gebeugt. Adelheid Streidel, seine Attentäterin, hatte den damaligen Kanzlerkandidaten der SPD freundlich lächelnd um ein Autogramm gebeten, bevor sie ihm ein zwanzig Zentimeter langes Messer in den Hals gerammt und die Hauptschlagader nur um wenige Millimeter verfehlt hatte.

Das Bild der festgesetzten Attentäterin auf einem Stuhl nahe des Podiums hatte sich tief in Hels Gedächtnis gegraben – eine kleine Frau mit flammenden Augen, die als Arzthelferin gearbeitet und bereits lange vor der Attacke auf Lafontaine handgeschriebene Zettel mit Warnungen vor geheimen Menschenfabriken an die Bäume rund um ihren Wohnsitz geklebt hatte. Auf die Frage nach ihrem Motiv hatte sie angegeben, sie habe einen Politiker töten wollen.

Einen Politiker, wiederholte Hel stumm. Nicht zwingend diesen Politiker. „Was ist mit Deko?", wandte sie sich wieder an Dietmar Scheck, der zunehmend ungeduldig an seiner Rolex nestelte.

Der Klinikdirektor gab ihre Frage wortlos an seine Sekretärin weiter, die sich bislang diskret im Hintergrund gehalten hatte.

„Drei Gebinde", zählte die brünette Mittvierzigerin routiniert auf. „Ein großes Rot-Weißes da hinten in der Mitte, direkt unter dem Kliniklogo. Die beiden kleineren rechts und links des Rednerpultes."

Hel nickte. „Wann werden die geliefert?"

Dieses Mal zog die Sekretärin doch lieber ihren Terminkalender zu Rate, bevor sie antwortete: „Morgen früh zwischen sieben und neun."

„Und Sie sind sicher, dass das Wetter mitspielt?", fragte Paul mit einem zweifelnden Blick in den bleigrauen Himmel.

„Im Laufe des Abends reißt es auf", entgegnete die Sekretärin. Und fügte vorsichtshalber hinzu: „Auf diese kurzen Zeiträume sind die Prognosen in aller Regel sehr zuverlässig."

„Trotzdem", beharrte Paul. „Gäbe es rein theoretisch auch eine Möglichkeit, den Festakt nach drinnen zu verlegen?"

Die Sekretärin holte Luft, doch ihr Boss war schneller. „Die Innenarchitekten sind leider weit hinter Plan", räumte er zähneknirschend ein. „Wenn die Investoren das sehen, kriegen sie einen Herzinfarkt." Er schwieg einen Moment, bevor er beinahe trotzig hinzusetzte: „Aber es ist trotz allem ein freudiger Anlass."

Abwarten, dachte Hel und blickte an ihm vorbei zur Nordseite des Areals, das u-förmig von den Rückfronten der angrenzenden Häuser umschlossen wurde. Die Fassaden verschwammen hinter Schleiern von Feuchtigkeit, doch hinter einigen der Fenster brannte Licht. Einen Teil davon ordnete Hel dem *Westend Plaza* zu, einem City-Hotel der Mittelklasse, das vor allem bei Geschäftsleuten beliebt war. In den Nachbarhäusern waren laut Akte eine Sprachschule, ein Notariat und ein IT-Start-up ansässig. Hel zog fröstelnd die Schultern hoch. Der Abstand zum Podium betrug gut dreihundertfünfzig Meter. Trotzdem würden die Sprengstoffexperten des BKA morgen auch dort sämtliche Winkel und Nischen überprüfen.

„Wir brauchen eine Liste sämtlicher Ehrengäste", sagte Paul, der ihrem Blick gefolgt war. „Und darüber hinaus auch eine Aufstellung sämtlicher Personen, die außerdem vor Ort sein werden. Catering. Techniker. Sicherheits- und Reinigungspersonal."

Die Sekretärin zog kommentarlos mehrere geheftete Papierbögen aus der Tasche und reichte sie ihm. Die Botschaft war eindeutig: *Wir haben unsere Hausaufgaben gemacht. Jetzt sorgen SIE gefälligst dafür, dass das Ganze nicht in einem Desaster endet.*

„Brauchen Sie sonst noch was?", drängte Scheck, dessen frisch gesträhntes Haar in der feuchten Luft Wellen schlug.

„Im Augenblick nicht", entgegnete Paul zuckersüß. „Aber wir sehen uns noch ein bisschen um, wenn Sie erlauben."

„Sicher." Der Klinikchef schob die Hände in die Hosentaschen und wandte sich ab. „Sagen Sie Bescheid, wenn Sie hier fertig sind."

Um Zeit zu sparen, beschlossen sie, getrennt vorzugehen. Während Paul den rückwärtigen Teil des Geländes und den Bauzaun inspizierte, konzentrierte Hel ihre Aufmerksamkeit zunächst auf die nähere Umgebung der Bühne. Hinter dem Podium befand sich ein schmaler, mit dunkelgrauen Paravants abgegrenzter Bereich für die Redner und die Sängerin, die während des anschließenden Umtrunks für die Unterhaltung der Gäste sorgen sollte. Ein Stück dahinter war ein Zelt für das Catering errichtet worden.

Hel inspizierte sorgfältig sämtliche Winkel und Ecken, die zuleitenden Kabel und die Kühlschränke. Sie ging streng nach Lehrbuch vor, prüfte hier einen Hohlraum, maß dort einen Abstand und notierte anschließend gewissenhaft ihre Ergebnisse. Als sie gerade fertig war, meldete ihr Smartphone den Eingang einer neuen Nachricht. Das private, nicht das Samsung, das sie von Erin erhalten hatte. Hel setzte sich auf einen Stuhl in der ersten Reihe und öffnete den Anhang. Die jpeg-Datei zeigte einen neunjährigen Jungen, der voller Stolz ein selbst gemaltes Bild in die Kamera hielt.

Hel vergrößerte den Ausschnitt mit der Zeichnung und sah eine Reihe von schwarzen, stacheligen Gebilden, die von einem knallroten Monster mit lila Zähnen in die Flucht geschlagen wurden. Darunter stand: „TUMORMARKER UNTER 8 – MORGEN GEHT'S NACH HAUSE!"

„Gute Neuigkeiten?", erkundigte sich Paul, der in diesem Moment von seiner Runde zurückkehrte.

Hel drehte sich zu ihm um. „Kann man so sagen."

Er warf ihr einen interessierten Blick zu und machte sich an dem Koffer mit seiner Ausrüstung zu schaffen.

Dass er keine Fragen stellte, rechnete Hel ihm hoch an.

„Ein Kind, das ich betreue, ist zum ersten Mal seit zehn Monaten wieder krebsfrei", erklärte sie, als sie kurz darauf auf dem Weg zum Wagen waren.

„Oh, das …" Sie sah die Überraschung in seinem Blick. Entweder, dachte sie, ist er der begabteste Schauspieler, den ich je getroffen habe, oder er weiß tatsächlich nicht, was ich in meiner Freizeit mache. „… das ist ja großartig."

So altmodisch das Wort, das er gewählt hatte, auch sein mochte – es sprach Hel aus der Seele. „Ja", seufzte sie. „Das ist es."

„Was genau ist das für eine Betreuung?", fragte Paul, als sie sich wenig später durch den zähen Frankfurter Feierabendverkehr quälten.

Hel, die ziellos aus dem Fenster starrte, schreckte hoch. „Was?"

„Du hast gesagt: ‚Ein Kind, das ich betreue …'"

„Ach so." Sie lachte. „Ich arbeite in meiner Freizeit als Krankenhausclown."

„Ernsthaft?" Seine Augen glitten über ihr Gesicht, als suche er nach Resten von Make-up, die ihre Behauptung untermauerten.

„Ja, ernsthaft", entgegnete Hel. „Falls man im Zusammenhang mit einer Clowntätigkeit von ernsthaft sprechen will", setzte sie grinsend hinzu.

Doch Paul war noch immer so baff, dass ihm das kleine Wortspiel entging. „Wow", murmelte er. „Und was machst du da so? Singen?"

„Um Himmels willen", rief Hel. „Das wäre in meinem Fall eher eine Strafe. Aber ich spiele Mundharmonika und kann auf ein

Repertoire von vier bis fünf lustigen Liedern zurückgreifen. Und wenn ich merke, dass sich mein Publikum zu langweilen beginnt, lasse ich Mister Pebbles verschwinden."

Paul runzelte die Stirn. „Wer ist Mister Pebbles?"

„Eine rosa Raupe, die einen Turban trägt und einen schlimmen Sprachfehler hat."

„Cool."

Hel war nicht sicher, ob er Mister Pebbles oder ganz allgemein ihre Nebenbeschäftigung meinte, aber sie hatte das Gefühl, dass er sich zum ersten Mal, seit sie einander kannten, in ihrer Gegenwart entspannte ...

8

Frankfurt, Wohnung von Lorna Hoogstraat

„Die Deutschen mögen – historisch gesehen – die eine oder andere Sache vorangebracht haben, aber sie sind schlicht außerstande, eine anständige Torte zu backen!"

Hel reckte freudig den Kopf über den Rand ihres Bildschirms. „Leo?"

Ihr Freund trug ein etwas zu großes Tweedjackett zu seiner Bluejeans und war entschieden zu empört für Wiedersehensfreude.

„Schau dir das an!", beschwerte er sich und knallte ein Papptablett mit drei akkurat geschnittenen Tortenstücken auf den Schreibtisch der improvisierten Einsatzzentrale, die sie sich im Gästezimmer von Lorna Hoogstraats Privatwohnung eingerichtet hatten. „Das hier stammt keineswegs aus einer billigen Zuckerbude am Bahnhof, sondern aus der sogenannten Konditorei nebenan. Und die besitzen allen Ernstes die Frechheit, diese ... diese Dinger als Sachertorte zu verkaufen – für vier Euro achtzig das Stück!"

„Also für mich sieht das verdammt lecker aus", bemerkte Paul sehnsüchtig.

Leo warf ihm einen vernichtenden Blick zu. „Das ist Apfelgelee“, klagte er, indem er mit seiner Bambusgabel vorwurfsvoll auf dem Tablett herumstocherte.

Paul krauste die Stirn. „Ja, und?“

„Sachertorte ist mit Marillenmarmelade!“

„Aprikosenmarmelade“, übersetzte Hel, die ihren Mitbewohner inzwischen lange genug kannte, um Begriffen wie „Karfiol“, „Paradeiser“ und „Ribisel“ die richtigen Lebensmittel zuordnen zu können.

„Ja, und?“, wiederholte Paul.

„Vergiss es“, sagte Hel.

Doch ihr frisch eingetroffener Mitbewohner dachte gar nicht daran, sich zu beruhigen. „Wir haben zwei Schichten Apfelgelee“, analysierte er angewidert. „Und obendrauf haben wir so was Ähnliches wie eine Schokoladen-Fettglasur ...“

„Dabei weiß doch jedes Kind, dass *echte* Sachertorte nur echt ist, wenn sie auch mit echter Schokolade überzogen ist“, frotzelte Hel.

„Schokolade oder kakaohaltige Zuckerglasur“, korrigierte Leo mit heiligem Ernst.

Paul zog die Augenbrauen hoch. „Ist das nicht dasselbe?“

Leo schien allein die Frage so ungehörig zu finden, dass er die Antwort verweigerte.

„Wie auch immer“, resümierte Paul, als ihm die Stille zu unbequem wurde. „Es sieht verdammt lecker aus.“

„Es ist eine verdammte Frechheit“, knurrte Leo.

Paul holte Luft, aber Hel war schneller: „Diskutiere niemals mit einem Wiener übers Essen“, warnte sie. „Nicht übers Essen und nicht übers Theater.“

Seine Lippen verzogen sich zu einem breiten Grinsen. „Das sind, offen gesagt, sowieso nicht gerade meine Kernkompetenzen.“

„Dein Glück“, lachte Hel. „Darf ich bekannt machen? Leo Grabowski, mein Mitbewohner und als Kollege gewissermaßen die bessere Hälfte meines von Haus aus eher intuitiv als logisch agierenden Gehirns. Und der kulinarische Banause mit der kugelsicheren Weste unterm Jackett ist Paul Maar, unser Kollege von der PSI.“

„Hm", brummte Leo, während seine Blicke zwischen dem Kuchentablett und Paul hin und her wanderten, als trüge dieser höchstpersönlich die Schuld an den hochstaplerischen Tortenstücken.

„Sei nett", mahnte Hel.

Ihr Mitbewohner zupfte ein Stück Schokoladendekor von seiner Torte. „Ein S aus weißer Schokolade", seufzte er kauend. „Unpackbar!"

„Wenn Sie möchten, erlöse ich Sie von dem Anblick", erbot sich Paul und wollte nach dem Papptablett greifen.

„Passt schon", schnappte Leo und griff eilig wieder nach seiner Gabel.

Paul hob entschuldigend die Hände. „Weil es drei Stücke sind, dachte ich …"

„Leo hat einen ziemlich hohen Grundumsatz", stellte Hel klar. Und zum Glück meldete sich in diesem Augenblick auch Pauls Piepser.

„Ich muss kurz telefonieren", murmelte er und verschwand auf dem Gang.

„Ich mag ihn nicht", knurrte Leo, nachdem Paul die Tür hinter sich geschlossen hatte.

Hel stöhnte. „Nun warte doch erst mal ab!"

Anstelle einer Entgegnung schob sich Leo ein Stück Kuchen in den Mund. „Aber ich habe etwas entdeckt, das dich interessieren dürfte", verkündete er kauend.

„Du meinst, in dem Material, das ich dir geschickt habe?"

Er nickte und leckte sich ein paar Schokoreste von den Fingern. Dann ließ er sich auf einen freien Stuhl fallen und klappte seinen Laptop auf. „Hier", sagte er, indem er den vorbereiteten Zusammenschnitt aufrief. „Das sind Sequenzen aus insgesamt neun verschiedenen Überwachungskameras. Sieben davon befinden sich in der Herthauer Straße, die anderen beiden stammen aus der Breinicker Allee, die etwa dreihundert Meter nordwestlich des Wahlkreisbüros in die Herthauer Straße mündet." Auf dem Bildschirm blitzte ein Satellitenfoto auf, das die Straßenzüge rund um den Ort des Anschlags zeigte. „Und wenn wir das jetzt alles zusammenfummeln und anschließend noch ein bisschen tricksen, ergibt sich folgende Sequenz …“

Fasziniert verfolgte Hel eine verschwommene Gestalt, die erstmals im Schatten einer Gruppe von Bauarbeitern ins Blickfeld der Überwachungskameras geriet. Leo hatte das Material so aufbereitet, dass es den Weg der betreffenden Person in der richtigen zeitlichen Reihenfolge darstellte. Diejenigen Straßenabschnitte, die von den Kameras nicht erfasst wurden, hatte er geschickt überblendet. Die Aufnahmen waren körnig und erschreckend unscharf. Aber es war nicht zu übersehen, dass die Person auf dem Video einen Gegenstand von der Größe einer Pralinenschachtel in den Händen hielt.

Hel kniff die Augen zusammen. „Ist das unser Attentäter?“, fragte sie hoffnungsvoll.

„Glaube ich nicht“, murmelte Leo und zoomte noch näher an die Gestalt mit dem Päckchen heran. „Aufgrund der unterschiedlichen Kameraperspektiven hatte ich relativ viele Vergleichsmöglichkeiten, sodass ich mit ziemlicher Sicherheit sagen kann, dass die Person auf dem Band zwischen eins fünzig und eins dreiundfünfzig groß ist.“

Sie starrte ihn an. „Du meinst, das ist ein Kind?“

„Ein Junge“, bestätigte Leo. „Etwa zwölf oder dreizehn Jahre alt.“

Hel kaute nachdenklich an ihrer Unterlippe. Lag hier die Erklärung für Margit Klugs Nachlässigkeit? Wenn der Überbringer des Sprengsatzes tatsächlich ein Kind gewesen wäre …

„Leider werden ausgerechnet die letzten zweihundert Meter bis zum Wahlkreisbüro von keiner der Kameras erfasst“, setzte Leo unterdessen seine Erläuterungen fort. „Deshalb kann ich dir nicht mit letzter Sicherheit sagen, ob der Junge das Büro auch wirklich betreten hat. Aber von den zeitlichen Abläufen her würde es passen. Und außerdem haben wir auch noch das hier …“Auf dem Monitor erschien ein neuer Ausschnitt. „Exakt dreieinhalb Minuten, nachdem unser Paketjunge den blinden Fleck rund um das Wahlkreisbüro betreten hat, taucht er wieder auf, und zwar östlich dieses Spielplatzes.“

Die Aufnahme stammte aus der Kamera einer Lottoannahmestelle und erfasste auch einen Teil des Bürgersteigs vor dem Laden. In den verwaschenen Büschen im Hintergrund erkannte Hel die freudlose Grünanlage, die dem Wahlkreisbüro gegenüberlag. Genauer gesagt, deren Rückseite. Ihre Augen suchten die Zeitangabe in der rechten oberen Ecke. Bei exakt 16:47:36 Uhr kam auf dem Bürgersteig vor dem Laden die Gestalt ins Bild, die sie bereits aus den vorherigen Sequenzen kannte. Hel hielt den Atem an.

„Das Päckchen", stieß sie aufgeregt hervor. „Er hat es nicht mehr bei sich!"

Leo nickte zufrieden vor sich hin. „Ganz genau."

Hel beugte sich noch näher an den Bildschirm heran. „Das Gesicht des Jungen kriegen wir nicht besser, oder?"

„Hab ich schon versucht", winkte Leo ab. „Keine Chance. Aber ich habe etwas anderes gefunden, das uns eventuell einen Hinweis auf seine Identität liefert."

Ihr Herzschlag beschleunigte sich. „Lass sehen!"

Er ließ den Zusammenschnitt ein weiteres Mal laufen. „Auf dem Weg zum Wahlkreisbüro kommt unser Paketjunge an zwei öffentlichen Mülleimern vorbei, siehst du? Der erste hängt hier, an dieser Laterne in der Breinicker Allee. Und der zweite befindet sich direkt hinter der Ecke, neben diesem Zebrastreifen."

„Ja und?", fragte Hel.

Leo vergrößerte den Ausschnitt. „Der Junge sieht rein. Und zwar in beide."

Sie verstand sofort, worauf er hinauswollte. „Ein Straßenkind?"

Ihr Freund zuckte die Achseln. „Zumindest ein Kind, das gewohnheitsmäßig nach weggeworfenen Pfandflaschen schaut."

„Gib diese Info sofort an sämtliche Polizeidienststellen und Sozialeinrichtungen hier in der Stadt weiter", rief Hel. „Vielleicht ist der Junge dort bekannt."

9

Frankfurt, Wohnung von Lorna Hoogstraat

„Haben Sie eine Ahnung, wie viele Kinder in dieser Stadt mehr oder weniger auf der Straße leben?“, echauffierte sich Max Collin wenig später am Telefon. „Und kommen Sie mir nicht mit diesem gesichtslosen Schatten auf Ihrem Video. Das könnte wirklich jeder sein. Sie haben gar nichts!“

Paul, dem der Anruf galt, machte beschwichtigende Gesten in Hels Richtung. „Unserer Ansicht nach ist es trotz allem einen Versuch wert“, entgegnete er. „Zumal der Junge auch noch dieses auffällige T-Shirt trägt.“

Hel blickte anerkennend zu Leo, dem es gelungen war, aus einem unübersichtlichen Chaos verschwommener Pixel ein Basketball-T-Shirt der Marke Nike zu identifizieren. Genauer gesagt ein offizielles Mannschaftsshirt der Brooklyn Nets in Dunkelblau, produziert laut Herstellerliste irgendwann im Zeitraum zwischen Februar 2017 und April 2019. Es trug die Spielernummer Vierzehn.

„Wenn er klug ist, hat er das Ding längst in irgendeine verdammte Mülltonne geworfen“, fauchte Collin.

„Trotzdem könnte sich jemand an dieses T-Shirt und seinen Träger erinnern“, versetzte Paul mit schneidender Freundlichkeit.

„Zeitverschwendung“, knurrte Collin und unterbrach die Verbindung.

Hel hob entschuldigend die Hände. „Ich weiß, es ist ein Strohhalm“, sagte sie. „Aber vielleicht haben wir ja Glück.“

„Ja, vielleicht“, sagte Paul und steckte sein Smartphone weg. Er klang nicht überzeugt, aber sie war schon froh, dass er sich wenigstens dem BKA gegenüber schützend vor sie gestellt hatte. Zumal auch Vicky Dorn und Tom Gellert mit ihnen am Tisch saßen.

Gemeinsam waren sie noch einmal Lornas Termine der vergangenen Wochen durchgegangen: Hatte es im Vergleich zu den Monaten davor irgendwelche Besonderheiten gegeben? Fragen an

Lorna, die von den üblichen Plänkeleien abwichen? Auffällige Blicke oder Zurufe? Solche Dinge …

Tom Gellert sah Vicky an. „Was ist mit diesem Kerl in Ludwigshafen?“

„Der Arzt?“

„Keine Ahnung, was der war. Aber er hat mehrfach versucht, Lorna in ein Gespräch zu verwickeln und dabei immer wieder ihre Hand genommen.“

„Der Typ war ein echter Schmierlappen“, pflichtete Vicky ihm bei. „Aber Lorna verhält sich in solchen Situationen immer ausgesprochen geschickt. Sie verteilt Abfuhren genauso charmant wie ihre Wahlprogramme“, setzte sie lächelnd hinzu. „Und sie sorgt auch immer dafür, dass ihr Gegenüber nicht das Gesicht verliert.“

Ein nicht zu unterschätzendes Talent, dachte Hel. Immerhin gehörten empfundene Kränkungen zu den häufigsten Ursachen für das Eskalieren von Konflikten.

„Trotzdem“, beharrte Gellert. „Auf mich hat dieser Kerl irgendwie unheimlich gewirkt.“

„Wenn Sie möchten, nehme ich mir noch mal das Videomaterial von diesem Abend vor“, erbot sich Vicky. „Bestimmt ist der Mann, um den es geht, da irgendwo drauf.“

„Tun Sie das“, nickte Paul. „Obwohl ich – ehrlich gesagt – nicht glaube, dass das Attentat auf Ihr Wahlkreisbüro das Werk eines abgewiesenen Verehrers ist.“

Aber wessen Werk ist es dann?, hielt Hel ihm in Gedanken entgegen. Doch bevor sie etwas zur Diskussion beitragen konnte, flog die Tür in ihrem Rücken auf und Ashrav Rouhani stürmte herein.

„Was soll das sein?“, fragte er und knallte einen USB-Stick auf den Tisch.

Vickys hellgrüne Augen streiften den Datenträger.

„Die Pressemappe für die begleitende Berichterstattung zum Parteitag.“

„Aber das sind dieselben Fotos wie für die Kampagne.“

„Das ist, was man gemeinhin einen roten Faden nennt, Ashrav.“

„Nein“, wetterte Rouhani. „So was nennt man gemeinhin einfallslos. Sag nur, Lorna hat diesen Mist abgesegnet?“

Vicky griff nach dem Stick. „Was glaubst du denn?“

„Herrgott!“ Rouhani fuhr sich mit beiden Händen durch seine lackschwarzen Haare. „Wozu hat sie uns engagiert, wenn sie all ihre Fehler selbst machen will?“

„Komm wieder runter, Ashrav.“ Tom Gellerts verkniffenes Lächeln ließ Hel vermuten, dass er an der Auswahl der Aufnahmen maßgeblich beteiligt gewesen war. „Diese Fotos sind gut, und das weißt du.“

„Diese Fotos sind ebenso nichtssagend wie alle anderen, die Lorna in den letzten Jahren veröffentlicht hat“, beharrte Rouhani.

„Und welche Art von Fotos hättest du gern?“ In Vickys Augen erschien ein gefährliches Funkeln. „Die, wo Lorna im Handstand auf der Loreley steht, oder doch lieber die Nacktfotos vom Ku'damm?“

Der Ärger über ihre Anspielung goss einen Schatten über Rouhanis Bronzeteint. Doch er entschied sich gegen einen offenen Kampf. „Warum kann sie nicht mal irgendein Baby knuddeln?“, schlug er stattdessen mit unverhohlenem Sarkasmus vor. „Oder wenigstens einen Welpen?“

„Weil sie das nicht ist, Ashrav“, konterte Vicky.

„Zum Teufel mit dem, was sie ist“, versetzte Rouhani. „Das Einzige, was zählt, ist, wie sie wirkt. Und das ist, verdammt noch mal, unser Job!“

„Nein“, widersprach Gellert. „Unser Job ist es, sie bestmöglich durch diesen Wahlkampf zu führen und …“

„Bestmöglich“, höhnte Rouhani. „Weißt du, wie das klingt?“

Tom Gellert stand auf. Er war fast einen Kopf größer als Ashrav, wirkte neben diesem aber eigentümlich fahl und hölzern, wie eine Statue. „Die Aufnahmen sind freigegeben“, wiederholte er ruhig. „Und wenn dir daran etwas nicht passt, dann klär das mit Lorna!“

„Das werde ich“, schnaubte Rouhani. „Und wenn dieses verweichlichte Dauergefasel, zu dem alle Welt sie seit Jahren drängt, ihren gesunden Menschenverstand noch nicht vollständig ausgelöscht hat, dann wird sie erkennen, dass man die Karriere von morgen nicht mit der Strategie von gestern macht.“

Er schlug die Tür hinter sich ins Schloss und automatisch musste Hel an ein verwackeltes Video aus Erins Materialsammlung denken. Es war die älteste Aufnahme, die von Lorna existierte, und sie zeigte die Siebzehnjährige in der Aula ihres alten Gymnasiums, wo sie eine flammende Rede zum Thema Inklusion hielt. Gestik und Mimik der späteren Politikerin waren bereits klar zu erkennen, doch Lornas Formulierungen und ihr gesamtes Auftreten waren damals deutlich kompromissloser gewesen. Hels Blick suchte wieder die Kampagnenfotos an der Wand. Lorna entfernt sich immer weiter von dem, was sie ist, dachte sie mit einem Anflug von Unbehagen. Zugleich hatte sie mit einem Mal das Gefühl, die Stimme ihrer Großmutter zu hören. Menschen ändern sich nicht, pflegte Charlotte Steen seit jeher zu behaupten. *Was ihnen im Leben auch widerfährt – ihre grundsätzliche Anlage bleibt doch immer dieselbe.*

Eine Vorstellung, die Hel insgeheim ausgesprochen bedrohlich fand.

Auf dem Gang vor dem Büro wurden unterdessen Stimmen laut: Ashrav und Lorna.

Hel konnte nicht verstehen, was die beiden sagten. Aber ihre Unterhaltung wirkte ganz und gar nicht unfreundlich. Gleich darauf öffnete sich die Tür und Lorna streckte den Kopf ins Zimmer. Sie hatte sich ein weiteres Mal umgezogen und trug nach Hels Empfinden auch weniger Make-up als zuvor. Hinter ihr im Flur stand Ashrav Rouhani und grinste über beide Ohren. Offenbar war er der Meinung, einen Etappensieg errungen zu haben.

„Ich bin mal für eine Stunde weg“, verkündete Lorna, indem sie dem verdatterten Paul einen Zettel mit einer Telefonnummer in die Hand drückte. „Falls irgendwas Dringendes ist, können Sie mich jederzeit unter dieser Nummer erreichen.“

Vicky Dorns Kopf ruckte hoch. „Was hast du vor?“

„Margit Klugs Mann mein Beileid aussprechen, falls du nichts dagegen hast.“

„Auf keinen Fall!“, rief Paul.

„Ich habe Sie nicht nach Ihrer Meinung gefragt“, entgegnete Lorna – und zum ersten Mal registrierte Hel einen Hauch von Aggression in ihrer Stimme.

„Aber er hat recht", sagte Vicky. „Wenn es unbedingt sein muss, lässt sich vielleicht ein Kondolenzbesuch im Umfeld des Begräbnisses arrangieren. Aber unter den gegebenen Umständen muss so etwas in Ruhe vorbe …" Sie stieß einen erstickten Schrei aus, als Lorna sie ohne jede Vorwarnung bei den Schultern packte.

„Hast du mich nicht verstanden?", zischte sie und Hel hatte selten zuvor jemanden derart in Rage gesehen. „Ich werde jetzt in mein Auto steigen und nach Bonames fahren, um Margit Klugs Witwer mein Beileid auszusprechen. Und zwar allein und unter vier Augen", setzte sie in Rouhanis Richtung hinzu. „Ich lasse mir nicht noch einmal unterstellen, dass ich eine publicitygeile Opportunistin bin, klar? So etwas passiert mir nie wieder!"

So etwas wird dir noch oft passieren, widersprach Hel ihr in Gedanken. Und das weißt du auch …

„Ich werde sehen, was wir tun können", sagte Paul und stand auf.

„Bemühen Sie sich nicht." Lorna ließ von Vicky ab und warf Hel mit einer eleganten Bewegung die Autoschlüssel zu. „Hier", rief sie, jetzt wieder völlig gefasst. „Sie fahren mich!"

10

Frankfurt, Stadtteil Bonames

Der Mann im Türrahmen sah aus wie verblasst. Seltsamerweise richteten sich seine Augen zuerst auf Hel, obwohl sie hinter Lorna stand. Doch es war fast, als suche er Schutz bei ihr und ihrer Unscheinbarkeit.

Lorna hingegen strahlte wie immer eine enorme Präsenz aus, auch wenn sie alles tat, um nicht aufdringlich zu wirken.

„Herr Klug?", fragte sie.

„Bechtner, Alois." Er räusperte sich. „Margit und ich waren nur … Sie hielt nichts von der Ehe."

An Lornas Haltung erkannte Hel, dass ihr dieser Gang alles andere als leichtfiel. Dass sie ihn sich trotzdem nicht ersparte, rang ihr Respekt ab.

„Sie wissen, wer ich bin?"

Der Mann im Türrahmen nickte.

„Dann fragen Sie sich bestimmt, was ich überhaupt hier zu suchen habe." Für den Bruchteil einer Sekunde verengten sich Lornas Augen. Fast so, als ob sie ungeschützt direkt in die Sonne blicke. Doch sie hatte sich umgehend wieder im Griff. „Ich will Sie auf keinen Fall belästigen", fuhr sie fort. „Und ich bilde mir auch nicht ein, etwas sagen zu können, das Ihren Schmerz lindert. Aber ich wollte Ihnen persönlich versichern, dass ich alles in meiner Macht Stehende tun werde, um die Suche nach dem Täter zu unterstützen."

Alois Bechtner starrte Lorna Hoogstraat aus rot geränderten Augen an. Ein einfacher Mann mit Bauchansatz, dem die Worte fehlten.

Lorna spürte seine Schwäche und griff wie selbstverständlich nach seiner Hand. „Wer immer das getan hat, wird bestraft werden", wiederholte sie fest. „Vielleicht dauert es eine gewisse Zeit, bis dieser Mensch gefunden wird. Aber ich werde nicht lockerlassen, bis es so weit ist. Das verspreche ich Ihnen."

Aus irgendeinem unerfindlichen Grund musste Hel wieder an die Kinderzeichnung aus Lornas Schreibtisch denken, das Mädchen am Galgen. *Ich werde nicht lockerlassen …*

Ihr gegenüber klammerte sich Margit Klugs Witwer noch immer an Lornas Hand. „Danke", stieß er mühsam hervor. „Das … ist sehr freundlich von Ihnen."

Lorna versuchte, seinen Blick festzuhalten. Und wiederum ließ er es zu. „Gibt es irgendetwas, das ich für Sie tun kann?", erkundigte sie sich sanft.

„Ich wüsste nicht …" Alois Bechtner begann zu husten. „Ich glaube nicht."

Lorna nickte und ließ vorsichtig seine Hand los. Dann griff sie in ihre Handtasche und zog eine von ihren Visitenkarten und einen Kugelschreiber heraus.

„Das ist meine private Handynummer“, erklärte sie, nachdem sie die entsprechende Zahlenfolge auf der Rückseite der Karte notiert hatte. „Wenn Sie irgendetwas brauchen oder einfach mal reden möchten, können Sie mich jederzeit anrufen.“

Sie drückte ihm die Karte in die Hand und umfasste diese noch einmal fest mit beiden Händen. Dann drehte sie sich ohne ein Wort des Abschieds um und ging die gepflasterte Einfahrt hinunter. Hel folgte ihr.

Als sie ins Auto stiegen, stand Bechtner noch immer wie paralysiert in der Tür seines Hauses. Als ob er zu Stein geworden wäre.

Dieses Mal hatte Lorna ganz selbstverständlich die Fahrerseite gewählt und Hel ließ sie gewähren. Obwohl nichts nach außen drang, spürte sie, wie sehr der Vorfall im Krankenhaus Lorna noch immer beschäftigte.

„Und jetzt?“, fragte sie, nachdem Lorna an einer nahen Tankstelle gewendet hatte.

„Gehen wir noch irgendwo einen Kaffee trinken?“ Sie sprach locker wie immer, aber ihre Stimme wirkte brüchig. „Es gibt ein hübsches kleines Café, gleich hier um die Ecke.“

Hel warf einen Blick in den Rückspiegel, um sicherzugehen, dass ihnen niemand folgte. „Sie wissen, dass das nicht geht.“

„Warum nicht?“, versetzte Lorna trotzig. „Sie wissen so gut wie ich, dass ich mich nicht auf ewig verstecken kann. Vor einem potenziellen Attentäter genauso wenig wie vor einer unbequemen Wahrheit.“

Ein bemerkenswerter Satz für eine Politikerin, fand Hel. Laut sagte sie: „Das Problem ist, dass ICH mich an die Vorschriften halten muss.“

Lorna warf ihr einen flüchtigen Seitenblick zu. „Wir spielen alle nach gewissen Regeln“, sagte sie vieldeutig. „Ich hoffe nur, dass wir erkennen, wann es an der Zeit ist, diese Regeln zu brechen.“

Hel sagte nichts.

„Woran denken Sie?“, fragte Lorna, als ihr das Schweigen zu unbequem wurde.

„An Ihre Rede zum psychosozialen Nutzen inklusiver Maßnahmen in der Aula Ihres damaligen Gymnasiums.“

Ihre Schutzperson krauste die Stirn.

„Ich habe ein altes Video gesehen", erklärte Hel.

„Ach wirklich?" Lorna stieß ein verächtliches Schnauben aus. „Tja, damals war ich jung und bescheuert."

„Jung unterschreibe ich sofort", entgegnete Hel. „Aber bescheuert ist nicht unbedingt das Wort, das ich in diesem Zusammenhang wählen würde."

„Sondern?"

„Idealistisch. Visionär. Mutig."

„Glauben Sie mir, die Sache mit dem Idealismus gewöhnen Sie sich ganz schnell ab, wenn Sie meinen Job machen."

„Menschen ändern sich nicht", murmelte Hel.

„Wer sagt das?"

„Meine Großmutter."

Dass ihre Personenschützerin freiwillig etwas Privates von sich gab, schien Lorna zu überraschen. Aber sie griff die Chance auf einen Themenwechsel dankbar auf: „Stehen Sie einander nah?"

„Sie hat mich großgezogen, nachdem meine Eltern bei einem Autounfall ums Leben gekommen sind."

Das ist keine Antwort auf meine Frage, hielt Lornas Blick ihr entgegen. Doch sie war zu taktvoll, um Hel weiter zu bedrängen. Stattdessen sagte sie: „Ich habe auch nur noch meine Mutter." Und nach einer kurzen Pause fügte sie hinzu: „Ist vielleicht sogar leichter, wenn einem nicht zu viele Leute dreinreden."

So, dachte Hel verwundert, habe ich die ganze Sache noch nie betrachtet. Aus der Akte ging hervor, dass es Anneke Hoogstraat ganz und gar nicht leichtgefallen war, ihrer Tochter all das zu bieten, was für die meisten anderen Kinder selbstverständlich war. Sie hatte sich – im Gegenteil – mit schlecht bezahlten Aushilfsjobs über Wasser halten und jeden Cent dreimal umdrehen müssen.

„Ihre Mutter ist bestimmt sehr stolz auf Sie", bemerkte Hel beiläufig. Doch obwohl Lorna bis auf ein gleichgültiges Achselzucken keine erkennbare Reaktion zeigte, hatte sie umgehend das Gefühl, einen Schritt zu weit gegangen zu sein. Eilig sah sie wieder in den Rückspiegel, aber im dichten Verkehrsgewühl hinter ihnen zeigten sich keinerlei Auffälligkeiten.

„Soll ich Sie irgendwo absetzen?", fragte Lorna, die ihren Blick missdeutete. „An Ihrem Hotel vielleicht?"

„Ich glaube, der Witz meines Jobs ist, dass ich Sie irgendwo absetze", versuchte es Hel zur Abwechslung mal wieder mit Humor statt mit Tiefsinn.

Und sie hatte Erfolg: Die Anspannung, die sich unmerklich zwischen ihnen breitgemacht hatte, verflog. Lorna schaltete das Radio ein und für den Rest der Fahrt hingen sie beide ihren Gedanken nach.

Erst als der Volvo über die Schwelle der Tiefgarage rumpelte, wurde Lorna noch einmal persönlich: „Warum haben Sie sich eigentlich ausgerechnet für eine Karriere als Personenschützerin entschieden?", fragte sie mit echtem Interesse.

Hel dachte einen Moment lang ernsthaft über die Frage nach. „Ich glaube, ich wollte etwas machen, bei dem ich aktiv eingreifen kann", sagte sie. Und in Gedanken setzte sie hinzu: Ich habe es satt, immer nur hilflos zuzuschauen.

„Sie haben gern die Kontrolle, was?", stichelte Lorna.

„Kontrolle ist eine Illusion", widersprach Hel und lief um den Wagen herum, um ihrer Schutzperson die Tür zu öffnen.

Lorna fand ihre Bemühungen offenbar völlig übertrieben und verdrehte entnervt die Augen. „Ich wollte als Kind immer Schauspielerin werden", verkündete sie, als sie auf dem Weg zum Aufzug waren. „Sie wissen schon – rote Teppiche. Tolle Kleider. Und natürlich Brad Pitt an meiner Seite."

„Na ja …" Hel grinste. „Bis auf die Sache mit Brad Pitt sind Sie ziemlich dicht dran, oder?"

„Was nicht ist, kann ja noch werden", gab Lorna zurück. Und da sie gerade so herrlich privat waren, konnte sie es sich nicht verkneifen hinzuzufügen: „Was sagt eigentlich Ihr Freund dazu, dass Sie Ihr Leben für andere aufs Spiel setzen?"

„Ich bin Single."

Lorna schlug in gespieltem Entsetzen die Hand vor den Mund. „Was denn?", rief sie. „Da ist niemand, der sich über das fehlende Essen oder die ungebügelten Hemden beschwert, wenn Sie abends nach Hause kommen?"

„Doch“, erwiderte Hel todernst. „Mein Mitbewohner.“

„Mitbewohner“, wiederholte Lorna, halb mitleidig, halb amüsiert. „Also, das klingt jetzt eher semi-romantisch.“

„Uns gefällt’s.“ Hel drückte auf den Knopf für die achte Etage. „Sie haben ihn übrigens schon kennengelernt.“

Lorna runzelte die Stirn. Dann klappte ihre Kinnlade herunter. „Sie teilen Ihre Wohnung mit dem roten Paul?“

„Nicht doch“, lachte Hel. „Mit dem anderen.“

Zuerst schien ihre Schutzperson mit dieser Angabe nicht viel anfangen zu können. Aber nach kurzem Überlegen hellte sich ihre Miene plötzlich auf: „Der Hungerhaken mit dem charmanten Akzent?“

Hel nickte. „Ebender.“

11

Frankfurt, Hotel *Village Garni*

„Glaubst du, wir könnten uns noch eine Kleinigkeit zu essen bestellen?“, flehte besagter Hungerhaken, als sie ein paar Stunden später auf dem Bett von Hels Hotelzimmer saßen.

Hel verzichtete auf die Erwähnung der doppelten Currywurst, die sie sich auf dem Weg ins Hotel gegönnt hatten, und griff schicksalsergeben nach ihrem Smartphone.

„Italienisch?“

„Hm.“

„Oder lieber was vom Chinesen?“

„Hm.“

Sie stöhnte. „Es wäre echt super, wenn du dich entscheiden könntest!“

Ihr Freund rückte umständlich seine Brille zurecht. „Hab ich eh.“

„Also Pasta“, seufzte Hel.

„Sowohl als auch“, korrigierte Leo. „Aber nicht bei ein und demselben Laden“, setzte er eilig hinzu. „Sonst kommt das alles aus der Dose. Und das ist echt grindig.“

„Okay“, stöhnte Hel und drückte ihm ihr Smartphone in die Hand. „Dann ist es definitiv das Beste, wenn du auch selbst anrufst!“

Während ihr Freund in aller Seelenruhe telefonierte, klickte sich Hel einmal mehr durch die Hintergrundinformationen zu Lornas engsten Mitarbeitern, die Leo in der Zwischenzeit zusammengetragen hatte: Tom Gellert war seit fünfzehn Jahren verheiratet – und allem Anschein nach sogar einigermaßen glücklich. Seine Frau arbeitete halbtags bei einem Notar in Wiesbaden, die beiden Söhne gingen noch zur Schule. Keine Schulden, keine auffälligen Anschaffungen. Keine Vorstrafen. Der studierte Betriebswirtschaftler war bereits in verschiedenen Funktionen für Lornas Partei tätig gewesen und galt als umsichtiger und ruhiger Vermittler. Im Stillen tippte Hel darauf, dass Lorna Tom Gellert in erster Linie seiner guten Kontakte wegen ins Team geholt hatte. Aber er war auch ein Mann, den man leicht unterschätzte.

Ashrav Rouhani kannte Lorna hingegen bereits seit Studientagen und offenbar hatten die beiden den Kontakt seither nie abreißen lassen. Der Sohn iranisch-kurdischer Einwanderer beherrschte fünf Fremdsprachen und hatte für eine große Werbeagentur in Düsseldorf gearbeitet, bevor Lorna ihn in ihr Team geholt hatte. Hel swipte durch einen Ordner mit Fotos. Wie es aussah, verbrachte Ashrav Rouhani seine Freizeit auf einschlägigen Datingportalen oder dem Segelboot seines Onkels, Letzteres sehr auch gerne mit Ferhan, der ältesten seiner vier Schwestern. Aber so stimmig das Gesamtbild auch anmuten mochte – Hel war klar, dass eilig zusammengestellte Dossiers wie diese stets nur einen Teil der Wahrheit widerspiegelten.

Als Letzte war Vicky Dorn zu Lornas engstem Kreis gestoßen. Die zierliche Rotblonde war früh durch gute Leistungen aufgefallen, hatte bereits mit knapp achtzehn ihr Abitur gemacht und anschließend Kommunikationswissenschaften studiert. Außerdem war sie laut Rassekatzenregister stolze Besitzerin zweier preisgekrönter Maine-Coon-Kater. Wie sie es trotz ihres immensen Arbeitspensums an der Seite einer künftigen Spitzenpolitikerin schaffte, diese regelmäßig zu versorgen, war Hel ein Rätsel, denn laut Dossier war Vicky genau wie Ashrav alleinstehend. Aber sie fand in keinem der drei Lebensläufe etwas, das auch nur vage auf ein persönliches Motiv hingedeutet hätte. Und doch war Margit Klug tot und vor Lorna Hoogstraats Haus stand rund um die Uhr ein Streifenwagen …

Leo hatte unterdessen sein Gespräch beendet und gab ihr das Smartphone zurück. „Du hast übrigens eine Kopie des vorläufigen Berichts der Sprengstoffexperten in deinem Postfach", bemerkte er beiläufig.

Hel sah ihn an. „Mein Postfach ist kennwortgeschützt."

„Ja."

„Ja – was?"

Er schenkte ihr ein entwaffnendes Lächeln. „Polyxena*919."

Hel schnappte nach Luft.

„Es ist dein übliches Passwort", schob Leo eilig hinterher.

„Woher kennst DU mein übliches Passwort?", empörte sich Hel. Und setzte ernüchtert hinzu: „Und ich dachte wirklich, ich wäre einigermaßen originell gewesen."

Ihre Naivität entlockte ihm ein müdes Lächeln. „Dass sie dich Kassandra nennen, habe ich bereits in der Woche nach unserem Einzug mühelos dem Flurfunk entnommen", erklärte er. „Und dass du niemals so dumm wärest, einen derart naheliegenden Begriff als Passwort zu benutzen, versteht sich von selbst. Das wäre entschieden zu plump für eine Frau, deren IQ bei 142 liegt. Also habe ich mich mal ein bisschen in Kassandras Umfeld umgesehen. Nach etwas, das weniger naheliegend ist, aber auf denselben Mythos zurückgeht." Er sah sie an wie ein Hund, der seinem Besitzer gerade eine schöne, fette Ente apportiert hat. „Von da an war es kinderleicht. Zwei Fehlversuche mit *Troja* und *Hekabe* – und ich war drin!"

So viel zum Thema Berechenbarkeit, dachte Hel. „Gut. Schön. Das erklärt die Polyxena", räumte sie zähneknirschend ein. „Aber was ist mit *919?"

„Was soll damit sein?“

„Das ist der Teil meines Passwortes, den ich vollkommen willkürlich gewählt habe.“

Und wieder so ein mitleidiger Blick: „Nichts, was wir tun, ist vollkommen willkürlich.“

„Keine Allgemeinplätze“, beschwerte sich Hel. „Erklär mir gefälligst, wodurch ich mich verraten habe.“

„Biometrische Signatur“, brummte Leo.

„Hä?“

„Deine Mausbewegungen und dein Tippverhalten.“

Hel war fassungslos. „Du hast es gewagt, meine Mausbewegungen und mein …“

„Ich bin Analyst“, verteidigte sich Leo.

„Nein“, schimpfte Hel. „Du bist ein Idiot!“

Ihr Mitbewohner runzelte angesichts dieser wenig freundlichen Feststellung kurz die Stirn und verschwand dann sicherheitshalber erst mal im Bad, während Hel kopfschüttelnd ihr Smartphone wieder an sich nahm.

Sie las die kurze, unfreundliche Begleit-Mail, die Collin ihr geschrieben hatte, und öffnete anschließend den beigefügten Anhang. Der Bericht des Sprengstoffexperten war kurz und enthielt nichts, das sie nicht bereits wussten: allgemein zugängliche, leicht zu beschaffende Bauteile. Der Zünder gekoppelt an eine handelsübliche Aufreißhilfe für Pappkartons.

„Und ein Kind als Bote, das Margit Klugs Argwohn zerstreut“, murmelte Hel halblaut vor sich hin.

Aber wer war dieses Kind? Sein Kind? Wohl kaum, dachte sie und trat ans Fenster. Das Hotel, in dem sie untergebracht waren, lag in Sichtweite zum Bahnhofsviertel. Ein sorgsam renovierter Altbau in einer von grellen Leuchtreklamen überglänzten Seitenstraße.

Haben Sie eine Ahnung, wie viele Kinder in dieser Stadt auf der Straße leben? Hel presste die Stirn gegen die kühle Scheibe. War der Junge, der die Bombe überbracht hatte, irgendwo da draußen? In einem dieser trostlosen Parks? Unter einer Brücke? In einer billigen Sozialwohnung? Oder hatte sein Auftraggeber ihn getötet, nachdem er seine Aufgabe erfüllt hatte? Aber … Sie stutzte.

„Was ist mit der Bezahlung?"

Leo, der soeben aus dem Bad kam, warf ihr einen fragenden Blick zu.

„Der Paketjunge", erklärte Hel. „Wann und wo hat der Auftraggeber ihn für seinen Botendienst bezahlt? Vorher?"

„In diesem Fall hätte er damit rechnen müssen, dass das Päckchen mit der Bombe im nächsten Müllcontainer landet", gab Leo zu bedenken. „Und ich glaube – ehrlich gesagt – auch nicht, dass er das Risiko eingegangen ist, den Jungen während seines Botengangs zu überwachen." Er ließ sich in einen der angenehm festen Sessel fallen und streckte seine langen, erschreckend dürren Beine von sich. „Die Gefahr, dass sich jemand an ihn oder an sein Fahrzeug erinnert, wäre viel zu groß gewesen."

„Also hat er dem Jungen vor seinem Botengang nur eine Anzahlung gegeben", schloss Hel.

„Davon würde ich ausgehen."

„Und der Rest?"

„Vielleicht waren die beiden ja zu einem späteren Zeitpunkt noch ein zweites Mal verabredet", schlug Leo vor.

„In diesem Fall können wir nur hoffen, dass der Junge nicht hingegangen ist", murmelte Hel. „Denn sonst …"

„… ist er höchstwahrscheinlich tot."

Sie nickte und trat wieder ans Fenster. Der Nachthimmel war vollkommen klar, doch das Funkeln der Sterne war hinter dem aufdringlichen Licht der Leuchtreklamen allenfalls vage zu erahnen. Dafür waren noch erstaunlich viele Menschen unterwegs – in Autos, zu Fuß und sogar auf Fahrrädern. Automatisch warf Hel einen Blick auf die Uhr. Fünfzehn Minuten vor zwölf. Kurz vor Mitternacht. Sie dachte an ihre Großmutter, für die bereits 21:00 Uhr abends mitten in der Nacht war, und überlegte, was sie wohl davon halten würde, wenn sie wüsste, dass ihre Enkelin um diese Uhrzeit noch immer bei der Arbeit war. Zwar hatte ihre Großmutter ihren Berufswunsch nie offen hinterfragt, aber sie hatte auch keinen Hehl daraus gemacht, dass sie sich für ihre einzige Enkeltochter etwas anderes gewünscht hätte.

„Polizistin, hm?", hatte sie auf ihre unnachahmlich trockene Art gemurmelt, als Hel kurz vor dem Schulabschluss mit ihren Plänen herausgerückt war.

„So was in der Richtung", hatte Hel entgegnet.

„Warum nicht, dann bist du wenigstens Beamtin."

Diese Lesart war derart typisch für ihre Großmutter, dass Hel unwillkürlich lächeln musste, während sich unten auf der Straße von links ein uralter roter Polo näherte. Der Wagen parkte im Halteverbot direkt vor dem Hotel. Gleich darauf öffnete sich die Fahrertür und ein kleiner Mann in Jeans und Weste wieselte geschäftig zum Kofferraum.

„Ich glaube, da kommt dein Essen", sagte Hel.

„Unser Essen", korrigierte Leo und stellte sich neben sie ans Fenster.

„Lieb von dir, aber ich habe keinen Hunger."

Leos Stirn legte sich in neue tiefe Falten. „Aber hast du nicht gesagt, dass du …"

„Was, um Himmels willen, hast du bestellt?", unterbrach ihn Hel, als sie sah, dass der Fahrer reichlich umständlich eine zweite Warmhaltebox auf die Warmhaltebox lud, die er bereits in der Hand hielt.

„Die hatten da so ein Sparangebot", erklärte Leo mit einem zufriedenen Lächeln. „Wenn du vier reguläre Gerichte nimmst, bekommst du zu jedem Gericht einen Extra-Salat und eine Familienpackung Pizzabrötchen gratis dazu."

Hel griff sich an den Kopf. „Du machst Witze, oder?"

Anstelle einer Antwort reckte ihr Freund triumphierend den Hals: „Voilà", rief er. „Und da ist auch schon der Chinese – das nenn ich Timing!"

Entgeistert beobachtete Hel, wie der asiatische Fahrradkurier auf der gegenüberliegenden Straßenseite der Iso-Box an seinem Lenker verschiedene mit Alufolie versiegelte Essenskartons entnahm und diese dann in einem Akt artistischer Kunstfertigkeit über die viel befahrene Straße balancierte.

„Das hier glaubt mir kein Mensch", stöhnte sie.

Aber da war Leo bereits auf dem Weg zur Tür.

12

Frankfurt, Untermainkai

Nur ein paar Hundert Meter Luftlinie von Hels Hotel entfernt erwachte just in diesem Moment Kevin Darcy aus einem alkoholumnebelten Schlaf. Er brauchte einen Moment, um zu begreifen, dass jemand die zerschlissene Plane angehoben hatte, die er tagsüber unter einem der nahen Büsche versteckte. Nicht, dass sie besonders wertvoll war. Aber er hatte diese Plane von einem Kumpel geschenkt bekommen. Zu seinem vierzehnten Geburtstag, dem letzten, den er bewusst zur Kenntnis genommen hatte. Seither begleitete sie ihn durch jede noch so harte Nacht und schützte ihn vor Regen, Wind und neugierigen Blicken. Doch jetzt hatte jemand diese Plane angehoben und leuchtete ihm mit einer Taschenlampe direkt ins Gesicht.

Kevin blinzelte in das beißende Gegenlicht, doch von der Person hinter der Taschenlampe war nicht einmal ein vager Umriss zu erkennen. Dafür glitzerten die Scherben der Wodkaflasche, die rund um seine Schlafbank verstreut lagen, wie reinster Bergkristall.

„Ich bin auf der Suche nach Tibor", sagte eine Stimme hinter dem Licht.

Die feinen Härchen an Kevins von Ritznarben übersäten Unterarmen richteten sich auf, als striche ein eisiger Wind über sie hinweg. Er war noch immer ziemlich benebelt, aber er lebte lange genug auf der Straße, um zu wissen, wann eine Situation ernst war. Und diese Situation war ernst. Daran bestand nicht der geringste Zweifel.

„Was'n für'n Tibor?", fragte er, um Zeit zu gewinnen.

Doch die Stimme hinter dem Licht vertat keine Zeit mit Spielchen: „Der Junge", wiederholte sie ruhig. „Wo kann ich ihn finden?"

Kevin hob eine Hand an die Stirn, um besser sehen zu können. Aber es nützte nichts. Außerhalb des Lichtkegels war es stockfinster. Seine Augen tränten vor Anstrengung. „Keine Ahnung“, sagte er. „Ich hab ihn seit Wochen nicht gesehen.“

„Lüg mich nicht an!“

Kevin rieb sich die Stirn, bis sie sich rötete. Vom nahen Untermainkai wehte der Geruch von abgestandenem Wasser herüber. „Vermutlich ist er wieder im Heim.“

„Nein. Ist er nicht.“

„Ehrlich, ich … Keine Ahnung, wo der abhängt.“ In wachsender Verzweiflung versuchte Kevin, auf die Beine zu kommen. Aber es gelang ihm nicht. Also begann er zu kriechen. Auf allen vieren durch das regenfeuchte Gras. Er wollte einfach nur weg.

Doch das Licht folgte ihm wie ein Schatten.

„Wohin geht Tibor, wenn er in Schwierigkeiten steckt?“

„Ich weiß es nicht, okay?“ Er fand selbst, dass seine Stimme schrill klang. Panisch. Warum hörte das keiner?

Kevin lauschte in die Finsternis, die sie umgab. Doch da war nichts. Nicht das vertraute Gekeife von Tilda, die hin und wieder drüben hinter den Glascontainern nächtigte. Kein Schnarchen.

Kein Hund, der anschlug. Nur Stille. Dabei befanden sie sich mitten in einer der pulsierendsten Metropolen Europas …

„Ich frage das jetzt zum letzten Mal.“ Der Ankündigung folgte das charakteristische Klicken einer Waffe, die entsichert wurde. „Wo finde ich Tibor Hanff?“

Die Angst raubte Kevin den Atem. Seine Lungen brannten wie Feuer. „Bitte“, stöhnte er und endlich gelang es ihm nun auch, auf die Beine zu kommen. „Ich habe keine Ahnung, wo er ist.“

Kevin stolperte rückwärts in die Dunkelheit. Spürte neues Gras unter seinen Sohlen. Feuchte Erde. Unebenheiten. Er strauchelte. An seiner Hand war Blut und irgendwo in weiter Ferne blitzte die Sirene eines Krankenwagens auf. Unsichtbar wie ein Nebelhorn. Und genauso unerreichbar.

„Bitte, Sie müssen mir glau…“ Er brach erschrocken ab, als irgendetwas dumpf gegen seinen Brustkorb schlug. Es fühlte sich an wie ein Schubser, und im ersten Moment dachte er, dass es vielleicht doch nicht so schlimm war. Doch dann sah er den roten Fleck, der sich in rasender Geschwindigkeit über sein Holzfällerhemd breitete. Die schmutzigen Karos versanken in Blut und zu dem grellen Licht in seinen Augen gesellte sich eine neue Helligkeit. Sie stürzte im wahrsten Sinne des Wortes von allen Seiten auf ihn ein und überschwemmte sein sterbendes Gehirn mit einer Flut von Fragen.

Er war tot, lange bevor sein Hinterkopf gegen die gemauerte Kante einer nahen Beetumrandung knallte.

DRITTER TEIL

Fünfzehn Jahre zuvor …

„Wer ist Troy?“

Ihre Mutter hat sich hervorragend im Griff. Aber tief in ihren Augen fällt eine Tür zu. „Was meinst du?“

Sie entscheidet sich, das Spiel mitzuspielen. Zumindest eine Weile. „Troy“, wiederholt sie. Und fügt hinzu: „Komischer Name.“

„Nie gehört“, sagt ihre Mutter. Dann greift sie nach einem Geschirrhandtuch.

„Heute früh hat Angela mich gefragt, was eigentlich mit meinem Vater ist.“

„Und was hast du gesagt?“

„Was schon?“ Für einen kurzen Moment treffen sich ihre Blicke. „Die Wahrheit natürlich.“

Ihre Mutter ist zufrieden. Sie kippt den Rest ihres Tees in den Ausguss und spült sorgfältig die Tasse ab. Beim Vorstellungsgespräch an der neuen Schule hat der Direktor ihr einen Kaffee angeboten. Da hätte sie beinahe gekotzt. Zumindest hat sie so ausgesehen. Sie hasst Kaffee.

„Ach so, ja …“ Ihre Augen fixieren den Rücken ihrer Mutter. Unter dem hellgelben Pulli zeichnen sich vage zwei knochige Schulterblätter ab. „Und ich brauche einen neuen Zeichenblock.“

Die Muskeln im Nacken ihrer Mutter verspannen sich.

„Keine Sorge“, versichert sie hastig. „Ich male keine Drachen mehr.“ Ihr Lachen klingt unecht.

Trotzdem tritt ihre Mutter an die Schublade, wo sie das Bargeld aufbewahren, und nimmt einen Zehneuroschein heraus. „Ist das genug?“

Sie nickt und fragt sich, wie es sein kann, dass eine erwachsene Frau nicht weiß, was ein Zeichenblock kostet.

„Wir brauchen auch Milch“, sagt ihre Mutter.

„Klar“, entgegnet sie. „Bringe ich mit.“

Sie nimmt das Geld und geht in ihr Zimmer. Acht Quadratmeter. Das winzige Fenster geht nach Norden. Wenn sie sich weit genug hinauslehnt, kann sie sogar ein Stück Himmel sehen. Und abends die Sterne.

Sie zieht eine Strickjacke über und steckt den zusammengefalteten Geldschein in ihre Hosentasche. Auf dem Bett sitzt Marlene und blickt sie mit schief gelegtem Kopf an, als ob sie sagen wollte: *He, du untreue Tomate, hör auf mich zu ignorieren! Immerhin haben wir eine gemeinsame Vergangenheit!*

Schicksalsergeben hebt sie den zerschlissenen Stoff an die Nase. Der Schnabel ist gehäkelt und duftet nach Weichspüler. Und wie immer vermittelt ihr der Geruch das Gefühl, dass etwas nicht stimmt. Da ist etwas, das nicht ins Bild passt. Das ihr verrät, dass sie getäuscht wird.

„Wer ist Troy?", flüstert sie so leise, dass nicht einmal Marlene sie hören kann. Ihre Lippen schmecken salzig.

Als sie sich umdreht, steht ihre Mutter in der Tür. Das Licht der Diele schluckt ihre Konturen und verwandelt sie in einen dunklen, gesichtslosen Schatten.

Sie spürt eine Welle von Hitze, die über sie hinwegfegt, während der Knall ihre Ohren mit Watte füllt. Doch ihr Schreckensschrei dringt schon lange nicht mehr an die Oberfläche. Er verhallt tief in ihr, ohne eine Spur zu hinterlassen.

Sei still!

Er darf uns nicht finden …

„Ist was?", fragt ihre Mutter.

„Nein, nein", antwortet sie hastig, während die Bilder in ihrem Kopf allmählich wieder in den Tiefen ihres Unterbewusstseins verschwinden.

„Wir brauchen auch Milch", murmelt ihre Mutter, während sie Marlene an sich nimmt und die zerschlissene Stoffente mit den traurigen Augen behutsam wieder auf der Bettkante absetzt.

„Ich weiß", sagt sie, während sie zu dem Schluss kommt, dass das Leben im Wesentlichen aus der Wiederholung von mühselig auswendig gelernten Wahrheiten besteht.

Sie ist acht Jahre alt und wird nie wieder einen Drachen zeichnen.

1

Frankfurt, Gelände des Neurologischen Zentrums Westend

11:00 Uhr vormittags ist normalerweise keine Zeit, die Menschen mit drohendem Unheil verbinden. Erst recht nicht, wenn dazu auch noch die Sonne von einem wolkenlosen blauen Himmel lacht.

Ganz anders Hel. *Etwas stimmt nicht,* war das Erste, was sie dachte, als sie aus dem Auto stieg. Das Zweite war: *Das hier heute geht schief!*

Auf Erins Geheiß hatte die Frankfurter Polizei zusätzliche Sicherheitskräfte abgestellt. Die Beamten trugen Zivil oder waren als Ordner getarnt. Bereits am frühen Morgen hatten Hundeführer mit Sprengstoffsuchhunden das gesamte Gelände durchkämmt. Müllcontainer waren versiegelt, Gullydeckel überprüft worden. Und auch den Lieferwagen des Caterings hatte sich eins der Teams ganz genau angesehen. Doch bislang gab es keine Hinweise auf eine drohende Gefahr.

Vor ein paar Minuten war Lorna eingetroffen. Bei öffentlichen Auftritten trug sie fast immer schlichte, gut geschnittene Hosenanzüge. An diesem Morgen hatte sie ein tintenblaues Exemplar mit einem langen, taillierten Blazer gewählt. Dazu eine filigrane Silberkette und eine Armbanduhr im Herrenstil.

Rein äußerlich gab sie sich unbeeindruckt, aber an der Farbe ihrer Hände erkannte Hel, dass sie alles andere als cool war.

Ashrav Rouhani lief hinter der Bühne herum und schoss Fotos für Instagram, eine reichlich blasse Vicky Dorn verteilte Kaffee, und auch die Stellvertretende Bürgermeisterin schaute kurz vorbei, um zu fragen, ob alles okay sei. Doch ansonsten blieben sie in diesen letzten Minuten vor Beginn der Veranstaltung ungestört.

Hel linste um die Ecke eines der Paravents und sah, dass sich die Stuhlreihen mittlerweile gefüllt hatten: Honoratioren, Damen mit tiefen Ausschnitten und schwindelerregend hohen Absätzen. Small Talk. Dennoch unterschied sich die Stimmung grundlegend von den üblichen Veranstaltungen dieser Art, die in aller Regel vor Langeweile trieften. Die Öffentlichkeit hatte Lorna seit dem Anschlag nicht zu Gesicht bekommen. Lediglich die Fotos vor der Tür zur Intensivstation machten nach wie vor die Runde und schürten die Neugier der Gäste: Wie würde die junge Politikerin sich an diesem strahlend sonnigen Morgen geben? Würde sie Angst zeigen? Trauer? Bestürzung? Oder nutzte sie die Gelegenheit, ebenjene Nahbarkeit zu beweisen, die ihre Gegner ihr so oft absprachen?

Lorna schien durchaus bewusst zu sein, was ihr bevorstand. Sie saß ein ganzes Stück abseits auf einer Lautsprecherbox und ließ die Beine baumeln. Doch in ihren Augen schimmerte eiserne Entschlossenheit: *Ihr kriegt mich nicht klein!*

Einmal mehr musste Hel an das Galgenbild denken. An die Vergangenheit, die Lorna so entschlossen abgestreift hatte. Aber konnte man das so einfach? Ließ sich einfach ausradieren, was hinter einem lag? Oder reichten die Schatten der Vergangenheit doch viel weiter, als man wahrhaben wollte? Tief in ihrem Inneren fühlte Hel, dass diese Frage auch sie selbst betraf. Und für einen flüchtigen Moment sah sie sich wieder am Strand ihrer Kindheit stehen, mitten im rauen, salzigen Wind. Vor ihr die Weite des Wattenmeers, glitzernde Wasseransammlungen zwischen dunkelgrauem Schlick. Wie oft hatte sie dort auf dem endlosen Sand gestanden und sehnsüchtig über das Wasser Richtung Festland geblickt? Wie oft hatte sie überlegt, wie lange man schwimmen müsste, um die Küste zu erreichen, die lockend im Dunst des Horizonts schimmerte. Und wie viele Male hatte sie sich völlig irrational gewünscht, dass eines Tages jemand von dort herüberkäme, um sie abzuholen …

Sie hob die Hand an die Stirn und wischte die Bilder weg.

Das Wort „Zuhause“ auch nur in den Mund zu nehmen, hatte sie von klein auf enorme Überwindung gekostet. Zuhause – das war der Ort, wo man herkam oder hingehörte. An den es einen zurückzog, wann immer man sich einsam, bedrängt oder traurig fühlte. Aber einen solchen Ort hatte es in ihrem Leben nie gegeben. Hel seufzte. Das alte Insulanerhaus, in dem ihre Großmutter seit Jahrzehnten eine kleine Frühstückspension betrieb, hatte sie durchaus als warm und gemütlich in Erinnerung. Trotzdem war sie in den letzten Jahren nur selten dort gewesen. Was ihre Großmutter davon hielt, blieb ihr Geheimnis. Charlotte Steen war keine Frau, die sich persönliche Enttäuschungen anmerken ließ. Wann immer Hel mit ihr telefonierte, klang sie frisch und klar. Ganz wie immer. Aber wenn sie sich verabschiedeten, sagte sie – anders als früher – nicht mehr „Bis bald!"

Hel schluckte und nahm sich fest vor, ihre Großmutter anzurufen, sobald das hier überstanden war ...

„Bereit?", fragte eine Stimme in ihrem Rücken.

Sie straffte die Schultern. „Sicher."

Paul nickte und sah auf die Uhr. 10:56:32 Uhr. Drei Minuten und achtundzwanzig Sekunden bis zum Beginn der Veranstaltung.

Hinter ihnen raschelte Dietmar Scheck bereits mit dem vorbereiteten Redemanuskript. Seine Begrüßungsansprache würde knapp zehn Minuten dauern. Danach war Lorna an der Reihe.

„Ich sehe mich noch mal ein bisschen um", flüsterte Paul und zupfte an seiner Verkabelung.

„Ich begleite dich", entschied Hel.

Zuerst sah er aus, als ob er widersprechen wolle. Aber er überlegte es sich anders. „Fünf Minuten", sagte er. „Dann treffen wir uns wieder hier."

Hel nickte und trat in den Schatten der Bühne. Die Rolle der stummen Beobachterin war ihr auf den Leib geschrieben. Schon als Kind hatten sich alle vor ihr erschreckt, wenn sie scheinbar aus dem Nichts aufgetaucht war. Und bis heute war sie diejenige, von der niemand Notiz nahm, wenn sie es nicht explizit darauf anlegte. Keine besonders schmeichelhafte Begabung, fand Hel. Aber sie wusste auch, dass Unscheinbarkeit nützlich sein konnte.

Sie sah zu den Fotografen hinüber, die entlang der Mauer Position bezogen hatten. In der ersten Reihe vor dem Podium waren noch immer ein paar wenige Plätze frei. Aber ansonsten schienen alle Stühle besetzt. Über den Platz flirrte ein unübersichtliches Stimmengewirr und Hel spürte, wie das Unbehagen in ihr kontinuierlich anschwoll. Wie ein blinkendes rotes Lämpchen, das man einfach nicht übersehen konnte.

Was haben wir zu erwarten heute Vormittag?, überlegte sie, während Dietmar Scheck hinter ihr unter dem freundlichen Beifall des Publikums auf die Bühne trat. Was kann er tun? Womit müssen wir rechnen?

Das Knacken des Lautsprechers über ihrem Kopf durchfuhr sie wie ein Stromstoß. Kurz darauf hallte die angenehm dunkle Stimme des Klinikdirektors über die Weite des Platzes.

Bleib, wo du bist!, signalisierte Paul von der anderen Seite der Bühne.

Hel nickte. *Okay.*

Schon irgendwas gesehen?

Sie schüttelte den Kopf.

Während Scheck in ihrem Rücken über neuromorphe Technologien und das Erfordernis neuer gesamteuropäischer Hochleistungsrechenzentren sprach, suchten Hels Augen wieder die Rückfronten der Häuser an der Nordwestseite des Areals. Anders als gestern waren sie nicht von Regenschleiern verhüllt. Stattdessen spiegelte sich die Mittagssonne in den Scheiben der oberen Etagen.

Ein strahlend sonniger Tag.

Genau wie bei Kennedy, dachte Hel unbehaglich. Oder bei Johannes Paul II.

Sie wusste, Mehmet Ali Ağca war dem damaligen Papst drei Tage vor den Schüssen auf dem Petersplatz bei einem Gottesdienst in der Kirche San Tommaso d'Aquino begegnet. Es gab sogar ein Foto, das ihn zeigte, nur ein paar lächerliche Meter von seiner Zielperson entfernt. Für den Zugang zum abgesperrten Bereich war eine Sondergenehmigung vonnöten gewesen. Wer Ağca diese Genehmigung besorgt hatte, war bis heute ein Rätsel. Fest stand nur, dass er an diesem Tag nicht geschossen hatte. Er hatte nur beobachtet …

Wenn wir Glück haben, dachte Hel, ist es heute genauso.

Dass sie die Sicherheitsmaßnahmen für Lorna drastisch verschärft hatten, war kaum zu übersehen. Gut möglich, dass ihn das abschreckte. Aber vielleicht schickte er ja auch wieder einen unbeteiligten Dritten vor. Einen unwissenden Boten. Oder ein Kind.

Ihr Blick streifte über die Gesichter in den vorderen Reihen. Stellte eine dieser Personen eine Gefahr dar? Die Überprüfung der Gästeliste hatte nichts Verdächtiges ergeben. Aber was hieß das schon?

Eine Geschichte ist dann zu Ende gedacht, wenn sie ihre schlimmstmögliche Wendung genommen hat.

Der Satz, den Erin zitiert hatte, stammte aus Friedrich Dürrenmatts Thesen zu seinen *Physikern*. Eine andere dieser Thesen lautete: Je planmäßiger die Menschen vorgehen, desto wirksamer vermag sie der Zufall zu treffen. Hel biss sich auf die Lippen. Was, wenn wir nicht alles auf der Rechnung haben? Wenn wir etwas übersehen?

Denk nach!

Angenommen, ich würde hier und heute einen Anschlag verüben wollen … Wie würde ich das anstellen? Wo würde ich stehen?

Kommt drauf an, was ich vorhabe, gab sie sich stumm zur Antwort. Wenn ich, zum Beispiel, einen Sprengsatz fernzünden will … Sie kam nicht dazu, den Gedanken zu Ende zu denken, denn in diesem Augenblick brandete erneut Beifall auf. Scheck hatte seine Ansprache beendet.

„Und jetzt“, verkündete er mit feierlicher Miene, „freue ich mich, eine ganz besondere Gastrednerin auf dieser Bühne begrüßen zu dürfen.“

Der Applaus des Publikums verstummte wie abgeschnitten und von einem Moment auf den anderen schien jeder der dreihundert Anwesenden die Luft anzuhalten.

„Ich bin sicher, dass ihr dieser Termin unter den gegebenen Umständen nicht leichtfällt“, fuhr Scheck fort, während Lorna, die bereits im Durchgang neben der Bühne stand, die Anspielung ohne sichtbare Regung über sich ergehen ließ. „Umso mehr fühlen wir uns geehrt, dass sie sich den Besuch heute hier bei uns partout nicht nehmen lassen wollte. Meine Damen und Herren …"

Hel verlagerte ihr Gewicht von einem Fuß auf den anderen. Ihre Muskeln waren bis aufs Äußerste gespannt.

„… begrüßen Sie mit mir eine der entschlossensten Kämpferinnen für unser ehrgeiziges Projekt. Sie ist Schirmherrin der Deutschen Neurologischen Gesellschaft, Ehrenvorsitzende des Vereins für Medizinische Versorgung im Frankfurter Westend und überdies Mitglied des Zukunftsausschusses für Stadtplanung …"

Hel tauschte einen Blick mit Paul.

„… und wenn man den Zeitungskommentaren Glauben schenkt, ist sie auf dem besten Weg, schon übermorgen zur jüngsten Vorsitzenden in der Geschichte ihrer Partei gewählt zu werden."

Die Zuschauer lachten und klatschten.

Scheck lachte ebenfalls und blickte zu Lorna, die sich daraufhin pflichtschuldig ebenjene Geste spielerischen Protests entlocken ließ, die man in dieser Situation zweifellos von ihr erwartete.

„Meine sehr verehrten Damen und Herren", setzte der Direktor des NZW ein letztes Mal an, „… begrüßen Sie Lorna Hoogstraat!"

Die Anspannung des Publikums entlud sich in einem begeisterten Applaus, während Lorna mit der ihr eigenen Energie die vier Stufen zur Bühne hinaufstieg.

„Danke sehr, vielen Dank", rief sie mitten in den Beifall, als dieser nicht abebben wollte. „Aber es geht hier und heute ganz und gar nicht um mich …"

Dein Wort in Gottes Ohr, dachte Hel, während sie ihre Augen einmal mehr in die Ferne schweifen ließ, hin zu den Rückfronten der Häuser am anderen Ende des abgesperrten Bereichs. Aus einem Grund, den sie nicht näher definieren konnte, hatte sie das Gefühl, dass ihnen am ehesten von dort Gefahr drohte …

„… am allerwichtigsten", schepperte es aus dem Lautsprecher, doch Lornas Stimme schien aus einer anderen Welt zu kommen.

Während Hel die glitzernden Fensterfronten auf der anderen Seite des Geländes nach etwaigen Abweichungen absuchte, blitzten in ihrem Kopf neue Bilder auf: ein Bauzaun in Dallas. Die Wagenkolonne des US-Präsidenten. Ein Fenster im fünften Stock des Schulbuchlagers des Staates Texas.

Hel kniff die Augen zusammen.

Drei Schüsse …

„… hoffe ich sehr, dass Sie …“, drängte sich abermals Lornas vertraute Stimme in ihr Bewusstsein.

Der erste Schuss geht fehl.

„… und vor allem ist es wichtig …“

Der zweite trifft Kennedy in den Hals und Gouverneur Connally in Brust, Handgelenk und Oberschenkel.

„Darum bin ich mir sicher …“

Leider trägt Kennedy wegen seiner Rückenprobleme ein Korsett, das ihn daran hindert, sich in den Fußraum des Wagens zu ducken, als ein dritter Schuss fällt.

„… zukunftsweisende …“

Die Kugel trifft den Präsidenten in den Kopf.

„… zu erreichen!“

Hels Pupillen weiteten sich, als sich aus der Flut der Bilder in ihrem Kopf unvermittelt wieder die Fensterfronten an der Nordseite des Areals manifestierten. Zugleich kam es ihr vor, als ob die Zeit plötzlich langsamer ablief. Von einem Moment auf den anderen schien sich alles um sie herum in Slow Motion abzuspielen. Zugleich gewann ihre Umgebung deutlich an Schärfe. Hel sah Mauerrisse. Bemooste Ritzen im Asphalt. Strukturen. Als ob sie die Welt durch eine unsichtbare Lupe betrachtete.

Sie wirbelte herum und ihre überwachen Sinne registrierten das Redemanuskript, das in der Sonne gleißt. Die Herrenuhr an Lornas Handgelenk, als ihre Schutzperson sich mit einem Ausdruck der Irritation in den dunklen Augen an die rechte Schläfe greift. Den Marienkäfer, der in einem der beiden Blumengestecke krabbelt. Schließlich den Knall, wie von einer Fehlzündung.

Jemand schreit.

Dann bricht Panik aus.

2

Frankfurt, Gelände des Neurologischen Zentrums Westend

Es regnete Glassplitter, als Hel ihre Waffe aus dem Holster riss. Aus den Augenwinkeln sah sie Paul, der auf die Bühne flog und Lorna mit sich riss. Um sie herum krachten Stühle zu Boden. Mehrere Frauen kreischten und hektische Stimmen flimmerten über den Platz wie Irrlichter …

Das Fenster!, durchfuhr es Hel.

Nicht das des Bücherlagers. Das andere.

Sie sah zu Paul, der den Daumen hob, um zu signalisieren, dass Lorna unverletzt geblieben war. Hinter ihm stürmten BKA-Leute die Bühne. Ein Scheinwerfer stürzte um. Und zahllose Handys wurden in die Höhe gehalten.

„Der Attentäter ist da oben!", rief Hel und deutete auf die sonnenüberglänzte Rückfront des *Westend Plaza.*

Paul drehte den Kopf. „Das Hotel?"

Sie nickte. „Vierte Etage, drittes Fenster von rechts."

Dann rannte sie los.

Obwohl sie gut trainiert war, kamen ihr die dreihundertfünfzig Meter bis zur anderen Seite unendlich weit vor. Ihr Herz hämmerte und ihre Lunge brannte, aber die Aussicht auf einen Erfolg trieb sie an. Sie wusste, sie hatte eine reale Chance. Wenn er wirklich da oben war, konnte er sich schließlich nicht einfach in Luft auflösen. Er musste einpacken. Hinunter ins Erdgeschoss. Zum Ausgang. Oder in die Tiefgarage. So oder so, dachte Hel, der Mistkerl hat eine gewisse Strecke zu überwinden!

Sie verschärfte das Tempo.

Hinter ihr kamen Pauls Schritte näher und näher. Trotzdem erreichte Hel die Rückfront des Hotels als Erste. Die Großküche war nachträglich angebaut worden und ragte ein paar Meter weit in den Hof hinein. In einem Bretterverschlag standen mehrere große Mülltonnen. Es roch nach vergammelten

Lebensmitteln, aber auch nach Essen. Aus den Fenstern drang das Klappern von Töpfen und Besteck.

Hel bemerkte, dass die Hintertür einen Spalt weit offen stand. Sie rannte drei ausgetretene Stufen hinauf und stolperte geradewegs in einen langen, reichlich düsteren Korridor.

„Die Eingangshalle", schrie Paul einen Angestellten in weißer Küchenkleidung an, der sich vor lauter Schreck über ihr plötzliches Auftauchen flach an die Wand drückte. „Wie kommen wir am schnellsten da hin?"

Der Mann brachte vor lauter Aufregung keinen Laut heraus, aber er zeigte mit zitternden Fingern auf eine Tür rechts des Ganges. Sie hatte einen Griff aus Messing und darüber ein rundes Sichtfenster.

Mit der Waffe im Anschlag stieß Paul die Tür auf und stürmte voran.

Eine Asiatin in weißer Küchenkleidung begann zu kreischen. Und auch die drei Männer am Herd wandten erschrocken die Köpfe.

„Polizei!", raunte Paul. „Bleiben Sie, wo Sie sind!"

„Was ist denn passiert?", fragte ein schmaler Mittvierziger mit rotem Gesicht und einer Plastikhaube auf dem Kopf.

Doch Paul ignorierte die Frage. „Die Hotelhalle", wiederholte er eindringlich. „Wie kommen wir da hin?"

„Durch die Schwingtür", japste der Koch. „Und dann nach rechts, an den Toiletten vorbei."

An der Schwingtür kam ihnen ein Kellner entgegen. Aber Paul stieß den Mann einfach zu Seite.

Hel hörte sein Tablett zu Boden scheppern, als die Tür hinter ihr zurückschwang. An der Wand vor ihnen hing ein beleuchtetes Toilettenschild.

„Du sicherst den Aufzug", rief Paul ihr über seine Schulter hinweg zu. „Ich übernehme das Treppenhaus."

Hels Blicke flogen durch die weitläufige Halle: hellgrau gestrichene Pfeiler. Verschiedene Sitzgruppen. Ein Aufsteller mit Stadtplänen und Flyern. An der gegenüberliegenden Wand entdeckte sie Lifttüren. Drei an der Zahl. Darüber Anzeigentafeln, die die

Wartenden darüber informierten, wo sich der Aufzug gerade befand. Und just in diesem Moment sprang die mittlere der drei Anzeigen auf „0".

Eine der Mitarbeiterinnen an der Rezeption gab einen unterdrückten Schrei von sich, als Hel mit der Waffe im Anschlag an ihr vorbeihuschte. Aber das nahm Hel nur ganz am Rande wahr. Ihre Augen waren starr auf die Türen des Lifts gerichtet, die geräuschlos auseinanderglitten. Gleich darauf quoll eine Großfamilie aus der erleuchteten Kabine. Vater, Mutter und drei Kinder, südländisches Aussehen, Pakistaner vielleicht. Dazu eine Großmutter oder Tante und ein junger Mann, den Hel ebenfalls der Familie zuordnete. Alle hatten jede Menge Gepäckstücke bei sich. Sogar die Kinder. Zudem schob die jüngere der beiden Frauen auch noch einen voll beladenen Buggy vor sich her.

Hel kniff die Augen zusammen. Hinter der Familie standen zwei weitere Personen im Aufzug. Eine ältere Dame mit einem Malteser auf dem Arm. Und ein hellhäutiger Mann um die vierzig. Er trug eine Brille mit Horngestell und hatte eine dunkelblaue Reisetasche über der Schulter.

Das ist er!

Die Erkenntnis traf Hel wie ein Stromschlag. Das ist der Schütze!

Der Mann im Lift drehte ruckartig den Kopf in ihre Richtung. Fast so, als habe ihm ein unsichtbarer Verbündeter warnend auf die Schulter getippt.

Für den Bruchteil einer Sekunde trafen sich ihre Blicke und Hel konnte sehen, wie der Sniper eins und eins zusammenzählte. Und er handelte sofort: Mit einem brutalen Tritt ins Kreuz beförderte er die alte Dame vor sich zu Boden und tauchte hinter den nächstbesten Pfeiler. Von rechts näherte sich unterdessen eine große Gruppe von Touristen: Männer und Frauen jenseits der siebzig mit Rucksäcken und seltsamen Hüten auf dem Kopf. Vermutlich ein Reisebus.

Hel fluchte und nahm eilig die Waffe hinter den Rücken. Das Letzte, was sie jetzt brauchen konnten, war eine Massenpanik!

„Er will raus auf die Straße", rief sie Paul entgegen, der quer durch die Halle auf sie zugerannt kam. „Du musst ihm den Weg abschneiden!"

Pauls Kopf flog herum. *Wo ist er jetzt?*

Hel deutete auf den Pfeiler und für einen flüchtigen Moment erhaschte sie jetzt auch wieder einen Blick auf den Mann mit der dunkelblauen Reisetasche. Er bewegte sich im Windschatten der Touristengruppe auf die Drehtür zu. Gerade langsam genug, um nicht aufzufallen. Im Gehen griff er den Bund seiner Hose …

Gottverdammter Mist!

„Auf den Boden!", schrie Hel und nahm die Waffe wieder vor den Körper.

Die Touristen stoben auseinander wie Funken von einem Holzscheit. Einige begannen zu schreien, andere stolperten hektisch durcheinander.

Hel schlängelte sich an einer älteren Dame vorbei, die im Angesicht ihrer Waffe beinahe einen Herzinfarkt bekam. Über den allgemeinen Lärm hinweg registrierte sie, wie auf der Straße vor dem Hotel ein wütendes Hupkonzert losbrach.

„Er ist draußen!", rief sie und rannte ohne Rücksicht auf Verluste weiter.

Ein Mann hielt sie am Ärmel fest, aber sie machte sich los und erreichte die Drehtür als Erste. Draußen bekam sie gerade noch mit, wie der Schütze auf der gegenüberliegenden Straßenseite hinter einem vorbeifahrenden Transporter verschwand. Von dort aus waren es nur wenige Meter bis zur U-Bahn.

Doch leider dachten die meisten Autofahrer selbst im Angesicht von Hels Waffe gar nicht daran, sie über die Straße zu lassen. Erst als sie sich todesmutig vor einen silbernen Audi stürzte und dieser mit quietschenden Reifen nur wenige Zentimeter vor ihren Füßen zum Stehen kam, hielten auch andere Fahrer.

Paul hatte die Sache ein bisschen geschickter gelöst und war zunächst ein Stück auf ihrer Straßenseite weitergerannt. Dadurch hatte er einen nicht unbeträchtlichen Vorsprung.

Im Rennen beobachtete Hel, wie er über das Geländer des Treppenabgangs flankte und anschließend mit katzenhafter

Leichtigkeit etwa auf der Hälfte der Rolltreppe landete, die nach unten führte. Sie selbst entschied sich für die entgegenkommenden Stufen, weil diese deutlich weniger frequentiert waren.

„Aus dem Weg!“, herrschte sie eine Clique von Schülerinnen an. Und als eine von ihnen nicht schnell genug Platz machte, stieß Hel ihr kurzerhand ihren Ellenbogen in die Seite.

Das Mädchen schnappte erschrocken nach Luft, während oben auf der Straße das Heulen von Sirenen laut wurde.

Hel reckte den Hals und sah nach dem Schützen, doch der war bereits am Fuß der Treppe und verschwand im Gewühl des Bahnsteigs. Aus der Tiefe schlug ihr der typische U-Bahn-Gestank entgegen: Abgase, alter Stein und Urin.

„Verfolgen Verdächtigen“, meldete sie in das Mikrophon an ihrem Revers. „U-Bahnhof Westend.“

Der Schlag ihres Herzens mischte sich mit Fetzen von Lautsprecherdurchsagen. Aber wo war der Sniper? Hel verlangsamte ihre Schritte. Auf dem rechten Gleis stand ein Zug. Noch waren die Türen geöffnet, allerdings verriet ein charakteristisches Piepsen, dass sie sich jeden Moment schließen würden.

Hels Augen tasteten sich an den fleckigen Fenstern entlang. Wo, um Himmels willen, wollten all diese Leute hin? Warum waren sie nicht bei der Arbeit oder saßen in den umliegenden Restaurants beim Mittagessen?

Ein paar Meter vor ihr, kurz vor der nächsten Wagentür, leuchtete ihr Pauls Rotschopf entgegen.

Ist er in den Zug gestiegen?, fragte Hel stumm, als er sich zu ihr umdrehte. Denn leider bot der überfüllte Bahnsteig Dutzende von Alternativen.

Pauls Antwort bestand in einem ratlosen Achselzucken.

Hel stutzte, als sie zwischen den dicht gedrängten Menschen im Wagen neben ihm den Rücken mit der dunkelblauen Reisetasche entdeckte.

„Er ist drin“, rief sie ihrem Kollegen zu, der deutlich näher bei der Tür stand.

Doch das nützte ihm nichts, denn in diesem Augenblick schnappten sämtliche Türen fauchend und zischend zusammen.

Gleich darauf lösten sich die Bremsen des Zuges mit seinem satten Klacken und die Waggons setzten sich in Bewegung.

Paul lief neben dem Wagen her und hämmerte wütend auf den roten Knopf neben der Tür ein. Doch das Sicherheitssystem verhinderte, dass seine Bemühungen Erfolg hatten. Durch die beschmierten Fensterscheiben musste Hel hilflos mitansehen, wie sich der Schütze ruhig und zielgerichtet durch den Wagen bewegte. Nach vorn, Richtung Führerkabine.

„Halten Sie den Zug an!“, schrie Paul den Mann vom Sicherheitsdienst an, der sich ihm an der Bahnsteigkante in den Weg stellte. „Sofort!“

Aber es war zu spät: Die Rücklichter der U-Bahn verschwanden bereits in der Finsternis der Röhre.

Paul fluchte und zeigte dem Uniformierten seine Marke. „Was ist die nächste Station in dieser Richtung?“

„Bockenheimer Warte.“

„Fahrtzeit?“

„Keine Ahnung“, stieß der Mann hervor. „Nicht lange.“

Während Paul die Informationen über Funk an die Kollegen weitergab, hoffte Hel inständig, dass der Schütze keine Geiseln nahm.

Doch zumindest diese Sorge erwies sich schon bald als unbegründet, denn bereits wenige Minuten später erhielten sie die Nachricht, dass der Attentäter kurz nach der Ausfahrt aus dem Bahnhof die Notbremse gezogen hatte und unbemerkt durch einen Brandschutztunnel entkommen war.

3

Frankfurt, Hotel *Westend Plaza*

Auch eine knappe Stunde nach dem Anschlag auf Lorna Hoogstraat stand das Fenster im vierten Stock des *Westend Plaza* noch immer sperrangelweit offen, und als sie das Zimmer des Attentäters betrat, hatte Hel den Eindruck, dass ihr ein Hauch von Pulverdampf entgegenwehte. Aber das war natürlich pure Einbildung.

Sie konnte noch immer nicht fassen, was an diesem Vormittag passiert war. Schlimmer noch: Sie fühlte sich wie die letzte Versagerin. Und da vermochte es sie auch nicht zu trösten, dass die Sache – gemessen an dem, was hätte passieren können – noch vergleichsweise glimpflich ausgegangen war.

„Hoogstraat hat wirklich unverschämtes Glück gehabt", hatte Collin gesagt, als sie vor ein paar Minuten telefoniert hatten. „Wenn der unerwartete Knall dieser Fehlzündung ihn nicht abgelenkt hätte, wäre sie jetzt tot."

Tatsächlich hatte das Projektil Lornas Kopf ersten Berechnungen der Ballistikexperten zufolge nur um Haaresbreite verfehlt. Ein zweiter Schuss hatte das Blumengesteck unter dem Kliniklogo getroffen. Aber zu diesem Zeitpunkt hatte Lorna bereits im Schutz des Rednerpults gelegen, zu Boden gedrückt von Pauls Gewicht und damit außerhalb des Blickfeldes des Schützen.

Wenn der unerwartete Knall dieser Fehlzündung ihn nicht abgelenkt hätte …

Hel blieb stehen und dachte wieder an Dürrenmatt: Je planmäßiger die Menschen vorgehen, desto wirksamer vermag sie der Zufall zu treffen.

„Schicksal", hatte einer der SEK-Beamten unten in der Hotellobby gemurmelt.

Aber was das anging, war Hel nicht sicher. Sie hatte den Schützen nur flüchtig zu Gesicht bekommen. Und doch war sie augenblicklich sicher gewesen, einen absoluten Profi vor sich zu haben. Vielleicht sogar einen Auftragskiller. Auf jeden Fall jemanden, für den das Töten von Menschen zum täglichen Geschäft gehörte. Trotzdem war Lorna am Leben …

Ihre Plastiküberschuhe knirschten auf dem graublauen Teppichboden, als sie sich vorsichtig dem Fenster näherte, durch das ein Hauch von Frühling hereinwehte, obwohl noch nicht einmal der Herbst richtig begonnen hatte.

„Was versprichst du dir davon?", hatte Paul gefragt, als sie ihm eröffnet hatte, sich das Zimmer des Schützen ansehen zu wollen.

Doch Hel hatte die Frage ihres Kollegen nicht beantworten können. Sie hatte keine Ahnung, was sie sich davon versprach. Ob sie sich überhaupt etwas versprach. Oder ob sie einfach nur Angst hatte. Vor den Blicken und Fragen. Und vor den Vorwürfen, mit denen man sie zweifellos überschütten würde, sobald sie zurückkehrten.

Also stand sie hier in diesem leeren Hotelzimmer und ließ ihre Fantasie spielen. Vor der Tür standen zwei bewaffnete Polizisten. Doch die waren in Hels Wahrnehmung nicht viel mehr als verschwommene Flecken. Stattdessen sah sie den Schützen.

Er kommt herein, legt seine Schlüsselkarte auf den leeren Schreibtisch an der linken Wand und geht dann schnurstracks auf das zweiflüglige Fenster zu. Das Zimmer hat er bereits vor drei Tagen gemietet. Zuvor hat er die Lichtverhältnisse studiert. Falls am Tag des Anschlags die Sonne scheint, müsste er ab der fünften Etage direkt ins Gegenlicht schießen. Keine idealen Bedingungen, selbst für einen professionellen Schützen. Also sorgt er dafür, dass er ein Zimmer in der vierten Etage bekommt – hoch genug, um freie Schussbahn und gute Sicht zu haben …

Hel trat noch dichter an das Fenster heran.

Dass er so unbedingt ein Zimmer will, das nach hinten, auf den unattraktiven Hof hinausgeht, begründet er mit seiner Aversion gegen vollklimatisierte Räume. Ein Argument, das dem Personal an der Rezeption nicht zu denken gibt, weil es nachvollziehbar ist. Es gibt viele Menschen, die keine Klimaanlagen mögen: Opernsänger. Klaustrophobiker. Freaks.

„Auf diese Weise hast du dir den perfekten Standort verschafft“, murmelte Hel, während sie ihre Augen aufmerksam über den Fensterrahmen gleiten ließ.

Beim Einchecken hatte der Schütze den Personalausweis und die Kreditkarte eines irischen Geschäftsmannes namens Ashton Blee benutzt. Der lag seit vier Tagen auf der Intensivstation eines Hanauer Krankenhauses im Koma, nachdem sein geliehener BMW auf einer Landstraße mit einem entgegenkommenden Sattelschlepper kollidiert war.

Hel betrachtete das biometrische Passfoto, das Collin ihr vor wenigen Minuten geschickt hatte. Blee und der Schütze hatten in etwa dasselbe Alter, dieselbe Größe und dieselbe Figur, aber ansonsten hielt sich die Ähnlichkeit der beiden Männer in überschaubaren Grenzen. Trotzdem hatte das Personal an der Rezeption keinen Verdacht geschöpft.

Klar, dachte Hel, die Leute hier kommen und gehen. Und Mister Blee hatte die ersten fünf Nächte im Voraus bezahlt …

Sie seufzte. Paul und sie hatten alles, was sie über den Sniper wussten, zu Protokoll gegeben. Einzeln. Viel mehr konnten sie im Augenblick nicht tun.

Sie schloss die Augen und konzentrierte sich wieder auf ihre Gedankenreise: *Der Schütze stellt die dunkelblaue Reisetasche mit seiner Waffe auf dem Boden ab und fixiert das Fenster mit dem mitgebrachten Klemmschutz. Dann bringt er sein Gewehr in Stellung und richtet es auf die Bühne aus. Als er fertig ist, breitet er eine Plastikplane über die linke Hälfte des breiten Doppelbetts und gönnt sich ein Nickerchen, was er gefahrlos tun kann, denn die Armeeuhr an seinem Handgelenk wird ihn rechtzeitig wecken.*

Im selben Moment, in dem sie zu piepsen beginnt, schlägt er die Augen auf. Er schläft ohnehin nie tief und ist daran gewöhnt, sofort zu reagieren. Er stellt den Alarm ab, schwingt die Beine aus dem Bett, lockert seine Muskeln und streift die mitgebrachten Latexhandschuhe über. Das Laden des Gewehrs ist eine durch und durch automatisierte Handlung, die sein Bewusstsein allenfalls flüchtig tangiert. Er zieht die Handschuhe wieder aus und verstaut sie zusammen mit der Plastikplane in seiner Tasche. Dann wartet er.

Hel beugte sich ein Stück weit aus dem Fenster, wobei sie sorgfältig darauf achtete, Rahmen und Fensterbank nicht zu berühren.

Der vordere Teil des Areals füllt sich mit Gästen. Die rot-weißen Blumengebinde auf der Bühne leuchten im Sonnenlicht. Genau wie das Mikrofon am Rednerpult. Ein paar verstreute Wortfetzen und der Applaus des Publikums wehen zu ihm herüber. Nach elf Minuten und vierunddreißig Sekunden rafft der Klinikdirektor das Manuskript seiner Rede zusammen und eilt von der Bühne. Dann betritt Lorna Hoogstraat das Podium. Seine Zielperson …

Sein Zeigefinger legt sich sanft um den Abzug. Es ist so gut wie windstill an diesem Morgen und das gleißende Sonnenlicht, das ihn blenden könnte, endet ein paar Zentimeter über seinem Fenster, weil das vorgelagerte Nachbargebäude einen Schatten auf die Rückfront des Westend Plaza *wirft. Die Bedingungen könnten idealer nicht sein.*

Ein letztes feines Nachjustieren. Ein letzter tiefer Atemzug.

Lornas Kopf im Fadenkreuz seiner Waffe.

Sein Finger am Abzug.

Doch plötzlich passiert etwas, das er nicht auf der Rechnung hat: Ausgerechnet im Moment des Schusses hallt der Knall einer Fehlzündung über den Platz. Ein unerwartetes, wenn auch nicht gänzlich unwahrscheinliches Geräusch. Immerhin befindet sich direkt hinter der Mauer der Mitarbeiterparkplatz eines Kaufhauses. Der Knall dauert nur Sekundenbruchteile und auch sein Zucken bewegt sich im Mikrometerbereich. Doch auf eine Entfernung von knapp vierhundert Metern reicht das aus, um sein Ziel zu verfehlen.

Hel hob den Kopf. *Je planmäßiger die Menschen vorgehen, desto wirksamer vermag sie der Zufall zu treffen.*

Der Zufall … Oder?

Hel spürte, wie sich ihr Herzschlag beschleunigte, während vor ihrem inneren Auge wieder der Film des Attentats ablief. Jene letzten, seltsam verzerrten Sekunden vor dem ersten Schuss: die Ritzen im Asphalt. Die Herrenuhr an Lornas Handgelenk, als sie sich irritiert an die Schläfe greift. Der Marienkäfer.

Schließlich der Knall ….

„Scheiße!“, fluchte Hel und stürzte wie von tausend Teufeln gehetzt aus dem Zimmer.

„Is was?“, rief einer der beiden Wachposten ihr nach.

Doch sie ignorierte den Mann und rannte den langen Korridor hinunter, zum Lift. Unterwegs riss sie sich den Schutzanzug vom Leib und entsorgte die Reste in einem herumstehenden Wäschewagen.

„Wo willst du hin?“, fragte Paul, als sie einander unten in der Hotellobby über den Weg liefen.

Doch Hel stürmte einfach an ihm vorbei: „Tut mir leid, aber ich muss was überprüfen“, rief sie ihm über die Schulter hinweg zu. „Ich rufe dich an!“

4

Landsitz Vintergaarden, Südschweden

„Carl?“

„Ja, Vater?“

„Kapstadt hat angerufen. Es gibt Probleme mit der Hydraulik.“ Das Leder seines Chefsessels knarzt, als er sich zurücklehnt. „Ich möchte, dass du hinfliegst und zusiehst, dass das in Ordnung kommt.“

„Wann?“

„Dein Flieger geht um sechs.“

Sein Sohn nickt. Dann dreht er sich um und geht zur Tür. „Kommt Maribel am Wochenende?“

Die Beiläufigkeit seiner Frage spricht Bände. Und leider verstehen sie einander schon lange viel besser, als er sich das wünschen würde. Aber er spielt mit. So wie immer.

„Ja“, sagt er. Es ist ein altes Ritual zwischen ihnen beiden, gewissermaßen in doppelter Tonspur zu kommunizieren: Da ist das, was die anderen hören – und das, was dazwischen liegt. „Olavs Mutter hat am Sonntag Geburtstag.“

Carl lächelt. „Dann grüß sie von mir.“

„Mache ich.“

Das Holz der Tür verschwimmt unter seinem Blick, während seine Ohren den Schritten seines Sohnes folgen: Sie eilen die Treppe hinunter. Durchqueren die Halle. Kurz darauf schnurrt der BMW die Auffahrt hinunter und verschwindet wenig später im Rauschen der Bäume.

Am nächsten Abend ruft er in Kapstadt an. Oh ja, sein Sohn sei gut angekommen. Er habe das Gebäude gerade verlassen. Ein informelles Essen mit dem Bezirksleiter und dem Bürgermeister. Ob man versuchen solle, ihn …

„Nein, danke“, sagt er. „Nicht nötig.“

Dann geht er in die Küche und bespricht das Menü. Mascha schlägt Brathühnchen vor, Maribels Lieblingsessen. Er ist einverstanden. Dass es ihr Abschiedsessen wird, ahnt keiner von ihnen.

Umso härter trifft ihn Maribels Eröffnung keine vierundzwanzig Stunden später.

„Und deshalb haben wir uns schweren Herzens dazu entschlossen, das Angebot anzunehmen", endet sie und ihre Stimme war nie fester.

Sie hat eine Menge von ihm, auch wenn ihr das wohl kaum gefallen würde. Aber sobald er ihr in die Augen sieht, erkennt er seine eigene Stärke. Und er weiß, nichts auf der Welt kann sie jetzt noch umstimmen. Aber das ist vielleicht auch besser so …

„Warum?", fragt er trotzdem, als Maribel und er wenig später allein auf der Terrasse stehen. Und tief in seinem Inneren rechnet er damit, dass seine Tochter nun die sorgsam zurechtgelegte Argumentationskette abspult.

Doch Maribel spricht nicht über ihren Mann und wie sehr er es leid ist, sich von seinem Schwiegervater protegieren zu lassen. Stattdessen sagt sie: „Ich weiß nicht. Es ist nur ein Gefühl."

Er sieht sie an. Ihre Ähnlichkeit mit seiner verstorbenen Frau ist verblüffend. So verblüffend, dass es wehtut.

Seine Tochter missdeutet seinen Blick und hebt abwehrend die Hände. „Es hat nichts mit dir zu tun", versichert sie. „Ich weiß, wie sehr du dieses Haus liebst. Und dass du gehofft hast, dass wir eines Tages herziehen."

Du weißt gar nichts, widerspricht er ihr stumm. Ich hasse dieses Haus!

„Aber es ..." Ihr Ton wird hart. Wie immer, wenn sie sich auf unsicheres Terrain begibt. „Es ist so groß und so …" Ein flüchtiger Schauder lässt ihre zarten Schultern erbeben. „Irgendwie unheimlich."

„Das war es nicht immer", sagt er, weil er auf einmal das Gefühl hat, seine Frau und ihre Entscheidung verteidigen zu müssen. „Als wir es gekauft haben, war es wunderschön hier."

„Ja, kann sein." Maribel zieht die Strickjacke fester um sich. „Aber ich möchte nie mehr hier leben."

Er nickt und denkt, dass sie recht hat. Immerhin kann er Carl nicht jeden Tag unter einem Vorwand ins Ausland schicken.

„Du sagst ja gar nichts", stellt Maribel indessen mit einer Mischung aus Argwohn und Erleichterung fest.

Doch bevor er antworten kann, stürmt Troy um die Ecke. Es ist spät am Abend, und seine Augen sind stumpf vor Müdigkeit. Aber das ignoriert er einfach. Ein kleiner Junge voller Leben, der sich nicht darum kümmert, dass es Schlafenszeit ist.

„Guck mal, Opa!", ruft er und lenkt sein Dreirad rückwärts in die Lücke zwischen zwei Blumenkübeln.

„Das hast du gut gemacht", lobt er.

Maribel fixiert ihn mit aufmerksamem Blick. Sie hat Widerstand erwartet. Gegen ihren Rückzug. Gegen ihre Entscheidung. Sie weiß, wie sehr er an seinem Enkel hängt. Und sie weiß auch, dass er ans Kämpfen gewöhnt ist. „Alles in Ordnung?", fragt sie mit einem Anflug von Sorge.

Er nickt. An so was denkt niemand, der Kinder in die Welt setzt, fährt es ihm durch den Sinn. Alle gehen wie selbstverständlich davon aus, dass es gut geht.

„Weißt du, ich muss auch an die Kinder denken", erklärt seine Tochter in diesem Moment, als habe sie seine Gedanken gelesen. Und nach kurzem Zögern fügt sie hinzu: „Ich muss dafür sorgen, dass die beiden sicher aufwachsen."

Sie sehen einander an. Nie zuvor haben sie so offen miteinander geredet. Niemals zuvor hat sie so freimütig bekannt, sich zu fürchten.

„Es war mal ein gutes Haus", wiederholt er und wendet sich ab.

Maribel folgt ihm, aber ihr fehlen die Worte. Sie weiß viel zu gut, dass er keinerlei Handhabe hat. „Aber du kommst uns besuchen?", sagt sie und wie zufällig streift ihr Blick die Mosaiken auf dem Grund des leeren Beckens. Vermutlich hat sie sich oft gefragt, warum er es nicht einfach zumauern lässt. Und genau genommen kann er das selbst nicht sagen. Vielleicht, weil er weiß, dass es nichts nützen würde. Die Wahrheit lässt sich nicht ausblenden. Und es gibt keine Mittel gegen das eigene Kind.

Keine, die legitim wären …

„Papa?"

Er zuckt. „Ja?"

„Es tut mir leid.“

„Ja“, entgegnet er mechanisch. „Mir auch.“

5

Frankfurt, Gelände des Neurologischen Zentrums Westend

Noch immer völlig außer Atem und mit hochrotem Kopf stolperte Hel in die mobile Einsatzzentrale, von der aus Collins Leute die Sicherung des Anschlagsortes und des umliegenden Geländes koordinierten.

„Die Aufzeichnung“, japste sie, als die Männer an den Monitoren überrascht die Köpfe wandten. „Ich muss auf der Stelle die Bänder sehen!“

„Sie sind geradezu besessen von Bändern, was?“, höhnte Collin, der den einzigen Tisch im Inneren des Vans mit Beschlag belegt hatte und sich mit zwei Experten von der Ballistik unterhielt.

„Ich bin besessen von der Wahrheit“, konterte Hel und ließ das Grinsen der Männerriege über sich ergehen, ohne eine Miene zu verziehen.

Doch Collin dachte gar nicht daran, ihr zu geben, was sie haben wollte. „Was genau wollen Sie damit erreichen?“, fragte er stattdessen. „Ich meine … Wir wissen doch ganz genau, was passiert ist.“

Seine Arroganz verstärkte Hels Entschlossenheit. „Ach ja?“, versetzte sie spöttisch. „Tun wir das?“

„Ja, verdammt.“ Er hielt ihrem Blick stand. „Wir waren alle dabei, schon vergessen?“

„Trotzdem“, beharrte Hel.

Collin stöhnte und wandte sich einem seiner Mitarbeiter zu. „Gib ihr, was sie haben will“, wies er den Mann im Ton eines gelangweilten Großonkels an. Und seine Augen ergänzten: *Am Ende des Tages sucht sie ja nur nach einer Möglichkeit, ihr eige-*

nes Versagen zu rechtfertigen. Dann wandte er sich wieder seinen Gesprächspartnern am Tisch zu, während Hel wütend und schweißgebadet im Türrahmen lehnte. Entgegen ihrer sonstigen Gewohnheit hatte sie an diesem Morgen ein leichtes Make-up aufgelegt. Doch die Schminke machte sie nicht selbstbewusster. Im Gegenteil: Sie fühlte sich verkleidet. Wie jemand, der etwas vortäuschte, das er nicht war.

„Hier", sagte Collins Mitarbeiter und reichte ihr einen schwarzen USB-Stick. „Das ist alles, was im Augenblick verfügbar ist."

„Danke sehr", entgegnete Hel übertrieben freundlich und ließ den Stick in ihrer Hosentasche verschwinden.

Abgesehen von etwaigen privaten Handyvideos der geladenen Gäste, die noch nicht ausgewertet waren, gab es drei offizielle Mitschnitte der Einweihung. Einen hatte Dietmar Scheck höchstselbst in Auftrag gegeben – und soweit Hel informiert war, hatte die mit der Erstellung eines entsprechenden Trailers beauftragte Agentur die Veranstaltung mit zwei verschiedenen Kameras aus unterschiedlichen Perspektiven festgehalten. Hinzu kamen das Bildmaterial, das die zuständige Polizeidienststelle zu Dokumentationszwecken erstellt hatte, und die Aufnahmen des Hessischen Rundfunks.

„Können wir vielleicht sonst noch irgendwas für Sie tun?", rief Collin ihr von seinem Beobachtungsposten am Tisch aus zu.

„Ja." Hel schenkte ihm ein unterkühltes Lächeln. „Mir verraten, wo Sie Lorna Hoogstraat hingebracht haben."

„Es gibt da eine Wohnung in Sachsenhausen", erklärte der junge Beamte, nachdem er stumm Collins Erlaubnis zur Weitergabe dieser Information eingeholt hatte. „Die Kollegen vom Verfassungsschutz bringen dort von Zeit zu Zeit mal jemanden unter." Er schrieb die Adresse auf einen Zettel und gab ihn ihr.

Mit einem gemurmelten Dankeschön auf den Lippen flüchtete Hel ins Freie und rannte zurück zu ihrem Auto. Auf dem Weg nach Sachsenhausen fuhr sie im Hotel vorbei und übergab den Stick mit dem Videomaterial an Leo. Dann überquerte sie den Main, Richtung Süden.

Die Wohnung, von der Collin gesprochen hatte, lag im dritten Stock eines unscheinbaren Altbaus. Im Treppenhaus roch es nach Reinigungsmitteln und gekochtem Kohl, und selbst ein geschulter Blick bemerkte nicht auf Anhieb, worin sich die Wohnungstür in der dritten Etage von denen der anderen Stockwerke unterschied.

Hel klingelte und hielt ihre ID-Card vor den Spion. Gleich darauf öffnete ihr ein Beamter in Zivil. Sie wechselten ein paar belanglose Worte, dann deutete der Mann auf eine Tür zu seiner Linken, die von der annähernd quadratischen Diele in ein geräumiges Wohnzimmer führte.

Lorna saß im Schneidersitz auf dem Sofa, die Hände fest um einen Becher mit Kaffee geschlungen. Vor ihr auf dem niedrigen Couchtisch stand eine Styroporschale. Currywurst und Pommes rot-weiß. Die Soße war an den Rändern bereits eingetrocknet. Lorna hatte das Essen nicht angerührt. Unter ihren dunkelbraunen Augen lagen tiefe Schatten.

„Alles klar?“, fragte Hel.

Augenblicklich war Lorna wieder professionell. „Sicher. Alles bestens.“

Hel machte einen vorsichtigen Schritt auf sie zu. „Die Kollegen haben gesagt, dass Sie sich weigern, den Arzt zu sehen.“

Lornas Wangen füllten sich mit Farbe. „Ich brauche keinen Arzt. Mir geht's prima.“

Das wohl kaum, hielt Hel ihr in Gedanken entgegen, aber sie hütete sich, das laut zu sagen.

„Setzen Sie sich“, kam Lorna ihr zu Hilfe.

Hel nahm auf dem Ledersessel ihr gegenüber Platz.

„Lust auf ein paar kalte Pommes?“

„Gern“, hörte Hel sich sagen, bevor sich nachdenken konnte. Zugleich blitzte aus den Tiefen ihrer Erinnerung ein bleiches, von Medikamenten aufgequollenes Gesicht auf. Martin. Der nette Junge von nebenan. Der einzige Lichtblick ihrer kargen Inselkindheit. Zumindest bis zu dem Moment, an dem ein harmloses Nasenbluten beim Spielen den Beginn eines langen gemeinsamen Leidensweges eingeläutet hatte …

Ohne recht zu merken, was sie tat, griff Hel mit bloßen Fingern in die Styroporpackung auf dem Tisch. Wie viele Male hatte sie in Martins schmucklosem Krankenzimmer auf der Bettkante gesessen und versucht, ihren Freund zum Essen zu bewegen? Und wie oft hatte sie sich den lauwarmen Krankenhauspudding, den seine verätzte Speiseröhre nicht dulden wollte, selbst in den Mund geschoben und so getan, als ob er die größte Delikatesse auf Gottes Erdboden sei?

„Tut mir leid", platzte es aus ihr heraus, und erst mit ein paar Sekunden Verzögerung wurde ihr klar, dass sich ihre Worte tatsächlich an Lorna richteten.

Nicht an Martin …

„Was soll's", erwiderte ihre Schutzperson in jenem gleichmütigen Ton, den Hel inzwischen so gut kannte. „Ich lebe noch."

„Gott sei Dank."

Lorna bedachte sie mit einem ihrer langen, prüfenden Blicke. „Was passiert ist, war nicht Ihre Schuld, falls Sie das glauben."

Doch, dachte Hel, das ist es. Ich bin hier, um dich zu beschützen. Aber ich war zu spät. Als ich reagiert habe, war der erste Schuss längst gefallen.

Ein dezentes Summen in der Tasche ihres Blazers kündigte den Eingang einer neuen Nachricht an. Mit einer gemurmelten Entschuldigung nahm Hel ihr Smartphone heraus und überflog Collins Nachricht: Bei der verwendeten Waffe handelte es sich offenbar um ein M24-A2 Scharfschützengewehr, das unter anderem von den israelischen Streitkräften und der US Army, aber auch von der afghanischen Nationalarmee verwendet wurde. In aller Regel verfügte die Waffe über ein Magazin mit zehn Schuss, Schalldämpfer sowie ein Leupold Ultra M3a Zielfernrohr, sodass Entfernungen von 800 Metern und mehr für einen geübten Schützen bei Tageslicht keinerlei Problem darstellten. Hel öffnete den Anhang und zog überrascht die Augenbrauen hoch.

„Irgendwelche unbequemen Neuigkeiten?", erkundigte sich Lorna mit sorgenvoller Miene.

„Nein, nein", versicherte Hel und steckte eilig ihr Smartphone weg. „Nur ein erster Zwischenbericht."

„Und?"

Sie zögerte. Es war schon unter normalen Umständen mehr als unklug, die Schutzperson nach einem Attentatsversuch in Details der laufenden Ermittlungen einzuweihen. Noch dazu zu einem so frühen Zeitpunkt. Andererseits kannte sie Lorna inzwischen gut genug, um zu wissen, dass sie sich nicht so einfach zufriedengeben würde.

„Die Untersuchung der sichergestellten Projektile hat ergeben, dass es sich dabei nicht um sogenannte Standardmunition handelt“, versuchte Hel es zähneknirschend mit einem Teilgeständnis.

Lornas Blick bekam etwas Bohrendes. „Und was genau heißt das?“

Dass der Schütze ein Profi ist, der seine Munition selbst herstellt, gab Hel ihr in Gedanken zur Antwort. Aber diesen Schluss behielt sie wohlweislich für sich. Stattdessen sagte sie: „Na ja, das kann alles Mögliche bedeuten. Aber grundsätzlich sind Abweichungen erst mal gut.“

„Warum?“

„Weil sich daraus unter Umständen neue Ermittlungsansätze ergeben.“

Diese Argumentation schien Lorna zum Glück einzuleuchten. „Okay“, sagte sie. „Kann ich dann jetzt in meine Wohnung zurück?“

Hel schüttelte den Kopf. „Sie sollten für ein paar Tage hierbleiben. Wenn Sie wollen, kann ich auf dem Sofa schlafen und …“

„Hören Sie auf!“ Lorna strubbelte sich mit beiden Händen durch ihren noch immer perfekt sitzenden Bob, als könne sie auf diese Weise alle Belastungen einfach abschütteln. „Ich habe Ihnen schon einmal gesagt, dass ich mich nicht verstecken kann“, sagte sie nach einem Moment trotzigen Schweigens. „Ich kann mich nicht verstecken, und ich will mich auch nicht verstecken.“

„Aber es ginge doch nur um ein paar Tage“, wandte Hel ein.

„Ein paar Tage sind eine Welt in diesen Zeiten.“ Lornas dunkelbraune Augen richteten sich auf das Fenster, und für einen Moment sah sie aus, als überlege sie ernsthaft, ob sich ein Sprung aus dem dritten Stock lohnen könnte. „Und es ist mein

Job, präsent zu sein. Wenn ich da draußen nicht mehr stattfinde, kann ich einpacken. Aber glauben Sie mir, ich lasse mir nicht von irgendeinem durchgeknallten Idioten kaputt machen, was ich mir über Jahre hinweg mühevoll aufgebaut habe." Sie rang nach Luft, bevor sie leise, aber mit äußerstem Nachdruck hinzufügte: „Das wird niemals passieren." Sie stand auf und nahm ihre Handtasche vom Couchtisch.

Hel hielt die Luft an. „Was, um Gottes willen, soll das werden?"

„Ich fahre zurück in meine Wohnung."

„Oh nein", protestierte Hel. „Nicht so!"

„Es ist mein Leben, das bedroht wird", konterte Lorna. „Und folglich ist es auch meine Verantwortung, wie ich damit umgehe." Sie wollte zur Tür. Doch Hel holte sie ein und stellte sich ihr den Weg.

„Wenn Sie zurück in Ihre Wohnung wollen, muss ich das zuerst mit meinen Vorgesetzten abklären."

„Aber natürlich, tun Sie das", entgegnete Lorna mit beißender Ironie. „Sie haben ja selbst ein Auto."

Sie wollte abermals an Hel vorbei, aber Hel packte sie am Arm. Die unerwartete Körperlichkeit ihrer Auseinandersetzung überraschte Lorna, das war nicht zu übersehen. Hel spürte, wie die Muskeln unter ihrem Jackett sich anspannten. Trotzdem war ihre Stimme völlig ruhig, als sie sagte: „Ich werde jetzt durch diese Tür gehen und zurück in meine Wohnung fahren. Wenn Sie möchten, können Sie mich gern begleiten. Aber ich werde weder Sie noch irgendeinen Ihrer Vorgesetzten um Erlaubnis fragen, wie ich mein Leben zu leben habe. Und wenn Ihnen das nicht in den Kram passt, dann fesseln Sie mich hier und jetzt an irgendeinen Stuhl oder scheren Sie sich zum Teufel!"

6

Frankfurt, Wohnung von Lorna Hoogstraat

„Ich habe da mal was ausgerechnet", verkündete Leo, als Hel die Tür ihrer improvisierten Einsatzzentrale aufstieß.

Der Ärger lag ihr noch immer wie ein Stein im Magen, auch wenn Paul am Telefon alles getan hatte, um sie zu beruhigen: „Letztlich können wir nur Empfehlungen aussprechen", hatte er gesagt. „Was Lorna daraus macht, ist ihre Entscheidung."

Was das anging, war Hel zwar anderer Meinung. Aber sie war heilfroh, dass er sie für Lornas Alleingang nicht zur Verantwortung zog.

„Hier", murmelte Leo hinter seinem XXL-Monitor. Wo er das Wunderteil aufgetrieben hatte, blieb sein Geheimnis. „Komm her und sieh dir das an!"

Hel umrundete den Konferenztisch. Ich hab da mal was ausgerechnet … Das war in aller Regel Leos Art, einen hochkomplexen mathematischen Vorgang zu beschreiben, mit dem selbst die meisten Spezialisten heillos überfordert wären.

„Ich habe das Material, das du mir gegeben hast, analysiert", erklärte ihr Mitbewohner, ohne aufzublicken. „Und dabei ist mir etwas aufgefallen."

„Schieß los", sagte Hel. „Ich bin ganz Ohr."

„Das Hotelzimmer des Schützen befindet sich hier." Leos Cursor markierte einen roten Punkt in der hochauflösenden Satellitenaufnahme auf seinem Bildschirm. „Und die vier Kameras, die das Geschehen aus unterschiedlichen Blickwinkeln aufgenommen haben, befanden sich zum Zeitpunkt des ersten Schusses hier, hier, hier und dort drüben." Ein paar Klicks später war das Satellitenbild von einem Gitter mehrfarbiger Linien überzogen. „Außerdem haben wir einen Haufen Handyvideos von Zuschauern, die ich ebenfalls einbezogen habe, wobei ich in einigen Fällen aufgrund zu geringer FPS-Raten die Position sämtlicher beweglichen Objekte im Bild interpolieren und Zwischenbilder gene…"

„Die Version für Dummies, bitte", unterbrach ihn Hel. „In der Kurzform."

Leo atmete tief durch. Offenbar verlangte sie etwas absolut Unzumutbares von ihm. „Sehr vereinfacht ausgedrückt, habe ich mein dergestalt aufbereitetes Material übereinanderlegt", fuhr er nach einem Moment stummen Ringens fort, „und anschließend mit Bild und Ton des offiziellen Mitschnitts der Veranstaltung synchronisiert. "

„Und?"

„Schau hin!" Sein Cursor huschte über verschiedene Schaltflächen. Kurz darauf erschienen auf dem Monitor wieder die Bilder des Anschlags.

„Das hier ist normale Zeitlupe", erklärte Leo, während seine Spinnenfinger neue Befehle in die Tastatur hämmerten. „Und nun verlangsamen wir das Ganze immer weiter."

Fasziniert beobachtete Hel, wie die Bilder auf dem Monitor immer langsamer wurden, und auch Lornas Stimme war bizarr in die Länge gezogen. Ein dumpfes Kauderwelsch, das Hel an die verzerrten Stimmen einschlägiger Filmbösewichte erinnerte.

„Behalte die Bühne im Blick", wies Leo sie an, „aber achte dabei ganz explizit auch auf die Personen im Vordergrund."

Hel starrte gehorsam auf den Bildschirm und sah abermals zu, wie Lorna Hoogstraats Finger während ihrer Rede beiläufig über das Manuskript strichen. Doch gleich darauf veränderte sich der Gesichtsausdruck der Politikerin und sie griff sich mit einem Ausdruck des Erstaunens in den braunen Augen an die Schläfe.

„Siehst du, was ich meine?", fragte Leo.

„Nein."

Er ging ein Stück zurück und ließ die Aufnahme erneut ablaufen. „Nehmen wir einfach mal diese Frau, hier in der ersten Reihe", sagte er und zoomte näher an die Betreffende heran. „Die in der roten Bluse, siehst du? Sie hört aufmerksam zu. Und jetzt … schau hin! Hier fasst sich Lorna an den Kopf. Aber unsere Dame in Rot zuckt erst …" Er reduzierte die Geschwindigkeit noch weiter. „… jetzt zusammen!"

„Das nennt man Schrecksekunde", wandte Hel ein.

„Schallwellen haben keine Schrecksekunden", widersprach Leo.

Hel rieb sich die Stirn. „Und was willst du mir damit sagen?"

Anstelle einer Antwort fing ihr Freund wieder an zu tippen. „Ich ändere jetzt den Ton dahingehend, dass die Geräusche nicht ebenfalls in Zeitlupe – also gedehnt – erklingen, sondern original. Und zwar genau an der richtigen Stelle." Er drückte triumphierend auf Enter. „Und jetzt noch mal zurück, das Ganze."

Die Aufnahme startete von Neuem. Doch dieses Mal verstand Hel genau, was ihr Mitbewohner meinte.

„Wir sind von einer falschen zeitlichen Abfolge ausgegangen", nickte Leo. „Was logisch ist, wenn man das Prinzip von Ursache und Wirkung zugrunde legt. Aber wenn man sich die Sache ein wenig genauer anschaut, sieht man, dass der Knall der Fehlzündung in Wirklichkeit erst eine erhebliche Zeit *nach* Lornas Reaktion auf den Schuss zu hören ist, während die Reaktion der Zuschauerin unmittelbar auf das Knallgeräusch folgt."

„Könnte es nicht sein, dass der Knall aufgrund der baulichen Gegebenheiten zeitverzögert zu hören war?", schlug Hel vor.

Doch Leo schüttelte umgehend den Kopf: „Das würde auf keinen Fall eine Abweichung in dieser Größenordnung ergeben."

„Und was bedeutet das?"

„Dass der Knall der Fehlzündung, der unseren Schützen angeblich abgelenkt hat, in Wahrheit erst 1,27 Sekunden *nach* dem Schuss auf Lorna Hoogstraat erfolgte."

Hel riss die Augen auf, als ihr die Bedeutung seiner Aussage klar wurde. „Soll das heißen, der Schütze war überhaupt nicht abgelenkt?"

„Zumindest nicht durch den Knall", wandte Leo mit der ihm eigenen Vorsicht ein.

„Zufall?"

„Dafür war das Timing zu gut."

Hel trat unruhig von einem Fuß auf den anderen. „Somit hätte unser Attentäter also selbst für den Knall gesorgt", resümierte sie. „Aber warum?"

Die Antwort ihres Freundes war ebenso simpel wie folgerichtig: „Damit wir denken, dass er abgelenkt war."

„Willst du damit sagen, dass er absichtlich danebengeschossen hat?", fragte Hel, obwohl Leos Erkenntnisse im Grunde nur bestätigten, was sie instinktiv bereits im Moment des Attentats empfunden hatte.

„Alle anderen Bedingungen zum Zeitpunkt des Schusses waren ideal", ging Leo die Sache noch einmal mit Logik an. „Nicht der leiseste Windhauch. Beste Lichtverhältnisse. Dazu ein Hotelzimmer, in dem er nicht befürchten muss, dass jeden Augenblick jemand zur Tür hereinkommt …" Er schob seinen Stuhl zurück und streckte die Beine von sich. „Nenn mir einen Grund, warum ein Profi wie er unter solchen Bedingungen nicht treffen sollte."

Er hat recht, dachte Hel. Es gab absolut keinen Grund, danebenzuschießen. Und doch hatte der Attentäter Lorna Hoogstraat verfehlt. Die Frage war …

„Was gewinnt er dadurch?"

Leo schnappte sich einen Keks aus seiner Nutella & Go-Packung und tunkte ihn gedankenverloren in die zähe Haselnusscreme. „Keine Ahnung."

Hel stutzte. „Und wenn es in Wirklichkeit ganz anders ist?", flüsterte sie. „Wenn die eigentliche Frage lauten müsste: Was gewinnt SIE dadurch?"

„Publicity", antwortete Leo wie aus der Pistole geschossen.

„Ganz genau."

„Traust du Lorna Hoogstraat ernsthaft zu, eine Angestellte in die Luft zu jagen, nur um ins Fernsehen zu kommen?", fragte Leo.

„Nein", sagte Hel nach kurzem Überlegen. Einen Scharfschützen zu engagieren, um ein Attentat zu fingieren – vielleicht. Aber Lornas Betroffenheit über Margit Klugs Tod war echt gewesen. Daran zweifelte Hel keine Sekunde.

Und doch hatten die Bilder aus dem Krankenhaus ihrer Schutzperson nicht nur eine gehörige Portion medialer Aufmerksamkeit, sondern auch eine Menge neuer Sympathien eingetragen. Ashrav Rouhani wurde nicht müde, darauf hinzuweisen, dass sich Lornas Sympathiewerte in den letzten vierundzwanzig Stunden um satte zehn Prozentpunkte verbessert hatten. Und auch in puncto „Nahbarkeit“ und „Stärke“ verzeichneten die jüngsten Erhebungen deutliche Zuwächse …

Hel kaute nachdenklich auf ihrer Lippe. „Wie weit bist du in Bezug auf den Initiator der Hasskampagnen im Netz?“, wandte sie sich wieder an Leo.

Doch der winkte umgehend ab. „Das Einzige, was ich mit relativer Sicherheit sagen kann, ist, dass die Aktivitäten auf maximal eine Handvoll Accounts zurückgehen. Aber an die kommen wir nicht ran“, kam er Hels Frage zuvor. „Allerdings habe ich mich im Darknet auf den Seiten einschlägiger Dienstleister umgesehen und ein Alias gefunden, das in diesem Zusammenhang immer wieder auftaucht. Er trägt den Benutzernamen COOHL.“

„Das ist aber doch ein Anfang, oder nicht?“, rief Hel.

„Leider nein“, entgegnete Leo.

„Warum nicht?“

„Weil besagter COOHL seinen Auftrag – falls es diesen denn überhaupt gegeben hat – offenbar per One-Time-Pad übermittelt hat.“

Hel stöhnte. Wenn man diese Methode zur Verschlüsselung von Nachrichten richtig anwendete, war sie praktisch nicht zu knacken.

„Was kostet so etwas, wenn man es in Auftrag gibt?“, wandte sie sich einem anderen Ansatzpunkt zu, der in Leos Erkenntnissen steckte.

„Die Übermittlung des Auftrags oder die Kampagne?“

„Beides.“

„Ganz sicher einige Hunderttausend Euro.“

„Plus Scharfschütze“, ergänzte Hel grimmig.

Leos Brillengläser spiegelten, als er sich ihr zuwandte. „Ganz schön übertrieben für ein bisschen Publicity, oder?“

„Ja“, murmelte Hel. „Vermutlich. Aber …“

Das Summen eines Smartphones erstickte ihre Rede bereits im Ansatz. Und dieses Mal war es leider nicht ihr privates Handy, das summte.

„Wo sind Sie?", fragte Erin Weisz, ohne Zeit und Mühe auf eine Begrüßung zu verschwenden.

„In Lorna Hoogstraats Wohnung."

„Gut. Kommen Sie runter in die Tiefgarage. Ich treffe Sie dort in fünf Minuten." Die Verbindung war unterbrochen, bevor Hel auch nur Luft holen konnte.

„Was war das denn?", fragte Leo.

„Erin."

Ihr Mitbewohner machte ein Gesicht, als ob er in eine Zitrone gebissen hätte. „Und was will sie?"

„Mich treffen."

„Jetzt?"

Anstelle einer Antwort griff Hel nach ihrem Blazer. Gut möglich, dass Erin sie auf der Stelle nach Hause schickte. Immerhin war ziemlich offensichtlich, dass sie nicht gebracht hatte, wofür sie engagiert worden war. Robert Beck wird begeistert sein, dachte Hel und versuchte, sich die hämischen Blicke vorzustellen, mit denen ihre Kommilitonen sie zweifellos empfangen würden.

„Lass dich nicht pflanzen!", rief Leo ihr noch nach.

Doch da war Hel bereits auf dem Weg zum Lift.

7

Frankfurt, Wohnhaus von Lorna Hoogstraat, Tiefgarage

„Also schön." Wie bei ihrer ersten Begegnung mit Erin Weisz saßen sie nebeneinander auf der Rückbank einer dunklen Limousine. Der einzige Unterschied war, dass Hel sich dieses Mal noch unwohler fühlte. Und das lag nicht nur an der bedrückenden Enge von Lorna Hoogstraats Tiefgarage. „Was genau läuft da schief?"

„Ich habe nicht die leiseste Ahnung."

„Wir haben Sie aber da reingebracht, damit Sie sich eine Ahnung verschaffen", gab Erin zurück. „Und gemessen an dem, was in den letzten achtundvierzig Stunden in dieser Stadt passiert ist, müssten Ihre Alarmglocken eigentlich Sturm klingeln. Nur leider klingeln sie nicht."

Hel starrte den Türgriff an. Die Worte der Direktorin fielen auf den fruchtbaren Boden ihrer Selbstzweifel. Zugleich weckte Erins unterkühlte Arroganz ihren Kampfgeist. „Vielleicht haben Sie mich überschätzt", sagte sie.

Erin Weisz blieb völlig gelassen. „Nein", entgegnete sie ruhig und jede Faser ihres dunkelgrauen Hosenanzugs atmete Macht. „Habe ich nicht."

Einmal mehr staunte Hel, dass etwas, das eigentlich ein Kompliment war, derart negativ klingen konnte.

„Das große Talent, das Sie von Ihren Kommilitonen unterscheidet und um dessentwillen wir Sie ausgewählt haben, ist Ihr Instinkt. Sie besitzen die Fähigkeit, in bestimmten Situationen die richtigen Schlüsse zu ziehen, ohne dabei Ihren Verstand oder auch nur Ihr Bewusstsein bemühen zu müssen. Und das verschafft Ihnen – und damit auch uns – einen entscheidenden, vor allem zeitlichen Vorteil. Aber in diesem speziellen Fall agieren Sie, als ob Sie blind und taub wären. Und erzählen Sie mir nicht, Sie wären indisponiert", setzte sie hinzu, als sie merkte, dass Hel protestieren wollte. „Also: Warum versagen Ihre Instinkte ausgerechnet in Bezug auf Lorna Hoogstraat?"

„Ich weiß es nicht", wiederholte Hel zähneknirschend.

„Dann denken Sie nach!"

„Etwas an ihr passt nicht ins Gesamtbild", sagte Hel, weil sie spürte, dass Erin tatsächlich eine Antwort erwartete. „Aber ich habe bis jetzt noch nicht herausgefunden, was es ist."

Die Direktorin musterte sie. „Was fühlen Sie, wenn Sie in Lornas Nähe sind?"

Hel zögerte. Erin Weisz war der letzte Mensch auf diesem Planeten, mit dem sie ihre Gedanken und Empfindungen teilen wollte. Noch dazu in einem Stadium, in dem man diese mit Fug und Recht als „völlig unausgegoren" bezeichnen konnte. Aber wie alle Menschen, die sich innerlich festgefahren hatten, brauchte sie dringend einen Sparringspartner. Jemanden, der zur richtigen Zeit die richtigen Fragen stellte. Der Impulse gab. Und aus irgendeinem unerfindlichen Grund hatte sie das Gefühl, dass Erin Weisz dieser Sparringspartner sein konnte. Also lehnte sie sich zurück und dachte ernsthaft über die Frage nach, die die Direktorin ihr gestellt hatte. Was genau fühlte sie eigentlich, wenn sie in Lornas Nähe war?

„Ich werde nicht schlau aus ihr", bekannte sie nach einer Weile.

„Mögen Sie sie?"

„Ist das von Bedeutung?"

„Ich denke schon."

„Ja. Ich mag sie."

„Gut."

Hel warf ihr einen abschätzigen Seitenblick zu. Sie glaubte keine Sekunde, dass Erin Weisz sich in irgendeiner Entscheidung von persönlichen Sympathien leiten ließ. Nicht privat – und erst recht nicht beruflich.

„Ich habe Ihren Bericht gelesen", bemerkte sie. „Darin konzedieren Sie Lorna Hoogstraat eine – ich zitiere – ‚eherne Entschlossenheit' und ein – ebenfalls Ihre Worte – ‚geradezu elefantenhaftes Gedächtnis' in Bezug auf zurückliegende Kränkungen. Und Sie betonen, dass sie sich Ihrer Meinung nach von nichts und niemandem von ihrem Weg, sprich ihrer Karriere, abbringen lassen wird."

„Richtig", sagte Hel und nahm sich vor, ihre Berichte in Zukunft deutlich neutraler zu formulieren.

„Sehen Sie nach den heutigen Vorfällen irgendeinen Grund, Ihre Einschätzung zu revidieren?"

„Nein." Hel zögerte. „Allerdings haben wir da etwas entdeckt …"

Sie berichtete Erin Weisz in aller Kürze von Leos Analyse des Videomaterials und den Schlüssen, die sie daraus gezogen hatten.

Die Direktorin hörte aufmerksam zu. „Sie denken, der Anschlag heute Vormittag könnte eine Art PR-Gag gewesen sein?", fragte sie, als Hel fertig war. Und erstaunlicherweise schien sie die Möglichkeit nicht gänzlich abwegig zu finden.

„Fest steht, dass die gegenwärtige Bedrohung – ob real oder inszeniert – Lorna Hoogstraat nützt", stellte Hel so neutral wie möglich fest. „Andererseits bestünde im Falle einer Inszenierung natürlich die Gefahr, dass die Sache irgendwann auffliegt. Und falls das passiert, wäre Lornas Karriere unwiderruflich vorbei."

Erin quittierte den Einwand mit einem gleichmütigen Achselzucken. „Unterschätzen Sie niemals die Risikobereitschaft von Spitzenpolitikern", sagte sie. „Politik ist Manipulation. Und Lorna Hoogstraat ist ganz sicher nicht ohne Grund da, wo sie ist."

Ja, dachte Hel. Vermutlich.

„Die Frage, ob Sie Wahlen gewinnen oder nicht, hängt heutzutage weit mehr davon ab, wie Sie wirken, als davon, wie Sie denken und handeln."

Hel nickte. „Zum Teufel mit dem, was sie ist", zitierte sie. „Das Einzige, was zählt, ist, wie sie wirkt."

„Sagt wer?"

„Ashrav Rouhani."

Erin hob interessiert die Augenbrauen. „Was halten Sie von ihm?"

„Er hat ein exzellentes Gespür für Gelegenheiten, sagt hinter verschlossenen Türen aber auch ganz klar, was er denkt. Und er hat kein Problem damit, den Prügelknaben zu spielen, solange das Ergebnis stimmt."

„Klingt nach jemandem, der einen guten Job macht", stellte Erin unsentimental fest.

„Ja, ich denke, das tut er", bestätigte Hel. „Auch wenn es Lorna durchaus nicht immer schmeckt, wie er ihre Haut zu Markte trägt."

„Ich bin sicher, sie ist klug genug, den Nutzen gewisser Maßnahmen zu erkennen." Erin tippte auf ihr Tablet. „Wie Sie in Ihren Berichten so treffend anmerken, hat sie offenbar früh verstanden, dass man ohne Kompromisse keinen Millimeter weit kommt. Noch dazu in einer Welt, in der es schon lange nicht mehr um Inhalte, sondern einzig und allein um das eigene Image geht." Sie machte eine kurze Pause. „Apropos Image, erinnern Sie sich an den Borger-Leonardt-Test?"

Hel nickte. Einer von unzähligen Persönlichkeitstests, die ihre Kommilitonen und sie im Zuge des aufwendigen Zulassungsverfahrens hatten absolvieren müssen. „Sie meinen die drei Adjektive, mit denen wir unsere Außenwirkung charakterisieren sollten?“

Um die dezent geschminkten Lippen der Direktorin huschte ein Lächeln. „Interessant, dass Sie das so ausdrücken …“

„Wieso?“

„Die meisten Bewerber weisen darauf hin, dass sie ihre Kommilitonen mit entsprechenden Adjektiven belegen sollten, und räumen erst auf Nachfrage ein, dass die Aufgabe eventuell auch eine gewisse Form der Selbsteinschätzung beinhaltet habe.“

„Wie andere die Testziele einschätzen, kann ich nicht beurteilen“, entgegnete Hel mit aller gebotenen Vorsicht. „Aber ich hatte damals den Eindruck, dass es in erster Linie um die Einschätzung unserer eigenen Außenwirkung ging.“

Erins Augen streiften den Rückspiegel, in dem für ein paar Sekunden eine Gestalt auftauchte. Ein Mann. Er trug einen Aktenkoffer bei sich und eilte zu einem Parkplatz, der von ihrer Position aus nicht einzusehen war. Kurz darauf wurde irgendwo ganz in ihrer Nähe ein Motor angelassen.

„Im Zuge des Borger-Leonhardt-Tests werden Probanden einer festen Lern- oder Arbeitsgruppe dazu aufgefordert, die übrigen Teammitglieder mit jeweils drei charakteristischen Adjektiven zu beschreiben“, kam Erin auf ihr Gespräch zurück und Hel fragte sich ernsthaft, warum ihr die Direktorin so ausführlich erklärte, was sie längst wusste. Dozierte sie einfach gern? Oder ging es um etwas anderes? „Solcherlei Einschätzungen sind selbstverständlich immer zutiefst subjektiv“, fuhr Erin derweil fort, „aber wenn sich gewisse Tendenzen häufen, kann man von einem gewissen Wahrheitsgehalt ausgehen. Frei nach dem Motto: Einmal ist Zufall, drei sind ein Muster und mehr als neun ergeben eine Regel.“

Hel blickte an ihr vorbei in die schummrige Tiefgarage.

„Am Ende des Tests wird jeder Proband gebeten, eine Selbsteinschätzung nach dem Muster der vorangegangenen Urteile abzugeben, wobei die Frage keineswegs lautet: Für wen oder was halte ich mich?, sondern: Für wen oder was halten mich die anderen? Interessanterweise schreiben die meisten Kandidaten diesem

Teil des Tests nur eine Art Kontrollfunktion zu. Aber in Wahrheit ist es allein diese letzte Aufgabe, um die es im Borger-Leonhardt-Test geht."

Warum erzählt sie mir das alles?, überlegte Hel abermals.

„Die Auswertung des Tests gibt somit nicht nur Auskunft darüber, wie ein Proband innerhalb eines bestimmten sozialen Gefüges – seines Teams – rüberkommt, sondern sie zeigt auch, in welchem Maße sich der betreffende Proband dieser Außenwirkung bewusst ist. Und im Regelfall weisen Selbst- und Fremdeinschätzung erhebliche Abweichungen auf. Aber nicht bei Ihnen." Erins Stahlaugen blitzten. „Erinnern Sie sich, welche drei Adjektive Sie für sich selbst gewählt haben?"

Wie bei fast allen Fragen, die Erin Weisz ihr stellte, hatte Hel auch jetzt das Gefühl, in eine Falle gelockt zu werden. „Ich glaube, ich habe mich für *kühl, ehrgeizig* und *pessimistisch* entschieden."

„… und damit eine Übereinstimmungsquote von einhundert Prozent erzielt", ergänzte Erin. „Übrigens als erste und bislang einzige Testteilnehmerin überhaupt."

„Super", murmelte Hel.

Erins Augen blitzten amüsiert. „Darf ich daraus schließen, dass Sie sich in den gewählten Begriffen nicht wiederfinden?"

Jetzt bloß nichts Falsches sagen, pochte es hinter Hels Stirn. „Doch. Das heißt …"

„Was?"

„Ich denke, dass man durchaus zu dieser Einschätzung gelangen kann."

„Es ist das Gesicht, das Sie der Welt von sich zeigen", kommentierte Erin. „Wenn Sie ein anderes wollen, sollten Sie an Ihrer Kommunikation arbeiten."

Zack!

„Ich bin ganz zufrieden, wie es ist."

Erin quittierte ihre Bemerkung mit einem ihrer spöttischen Seitenblicke. „Soll ich Ihnen verraten, welche drei Attribute meine Kommilitonen damals für mich gewählt haben? Tatsächlich unterschieden sie sich von Ihren nur in einem einzigen Begriff …"

„Der da wäre?"

„Anstelle von *pessimistisch* belegten sie mich mit dem Attribut *hinterhältig*." Sie lachte, als sie Hels entsetztes Gesicht sah. „Ja", sagte sie, „genau das habe ich auch gedacht. Und von daher wird es Sie kaum überraschen, dass meine Übereinstimmungsquote damals nicht bei hundert Prozent gelegen hat", setzte sie mit einer gehörigen Portion Selbstironie hinzu. „Aber ich gebe zu, ich habe eine ganze Weile über das Testergebnis nachgedacht." Sie blickte auf ihre tadellos manikürten Finger hinunter und zum ersten Mal registrierte Hel mit Bewusstsein, dass die Direktorin der PSI keinerlei Schmuck trug. Nicht einmal einen Ehering.

„Entschuldigen Sie", sagte sie, als ihr Pager zu piepsen begann. Und nach einem kurzen Blick auf die Nachricht fügte sie hinzu: „Ich fürchte, ich muss los."

„Kein Problem", sagte Hel, bemüht, sich ihre Erleichterung über das plötzliche Ende ihrer Unterhaltung nicht allzu deutlich anmerken zu lassen.

„Sie berichten mir weiterhin einmal täglich." Erin Weisz ließ den Pager in der Tasche ihres Jacketts verschwinden. „Und wenn sich irgendetwas Unvorhergesehenes ergibt, rufen Sie umgehend an."

„Natürlich."

„Wie läuft die Zusammenarbeit mit den Kollegen vom BKA?"

Hel, die mit einem Bein schon aus dem Auto war, hielt mitten in einer Bewegung inne. „Wir kommen klar."

„Max Collin scheint nicht gerade ein Fan von Ihnen zu sein."

„Das beruht auf Gegenseitigkeit."

Erin Weisz fixierte sie. „Seien Sie klug und verzetteln Sie sich nicht in irgendwelchen unergiebigen Machtkämpfen mit den hiesigen Platzhirschen", mahnte sie. „So etwas bringt Ihnen nichts als Ärger ein. Also besinnen Sie sich gefälligst auf Ihr Talent und denken Sie diese Geschichte zu Ende, sonst landen Sie schneller wieder bei Robert Beck auf der Schulbank, als Sie gucken können!"

Die unerwartete Drohung ließ Hel nach Luft schnappen. Zugleich hätte sie sich am liebsten dafür geohrfeigt, dass sie sich nicht besser im Griff hatte. „Ich habe mich nicht um diesen Job beworben", stellte sie mit dem letzten Quäntchen Selbstbeherrschung fest, das sie im Sturmgewitter ihrer Empörung finden konnte.

„Korrekt", nickte Erin. „Aber Sie haben ihn angenommen, weil Sie diesen Job wollten. Also kommen Sie mir nicht mit irgendwelchen Ausflüchten!" Sie beugte sich weit über den Sitz, bis Hel ihre Körperwärme spüren konnte. „Ich riskiere eine Menge, indem ich Sie tun lasse, was Sie tun", flüsterte sie sanft, aber mit äußerstem Nachdruck. „Darum gebe ich Ihnen einen guten Rat: Entwickeln Sie sich nicht zu einem Fehler, den ich bereue!"

8

Frankfurt, Wohnung von Lorna Hoogstraat

„Kühl. Ehrgeizig. Hinterhältig."

„Hm?"

„Erin." Hel schleuderte ihren Blazer über die Lehne des nächstbesten Stuhls und checkte anschließend wutentbrannt ihre Nachrichten.

„Das Gespräch ist nicht besonders gut gelaufen, oder?", schloss Leo mit der Vorsicht eines Menschen, dem viele Facetten zwischenmenschlicher Konversation schlicht und ergreifend unlösbare Rätsel aufgaben.

„Das", seufzte Hel, „kann man ohne Einschränkung so sagen."

„Müssen wir nach Hause?"

Sie schüttelte den Kopf. „Bislang nicht."

„Okay."

Hel betrachtete seine Locken, die sich bereits wieder über den Bildschirm beugten. Keine Frage: Für ihn war die Sache erledigt. „Erinnerst du dich noch an die drei Charakteristika aus dem Borger-Leonardt-Test?"

„Klar."

„Welche drei Begriffe hast du damals für dich gewählt?“ Hel hegte keinerlei Zweifel, dass sein Hochleistungsgedächtnis problemlos auf diese Information zugreifen konnte.

Und sie behielt recht: „Intelligent, organisiert und verlässlich“, sprudelte es ohne Zögern aus ihm heraus.

„Und deine Teammitglieder?“

„Klugscheißerisch, antisozial und seltsam.“

Ergibt eine Übereinstimmungsquote von null Komma null Prozent, analysierte Hel grimmig. Laut sagte sie: „Klugscheißerisch? Im Ernst?“

Leo schob sich eine verirrte Locke aus der Stirn. „Ich glaube, der offizielle Begriff lautete *informiert*. Aber gemeint haben sie klugscheißerisch.“

Hel zog sich einen Stuhl heran. „Und was, denkst du, meinen sie, wenn sie hinterhältig sagen?“

Leo runzelte die Stirn. Aber er enthielt sich jeden Kommentars.

„Bis auf diesen einen Begriff stimmen Erins Attribute offenbar mit meinen überein“, fuhr Hel nachdenklich fort. „Womit wir erschreckenderweise etwas gemeinsam hätten.“

Leo sah irritiert aus, doch eine harmlos anmutende Betreffzeile in ihrem Postfach zog von jetzt auf gleich Hels gesamte Aufmerksamkeit auf sich.

„Was ist das hier?“, fragte sie.

Ihr Mitbewohner reckte den Hals, um einen Blick auf das Display zu erhaschen. „Ach so. Ja. Das hab ich gefunden.“

„Wo?“

„In den Online-Meldungen des Hessischen Rundfunks. Ich dachte, es interessiert dich viell…“

„Dieser gottverdammte Idiot!“ Hel sprang auf und stürmte wutentbrannt zur Tür, wo sie um ein Haar mit Paul zusammenstieß. Und zu ihrer größten Genugtuung hatte er genau den Mann im Schlepptau, den sie gerade aufsuchen wollte.

„Wie oft passiert so was?“, fragte sie, indem sie Max Collin ihr Smartphone unter die Nase hielt.

Die Wieselaugen des BKA-Mannes streiften gelangweilt über das Display. „Wie oft passiert … was?“

„Dass minderjährige Drogensüchtige in einer öffentlichen Grünanlage dieser Stadt von einem Unbekannten erschossen werden“, formulierte Hel ihre Frage genüsslich etwas ausführlicher. „Wie oft passiert so was?“

„Der Junge war zu alt, um für Sie von Interesse zu sein.“

„Wer sagt das?“, versetzte Hel, während Paul sich vergeblich darum bemühte, ihr nicht im Weg zu stehen.

„Sie sind echt irre“, knirschte Collin.

„Mag sein“, fauchte Hel. „Aber halten Sie es nicht auch für ein bemerkenswertes Zusammentreffen, dass ausgerechnet am Tag nach einem Bombenanschlag, bei dem ein minderjähriger Straßenjunge als Überbringer fungiert hat, ein anderer minderjähriger Straßenjunge auf offener Straße erschossen wird?“

„Dass Nummer Vierzehn den Sprengsatz überbracht hat, steht nicht fest“, korrigierte Collin mit einem gefährlichen Flimmern in der Stimme. „Vielleicht ist er nur zufällig in der Nähe dieses Wahlkreisbüros gewesen.“

„Mit einem Paket in der Hand?“

„Na und?“ Collin blitzte sie an. „Und selbst wenn der Junge tatsächlich den Auftrag gehabt hätte, den Sprengsatz zu überbringen – was hat der Mord an diesem … diesem …“

„Kevin Darcy“, kam Leo ihm zu Hilfe.

„Ja, genau“, knurrte Collin. „Was hat das damit zu tun?“

„Ich weiß es nicht“, räumte Hel zähneknirschend ein. „Aber für meinen Geschmack ist das ein bisschen zu viel Zufall.“

Der BKA-Mann zuckte die Achseln. „Shit happens.“

„Wenn Sie nichts dagegen haben, würde ich mich trotzdem gern mit einem der Kollegen unterhalten, die für den Fall Kevin Darcy zuständig sind“, beharrte Hel.

„Sollten Sie sich nicht lieber mal um Ihre Schutzperson kümmern?“ Collins Zunge glitt über seine Vorderzähne, während er überlegte, wie viel direkte Unverschämtheit er sich ihr gegenüber leisten konnte. „Immerhin können Sie kaum erwarten, dass Ihnen auch beim nächsten Mal wieder der Zufall zu Hilfe kommt, oder?“

Hel schluckte die Frechheit, ohne mit der Wimper zu zucken.

Doch bei Paul war das Maß offenbar voll: „Sachte", murmelte er in einem Ton, dem man rein äußerlich beim besten Willen nichts Unfreundliches unterstellen konnte und der einem doch umgehend das Gefühl gab, dass es klüger war, das Feld zu räumen.

Max Collin zumindest verstand die Botschaft sehr genau. „Kümmern Sie sich um Ihren eigenen Kram und lassen Sie uns unseren Job machen", zischte er, wobei er sich sorgsam davor hütete, auch nur einen Schritt zurückzuweichen.

„Der Sicherheit unserer Schutzperson ist am besten gedient, wenn es uns gelingt, den Initiator der Bedrohung zu ermitteln", ging Hel dazwischen, bevor die Auseinandersetzung zwischen den beiden noch weiter eskalierte. „Und genau dabei könnte uns der Junge – Nummer Vierzehn, wie Sie ihn nennen – von unschätzbarer Hilfe sein. Also wären Sie bitte so freundlich ..."

„Haben Sie eigentlich mitbekommen, was in dieser Stadt los ist?", fiel Collin ihr ins Wort. „Das BKA hat im Angesicht einer solchen Anschlagsserie ja wohl Besseres zu tun, als einen kleinen Herumtreiber zu suchen, der vermutlich längst in Amsterdam oder Berlin oder Hamburg ist."

„Kein Problem", entgegnete Hel. „Wir kümmern uns selbst darum. Nennen Sie mir einfach nur einen Kontakt."

„In Gottes Namen!" Collin zückte sein Smartphone und wandte sich ab, während Hel vergeblich versuchte, Pauls Blick zu erhaschen. Doch sein Gesicht war wie in Stein gemeißelt.

„Bernhard Faller", sagte Collin und reichte ihr einen fleckigen Zettel. „Wenn Sie auf der Durchwahl keinen Erfolg haben, dann lassen Sie sich von einem der Kollegen seine aktuelle Handynummer geben."

„Danke."

Collin antwortete nicht. Er drehte sich einfach auf dem Absatz um und verließ das Büro.

„Möchte jemand einen Keks?", fragte Leo, nachdem der BKA-Mann die Tür hinter sich geschlossen hatte.

„Nein, danke", entgegnete Paul. „Mir ist der Appetit vergangen."

„Wieso?", fragte Leo und sah auf die Uhr.

Pauls Miene spiegelte blanke Verständnislosigkeit.

Klugscheißerisch, antisozial und seltsam.

Hel unterdrückte mit Mühe ein Grinsen. „Leo hat recht", sagte sie. „Wir sollten was essen. Wie wär's mit dem Griechen von gegenüber?"

„Wir könnten auch allein gehen", schlug Leo mit einem flehentlichen Blick in Pauls Richtung vor, als dieser nicht sofort reagierte.

Doch Hel ignorierte die stumme Bitte und sah stattdessen Paul an. „Kommen Sie schon", sagte sie. „Ich zahle!"

VIERTER TEIL

Sechs Monate zuvor …

Wann hat das alles angefangen? Wo und in welchem Zusammenhang hat es die ersten Anzeichen gegeben? Und warum ist ihr das alles nicht schon viel früher aufgefallen?

Sie weiß es nicht. Manchmal denkt sie, dass sie eigentlich fast GAR NICHTS weiß. Dabei hat sie mehr Zeit mit ihrer Mutter verbracht als mit jedem anderen Menschen auf diesem Planeten. Selbst jetzt noch setzt sie sich in jeder freien Minute ins Auto, um nach ihr zu sehen. Doch die Angst, mit der sie aufbricht, wird jedes Mal größer.

Zuerst sind es Kleinigkeiten gewesen. Verwechselte Namen. Verlorene Gegenstände. Ein Topflappen im Kasten für die Reinigungstabs. Solche Dinge. Oft genug haben sie herzlich gelacht. Alle beide.

Doch es blieb nicht bei den Topflappen.

„Sagen Sie, was ist eigentlich mit Ihrer Mutter?" Als die Nachbarin ihr diese Frage stellt, weiß sie längst Bescheid.

Trotzdem fragt sie so unschuldig wie möglich: „Wieso? Was soll denn sein?"

„Sie benimmt sich so komisch in der letzten Zeit."

„Ach, ja? Inwiefern?"

In den trüben Augen liegt Besorgnis. „Zuerst habe ich ja gedacht, sie hätte sich über mich geärgert. Weil sie auf einmal nicht mehr gegrüßt hat, wissen Sie. Aber dann habe ich sie das erste Mal in diesem … diesem Zustand gefunden. Hinter der Mülltonne war das. Da kauerte sie allen Ernstes auf dem kalten Asphalt, die Knie bis zum Kinn hochgezogen wie ein Embryo. Und als ich sie angesprochen habe, hat sie laut geschrien."

Vor ihren Augen tanzen bunte Punkte. *Konzentrier dich!*

„Wahrscheinlich hat sie sich nur erschreckt."

Im Blick der Nachbarin schimmert Mitleid. „Sie geht auch nachts raus", flüstert sie vertraulich. „Keine Ahnung, wohin sie dann will. Ich meine, das geht mich ja im Grunde auch nichts an.

Aber – bitte verstehen Sie mich nicht falsch – es könnte ja auch mal was passieren, nicht wahr? Wenn sie so allein im Dunkeln unterwegs ist. Ich meine, es braucht ja nur mal ein Auto zu kommen …"

Sie starrt die Frau an. „Wie bitte?"

„Ein Autounfall", wiederholt diese. „Sie wissen doch, wie schnell die hier immer unterwegs sind. Und dann die unbeleuchteten Straßen … Das hat es doch alles schon gegeben!"

Der Satz ist das Letzte, woran sie sich erinnert. Das Nächste ist ein Teller mit Brötchen am Büffet der Raststätte, an der sie auf dem Rückweg hält.

Das hat es doch alles schon gegeben …

Sie schluckt. Zufall, pocht es hinter ihrer Stirn. Eine vollkommen naheliegende Annahme bei einer verwirrten älteren Dame, die nachts durch die Nachbarschaft geistert.

Aber sie glaubt nicht an Zufälle. Darum hat sie ihre Mutter vor ein paar Monaten in dieser Einrichtung untergebracht. Die Ärzte sagen, dass sie viel spricht, seit sie dort ist. Die Vorstellung erfüllt sie mit Bitterkeit. Ihre Mutter, die ein ganzes Leben lang verschlossen war. Unzugänglich. Fern. Und jetzt auf einmal redet sie.

Sie hätte mit MIR reden sollen, denkt sie. Stattdessen sind sie umgezogen. Neue Schule, neue Stadt, neues Leben. Was für ein Aufwand! Und das alles nur, um nicht auf meine Fragen antworten zu müssen?

„Vielleicht kommen Sie bei Gelegenheit einfach mal dazu", schlägt ihr die behandelnde Ärztin vor, als sie wieder einmal telefonieren. Die Ärztin ist jung, hellwach und motiviert. Eine, die wirklich helfen will. „Es ist für uns leider schwer zu beurteilen, wie viel von ihren Erzählungen tatsächlich stimmt, wissen Sie. Vieles könnte sie einfach erfunden haben. Aber es wäre auch möglich, dass sie Fortschritte macht. Um das beurteilen zu können, müssten wir allerdings die Vorgeschichte kennen."

Die Vorgeschichte …

Das, denkt sie, ist das Problem. Trotzdem ist ihr klar, dass sie das irgendwann tatsächlich tun muss: sich dazusetzen. Zuhören.

Der Gedanke jagt ihr einen Schauer über den Rücken. Dabei wollte sie immer Antworten. Seit sie denken kann.

„Sagen Sie, hat Ihre Mutter eigentlich Geschwister?", fragt die Ärztin.

„Wieso?", entgegnet sie, um Zeit zu gewinnen. Nicht ahnend, dass ihre Gesprächspartnerin aus dieser simplen Rückfrage bereits eine Antwort ableitet.

„Sehen Sie, das habe ich mir schon gedacht", sagt sie und ihr Lächeln vermittelt sich sogar durch den Hörer. „Aber Ihre Mutter spricht wirklich viel von ihr."

Von IHR? Sie tut alles, um ihren Schock zu verbergen. Aber sie hat eigentlich nicht das Gefühl, dass es gelingt.

„Von wem?", hört sie sich fragen. Doch ihre Stimme klingt wie aus einer anderen Welt.

„Von Maribel. Sagen Sie …" Der Ton der Ärztin wird vertraulich. Als ob sie ein Geheimnis teilten. „Ist das Ihre Tante?"

„Ich habe keine Tante", sagt sie und bereut es im selben Augenblick.

„Seltsam", befindet die Ärztin. „Es sind nämlich meistens die Kindheitserinnerungen, die noch am längsten zugänglich sind. Und anhand ihrer Schilderungen habe ich angenommen, dass Ihre Mutter und Maribel etwa im selben Alter sein müssen …"

Am Ende ihres Satzes schwebt ein unüberhörbares Fragezeichen.

Maribel, wiederholt etwas tief in ihr.

Maribel.

MARIBEL.

Sie ist ganz sicher, dass sie den Namen nie zuvor gehört hat. Ein Umstand, der ihre Wut und Hilflosigkeit noch verstärkt.

„Aber Ihre Mutter hat schon am Meer gelebt als Kind, oder?" Die Ärztin lässt, verdammt noch mal, nicht locker. Und als fürchte sie neuerliche Einwände, setzt sie eilig hinzu: „Die Erinnerungen in Bezug auf diese Zeit wirken auf mich absolut authentisch." Lachen. „Sie beschreibt uns sogar noch die Kerben im Rand ihres Bootes."

Ein Boot? Das Meer? Sie zuckt. Und wieder ist ihr plötzlich, als schmecke sie Salz auf den Lippen. Automatisch schließt sie die Augen. Aber die Bilder verschwinden nicht. Eine leichte Brise aus Nordwest. Silbrig glitzernde Wellen. Ein Drache mit blauen Augen.

Von einer Sekunde zur anderen sind ihre Hände nass von Schweiß.

„Sein Name war Troy, nicht wahr?", zwängt sich in diesem Moment wieder die Stimme der Ärztin in ihr Bewusstsein.

Ihr Herzschlag setzt aus. Zumindest kommt es ihr so vor. „Was?"

„Das Boot", wiederholt ihre Gesprächspartnerin mit wachsender Ungeduld. Offenbar hat sie allmählich genug von dieser aus ihrer Sicht so unergiebigen Unterhaltung. „Wir haben da eine Kunsttherapeutin. Sie kommt zweimal die Woche. Ihre Mutter hat, soweit wir das beurteilen können, immer viel Spaß dabei."

Du musst etwas sagen, hämmert es in ihrem Kopf. Aber sie kann nicht. Stattdessen starrt sie ihre Füße an. Vor ihrem inneren Auge blitzt ein Klumpen Ton auf. Eine Arbeitsplatte. Ein unförmiger Bootsrumpf. Ein ausgefranstes Stück Stoff als Segel. TROY steht dort, in ungelenker Kinderschrift auf den weißen Stoff gekritzelt. Daneben prangt ein rotglühender Drache. Er hat Salz auf den Lippen.

„Hallo?", scheppert es aus dem Lautsprecher ihres Smartphones. „Sind Sie noch dran?"

„Tut mir leid", flüstert sie. „Ich kann nicht länger reden."

„Aber ..."

„Ich melde mich."

1

Frankfurt, Wohnung von Lorna Hoogstraat

„Wir haben einen Treffer in der Datenbank."

Trotz der kurzen Nacht, die hinter ihr lag, war Hel augenblicklich hellwach. Sie nahm das Smartphone vom Ohr und schaltete den Lautsprecher ein, damit Leo und Paul mithören konnten. „Ein Datenbanktreffer?", wiederholte sie, um die beiden ins Bild zu setzen. „Zu dem Jungen mit dem Bombenpäckchen?"

„Nein." Max Collins Stimme verriet genau, was er dachte: *Du dämliche Kuh mit deinen fixen Ideen!* „Es geht um die Projektile, die wir gestern sichergestellt haben." Pauls Augenbrauen schossen hoch. „Wie Sie bereits wissen, hat der Schütze seine Munition offenbar selbst hergestellt", fuhr Collin fort. „Ich erspare Ihnen die Details, aber laut unseren Experten weisen die Projektile eine Reihe von spezifischen Charakteristika auf, die wir routinemäßig mit unseren Datenbanken abgeglichen haben." Er unterbrach sich und aus dem Lautsprecher drang das Rascheln von Papier. „Exakt die gleiche Munition ist in den vergangenen Jahren bereits mehrfach aufgetaucht. Unter anderem im Zusammenhang mit zwei Mordfällen."

Also doch ein Profkiller! Hel tauschte einen Blick mit Leo.

„Einer dieser Morde ereignete sich vor knapp zwei Jahren in der Nähe von Hamburg", setzte Collin unterdessen seinen Bericht fort. „Das Opfer war ein Rechtsanwalt mit Verbindungen ins Rotlichtmilieu. Die zweite Tat liegt noch ein Jahr länger zurück. In diesem Fall war das Opfer ein international bekannter Waffenschieber mit afghanischen Wurzeln. Die Leiche wurde von einem Jäger mehr oder weniger durch Zufall in einem Sumpfgebiet in der Nähe von Münster entdeckt. Der Täter konnte bislang nicht ermittelt werden, aber aufgrund der Umstände sind die ermittelnden Kollegen in beiden Fällen von einem Auftragsmord ausgegangen."

„Dann müssen wir wohl leider annehmen, dass es auch im Fall von Frau Hoogstraat einen entsprechenden Auftrag gegeben hat", schloss Hel.

Paul und Leo nickten einträchtig vor sich hin.

Und auch Max Collin gab ein zustimmendes Brummen von sich. „So viel zu Ihrer Info", setzte er förmlich hinzu. „Sobald wir mehr wissen, melden wir uns."

„Und der Junge?", fragte Hel, bevor er auflegen konnte.

Collin quittierte die Frage mit einem entnervten Stöhnen. „Die Kollegen von der Jugendkriminalität wollen sich mal umhören."

Das heißt im Klartext, dass sie bislang nicht das Geringste unternommen haben, um den Jungen zu finden, resümierte Hel mit einer Mischung aus Wut und Hilflosigkeit.

Ihr Gesprächspartner schien ihren Unmut zu spüren und reagierte sofort: „Ich muss Schluss machen", verkündete er und legte auf, bevor sie noch etwas sagen konnte.

„Ignorant", schimpfte Hel.

„Es gibt professionelle Kopfgeldjäger, die selbst hergestellte Munition als eine Art Signatur benutzen", bemerkte Paul, dessen Gedanken bereits wieder um den unbekannten Schützen kreisten. „Um ihre Täterschaft zu belegen und damit auch ihren Anspruch auf das Kopfgeld anzumelden."

„In einschlägigen Darknet-Foren kann man Mordaufträge regelrecht ausschreiben", pflichtete Leo ihm bei. „Der Auftraggeber bietet eine Summe x für den Tod einer bestimmten Person – und wer immer sich berufen fühlt, kann sein Glück versuchen. Gezahlt wird in Bitcoin – und die Seitenbetreiber sitzen in aller Regel irgendwo in Übersee."

Paul trat zu ihm. „Können Sie rauskriegen, ob Lornas Name oder Foto auf einem dieser Marktplätze aufgetaucht ist?"

„Das habe ich bereits überprüft", brummte Leo.

„Und?"

„Ich habe nichts finden können."

Paul runzelte die Stirn. „Und das bedeutet …?"

„Vermutlich nichts anderes, als dass sich die Beteiligten auf Seiten bewegt haben, die ich nicht oder noch nicht kenne. Aber …"

Er tastete blind nach seiner Cola-Dose. „Es gibt da vielleicht noch einen anderen Punkt, an dem man ansetzen könnte."

„Der da wäre?", fragte Paul.

Doch anstelle einer Antwort brummte Leo nur: „Gebt mir ein paar Minuten."

Was tut er da?, fragten Pauls Augen, während Leos Spinnenfinger in atemberaubender Geschwindigkeit über die Tasten huschten.

Einfach machen lassen, winkte Hel ab und trat auf den Flur, wo Lorna gerade ein Kamerateam von n-tv in ihr Büro führte. Sie trug an diesem Morgen einen knallroten Hosenanzug und Hel musste automatisch daran denken, dass Sportler in roten Trikots angeblich deutlich häufiger siegten als in anderen Farben … Für einen kurzen Moment begegneten sich ihre Blicke. Dann schloss Lorna die Tür hinter sich.

„Die Organisatoren des Parteitages haben ihr angeboten, auf eine persönliche Teilnahme zu verzichten und stattdessen via Liveschalte dabei zu sein", erklärte Vicky Dorn, die unbemerkt hinter Hel getreten war. „Lornas Chancen, gewählt zu werden, stehen so oder so glänzend. Aber sie besteht darauf, übermorgen persönlich vor den Delegierten aufzutreten."

„Alles andere würde man ihr vermutlich als Schwäche auslegen", gab Hel zu bedenken.

„Ja, ich weiß." Lornas Assistentin schlang fröstelnd die Arme um den Körper. „Aber ich habe trotzdem kein gutes Gefühl bei der Sache."

Die Formulierung erinnerte Hel unsanft an ihr Gespräch mit Erin und einmal mehr fragte sie sich, warum ihre eigenen Gefühle in Bezug auf Lorna so ungewohnt sachlich daherkamen …

„Verzeihen Sie", sagte Vicky, die ihr Schweigen missdeutet hatte. „Ich wollte Ihre Arbeit und Kompetenz in keiner Weise infrage stellen. Es ist nur … Ich wünschte, Lorna würde ein paar Tage zu Hause bleiben, bis sich die Wogen geglättet haben. Aber sie denkt gar nicht daran." Sie stieß einen resignierten Seufzer aus. „Ich glaube, sie fürchtet sich eher vor der Stille als davor, in die Luft gejagt zu werden."

Hel sah sie an. „Sie werden lachen, aber das kann ich verstehen." Vicky warf ihr einen fragenden Blick zu. „Stille mag für manche Menschen beruhigend sein", erklärte Hel. „Aber ich bin auf einer Insel aufgewachsen. Und da haben Sie so viel Stille, dass sie Ihnen im wahrsten Sinne des Wortes aus den Ohren rauskommt."

„Oh." Vicky sah überrascht aus. Doch bevor sie weitere Fragen stellen konnte, öffnete sich die Tür in Hels Rücken und Leo streckte den Kopf heraus.

„Könntest du mal kurz kommen?", bat er. Und nachdem Hel die Tür hinter sich geschlossen hatte, setzte er hinzu: „Ich glaube, ich habe da was."

Hel trat zu Paul, der bereits vor dem XXL-Monitor stand und ungeduldig auf den Zehenspitzen wippte.

„Wir kennen die Waffe, die Munition und dank eurer Beschreibung auch das ungefähre Alter des Schützen", referierte Leo, während Fotos und Datensätze über den Bildschirm rauschten. „Den Aussagen des Hotelpersonals zufolge spricht unser Mann akzentfrei Deutsch. Er ist knapp über eins achtzig groß. Und wir sind uns auch einig, dass er aller Wahrscheinlichkeit nach eine einschlägige militärische oder paramilitärische Ausbildung durchlaufen hat, richtig?"

„Unbedingt", nickte Paul.

„Falls er also Deutscher ist und regulär ausgebildet wurde, landen wir automatisch beim KSK oder vergleichbaren militärischen oder polizeilichen Spezialeinheiten", fuhr Leo fort. „Aber vor dem Hintergrund, dass unser Mann offenbar schon seit mindestens drei Jahren als Auftragskiller tätig ist, müssen wir davon ausgehen, dass er bereits vor längerer Zeit aus dem regulären Dienst entlassen wurde oder gekündigt hat. Und aufgrund der Gesamtumstände ist anzunehmen, dass sich in der Akte des betreffenden Soldaten zudem bestimmte Parameter finden, die ihn von seinen Kameraden abheben." Leo sah hoch. „Das heißt, wir suchen einen Mann, der entweder bereits in den psychologischen Zugangstests durch abweichende Ergebnisse aufgefallen ist oder bei dem sich in den Berichten seiner Ausbilder – trotz ansonsten guter Leistungen –Vorbehalte hinsichtlich seiner charakterlichen Eignung häufen. Wahrscheinlich sogar beides. Und nimmt man das alles zusammen …" Er drückte schwungvoll auf die ENTER-Taste. „… stößt man auf diesen Mann hier!"

Auf dem Monitor erschien die Kopie eines Personalausweises. Das biometrische Passfoto zeigte ein kantiges Gesicht mit tiefliegenden, verhältnismäßig engstehenden Augen und erstaunlich vollen Lippen.

„Maik Duval", kommentierte Leo. „Militärische Grundausbildung. Fallschirmjäger. Drei Jahre Afghanistan. Verschiedene Auszeichnungen. Danach Ausbildung beim Kommando Spezialkräfte. Bester seines Jahrgangs. Zwei weitere Jahre Mali. Danach Söldner im Kongo."

„Das ist er", rief Hel. „Das ist unser Schütze!"

Leo nickte. „Die Sache hat nur einen Haken …"

„Nämlich?"

„Maik Duval ist tot."

„Ist er nicht", protestierte Hel.

Und auch Paul schüttelte umgehend den Kopf. „Das ist ohne jeden Zweifel der Mann, den wir gestern Mittag in der U-Bahn gesehen haben."

„Laut Akte kam Duval vor etwas mehr als drei Jahren bei einem Selbstmordanschlag kongolesischer Rebellen vierzig Kilometer südöstlich von Kananga ums Leben", beharrte Leo.

Hel trat neben ihn. „Zeig uns mal die Details!"

Ihr Freund klickte sich durch eine Reihe von Dokumenten, von denen Hel meist noch nicht einmal die Überschriften wahrnahm.

„Anscheinend hat es keine offizielle Untersuchung des Anschlags gegeben", resümierte er stirnrunzelnd. „Aber die beiden Söldner, die mit Duval starben, hatten sich kurz vor dem angeblichen Attentat über ihn beschwert, weil seine Persönlichkeitsstruktur ein – ich zitiere – ‚unkalkulierbares Risiko' darstelle. Die endgültige Entscheidung über Duvals Verbleib in seiner Einheit stand zum Zeitpunkt des Anschlages zwar noch aus, aber der Kommandeur hatte bereits ein entsprechendes Prüfverfahren in die Wege geleitet."

„Wie praktisch.“ Pauls Rotschopf leuchtete im Licht der Neonröhren. „Als es für Duval brenzlig wurde, hat er seine Kameraden umgebracht und ist untergetaucht.“

Hel sah wieder das Foto auf dem Bildschirm an. „Und seither arbeitet er als Kopfgeldjäger?“

„Irgendwie muss er ja schließlich Geld verdienen“, entgegnete Paul trocken. „Und von den zeitlichen Abläufen her würde es ebenfalls passen.“

„Stimmt“, pflichtete Leo ihm bei. „Drei Monate nach Duvals angeblichem Tod wurde die Leiche dieses Waffenschiebers aus dem Moor gezogen.“

Hel legte ihm die Hand auf die knochige Schulter. „Wir brauchen alle verfügbaren Informationen über Duval und sein früheres Leben“, sagte sie. „Ehemalige Kameraden, Ex-Freundinnen, Verwandte – alles, das uns einen Hinweis darauf liefern könnte, wo er sich versteckt.“

„Passt“, nickte Leo. „Aber eine Sache kann ich jetzt schon konstatieren: Er kennt sich rund um Frankfurt bestens aus.“

„Wieso?“

Sein Cursor markierte eine Angabe in Maik Duvals Personalakte. „Weil er hier aufgewachsen ist.“

2

Frankfurt, Wohnung von Lorna Hoogstraat

„Herr Syroth?“

„Ja.“

„Helena Steen von der PSI.“

Das Schweigen, das diesen Worten folgte, verriet Hel, dass ihr Gesprächspartner sehr wohl mitbekommen hatte, dass sie ihn zu sprechen wünschte. Was im Angesicht von fünf E-Mails und elf verpassten Anrufen auf seinem Handy in den vergangenen zwölf Stunden nicht weiter verwunderlich war.

„Haben Sie das Foto bekommen, das ich Ihnen geschickt habe?“, fragte sie trotzdem.

„Ja.“

„Ich will Sie auch gar nicht lange aufhalten“, schob Hel eilig hinterher. „Ich wollte mich nur vergewissern, dass Sie überhaupt noch nach dem Jungen suchen.“

„Womit?“, kläffte Syroths näseliger Bariton zurück. „Das Foto ist Schrott.“

„Was das Gesicht angeht, gebe ich Ihnen recht.“ Dieses Mal war Hel entschlossen, seinen Widerstand durch konsequente Freundlichkeit zu brechen. „Aber das T-Shirt des Jungen ist gut zu erkennen und – wie Sie meiner Mail entnehmen können – auch vergleichsweise selten. Daher dachte ich …“

„Was, um Himmels willen, versprechen Sie sich davon?“, unterbrach sie der Beamte von der Abteilung Jugendkriminalität.

„Wovon?“

„Nummer Vierzehn zu finden.“ Ein konstantes Rauschen im Hintergrund ließ vermuten, dass Syroth in einem Auto saß, während sie telefonierten. „Wie ich höre, haben Sie den Schützen doch inzwischen identifiziert.“

„Das ist richtig“, sagte Hel. „Aber …“

„Na, also“, fiel Syroth ihr ein weiteres Mal ins Wort. „Was wollen Sie dann noch von dem Jungen?“

Nichts, hielt Hel ihm stumm entgegen. Ich will ihn einfach nur retten. Laut sagte sie: „Es gibt in diesem Zusammenhang noch einen anderen Ansatz, den wir verfolgen. Darum noch einmal die Frage: Suchen Sie nach dem Jungen?“

„Meine Leute haben sich umgehört.“

Also nein …

„Leider hat sich bislang nichts ergeben. Aber wir bleiben dran.“

Elende Ignoranten! Hel lehnte die Stirn gegen den Türrahmen. „Was ist mit Kevin Darcy?“

„Für Mord sind wir nicht zuständig.“

„Ich weiß.“ Sie winkte Ashrav Rouhani, der soeben aus Lornas Büro trat und geschäftig den Flur hinuntereilte. „Über die Tat selbst habe ich schon mit Bernhard Faller gesprochen. Aber ich möchte auch etwas über die Lebensumstände von Kevin erfahren. Und was das angeht, sagte man mir, seien Sie der richtige Ansprechpartner.“

Ihre Schmeichelei prallte an Syroths Arroganz ab wie ein unvorsichtiger Vogel an einer Glasfront. „Was hat Kevin Darcy damit zu tun?“

Exakt dasselbe hat mich dein Kollege Collin auch schon gefragt, dachte Hel. Wie wär’s, wenn ihr Jungs euch mal was Neues ausdenkt?! „Vielleicht nichts“, entgegnete sie. „Aber wir müssen jeder Spur nachgehen.“

Wieder Schweigen.

„Können Sie mir etwas über Kevin erzählen?“

„Da gibt’s nicht viel zu erzählen. Er war ein Junkie.“

„Das habe ich mitbekommen“, platzte es aus Hel heraus. Aber ihr war bewusst, dass es äußerst unklug war, ihm mit Sarkasmus zu kommen. Also schaltete sie hastig wieder um auf „beflissener Frischling“: „Allerdings würde ich gern noch ein bisschen mehr über ihn erfahren.“

„Zum Beispiel …?“

„Mit wem er befreundet war.“

„Jungen wie Kevin Darcy haben keine Freunde“, erwiderte Syroth. „Die kümmern sich nur um sich selbst.“

„Trotzdem leben sie aber doch nicht im luftleeren Raum, oder?“

„Ich sag’s Ihnen jetzt zum letzten Mal“, stöhnte der Beamte von der Jugendkriminalität. „Ich habe keinen blassen Schimmer, wer Ihr Basketballjunge ist oder wo Sie ihn finden können. Und was Kevin angeht: Wenn Sie was über seine Kontakte wissen wollen, dann wenden Sie sich am besten an seinen Dealer.“ Sein Lachen klang uralt. „Oder an die irre Tilda. Die campiert auch regelmäßig da unten am Untermainkai. Vielleicht hat sie gesehen, mit wem Kevin in der Zeit vor seinem Tod abgehangen hat. Was allerdings nicht heißt, dass sie’s Ihnen auch erzählt“, fügte er gehässig hinzu.

Trotzdem nahm Hels Spürsinn augenblicklich Witterung auf. „Die irre Tilda? Wer ist das?“

„Anfang zwanzig, knapp über eins sechzig, kurzes Haar.“ Syroth hatte genug von diesem Gespräch, das war nicht zu überhören. „Aber ich warne Sie: Die Kleine ist nicht ganz dicht. Redet Unsinn, führt Selbstgespräche. Und wenn sie richtig gut drauf ist, schlägt sie sich an der nächstbesten Mauer den Kopf blutig."

„Nimmt sie Drogen?"

„Na klar." Ihr Gesprächspartner räusperte sich. „Ach so, ja ... und sie hat immer einen von diesen Fahrradhängern dabei. Sie wissen schon, so ein Ding, in dem man Hunde oder Kleinkinder spazieren fährt. Allerdings sind bei Tilda, soweit ich weiß, nur Ratten und Läuse drin."

Hel nickte die Wand an. „Das hilft mir sehr. Vielen Dank für die Auskunft."

„Kein Problem", erwiderte Syroth genauso unfreundlich wie zuvor. „Aber glauben Sie mir: Sie verschwenden Ihre Zeit!"

3

Frankfurt, Dreesenstraße

„Tibor!"

Tibor Hanff erstarrte. Er hatte lange mit sich gerungen, ob er es riskieren konnte, sich noch einmal in diese Gegend zu wagen. Aber es gab da etwas, das er holen musste, bevor er sich endgültig vom Acker machte. Also hatte er entschieden, das Risiko einzugehen. Er hatte sich neue Kleider besorgt und die geklaute Sweatjacke mit Lumpen aus dem Altkleidercontainer ausgestopft, um fülliger – und hoffentlich auch älter – zu wirken. Außerdem hatte er sich die Kapuze tief ins Gesicht gezogen. Doch leider war er offenbar trotzdem problemlos zu erkennen ...

„He, Mann, wo warst du denn?" Olegs Arme legten sich um seinen Hals wie ein Bleigewicht. „Wieso warst du nicht in der Gruppenstunde? Hast du schon gehört? Kevin ist tot."

Der letzte Satz stach aus der Fragenkanonade seines Zimmergenossen heraus wie ein Dolch, und automatisch hob Tibor schützend die Arme vor den Körper. „Was?"

„Kevin.“ Oleg blinzelte durch den dichten Kranz seiner Wimpern, um die ihn jedes Mädchen im Heim beneidete. „Er ist tot.“

„Wie … tot? Überdosis?“

„Nein. Irgend so ein kranker Typ hat ihn erschossen.“ Olegs wasserblaue Augen füllten sich mit Tränen. Er behauptete, zwölf zu sein. Aber Tibor hegte den Verdacht, dass er wesentlich jünger war. Auch wenn er zweifellos schon eine Menge erlebt hatte. „Am Main unten. Wo er immer schläft.“

Tibor hatte das Gefühl, dass sein Herzschlag aussetzte. Das alles konnte unmöglich nur ein blöder Zufall sein! Kevin und er hatten im Park zusammengesessen, kurz bevor ...

„Keine Ahnung, wo der da wieder reingeraten ist“, sprudelte Oleg derweil weiter. „Aber der Typ, der's getan hat, muss total irre sein. Scheiße, Mann, ich hab nach dir gesucht, seit ich's gehört habe. Und als ich dich nicht finden konnte, da dachte ich schon …“ Er zog die Nase hoch und als das nichts half, wischte er sich mit dem Ärmel quer durchs Gesicht. „Ich dachte echt, dass du …“

„Ich muss weiter“, sagte Tibor und rupfte entschlossen Olegs Arme von seinem Hals.

„Ich komm mit.“

„Nein!“

„Aber …“

Tibor fuhr herum. „Ich habe Nein gesagt!“ Wut und Verzweiflung ließen seine Stimme ungewohnt schrill klingen. So schrill, dass er vor sich selbst erschrak. Und auch Oleg machte einen erschrockenen Schritt rückwärts. „Geh zu Ilona und frag, ob sie dich wieder aufnehmen“, hörte Tibor sich sagen. Aber es kam ihm vor, als ob er einen Film guckte. Einen Film, in dem er selbst eine der Hauptrollen spielte. „Und hör auf, nach mir zu suchen, klar?“

„Aber ich will nicht zurück ins Heim“, heulte Oleg. „Ich gehe mit dir. Wir könnten uns eine Weile verstecken, wenn du Schiss vor diesem Psycho hast. Ich weiß einen guten Platz. Da findet uns niemand. Und wenn …“

Tibors Ohrfeige traf ihn so unvorbereitet, dass er rücklings auf die Straße fiel. Dort blieb er kreidebleich und japsend liegen, während sich die Tränen schlagartig wieder in die Tiefen seiner Augen zurückzogen.

Auf der gegenüberliegenden Straßenseite ging eine Frau mit Kinderwagen. Tibor hatte sie bereits von Weitem registriert und mit Erleichterung festgestellt, dass sie nur Augen für ihr Handy hatte. Aber jetzt blickte sie doch herüber …

„Du bringst uns noch beide um", zischte er, während er seinen Freund unsanft wieder auf die Füße zog.

Oleg wehrte sich nach Kräften. Aber wenigstens wirkten sie jetzt wieder wie zwei Jungs, die sich wegen irgendeiner blöden Kleinigkeit in den Haaren hatten.

„Halt bloß die Klappe", raunte Tibor und grub seine Daumen fest in Olegs Oberarme, während er aus den Augenwinkeln zusah, wie die junge Mutter mit sich kämpfte. Sollte sie nicht vielleicht doch eingreifen? Immerhin war er fast einen Kopf größer als der zierliche Oleg und obendrein ausgestopft wie eine Weihnachtsgans. Das weckte Beschützerinstinkte. Doch schlussendlich siegte die Bequemlichkeit der Frau über ihr Mitleid und sie ging kopfschüttelnd ihres Weges.

„Hör gut zu", flüsterte Tibor, indem er seinen Freund in den Schatten einer nahen Toreinfahrt zog. „Du gehst jetzt auf der Stelle zurück ins Heim und sagst Ilona, dass es dir leidtut und du ab sofort dortbleibst, klar? Und falls sie einen Platz in einer Pflegefamilie hat, nimmst du ihn ohne Murren an."

„Nein." Olegs Wasseraugen brannten. „Ich gehe nicht zurück zu irgendwem. Du weißt, was beim letzten Mal passiert ist."

Tibor schluckte. Er musste endlich lernen, sich nicht immer die Geschichten von den anderen anzuhören! Je mehr man wusste, desto eher hatte man Mitleid. Und Mitleid war etwas, das man sich auf der Straße nicht leisten konnte. Erst recht nicht, wenn man so tief in der Scheiße saß wie er …

„Du kommst schon klar", entgegnete er kühl und wandte sich zum Gehen ab.

Doch Oleg lief ihm nach und griff nach seiner Hand. „Du haust ab von hier, oder?"

„Wieso sollte ich?"

„Weil der Typ, der Kevin erschossen hat, vorher nach dir gefragt hat."

„Wer sagt das?"

„Tilda."

Mist! Tibor lehnte sich gegen die dreckige Mauer. Wie die meisten Straßenkinder war Kevin ein Gewohnheitstier gewesen und hatte seine Nächte fast immer an derselben Stelle verbracht. Hin und wieder hatte Tibor selbst dort geschlafen, und darum wusste er auch, dass die „irre Tilda", wie sie auf der Straße genannt wurde, ebenfalls regelmäßig ganz in der Nähe übernachtete. Durchaus denkbar also, dass Oleg die Wahrheit sagte, auch wenn er dazu neigte, sich wichtig zu machen.

„Hör zu", sagte er, doch seine Stimme wollte ihm kaum gehorchen. „Ich werde eine Weile aus der Stadt verschwinden. Und falls dich jemand fragt, sagst du, dass du mich seit einer Woche nicht gesehen hast, verstanden?"

Oleg starrte auf das schmutzige Kopfsteinpflaster hinunter und Tibor konnte sehen, wie es hinter seiner Stirn arbeitete.

„Ob du mich verstanden hast?"

„Aber wenn du abhaust … Was wird dann aus deinem Kästchen?"

Verdammt, verdammt, verdammt!

„Welches Kästchen?", fragte Tibor so unschuldig wie irgend möglich, während sich Oleg vor seinen Augen von einem bemitleidenswerten kleinen Jungen in einen abgebrühten Erpresser verwandelte.

„Ich weiß, wo du's versteckt hast."

„Woher?"

Die Frage war so überflüssig, dass sie es nicht einmal bis in Olegs Bewusstsein schaffte. „Ich könnte es für dich holen", erbot er sich stattdessen. „Aber nur, wenn du mir versprichst, dass du mich mitnimmst."

„Aber ich weiß doch noch gar nicht, wo ich hingehe", log Tibor.

Ein kurzer, prüfender Blick. „Doch. Weißt du."

Tibor drehte sich weg, während Angst und Verlockung in ihm einen heftigen Kampf ausfochten. Ihm war absolut klar gewesen, dass es riskant war, sein Kästchen zu holen. Aber so riskant? Wenn Kevin wirklich tot war und Tilda die Wahrheit sagte … „Okay", sagte er. „Du gehst. Aber pass auf, dass dich niemand sieht!"

4

Frankfurt, Untermainkai

„Sind Sie Tilda Stracke?"

Die unförmige Gestalt im Schatten des Glascontainers zuckte. „Wieso?"

„Weil ich mit ihr sprechen möchte."

Die Augen der jungen Frau waren dunkel und verschwanden fast völlig hinter ihren verquollenen Lidern. Im Stillen tippte Hel auf drogenbedingte Ödeme, denn ansonsten war Tilda Stracke eher schlank gebaut, auch wenn sie offensichtlich alles tat, um die tatsächlichen Proportionen ihres Körpers hinter mehreren dicken Kleidungsschichten verschwinden zu lassen.

„Sorry, aber ich hab keine Ahnung, wo die steckt." Sie wandte den Blick ab.

Doch Hel rührte sich nicht von der Stelle. „Man hat mir gesagt, dass ich sie hier finden kann."

„Tja …" Die junge Frau schob den Kopf vor wie eine Schildkröte. „Dann war das wohl eine Fehlinformation."

„Das glaube ich nicht", sagte Hel und nahm in aller Seelenruhe auf dem mit Glasscherben und Metallverschlüssen übersäten Boden Platz.

„He!", protestierte ihre Gesprächspartnerin. „Was soll'n das werden?"

Hel schenkte ihr ein strahlendes Lächeln. „Nichts Bestimmtes. Wir beide plaudern nur ein bisschen."

Die junge Frau sah sie an, als habe sie den Verstand verloren. „Worüber?"

„Na, über Ihre Freundin. Tilda."

„Sie ist nicht meine Freundin."

„Wie auch immer", Hel streckte gemütlich die Beine von sich. „Erzählen Sie mir ein bisschen was über sie!"

„Im Leben nicht", fauchte ihre Gesprächspartnerin und rappelte sich mühsam hoch. Doch angesichts des vollgepackten Fahrradhängers, der hinter dem grünen Glascontainer hervorlugte, war nicht zu befürchten, dass sie sich allzu weit entfernen würde. Außerdem hatte Hel sehr wohl bemerkt, dass ihre Fingerspitzen zitterten und dass sie in regelmäßigen Abständen zur Böschung oberhalb des Uferweges blickte. Vermutlich erwartete sie Besuch von ihrem Dealer.

Tatsächlich humpelte Tilda Stracke nur ein paar unentschlossene Schritte weit in Richtung Fluss, bevor sie sich mit einer harschen Bewegung umdrehte und wütend zurückkehrte.

„Verschwinden Sie!"

Hel lehnte den Rücken gegen einen völlig verbeulten Altkleidercontainer der Deutschen Krebshilfe und verschränkte die Arme vor der Brust. „Ich denke nicht daran."

„Das hier ist mein Platz."

„Ach, ja?"

„Ja, verdammt. Und jetzt schieben Sie ab oder …"

Hel erwiderte ihren Blick. „Oder was?"

Das Bewusstsein ihrer Hilflosigkeit machte Tilda Stracke zunehmend aggressiv. „Fick dich!", zischte sie und wandte sich ab, während oben an der Böschung ein junger Mann auftauchte. Etwa eins achtzig. Helle Haare. Graues Sweatshirt.

Er kam zielstrebig auf die Container zu, doch als er sah, dass Tilda Stracke nicht allein war, stutzte er.

Hel hob grüßend die Hand.

„Sind Sie irre?", fauchte Tilda, während sich der Dealer eilig wieder hinter die nächste Ecke zurückzog.

„Keine Sorge", tröstete Hel. „Der kommt ganz sicher wieder, sobald ich weg bin."

Die verquollenen Lider der Frau verengten sich. „Sind Sie von der Polizei?"

„So was in der Richtung."
„Ich hab nichts gemacht."
„Ich habe auch nicht behauptet, dass Sie etwas gemacht haben."
„Was wollen Sie dann von mir?"
„Nur eine Information."
Tilda Stracke blickte sich wieder nach der Böschung um. Doch von ihrem Dealer war weit und breit nichts zu sehen. „Okay", stöhnte sie schicksalsergeben. „Was wollen Sie wissen?"
„Vorgestern Nacht wurde hier ganz in der Nähe ein Junge erschossen", begann Hel und sie konnte zuschauen, wie das Gesicht ihres Gegenübers an Farbe verlor. „Sein Name war Kevin Darcy."
„Und?"
Hel hütete sich, die Frage zu beantworten. Immerhin fischte sie hier ziemlich im Trüben. Da konnte sie es sich nicht leisten, das Gespräch unbedacht in eine falsche Richtung lenken. Stattdessen versuchte sie es mit einer unverfänglichen Gegenfrage: „Können Sie sich das nicht denken?"
„Kevin ist tot", fauchte Tilda. „Mehr hab ich dazu nicht zu sagen."
Oh doch, dachte Hel. Ich wette, das hast du!
„Laut rechtsmedizinischem Gutachten lag der Todeszeitpunkt zwischen 23:00 Uhr und 1:00 Uhr früh", erklärte sie, während Tilda Stracke alles tat, um ihr nicht in die Augen sehen zu müssen. „Um diese Tageszeit dürfte hier unten also nicht mehr allzu viel los gewesen sein. Und wenn jemand an dem fraglichen Abend hier bei den Containern gesessen hätte, dann hätte er oder sie vielleicht hören können …"
„Vergessen Sie's", fiel Tilda Stracke ihr mit solcher Vehemenz ins Wort, dass Hel umgehend davon überzeugt war, auf der richtigen Spur zu sein. „Ich bin vielleicht 'n Junkie. Aber ich bin ganz sicher nicht blöd!"
Davon bin ich überzeugt, dachte Hel und sie ertappte sich bei dem Gedanken, dass ihre Gesprächspartnerin vermutlich ein niedliches Kind gewesen war.
„Also sparen Sie sich Ihr hypothetisches Gequatsche und verschwinden Sie. Denn selbst wenn ich was gehört hätte – glauben

Sie im Ernst, ich riskiere mein Leben für irgend ’ne Scheiße, die mich nicht das Geringste angeht?“

Ihre Formulierung ließ Hel aufhorchen. „Und wen geht sie etwas an?“

„Ey“, fuhr Tilda auf, „ich hab nicht gesagt, dass …“

„Ich will nur einen Namen“, fiel Hel ihr hastig ins Wort. „Ein Name – und ich bin auf der Stelle weg und komme nie wieder.“

Die Aussicht war verlockend, daran bestand nicht der geringste Zweifel. Trotzdem lag nackte Angst in ihren dunklen Augen, als Tilda Stracke an Hel vorbei zur Böschung spähte. Ihre Fingernägel waren verfärbt vom Nikotin, die Nagelhaut von blutigen Krusten überzogen. „Tibor“, sagte sie schließlich und ihre Stimme war so leise wie ein Windhauch. „Der Typ, der’s getan hat, hat nach Tibor gefragt.“

Hel spürte, wie eine Welle von Adrenalin durch ihre Adern flutete. „Hat dieser Tibor auch einen Nachnamen?“

„Kenn ich nich’“, winkte Tilda ab. „Aber er is’ noch ’n Kind.“ Sie überlegte. „Vielleicht elf oder zwölf.“

Das würde passen, frohlockte Hel und zog ihr Smartphone heraus. Sie öffnete das Foto mit dem Mannschaftsshirt der Brooklyn Nets in Dunkelblau mit der aufgedruckten Nummer vierzehn und hielt es Tilda Stracke unter die Nase.

„Ja“, nickte diese nach einem flüchtigen Blick auf das Display. „In dem hab ich Tibor schon gesehen.“

„Und haben Sie zufällig auch eine Idee, wo ich ihn finden könnte?“

„Im Leichenschauhaus vermutlich“, gab ihre Gesprächspartnerin zurück. „Oder im Heim. Sankt Barbara“, kam sie Hels unausgesprochener Frage zuvor und inzwischen zitterte ihr gesamter Körper wie Espenlaub. „In der Dreesenstraße. Und jetzt hauen Sie ab!“

Hel stand auf, klopfte sich ein paar verirrte Grashalme von der Hose und bedankte sich artig für die Auskunft. Doch Tilda Strackes Augen waren wie tot.

Auf dem Rückweg zum Auto rief Leo an und berichtete, dass er einen ehemaligen Kameraden von Maik Duval aufgetan habe. Dieser habe zusammen mit Duval in verschiedenen Auslandseinsätzen gedient und lebe seit einem knappen Jahr wieder in seiner Heimatstadt Frankfurt. Hel ließ sich die Adresse und ein paar zusätzliche Informationen über den Mann schicken.

Auf der Fahrt telefonierte sie mit Ilona Marthy, der Leiterin der Kinder- und Jugendhilfeeinrichtung St. Barbara. Zuerst zeigte sich die Sozialarbeiterin wenig auskunftsfreudig. Doch mit viel diplomatischem Geschick entlockte Hel ihr schließlich die Information, dass Tibor Hanff aus zerrütteten Verhältnissen stammte und bereits seit sieben Jahren in wechselnden Heimen und Jugendeinrichtungen untergebracht war, aus denen er inzwischen mehr oder weniger regelmäßig flüchtete. Zuletzt gesehen habe sie den Zwölfjährigen am vergangenen Montag, seither sei sein Bett im Heim unbenutzt. Und nein, sie wisse so gut wie nichts über seine Aktivitäten außerhalb der Einrichtung. Gut möglich, dass Tibor Freunde habe, bei denen er gelegentlich unterkomme. Oder Freier.

„Der Junge ist zwölf!", entfuhr es Hel.

„Zu uns kommen ausschließlich die schwierigen Fälle", erwiderte Ilona Marthy mit der Abgeklärtheit langer, ermüdender Berufsjahre. „Wir tun unser Möglichstes. Aber wir haben so gut wie keine Mittel, unsere Vorgaben durchzusetzen."

„Natürlich nicht", beeilte sich Hel, den unglücklichen Eindruck zu korrigieren, den ihre Bemerkung hinterlassen hatte. „Ich wollte Ihnen auf gar keinen Fall ein Versäumnis unterstellen."

Die Heimleiterin quittierte ihren Entschuldigungsversuch mit einem ungeduldigen „Was soll's!" und setzte nach kurzem Zögern hinzu: „Ich schreibe mir Ihre Nummer auf. Falls ich was höre, lasse ich es Sie wissen."

5

Frankfurt, Kinder- und Jugendeinrichtung St. Barbara

Der lange graue Flur roch genau wie immer – eine Mischung aus billigem Aftershave, Einsamkeit und Putzmitteln. Aber das Gefühl, dass er heute zum letzten Mal hier war, änderte alles. Oleg zog die schwere alte Holztür mit dem Glaseinsatz hinter sich zu und lauschte aufmerksam Richtung Treppenhaus.

„Geh in keines der Zimmer“, hatte Tibor ihm eingebläut. „Und komm bloß nicht auf die Idee, irgendwas sonst mitgehen zu lassen, hast du verstanden? Du holst einfach nur das Kästchen.“

Lautlos schlich er weiter, vorbei an einer langen Reihe von Garderobenhaken, an denen Reste von Sammelbildchen und Kaugummis klebten. Er kannte die Abläufe, die den Alltag in St. Barbara bestimmten, im Schlaf. Er wusste ganz genau, wann und wo man mit einem der Sozialarbeiter rechnen musste. Und wann nicht. Gleiches galt für die Putzfrau und den Hausmeister. Und jetzt war die beste Zeit des Tages, um ungesehen durch diesen Flur zu kommen.

Die Tür zu Ilona Marthys Büro stand offen und es brannte Licht. Aber Ilona war trotzdem nicht da. Donnerstags um diese Uhrzeit hatte sie ihr wöchentliches Briefing mit dem Sozialdienst. Oleg nickte in dem Bemühen, sich selbst Mut zu machen. Jetzt oder nie!

Aus dem Obergeschoss drang gedämpfte Musik zu ihm herab und am Schwarzen Brett hing der Essensplan für die kommenden drei Tage. Putenschnitzel mit Röstkartoffeln und Kohlrabi-Rahmgemüse, las Oleg im Vorbeigehen. Eines der wenigen Gerichte, die ihm schmeckten …

Die Tür zum Hof stand offen. Noch war es nicht so kalt, dass geheizt wurde. Und frische Luft war in einer Unterkunft wie dieser immer willkommen. Oleg presste sich dicht an die Wand und spähte vorsichtig um die Ecke. Dann huschte er im Schatten der Mauer auf die Büsche zu, die den sogenannten „Erlebnisgarten“ von dem traurigen Rest des Hofes trennten. Irgendeine ambitionierte Bürgerinitiative hatte vor zwei Jahren das Geld dafür zur Verfügung gestellt, und Ilona hatte den Beton aus dem hinteren Teil des Hofes entfernen und stattdessen Hochbeete anlegen lassen. Oswald, der Kunsttherapeut, hatte kleine Schilder aus Plastik mitgebracht, die sie bemalt und mit Pflanzennamen versehen hatten. Und dann hatten sie im Rahmen eines großen Grillfestes alle zusammen die Beete bepflanzt. Doch nur ein paar Nächte später waren ein paar von den älteren Kindern hingegangen und hatten sämtliche Pflanzen herausgerissen, die Schilder zerbrochen und die Erde überall im Hof verteilt. Und seither gab es im Erlebnisgarten von St. Barbara lediglich ein paar schlaffe Möhren und jede Menge Petersilie.

Olegs Schritte knirschten auf dem sandigen Boden, als er hinter einem der Hochbeete in die Hocke ging und eines der Bretter löste. Die Öffnung war nicht allzu groß, und als er vorsichtig die Hand hineinschob, fühlte er zunächst nichts als Spinnweben. Aber dann ertasteten seine Finger in der hintersten Ecke einen rechteckigen Gegenstand aus Metall. Oleg lächelte. Er hatte keine Ahnung, was Tibor in der rostigen alten Zigarrenschachtel aufbewahrte, aber er wusste, dass es ihm eine Menge bedeutete. Immerhin so viel, dass Tibor – der notorische Einzelgänger – eingewilligt hatte, ihn mit nach Berlin zu nehmen. Ein Bekannter von Tibor würde sie morgen Vormittag auflesen. Und dann würden sie fern von diesem trostlosen Ort ein neues Leben beginnen! Der Gedanke wärmte Oleg, während sich seine Finger fest um das Kästchen schlossen. Es war voller Spinnweben, als es herauskam, und einen flüchtigen Moment lang dachte Oleg daran, einen Blick zu riskieren. Aber er hatte Sorge, dass Tibor es merken und ihn wegschicken würde. Also widerstand er der Versuchung und ließ das Kästchen unter seinem Pullover verschwinden. Jetzt musste er nur noch ungesehen hier raus!

Sein Herz klopfte bis zum Hals, während er die Augen über die triste Rückfront des Heims wandern ließ. Das Licht auf den Fluren brannte Tag und Nacht. Doch hinter den meisten Fenstern war es dunkel. Es gab verschiedene „Maßnahmen“, an denen sie regelmäßig teilnehmen mussten. Gesprächsrunden, Einzelsitzungen, begleitete Stadtspaziergänge. Solche Dinge. Folglich war es nicht sehr wahrscheinlich, dass ihn jemand gesehen hatte. Aber wirklich sicher sein konnte er nicht.

Die Erfahrungen der letzten Jahre hatten ihn gelehrt, dass man nirgendwo ganz für sich war. Selbst an Orten, die auf den ersten Blick vollkommen sicher wirken, gibt es Augen, die dir folgen. Hände, die dich berühren. Menschen, die von dir Dinge verlangen, denen du nicht zugestimmt hast. Olegs Hände ballten sich zu Fäusten. Und auf einmal schien ihm die Aussicht, mit Tibor nach Berlin zu gehen, schon nicht mehr ganz so reizvoll wie im ersten Moment. Was, wenn es dort genauso war wie hier – mit dem einzigen Unterschied, dass er sich noch weniger zurechtfand? Vielleicht, dachte er, sind die Menschen ja tatsächlich überall auf der Welt so, wie sie sind.

Nachdenklich kehrte er in den grauen Flur zurück, der aussah, als ob er in den letzten Minuten länger geworden wäre. Irritiert blieb Oleg stehen. Irgendetwas stimmte nicht! Er hielt den Atem an und lauschte. War das nicht … ? Aber das konnte nicht sein! Donnerstags um diese Uhrzeit hatte Ilona ihr wöchentliches Briefing mit dem Sozialdienst. Und doch war es eindeutig ihre Stimme, die aus dem kleinen, verkramten Büro drang …

„Ich schreibe mir Ihre Nummer auf", hörte er sie sagen. Und: „Falls ich was höre, lasse ich es Sie wissen."

Dann ein Piepsen, als Ilona das abgegriffene Telefon auf die Basisstation zurückstellte. Und gleich darauf ihre Schritte, geschäftig wie immer.

Weg hier!

Auf das graue Linoleum fiel ihr Schatten, lange bevor Ilona selbst durch die geöffnete Tür trat. Und obwohl Oleg sich hastig hinter einem der Spinde an die Wand presste, verrieten ihre geschulten Instinkte ihr sofort, dass er da war. Ihr Kopf ruckte nach rechts, als ob irgendjemand an einem unsichtbaren Faden gezogen hätte.

„Oleg?"

Sein Blick schlängelte sich an ihr vorbei, den langen Gang hinunter. Aber die Tür mit dem Glaseinsatz, die ihn von der rettenden Straße trennte, schien mit einem Mal unendlich weit entfernt zu sein.

„Wo kommst du her?“

Er sah zu Boden.

„Wieso warst du heute früh nicht beim Frühstück?“

Während Ilonas Schritte mit unentrinnbarer Entschlossenheit auf ihn zukamen, überlegte Oleg, ob er wohl auch andauernd Fragen stellen und keine Antwort erwarten würde, wenn er erst erwachsen war. Er hoffte nicht.

„Was versteckst du da unter deinem Pulli?“

Er hob schützend die Arme vor den Körper. Aber Ilona hielt das Kästchen bereits in den Händen. „Wem gehört das?“

Ganz entfernt konnte Oleg die Frage noch hören, aber seine Gedanken drifteten weg. Das taten sie immer, wenn der Rest von ihm in Bedrängnis war. Und auch Ilona schien zu spüren, dass sie auf diese Weise nicht weiterkam.

„Komm mit in mein Büro“, sagte sie.

Er fühlte ihren Arm, der sich um seine Schultern legte. Seine Sneaker quietschten auf dem grauen Linoleum.

„Setz dich“, sagte Ilona. Schon der zweite Satz, der keine Frage war.

Oleg hob irritiert den Kopf.

„Setz dich“, wiederholte sie mit sanftem Nachdruck. „Und dann erzählst du mir in aller Ruhe, was los ist.“

6

Frankfurt, Siedlung *Sonnentor*

„Ich habe nie daran geglaubt, dass Maik tot ist.“ Daniel Behn wischte sich über die Stirn. Trotz des nasskalten Wetters und der Tatsache, dass er lediglich ein T-Shirt trug, schwitzte er wie ein Schwerathlet. „Der Kerl ist das reinste Stehaufmännchen.“

„Sie haben zusammen in Mali gedient?", fasste Hel noch einmal zusammen, was Leo ihr an Informationen über Maik Duvals ehemaligen Kameraden mit auf den Weg gegeben hatte. „Und vorher waren Sie gemeinsam beim KSK?"

„Das heißt nichts", brummte Behn.

Sie warf ihm einen fragenden Blick zu.

„Bei dieser Art von Ausbildung kämpft jeder für sich."

„Trotzdem haben Sie aber doch im selben Team gespielt ..."

„Falls man das so nennen will."

Hel betrachtete seine muskulösen Unterarme. Behns Frau – eine zarte Blondine mit flaumigen Kinderwangen – hatte sie in den Garten geschickt, wo ihr Mann mit dem Aufbau eines Gewächshauses beschäftigt war. Er hatte ihr nicht die Hand gegeben und seine Arbeit auch nicht eine einzige Sekunde lang unterbrochen.

„Ihre Biografien weisen eine bemerkenswerte Reihe von Berührungspunkten auf", bemerkte sie beiläufig. „Angefangen bei einer unbeschwerten Kindheit im Frankfurter Süden."

Behn warf ihr einen raschen Seitenblick zu. „Hab ich mir nicht ausgesucht."

Womit wir wieder beim Thema Zufall wären, dachte Hel. „Waren Sie mit Maik Duval befreundet?"

„Der Kerl ist ein Psychopath."

„Das beantwortet nicht meine Frage", entgegnete Hel lächelnd.

„Doch", knurrte Behn. „Tut es."

„Aber Sie wussten, dass er für tot erklärt worden ist?"

„Irgendwer hat das mal erwähnt, ja."

„Was haben Sie gedacht, als Sie davon hörten?

Behn rammte einen der Querbalken in die vorbereitete Halterung. „Dass dieser Scheißkerl endlich eine Möglichkeit gefunden hat, unter dem Radar zu fliegen."

„Brauchte er die?"

Die Reaktion ihres Gesprächspartners beschränkte sich auf ein gleichgültiges Achselzucken.

„Wann hatten Maik und Sie zuletzt Kontakt?"

Er überlegte. „Das dürfte ungefähr sechs Jahre her sein, schätze ich. Maik verließ die Einheit und ging nach Deutschland zurück, während wir uns da unten ein weiteres Jahr den Arsch aufreißen lassen mussten."

Hel rupfte ein Blatt aus der Hecke neben sich. „Und aus welchem Grund schied er aus?"

Behn griff nach seiner Bohrmaschine. „Das müssen Sie seine Vorgesetzten fragen."

„Gab's Probleme?"

Er stieß ein verächtliches Schnauben aus. „Mit einem wie dem gibt's immer Probleme."

„Und hat er sich danach jemals wieder bei Ihnen gemeldet?", fragte Hel über den Lärm seiner Bohrmaschine hinweg.

„Nein."

Sie kniff die Augen zusammen. „Sie haben nie wieder von ihm gehört?"

„Wie ich bereits sagte: Nein."

Er lügt, dachte sie und blickte sich um. „Das ist ein wirklich schönes Haus, das Sie hier haben …"

Behn kehrte ihr den Rücken zu. „Hat früher meinen Schwiegereltern gehört. Aber dann wurden sie älter, und mit der Zeit ist ihnen das alles zu viel geworden. Also haben sie es uns überlassen."

Hels Augen blieben an dem Sandkasten im hinteren Teil des Gartens hängen. Dahinter standen ein geräumiges, bunt lackiertes Spielhaus und ein Trampolin. „Viel Platz für die Kinder."

Der Bohrlärm verstummte. „Was wollen Sie?"

„Dass Sie mir sagen, wie wir Maik Duval finden können."

„Gar nicht."

Hel betrachtete das Blatt, das sie noch immer zwischen den Fingern hielt. „Ich fürchte, das ist keine Option."

Behn stöhnte. „Was hat er angestellt?"

Nach kurzem Zögern entschied sich Hel für ein Teilgeständnis: „Unser Problem liegt eher darin, was er noch anstellen könnte."

„Ich hab keine Lust auf Ärger", versetzte Behn, aber zum ersten Mal, seit sie sprachen, hörte er auf zu arbeiten.

„Kann ich verstehen", sagte Hel.

Er vergrub die Hände in den Taschen seiner Arbeitshose und ging ziellos auf und ab. „Ich habe ein gutes Leben", sagte er fest. „Und

was früher war, hat für mich schon lange keine Bedeutung mehr."
„Ich bitte Sie doch lediglich um eine Auskunft."

„Haben Sie auch nur die geringste Ahnung, was einer wie Maik mit Leuten anstellt, die glauben, irgendwem über ihn Auskunft", er betonte das Wort bewusst abfällig, „erteilen zu können?"

Sie trat neben ihn. „Aber er würde nie erfahren, wer …"

„Glauben Sie mir: Er wüsste es, bevor Sie auch nur Piep gesagt hätten."

„Bitte", flehte Hel. „Wir müssen ihn unbedingt finden."

„Ich hab Ihnen doch schon gesagt, dass Sie ihn niemals erwischen", schnappte Behn. „Der Kerl ist ein verdammtes Phantom." Dann ließ er sie stehen und kehrte zu seinem halbfertigen Gewächshaus zurück.

Doch dieses Mal ließ Hel ihn nicht einfach gewähren: „Es wäre wirklich besser, wenn Sie kooperieren", sagte sie im selben freundlichen Ton wie zuvor. „Oder wollen Sie, dass die Kollegen vom Verfassungsschutz Ihnen einen Besuch abstatten?"

Behns sonnengegerbter Teint färbte sich eine Spur dunkler. „Worum, zum Teufel, geht es hier eigentlich?"

Hel hob abwehrend die Hände. „Ich brauche nur einen Hinweis, wo ich nach ihm suchen muss."

„Und wenn Sie ihn erwischen?" Behns Züge waren wie in Stein gemeißelt. „Haben Sie genug, um ihn festzunageln?"

„Mord, Mordversuch, Vorbereitung einer terroristischen Straftat", zählte Hel auf, doch ihr Gesprächspartner lachte nur.

„Terrorismus?", wiederholte er ungläubig.

„Ein Teil der Straftaten, die wir ihm zur Last legen, hat eine politische Komponente", wich Hel aus.

„Terroristen haben Ideale", knurrte Behn. „Und Maiks Ideale beschränken sich auf die Anzahl der Vorkommastellen in seinen Kontoauszügen."

Hel biss sich auf die Lippen. „Wie auch immer", sagte sie. „Er wandert für den Rest seines Lebens in den Knast."

Behn klatschte nach einer Mücke, die um seine schweißnasse Stirn kreiste, und sie konnte sehen, wie er mit sich rang. „Irgendwann, keine Ahnung bei welcher Gelegenheit, hat er mir mal von seinem Onkel erzählt", sagte er nach einer Weile. „Seine Mutter war nicht ganz dicht, glaube ich. Aber den Onkel mochte er."

Obwohl sie die Spannung kaum aushielt, wartete Hel geduldig darauf, dass er von sich aus weitersprach. Und das tat er. Nach einer Zeit, die ihr unendlich lang vorkam, sagte er: „Es war kein richtiger Onkel, deshalb werden Sie ihn auch nicht in den Akten finden. Aber sein Name klang irgendwie tschechisch. Marek oder Frantisek oder so ähnlich."

Hel hielt die Luft an. Eine Kontaktperson. Noch dazu eine, die man in keiner Akte fand. Das klang ganz nach dem Strohhalm, den sie so verzweifelt suchte!

„Er hatte eine Hütte im Taunus", ergänzte Behn nach kurzem Überlegen. „Nicht weit von hier. Maik hat gesagt, dass sie dort geangelt haben."

7

Waldstück nahe Andersbach im Taunus

Wenn sie nicht gewusst hätte, dass sie sich ganz in der Nähe einer Großstadt befanden, hätte sich Hel vermutlich irgendwo in der kanadischen Wildnis gewähnt: Um sie herum war nichts als tiefer, undurchdringlicher Wald. Hohe Stämme mit Wipfeln, die sich weit über die Straße wölbten. Dazwischen Unterholz, so dicht, dass man kaum ein paar Meter weit sehen konnte.

Paul lenkte den Jeep, den man ihnen zur Verfügung gestellt hatte, in einen schattigen Wirtschaftsweg und überprüfte routiniert das Magazin seiner Glock. Hel tat es ihm gleich. Dann stiegen sie aus.

„Wenn Sie wollen, kann ich Ihnen ein paar von meinen Leuten rausschicken", hatte Max Collin angeboten.

Und Paul hatte geantwortet: „Vielen Dank, aber wir sehen uns erst mal um."

Er kann Collin genauso wenig ausstehen wie ich, dachte Hel. Allerdings war sie inzwischen nicht mehr sicher, ob es nicht vielleicht doch klüger gewesen wäre, ein paar Männer mehr dabei zu haben. Dieser Wald hatte etwas Bedrohliches. Und im Gegensatz zu Maik Duval kannten sie sich in hier in der Gegend nicht aus. Andererseits konnten sie immer noch Verstärkung rufen, falls sich die Spur, der sie folgten, als lohnend erwies. Und falls nicht, blieb ihnen auf diese Weise wenigstens die Häme der Kollegen erspart.

Hel zog den Reißverschluss ihrer Jacke zu und folgte Paul Richtung Westen. Der Boden war aufgeweicht vom Regen der zurückliegenden Tage und verströmte die typischen Waldaromen nach feuchter Erde und moderndem Laub.

Die Hütte, die Leo aufgetan hatte, lag einen knappen Kilometer von hier an einem Weiher, der offiziell noch immer einem Angelverein gehörte. Doch das Gewässer wurde schon seit Jahren nicht mehr für die Fischzucht genutzt und war seither sich selbst überlassen. Das Gelände rund um den Weiher war laut Flurplan als Freizeitgrundstück ausgewiesen und von den Besitzern Anfang der Achtzigerjahre an einen tschechischen Republikflüchtling namens Mirek Tesarik verpachtet worden. Der war zwar schon seit fünfzehn Jahren tot, aber der Pachtvertrag war kurz vor seinem Tod noch einmal um fünfundzwanzig Jahre verlängert worden – und Tesarik hatte im Voraus bezahlt.

Falls unsere Informationen stimmen, dachte Hel, hat Duval hier das perfekte Versteck. Die nächste größere Straße war weit entfernt, das Gelände unwegsam und die wenigen Wanderwege, die die umliegenden Wälder erschlossen, sparten den Weiher – und damit auch Mirek Tesariks Hütte – weiträumig aus.

Auf der Herfahrt hatten sie beschlossen, das letzte Stück des Weges zu Fuß zurückzulegen, und die tiefe, beinahe unwirkliche Stille, die zwischen den Stämmen hing, schien sie in dieser Entscheidung zu bestätigen. Es würde auch so schon schwer genug werden, einen Mann von Maik Duvals Kaliber zu überraschen.

Hel linste unauffällig über ihre Schulter. Seit sie aus dem Auto gestiegen waren, hatte sie das beklemmende Gefühl, beobachtet zu werden. Und mit jedem Schritt, den sie sich der Hütte näherten, verstärkte sich dieser Eindruck.

Als ob die Bäume Augen hätten …

Sei nicht albern!, dachte sie und linste zu Paul, der sich ein paar Meter rechts mit geradezu spielerischer Leichtigkeit durch das Laub bewegte. Die Anspannung grub tiefe Furchen in sein Gesicht und Hel fragte sich, ob er wohl dasselbe fühlte wie sie: dass sie hier gerade sehenden Auges in eine Falle liefen. Automatisch scannten ihre Augen den weichen Waldboden. Keine Fallstricke. Keine Drähte. Keine Auffälligkeiten. Aber was hieß das schon? Es konnte Kameras geben, die sich irgendwo im Unterholz versteckten. Bewegungsmelder. Etwas, das Duval verriet, dass sie kamen …

Hel schluckte. Natürlich hatten sie Situationen wie diese trainiert: Aufklärung im Gelände. Aufklärung in bebauten Gebieten. Aufklärung im Inneren von Gebäuden. Häuserkampf. Zweikampf. Feuergefechte in allen Variationen. Die ganze Palette dessen, was einem in ihrem Job an Herausforderungen begegnen konnte. Doch das hier war die Realität. Und die war unter Garantie weit weniger leicht auszurechnen als die Übungen, die ihre Ausbilder sich üblicherweise ausdachten. Hel blieb stehen und starrte das Unterholz an, doch sie konnte beim besten Willen nichts Verdächtiges ausmachen.

„Alles klar?“, fragte Paul.

Hel nickte. Trotzdem wollte das ungute Gefühl einfach nicht weichen.

Das Gelände rund um Tesariks Hütte war früher einmal großräumig eingezäunt gewesen, und hier und da konnte man unter den dichten Brombeerhecken noch immer vereinzelte Pfosten und Schlingen von Maschendraht erahnen. Sie bewegten sich parallel zur Zufahrt. Oder besser: zu dem, was die Kräfte der Natur und jahrelange Vernachlässigung davon übrig gelassen hatten. Der Asphalt war brüchig, in den Rissen wucherten Brennnesseln. Und sogar vereinzelte Triebe junger Bäume schoben sich durch die kümmerlichen Teerreste dem Licht entgegen. Dann tauchte hinter der nächsten Biegung plötzlich ein rostiges Tor auf.

Es stand offen …

Paul deutete auf frische Reifenspuren im Laub und gab Hel zu verstehen, dass sie sich hinter ihm halten solle.

Sie hob den Daumen zum Zeichen, dass sie verstanden hatte, und spähte zwischen den dicht gedrängten Stämmen hindurch. Und tatsächlich: In einiger Entfernung entdeckte sie vor dem Dunkel des Waldes eine bemooste Holzhütte. Das Gebäude hatte ein gemauertes Fundament, doch das Dach bestand lediglich aus Wellblech und auch die Fensterscheiben waren nur Plexiglas. Im Laufe der Jahre schien der Wald immer näher an die Hütte herangerückt zu sein und mittlerweile sah es aus, als sei er finster entschlossen, sie ein für allemal zu verschlucken. Das perfekte Versteck, dachte Hel.

Hinter der Hütte führte ein Steg auf den Weiher hinaus. Allerdings machte er nicht den Eindruck, als ob man ihn noch gefahrlos betreten konnte. Und etwas zurückgesetzt, im Schatten einer mächtigen Eiche, befand sich ein mit Tarnnetzen überzogener Unterstand.

Hel kniff die Augen zusammen, aber erst mit einer gewissen Verzögerung registrierte sie, dass dort tatsächlich ein Auto parkte. Ein dunkelgrüner Subaru.

Bingo!, las sie von Pauls Lippen.

Ihre klammen Finger schlossen sich fester um den Griff ihrer Waffe. *Holen wir Verstärkung?*

Er schüttelte den Kopf und wies auf einen verwilderten Haselstrauch links von ihr. *Du gibst mir Feuerschutz, während ich mir das mal ansehe, okay?*

Sie nickte und glitt lautlos hinter die Hasel, während Paul weiterhuschte. Im Zickzack von Baumstamm zu Baumstamm. Doch er kam nicht weit.

„Deckung!“, schrie Hel, als sie hinter einer der Plexiglasscheiben eine flüchtige Reflexion wahrnahm.

Paul warf sich zu Boden. Nur Sekundenbruchteile später pfiff eine Kugel über ihn hinweg.

Hel hörte das Bersten von Holz, als sich das Projektil in einen der nahen Stämme bohrte. Ihr Puls raste, aber sie zögerte keine Sekunde, das Feuer zu erwidern. Und auch Paul hatte sich bereits wieder aufgerappelt und feuerte blindlings auf die Fassade der Hütte. Hel sah Splitter von Holz und Plastik wegspritzen. In den Baumkronen über ihren Köpfen flatterten Vögel auf.

War Duval allein?

Anzunehmen.

Eine weitere Kugel zischte durch die Zweige ihrer Hasel.

Dieser verdammte Mistkerl weiß ganz genau, wo ich bin, dachte Hel, indem sie sich noch dichter gegen den Stamm presste und mit der freien Hand nach dem Funkgerät an ihrem Gürtel tastete.

„Maar und Steen, PSI", keuchte sie, kaum dass die Zentrale ihren Ruf erwidert hatte. „Stehen unter Beschuss und benötigen dringend Unterstützung. Flurstück 39/2 nahe Andersbach im Taunus. Ich wiederhole: Bundespolizisten unter Beschuss!"

Wie zur Bestätigung pfiff eine knappe Handbreit neben ihr ein weiteres Projektil durch das dürre Hasellaub. Dann war es von einer Sekunde zur anderen wieder totenstill. Hel sah zu Paul, der bereits ein komplettes Magazin verschossen hatte und gerade dabei war, seine Waffe nachzuladen.

„Marco Schüller, SEK", schepperte in diesem Moment eine kratzige Stimme aus dem Lautsprecher ihres Funkgerätes. „Wir sind unterwegs zu Ihnen. Wie ist die Lage?"

„Stehen nach wie vor unter Beschuss", berichtete Hel und ihre Stimme klang erschreckend dünn in der Weite des Waldes. „Der Verdächtige ist Präzisionsschütze und verschanzt sich in einer Hütte."

„Verstanden", bestätigte ihr Gesprächspartner. „Bleiben Sie, wo Sie sind." Das Funkgerät knackte. Dann war es wieder still.

Selbst wenn sie schnell sind, brauchen sie mindestens fünfzehn Minuten hier raus, dachte Hel unbehaglich. Das ist viel zu lang!

Sie linste wieder zur Hütte. Ein leiser Windhauch kräuselte die Wasseroberfläche. Es sah aus, als ob der Weiher Gänsehaut hätte. Doch ansonsten tat sich nichts.

Ist er überhaupt noch da drin?, fragten Pauls Augen.

Hel hob die Hand zu einer zweifelnden Geste.

Er straffte die Schultern. *Na, das lässt sich ja rausfinden!*

Sie sah zu, wie ihr Kollege die Waffe hob und erneut mehrere Schüsse auf das Fenster abgab, hinter dem sie den ehemaligen

KSK-Soldaten vermuteten. Duval erwiderte das Feuer umgehend, allerdings hatte er sich offenbar ein Fenster weiter nach rechts bewegt, Richtung Tür.

Automatisch suchten Hels Augen wieder den Subaru. Die Entfernung zwischen Hütte und Auto betrug etwa vierzig Meter. Doch leider war von ihrem Standpunkt aus nicht zu erkennen, ob man den Unterstand auch von der Rückseite aus betreten konnte. Aber genau das musste Duval, wenn er zu seinem Wagen wollte, ohne von Pauls Dauerfeuer erwischt zu werden. Und der war bereits bis auf fünfzig Meter an den Unterstand heran.

Einer spontanen Eingebung folgend, blickte Hel in die entgegengesetzte Richtung und sah gerade noch, wie der Schatten ihrer Zielperson hinter einer Wand aus Maschendraht verschwand.

„Er ist da drüben!“, schrie sie und sprintete los.

Weit hinter sich hörte sie Pauls Flüche und das Rascheln seiner Schritte im Laub. Aber sie drehte sich nicht um. Bei einem Gegner wie Duval konnte schon ein winziger Moment der Unaufmerksamkeit über Leben und Tod entscheiden. Ganz abgesehen davon, dass sie auch so schon alle Mühe hatte, den Ex-Elitesoldaten im dichten Unterholz nicht aus den Augen zu verlieren. Gerade war seine dunkel gekleidete Gestalt wieder einmal in eine Senke getaucht. Und leider war das Gelände in diesem Bereich auch noch stark abschüssig …

Während sie den rutschigen Hang hinabstolperte, versuchte Hel, sich den Flurplan ins Gedächtnis zu rufen, den sie auf der Herfahrt studiert hatte. Soweit sie sich erinnerte, waren in dieser Richtung nur zwei Wirtschaftswege verzeichnet gewesen, die jedoch bereits nach wenigen Hundert Metern irgendwo im Nichts verliefen. Trotzdem war sie überzeugt, dass ein Mann wie Duval nicht planlos agierte. Ihr Auftauchen hatte ihn offenbar überrascht, aber dann hatte er innerhalb von Sekunden in den Kampfmodus geschaltet. Und der beinhaltete unter Garantie auch einen Alternativplan!

Vielleicht hatte er rund um die Hütte Verstecke angelegt. Waffendepots. Fluchtgepäck. Papiere. Möglicherweise hielt er auch irgendwo ein weiteres Fahrzeug versteckt, mit dem er im Fall der

Fälle entkommen konnte. Ein Motorrad oder Quad. Immerhin hatte er jede Menge Zeit gehabt, sich auf eine Situation wie diese vorzubereiten.

Schön blöd von uns, das hier allein durchzuziehen, dachte Hel, während sie immer neuen Wurzeln und anderen Stolperfallen auswich. Zurückschnellende Äste trafen ihren Körper und Dornenranken bohrten sich durch den Stoff ihrer Jeans und rissen an ihren Beinen. Doch sie kümmerte sich nicht darum, sondern kämpfte sich mit verbissener Entschlossenheit durch das unwegsame Gestrüpp. Und ihr Einsatz wurde belohnt: Als das Gelände kurzzeitig wieder ein wenig ebener wurde, erhaschte sie einen kurzen Blick auf Duval und stellte fest, dass er seinen Vorsprung trotz des Heimvorteils nur leicht hatte ausbauen können.

Wenn sie jetzt nicht unvorsichtig wurde, war durchaus noch nicht alles verloren! Die Erkenntnis mobilisierte tief in Hel neue Kraftreserven. Ihre Muskeln brannten und ihr Atem raste, aber ihr Kopf war frisch und klar.

Ein Stück hangabwärts tauchte eine Tannenschonung auf: eine erschreckend dichte Wand aus Nadeln und Ästen. Wenn er es bis dahin schafft, verliere ich ihn, durchfuhr es Hel.

Tatsächlich sahen die Bäume aus, als hielten sie sich an den Händen wie eine Gruppe von Demonstranten, die ihr wütend entgegenriefen: „Vergiss es! Hier kommt niemand durch!"

Sie zog das Tempo an, schlitterte über nasse Grasbüschel und ihre Sneakers versanken zum Teil bis über die Knöchel in der feuchten Erde. Aber irgendwie gelang es ihr, auf den Beinen zu bleiben.

Unmittelbar vor der Tannenschonung war der Boden aufgebrochen und zwischen dem Laub schimmerten große Flächen nackter Erde hindurch. Vermutlich hatten hier erst vor Kurzem Wildschweine nach Nahrung gegraben.

Duval war bereits wieder außer Sicht. Aber Hel entdeckte seine Fußabdrücke, die ein paar Meter links von ihr zwischen den Bäumen verschwanden. Im Näherkommen erkannte sie, dass dort es eine schmale Schneise gab, die quer durch die Tannenschonung führte. Wie ein Tunnel. Und am anderen Ende des Tunnels … Hel erstarrte.

Er hat auf mich gewartet!

Die Szene erinnerte fatal an den Vorspann eines James-Bond-Films: eine lange, finstere Röhre, an deren Ende sich gestochen scharf die Silhouette eines Mannes abzeichnet. Mit einem Ausdruck eleganter Lässigkeit hebt er die Waffe und zielt direkt zwischen ihre Augen …

Hels Körper reagierte, lange bevor ihr Verstand die Tragweite der Bedrohung erfasst hatte: Mit einem Hechtsprung landete sie bäuchlings zwischen den dicht gedrängten Tannen. Holz krachte und ein Ast, der nackt und gefährlich von einem der Stämme abstand, verfehlte ihr Auge nur um wenige Zentimeter. Dafür bohrte sich ein anderer mit wütender Gewalt in ihren Hals. Der Schmerz lief quer über ihr Gesicht bis in den Nacken und von dort ihre Wirbelsäule hinunter, und Hel schmeckte Blut.

Sie verpassen das Sonderwaffentraining am Donnerstag, stichelte Robert Beck in ihrem Kopf.

Hels Finger gruben sich in den Matsch unter den Tannennadeln und irgendwie gelang es ihr, aus eigener Kraft auf die Knie zu kommen.

„Scheiße, bist du verletzt?", keuchte Paul, der in diesem Moment neben ihr zu Boden klatschte.

„Nein, nein. Nichts passiert." Hel tastete nach ihrem Kinn. Der Ast hatte eine tiefe Schramme hinterlassen, die von ihrem Unterkiefer bis zum Schlüsselbein reichte. Doch das Blut, das sie schmeckte, kam offenbar davon, dass sie sich bei ihrem Sturz versehentlich auf die Zunge gebissen hatte.

Pauls Augen streiften ihren Hals. „Das sieht ziemlich übel aus."

„Ach was, ich bin okay." Sie wischte sich übers Gesicht. „Wo ist Duval?"

„Keine Ahnung." Er rappelte sich auf und klopfte sich wütend die Tannennadeln von den Händen, während in weiter Ferne das Heulen von Sirenen auftauchte. „Vermutlich ist er längst über alle Berge."

„Wir müssen trotzdem vorsichtig sein", mahnte Hel.

Paul hatte Mühe, sich in der Enge zwischen den Stämmen zu bewegen. „Gib mir Feuerschutz", raunte er. „Ich sehe mich mal um!"

Hel nickte und nahm mit matschbeschmierten Händen ihre Waffe in den Anschlag. Sie spürte seine Körperwärme, als er einen vorsichtigen Blick in die Schneise riskierte. Doch dann erregte etwas Weißes im Schatten des Astgeflechts ihre Aufmerksamkeit.

Mein Smartphone, dachte sie verwundert. Offenbar war es ihr im Eifer des Gefechts aus der Tasche gerutscht. Als sie es aufhob, leuchtete das Display auf, und Hel las: 1 VERPASSTER ANRUF. ILONA MARTHY. Sie hatte die Nummer gespeichert, um sie im Fall der Fälle leichter zuordnen zu können. Und wenn …

Der Knall kam so unerwartet, dass Hel vor Schreck laut aufschrie, und das Letzte, was sie bewusst zur Kenntnis nahm, war Paul, der eine Armlänge vor ihr zu Boden sackte. Dann war sie im Tunnel: Deckung suchen. Schießen. Nachladen. In die Stille lauschen. Wieder schießen – eine blinde Folge automatisierter Handlungen, tausendfach geübt. Tausendfach wiederholt. Sie hörte erst auf, als ihr ein SEK-Beamter im schwarzen Körperschutz die Waffe aus der Hand nahm.

„Es ist vorbei“, hörte sie ihn sagen. Und seine Stimme klang sanft. „Sie sind in Sicherheit.“

„Was ist mit …“ Hel schluckte. Aber ihre Kehle fühlte sich an, als ob man sie mit einem Reibeisen bearbeitet hätte. „Wo ist mein Partner?“

„Keine Sorge“, entgegnete der SEK-Beamte. „Meine Kollegen kümmern sich bereits um ihn.“

„Ist er …?“ Sie schielte an ihm vorbei, wo sich zwei weitere schwarz gekleidete Männer soeben anschickten, Paul auf eine Trage zu hieven. Sein Hemd war blutdurchtränkt. Aber sie hörte auch seine Stimme. Gott sei Dank hörte sie seine Stimme!

„Er kommt wieder in Ordnung“, versicherte ihr der Mann, der bei ihr stand. „Aber Sie müssen uns jetzt zu dieser Hütte begleiten, okay?“

Hel starrte ihn an.

„Die Hütte“, wiederholte er. „Glauben Sie, dass Sie dazu in der Lage sind?“

Sie nickte.

„Gut. Dann los.“

Sie lief wie in Trance hinter ihm her, die ganze Strecke zurück durch den Wald, während sich in ihrem Kopf die Bilder der letzten Minuten mit Gesprächsfetzen, Erinnerungen und Waldaromen zu einem undurchdringlichen Dickicht von Eindrücken verwoben.

Erst als sie fast an der Hütte waren, konnte sie wieder halbwegs klar denken.

8

St. Augustin, Gelände der Bundespolizei, Trainingshalle

Die Halterung des Boxsacks quietschte unter der Wucht ihrer Schläge und ihre Haut brannte unter den Bandagen wie Feuer. Aber das hielt Hel nicht davon ab, weiter wie eine Wahnsinnige auf das abgewetzte Leder einzudreschen.

Die körperliche Anstrengung tat ihr gut. Auch wenn sie noch immer glaubte, das Glühen ihrer Wangen zu fühlen, als sie unter dem Blicken der schwarz gekleideten SEK-Männer blutverschmiert und verdreckt aus dem Wald gestolpert war. Irgendwann hatte sie mal gelesen, dass das Erröten zu den wenigen Reaktionen des menschlichen Organismus gehörte, die sich vollständig der Kontrolle des Willens entzogen. Schuld daran war der Sympathikus, jener Teil des Nervensystems, der in Stresssituationen aktiv wird. Doch einigen Theorien zufolge stellt das Erröten auch einen Schutzmechanismus des Körpers dar, um den Menschen nach einem Regelverstoß vor dem Ausschluss aus seiner sozialen Gruppe zu bewahren. Ein knallroter Kopf signalisiert den anderen Gruppenmitgliedern angeblich Bedauern und Fehlerbewusstsein. Doch in ihrem Fall war es schlicht Wut gewesen, die sie hatte erröten lassen: Wut über ihre eigene Dummheit. Über die vertane Chance. Und am allermeisten über die Häme von Max Collin, der bei ihrer Rückkehr mit provokant verschränkten Armen an der von Kugeln durchsiebten Hüttenwand gelehnt hatte.

„Sie hätten uns hinzuziehen sollen", hatte er gut hörbar für alle Umstehenden angemerkt. Und hinzugefügt: „Dann hätten wir die Sache vielleicht schon heute zu den Akten legen können. Aber so ist das Problem größer denn je."

Hels Fußgelenk krachte, als ihr Tritt den Boxsack etwa auf Höhe ihrer Schultern traf. Sie wusste, sie musste ihren Ärger unbedingt loswerden. Ärger war unprofessionell – und das war definitiv das Letzte, was sie sein wollte. Doch leider war es genau dieser Eindruck, den sie auf ihrem Kurztrip in die große weite Welt hinterlassen hatte: eine dumme, unprofessionelle Polizeischülerin, die fixen Ideen nachjagte und dabei ihre Kollegen in Lebensgefahr brachte … Hel landete einen weiteren Tritt. Mit links, dieses Mal.

Noch in der Waldhütte hatte sie mehrfach versucht, Erin Weisz zu erreichen. Doch die Direktorin konnte oder wollte ihre Anrufe offenbar nicht entgegennehmen. Dafür hatte Max Collin ihr vor versammelter Mannschaft erklärt, dass ab sofort das BKA für die Sicherheit Lorna Hoogstraats verantwortlich zeichne und ihre Anwesenheit in Frankfurt somit nicht länger erforderlich sei.

Auf dem Heimweg war sie in der Klinik vorbeigefahren, doch Paul war zu diesem Zeitpunkt noch immer im OP gewesen. Allerdings hatte ein engagierter Oberarzt ihr versichert, dass der Steckschuss in seiner Schulter aller Voraussicht nach keine bleibenden Schäden hinterlassen würde.

„In ein paar Tagen ist er wieder auf dem Damm", hatte er versprochen und ihr aufmunternd eine seiner behandschuhten Hände auf die Schulter gelegt.

Vom Foyer des Krankenhauses aus hatte Hel Daniel Behn angerufen, um ihn über den missglückten Zugriff und Duvals Flucht zu informieren. Ihr war bewusst, dass sie keineswegs dazu verpflichtet war, ihn auf dem Laufenden zu halten. Aber alles andere hätte sie als zutiefst unanständig empfunden.

Trotzdem war ihr der Anruf alles andere als leichtgefallen. Und insgeheim hatte sie fest damit gerechnet, dass Behn sie mit Vorwürfen und Beschimpfungen überschütten würde. Doch der ehemalige Elitesoldat hatte ihr einfach nur zugehört.

„Ich weiß, wie Maik ist“, hatte er zum Abschied gesagt. „Geben Sie Bescheid, wenn Sie ihn haben.“

Hel ließ einen weiteren Aufwärtshaken ihrer Führhand gegen das Kinn ihres imaginären Gegners krachen.

Die Durchsuchung der Hütte hatte erwartungsgemäß nicht viel ergeben: ein paar Vorräte. Ein Jagdgewehr. Munition. Outdoorjacke. Jeans, Anzughose und Jackett – viel mehr hatte Maik Duval dort nicht hinterlassen. Doch dann hatte einer der Hundeführer auf der anderen Seite des Weihers einen provisorischen Erdbunker entdeckt. Darin befanden sich ein Präzisionsgewehr der Marke Steyr mit passendem Zielfernrohr sowie eine Klarsichthülle mit Dokumenten, darunter ein Delegiertenausweis von Lorna Hoogstraats Partei mitsamt einer offiziellen Einladung zum Sonderparteitag im Hessischen Staatstheater, ausgestellt auf den Namen Marc-Friedrich Perlow.

Das biometrische Foto auf der Vorderseite des Ausweises zeigte einen missmutig dreinblickenden Maik Duval mit Brille.

„Also wollte dieser Mistkerl tatsächlich schon übermorgen wieder zuschlagen“, hatte Collin gebrummt, als seine Leute ihm den Fund präsentiert hatten. „Aber das kann er jetzt vergessen. Ohne Ausweis und Einladungskarte kommt er gar nicht erst in dieses verdammte Theater rein.“

„Vielleicht besorgt er sich Ersatz“, hatte Hel vorsichtig angemerkt.

Doch Collin hatte ihren Einwand einfach beiseitegeschoben. „Das ist nicht so einfach, wie es klingt, und wäre obendrein auch viel zu kurzfristig“, hatte er geknurrt. „Aber keine Sorge: Wir werden auf alles vorbereitet sein.“

Die Botschaft dieses letzten Satzes war mehr als eindeutig gewesen: *Sie, meine Liebe, sind raus aus der Nummer. Und die Sache mit Ihrer Karriere können Sie auch vergessen. Sie müssen schon froh sein, wenn man Sie nach Abschluss Ihrer Ausbildung in irgendeiner nachgeordneten Informationseinheit Sicherheitspläne für einfache Landtagsabgeordnete zusammenschmieren lässt!*

Hel hielt schwer atmend inne. Die Häme, die Blicke – all das war schwer zu schlucken. Aber am allermeisten ärgerte sie, dass

Erin Weisz es noch nicht einmal für nötig gehalten hatte, persönlich zum Hörer zu greifen, um sie nach Hause zu schicken.

Kühl.

Ihre Rechte krachte in das stumpfe Leder.

Ehrgeizig.

Der nachfolgende Sidekick ließ den Boxsack bis in die Ösen seiner Aufhängung erzittern.

Und ganz besonders …

Linke Gerade, gefolgt von rechtem Uppercut.

… hinterhältig!

Die Schläge trafen die Flanken des Boxsacks mit solcher Härte, dass die drei Absolventen, die am anderen Ende der Trainingshalle gerade ihre Sachen zusammenpackten, die Köpfe wandten.

„Na, da ist aber jemand sauer, was?“, rief einer von ihnen zu ihr herüber. Und Hel hörte das Lachen seiner Freunde, das hinter der Schwingtür verklang. Dann war sie allein.

Sie schloss die Augen und drosch blind auf den Boxsack ein, während ihre Gedanken eigene Wege gingen: Sie folgten Maik Duval ins Gewühl der Frankfurter U-Bahn, dem Projektil seiner Waffe quer über den Platz des Neurologischen Zentrums Westend und dem Jungen mit dem Bombenpäckchen die lange, schnurgerade Herthauer Straße entlang, bis er aus dem Blickfeld der Kamera verschwunden war. Doch ihre Fantasie ersetzte die fehlenden Bilder mit der Routine der versierten Geschichtenerzählerin: *Der Junge passiert den Imbiss. Aus der sperrangelweit geöffneten Tür schwappt der Geruch nach heißem Fett und gebackenem Hühnchen auf die Straße. Der Junge zögert, aber er bleibt nicht stehen. Er will den Auftrag erledigen, den er erhalten hat, und …*

Hel stutzte, als die Bilder in ihrem Kopf einer Frage wichen, die sie im Eifer des Gefechts völlig aus den Augen verloren hatte: Was genau hatte es eigentlich mit der Nachricht auf sich, die Paul beinahe das Leben und sie selbst aller Voraussicht nach die Karriere gekostet hatte?

Sie streifte sich die Bandagen von den Händen und zerrte ihr Smartphone aus der Trainingsjacke, die über einer der nahen Bänke hing. 1 VERPASSTER ANRUF. ILONA MARTHY.

Hel gab die Kurzwahl ihrer Mailbox ein und dachte an Leo, während sie ihr Passwort hinzufügte. Polyxena*919. Doch die Leiterin der Kinder- und Jugendhilfeeinrichtung St. Barbara verriet ihr nicht, worum es ging, sondern bat lediglich um einen Rückruf. Hel warf einen Blick auf die Uhr und entschied, dass es an einem Tag wie diesem auf eine Strafpredigt mehr oder weniger nicht ankam.

Bereits nach dem dritten Läuten nahm Ilona Marthy den Anruf entgegen. „Kinder- und Jugendhilfe St. Barbara, mein Name Marthy, wie kann ich Ihnen helfen?"

„Helena Steen von der PSI." Hel lauschte. Doch am anderen Ende der Leitung tat sich nichts. Kein Erkennen. Keine Empörung. Nur Stille. „Bitte verzeihen Sie, dass ich Sie so spät noch zurückrufe, aber Sie hatten mir vorhin eine Nachricht hinterlassen ..."

Heute Nachmittag. Vor Stunden.

„Ich war nicht sicher, ob Sie die bekommen haben", entgegnete Ilona Marthy.

„Doch, doch", versicherte Hel eilig. „Ich hatte nur noch keine Gelegenheit für einen Rückruf."

Während sie dem neuerlichen Schweigen der Heimleiterin lauschte, hoffte sie inbrünstig, dass Ilona Marthy keine Ahnung hatte, was in der Zwischenzeit geschehen war. Aber wie sollte sie? Der Zwischenfall am Weiherhaus hatte sich zur Erleichterung aller Beteiligten fernab der medialen Aufmerksamkeit ereignet. Und die BKA-Verantwortlichen hatten entschieden, die allgemeine Unruhe vor dem Parteitag nicht noch zu schüren, indem öffentlich nach einem Profikiller gefahndet wurde, der möglicherweise bereits in weniger als achtundvierzig Stunden einen weiteren Anschlag auf Lorna Hoogstraats Leben verüben würde. Darum war nur eine interne Fahndungsmeldung nach Maik Duval herausgegeben und darüber hinaus eine strikte Nachrichtensperre verhängt worden.

„Sie hatten mich nach Tibor Hanff gefragt", sagte Ilona Marthy nach einer Weile.

Hel hielt den Atem an.

„Ja, genau", bestätigte sie eifrig. „Haben Sie etwas von ihm gehört?"

„Ich glaube, er will die Stadt verlassen."

Natürlich will er das, pflichtete Hel ihr in Gedanken bei. Laut sagte sie: „Und haben Sie eventuell auch eine Ahnung, wo er hinwill?"

„Nein", beeilte sich Ilona Marthy, ihre Erwartungen gleich wieder zu dämpfen. „Aber ich habe vorhin einen seiner Freunde erwischt, der offenbar den Auftrag hatte, etwas für Tibor aus unserer Einrichtung zu holen."

Die Markierungen auf dem Hallenboden verschwammen unter Hels Blick, während sie atemlos lauschte.

„Ich weiß nicht, wo Tibor im Augenblick ist", kam Ilona Marthy ihrer Frage zuvor. „Aber ich kenne möglicherweise den Ort, an dem er morgen Mittag um zwölf sein wird, falls Ihnen das weiterhilft." Mir nicht, dachte Hel mit einem Anflug von Bitterkeit. Aber natürlich hütete sie sich, das zu erwähnen. „Ja, absolut", sagte sie stattdessen. „Und ob uns das hilft."

„Kennen Sie sich in Frankfurt aus?"

„Nein. Aber das ist kein Problem."

„Okay. Haben Sie was zu schreiben?"

Hel rannte zur Pinnwand, wo ein abgenutzter Ikea-Bleistift an einer Kordel hing. Die Spitze war stumpf und verklebt von Talkumpuder, aber irgendwie gelang es ihr, die Adresse, die die Heimleiterin ihr nannte, halbwegs leserlich auf dem Rand eines Rettungsplans zu verewigen.

„Das ist eine ehemalige Konservenfabrik", setzte Ilona Marthy hinzu. „Schräg gegenüber steht einer von diesen Bücherschränken. Sie wissen schon, so ein Ding, wo die Leute ihre alten Readers-Digest-Bände hinbringen und hoffen, dass sie dafür einen Fitzek ergattern." Sie stieß ein freudloses Lachen aus. „Das ist der Treffpunkt."

„Der Treffpunkt für … was?", fragte Hel.

„Laut Aussage seines Freundes hat sich Tibor da mit einem Freund verabredet, der ihn mit nach Berlin nehmen will. Genaueres weiß ich nicht."

„Werden Sie dort sein?“ Hel bereute die Frage umgehend, aber es war bereits zu spät: Ilona Marthy hatte den Subtext längst erfasst: Sie sollten dort sein. Es wäre Ihre verdammte Pflicht, sich um die Kinder, die Ihnen anvertraut sind, zu kümmern!

Ihr unausgesprochener Vorwurf ließ die Hilfsbereitschaft der Heimleiterin umgehend in offene Aggression umschlagen: „Die Mitarbeiter der Jugendhilfe haben weder die Zeit noch die Befugnis, irgendwelchen unbestätigten Hinweisen auf den Aufenthaltsort abgängiger Schutzbefohlener nachzugehen“, fauchte sie in lupenreinem Amtsdeutsch. Und schob angriffslustig hinterher: „Informieren Sie die Kollegen von der Jugendkriminalität oder soll ich mich selbst darum kümmern?“

Hel strich sich eine verirrte Haarsträhne aus der Stirn. „Nicht nötig“, versicherte sie, „ich gebe die Information sofort weiter.“

„Gut“, entgegnete Ilona Marthy kühl. „Dann seien Sie doch bitte so nett und verraten mir noch rasch Ihre Dienstnummer, ja? Damit ich weiß, mit wem ich gesprochen habe.“

Und über wen ich mich beschweren kann …

„Helena Steen, PSI“, erwiderte Hel. „Steen mit zwei E. Die Angehörigen meiner Behörde haben keine Dienstnummern im klassischen Sinn. Aber Sie erreichen mich über unsere Zentrale in Berlin oder das Bundesministerium des Innern. Möchten Sie, dass ich Ihnen die Nummer gebe?“

Versagen im Einsatz, Gefährdung von Kollegen, zählte Hel innerlich auf, während sie auf eine Reaktion ihrer Gesprächspartnerin wartete. Irrationales Verfolgen fixer Ideen. Und jetzt also auch noch Amtsanmaßung!

Doch ihre dreiste Lüge hielt die Sozialarbeiterin immerhin davon ab, weitere unbequeme Fragen zu stellen. „Ich verlasse mich auf Ihr Wort“, entgegnete sie knapp.

Dann unterbrach sie die Verbindung ohne ein Wort des Abschieds.

Hel ließ sich auf eine der Holzbänke fallen und durchsuchte die Kontakte auf ihrem Smartphone nach der Durchwahl von Andreas Syroth. Ihr war alles andere als wohl bei dem Gedanken, sich nicht selbst um die Sache kümmern zu können. Aber unter den gegebenen Umständen wagte sie auch keinen unautorisierten Alleingang.

Nachdem das Telefon eine Weile ins Leere geklingelt hatte, meldete sich die Zentrale. Hel ließ sich mit dem diensthabenden Kollegen verbinden und schilderte in aller Kürze, warum sie Tibor Hanff suchte und was Ilona Marthy ihr über sein mögliches Auftauchen am nächsten Morgen berichtet hatte.

Syroths Kollege hörte ihr aufmerksam zu und versprach, die Information schnellstmöglich weiterzuleiten.

„Es wäre nett, wenn Sie mich über den weiteren Fortgang der Sache auf dem Laufenden halten könnten", bat Hel, wohl wissend, dass sie damit abermals klar ihre Befugnisse überschritt.

„Kein Problem", erwiderte Syroths Kollege mit freundlicher Beflissenheit. „Ihre Nummer haben wir ja."

Hel bedankte sich, steckte das Smartphone weg und raffte ihre Trainingssachen zusammen. Die Uhr über der Hallentür zeigte 22:43 Uhr. Da sie die Letzte war, löschte sie das Licht, bevor sie durch einen überdachten Säulengang in den angrenzenden Gebäudetrakt hinüber ging, wo die Umkleideräume waren.

Das heiße Wasser, das gleich darauf aus dem verkalkten Duschkopf auf ihr geschundenes Gesicht sprudelte, war eine Wohltat, und es dauerte lange, bis Hel sich dazu überwinden konnte, den Hahn zuzudrehen. Vor dem völlig beschlagenen Spiegel betastete sie die Wunde an ihrem Hals. Die Ränder waren heiß und gerötet und die zarte Haut rund um die Wunde hob und senkte sich im Rhythmus ihres Herzschlags. Ob Paul die Operation gut überstanden hatte? Er schien recht zäh zu sein, trotz seiner schmächtigen Statur …

Hel lächelte, bis ihr klar wurde, dass sie sich noch nicht einmal verabschiedet hatten. Sie nahm den Zipfel ihres Handtuchs und rieb sich ärgerlich einen Rest Shampoo aus dem Augenwinkel. Dann schlüpfte sie in ihren Bademantel, schnappte sich ihr Necessaire von der Ablage und verließ den Duschraum.

Ihre nassen Fersen schmatzten in den Adiletten und automatisch musste sie daran denken, dass sie exakt dasselbe Paar bereits mit zwölf besessen hatte. Ihre Füße waren seit damals nicht nennenswert gewachsen und ihre Großmutter hatte sie von klein auf zu Maß und Sparsamkeit erzogen. Ein Erziehungsziel, das auf einer Insel von knapp fünfunddreißig Quadratkilometern Größe und einer entsprechend überschaubaren Anzahl an Geschäften – zugegeben – nicht allzu schwer zu erreichen war. Trotzdem war es eigentlich übertrieben, dass sie die Schuhe immer noch trug!

Hel klemmte sich das Neccessaire unter den Arm und tastete in der Tasche ihres Bademantels nach dem Schlüssel für ihren Spind.

Als sie um die Ecke zur Umkleide bog, fiel ihr auf, dass es dort dunkler war als gewöhnlich.

Sie betätigte den Lichtschalter, doch über ihrem Kopf tat sich nichts. Die Leuchtröhren hinter den verdreckten Gittern blieben finster. Nur die Notausgangsschilder leuchteten ihr raubtiergrün von den Wänden entgegen. Irritiert blieb Hel stehen – und von einem Augenblick auf den anderen war die Angst da. Ein jähes, pulsierendes Gefühl, das sich wie eine eisige Umarmung um ihren halb nackten Körper legte. Zugleich fühlte sie, wie sich die feinen Härchen in ihrem Nacken aufrichteten. Das untrügliche Zeichen einer drohenden Gefahr …

Hel stand ganz still und lauschte in das schummrige Halbdunkel vor sich. In den Rohren, die entlang der Wände verliefen, rauschte Dampf. Und … Waren das nicht Schritte? Sie hielt die Luft an, doch das Geräusch, das sie gehört hatte, wiederholte sich nicht.

Anscheinend wirst du allmählich paranoid, dachte sie. Immerhin trainierte sie oft bis in die späten Abendstunden. Und nicht selten war sie die Letzte, die die Sportanlage verließ. Doch das flaue Gefühl in ihrem Magen wollte einfach nicht weichen. Es war, als schwebe in der vertrauten Umgebung die Witterung von etwas Dunklem, Fremdem. Hel schluckte und völlig irrational musste sie wieder an Jedi-Ritter und Luke Skywalker denken: *Ich fühle eine Präsenz …*

Hör endlich auf mit diesem Quatsch!, rief sie sich zur Ordnung. Du bist allein. Ganz abgesehen davon, dass du dich auf einem rundum gesicherten Gelände befindest. Hier kommt absolut niemand ohne entsprechende Befugnis rein oder raus. Erst recht kein Fremder. Also reiß dich gefälligst am Riemen und sieh zu, dass du nach Hause kommst! Sie ging weiter. Doch instinktiv bewegte sie sich so leise wie möglich.

Durch den Milchglaseinsatz der Tür fiel ein wenig Licht zwischen die langen Spindreihen und zuerst hatte Hel Mühe zu begreifen, was sie sah. Doch dann war sie sicher: Am anderen Ende der Schrankreihe, etwa auf der Höhe, auf der sich auch ihr Spind befand, stand jemand!

Ob es ein Mann oder eine Frau war, vermochte sie nicht zu sagen, denn der größte Teil der Gestalt wurde von der geöffneten Spindtür verdeckt. Trotzdem ließ ihr der Anblick augenblicklich das Blut in den Adern gefrieren.

Sie glitt aus ihren Adiletten und tauchte lautlos in den Schatten jener Spindreihe, die parallel zu der Reihe mit ihrem Spind verlief. Im Gehen öffnete sie den Reißverschluss ihres Necessaires und zog ihren Stielkamm heraus. Nicht gerade die effektivste Waffe – aber entschieden besser als nichts!

Hel fühlte die Kälte der Fliesen unter ihren Füßen und auch den Dreck, der sich an ihre nackten Sohlen heftete, als sie im Dunkel der Spinde weiterhuschte. Nur noch wenige Meter, dann musste sie auf der Höhe ihres Schließfachs sein!

Und jetzt? Was weiter?

Sie umfasste den Kamm so fest, dass die Zinken ihr schmerzhaft ins Fleisch bohrten. Dann ging sie in die Knie. Unter den rostigen Metallböden hingen Spinnweben und es roch nach altem Schweiß und altem Staub. Doch Hel ignorierte den Gestank und ging noch tiefer, bis ihr Gesicht beinahe den Boden berührte. Der Spalt war schmal, kaum mehr als eine Handbreit, aber sie konnte problemlos erkennen, dass die Fliesen auf der anderen Seite vom Strahl einer Taschenlampe erhellt wurden.

Hel schob sich noch dichter an die Lücke heran, doch gerade, als sie den Schatten eines Beins zu erkennen glaubte, erlosch das Taschenlampenlicht. Sekunden später hörte sie Schritte, die sich zügig entfernten.

Verdammt!

So schnell sie konnte, kam Hel auf die Beine und rannte zum Ende der Schrankreihe, wo sie vorsichtig den Kopf um die Ecke schob. Aber die Tür zum Flur war bereits ins Schloss gefallen.

Hel stieß einen frustrierten Seufzer aus. Halb nackt und unbewaffnet, wie sie war, machte es keinen Sinn, den Eindringling zu verfolgen. Ganz abgesehen davon, dass es rein theoretisch auch eine völlig natürliche Erklärung geben konnte für das, was sie soeben beobachtet hatte: einer der Hausmeister, dem ein Stromausfall in diesem Gebäude gemeldet worden war. Oder ein Kommilitone, der etwas in seinem Schließfach vergessen hatte. Aber wenn Hel ehrlich war, glaubte sie nicht an diese Möglichkeit. Dafür hatten ihre Alarmglocken beim Anblick der Gestalt viel zu laut geschrillt.

Gemessen an dem, was in den letzten Tagen passiert ist, müssten Ihre Alarmglocken eigentlich Sturm klingeln, stichelte eine imaginäre Erin in ihrem Kopf.

Halt die Klappe!, dachte Hel und bog um die Ecke.

Das Licht reichte kaum ein paar Meter weit in den Gang herein, und doch bemerkte sie die Veränderung sofort: Denn auf der Tür ihres Spindes … Der Schreck ballte ihren Magen zu einem angstvollen Klumpen zusammen. Auf der Tür ihres Spindes prangten Buchstaben!

Mit zitternden Fingern zückte Hel ihr Smartphone. Im Licht der Taschenlampenfunktion erkannte sie, dass es nicht nur Buchstaben, sondern auch Zahlen und Striche waren, die der unbekannte Eindringling auf dem rostigen Metall hinterlassen hatte. Eine kryptische Botschaft, mit der sie nichts anzufangen wusste, aber die trotzdem nur einen einzigen Schluss zuließ: Wer immer diese merkwürdige Ansammlung von Buchstaben und Zahlen auf der Tür hinterlassen hatte, war ihretwegen hier gewesen. Dieser seltsame Code, den sie nicht verstand, hatte nichts mit Lorna Hoogstraat im fernen Frankfurt oder ihrem unbekannten Stalker zu tun. Die Botschaft betraf sie – sie ganz allein …

Eine ganze Weile stand Hel einfach da, ratlos und zutiefst geschockt. Doch irgendwann gewann ihre Vernunft allmählich wieder die Oberhand.

Cool bleiben.

Systematisch handeln.

Was sind die nächsten Schritte?

Hel schob den Schlüssel ins Schloss und öffnete das Schrankfach, ohne Tür oder Rahmen zu berühren. In ihrer Sporttasche befand sich das Multifunktionswerkzeug, das sie immer bei sich trug, um im Fall der Fälle rasch und unkompliziert eine Schraube festziehen oder eine Dose öffnen zu können. Aber wenn es hart auf hart kam, stellte das Ding auch eine passable Verteidigungswaffe dar.

Dergestalt ausgerüstet schlüpfte Hel in aller Eile in ihre Kleider, fotografierte die Zeichenfolge auf ihrer Spindtür und überprüfte anschließend auch den Sicherungskasten auf dem Flur, wo sich ihr Verdacht einer gezielten Manipulation bestätigte. Einen kurzen Moment lang erwog sie, Bonnie anzurufen, um wenigstens auf dem Heimweg jemanden zum Reden zu haben. Aber sie entschied sich dagegen und legte stattdessen den gesamten Weg zum Wohnheim im Laufschritt zurück. Ihre Sinne waren bis aufs Äußerste gespannt und jedes geringste Geräusch jagte ihr eine Welle von Angst durch die Adern. Aber da war niemand, der ihr entgegenkam. Kein Verfolger. Kein mysteriöser Schatten. Nur ein gut ausgeleuchtetes, bestens gesichertes Gelände voller Kameras, umgeben von Sicherheitszäunen …

9

St. Augustin, Wohnheim der Bundespolizei

Als Hel den Schlüssel ins Schloss von Apartment III/F schob, wurde sie von Mozarts 22. Klavierkonzert empfangen.

„Was machst *du* denn hier?“, fragte sie, als Leo bei ihrem Eintreten freudig den Kopf hob.

Er legte seinen Bleistift zur Seite und schaltete die Musik aus. „Zeichnen.“

„Das sehe ich", stöhnte Hel. „Aber warum bist du nicht in Frankfurt?"

„Was soll ich da?"

Hel verdrehte die Augen. „Du bist Analyst bei der Behörde, die bis auf Weiteres für Lorna Hoogstraats Sicherheit verantwortlich ist. Und die Gefahrenlage dürfte sich in den vergangenen Stunden noch einmal erheblich verschärft haben. Also erzähl mir nicht, dass sie dich abgezogen haben, nur weil *ich* heute Nachmittag kläglich versagt habe."

Ihr Mitbewohner drehte den Kopf weg. „Hast du gewusst, dass Mozart zeit seines Lebens eine ausgeprägte Vorliebe für die Tonart Es-Dur hatte? Die Zauberflöte beginnt und endet in dieser Tonart und …"

„Lenk nicht ab!", beschwerte sich Hel. „Ich bin nicht in der Stimmung für Ausreden. Also raus damit: Warum bist du hier?"

„Ich …"

„Was?"

„Ich hatte keine Lust, noch länger dazubleiben."

Keine Lust? Einmal mehr staunte Hel, wie dicht Kindlichkeit und Hochbegabung oft beieinander lagen. „Das ist doch Blödsinn", sagte sie und kam sich vor wie eine nachsichtige Mutter. „Du riskierst deine Karriere, wenn du die Anweisungen deiner Vorgesetzten nicht beachtest. Und wenn du …"

„Es gibt nicht allzu viele Leute, die das können, was ich kann", bemerkte Leo in absolut wertfreiem Ton und unwillkürlich musste Hel an das T-Shirt denken, das sie ihm zu Weihnachten geschenkt hatte. Darauf stand:

ICH BIN AUTIST.
ICH VERSTEHE NICHT, WAS ALLE VERSTEHEN.
ABER ICH VERSTEHE SEHR GUT, WAS ALLE NICHT VERSTEHEN.

„Außerdem kann ich von überall aus arbeiten", setzte Leo hinzu.

„Na schön, lassen wir das", seufzte Hel. Doch im Grunde war sie froh, jemanden zum Reden zu haben.

Also setzte sie sich zu ihrem Freund an den Zeichentisch und berichtete ihm von der unbekannten Person in der Umkleide und der kryptischen Botschaft auf ihrer Spindtür. Und spätestens beim Stichwort „unerklärliche Zeichenfolge“ horchte Leo auf.

„Zeig mal her!“, rief er.

Hel öffnete das Foto, das sie von ihrer Spindtür geschossen hatte, und hielt ihm das Display unter die Nase. Leo betrachtete die Aufnahme zunächst eine Weile stirnrunzelnd. Dann vergrößerte er einzelne Bereiche und murmelte dabei irgendwelche unverständlichen Kommentare vor sich hin.

„Weißt du, wie das für mich aussieht?“, fragte er schließlich.

„Nein.“

„Warte.“ Er holte seinen Laptop vom Couchtisch und begann zu tippen. Kurz darauf breitete sich ein triumphierendes Lächeln über sein Gesicht. „Na, also“, rief er. „Hab ich mir schon gedacht!“

„Was ist das?“, fragte Hel, die angesichts der entmutigend langen Reihen von Zahlen und Buchstaben auf seinem Monitor nichts als blanke Ratlosigkeit empfand.

„Die blockartige Schreibweise und diese Slashes hier haben mir zu denken gegeben“, erklärte er. „Denn mal abgesehen davon, dass deine Zeichenfolge insgesamt deutlich zu lang ist, erinnert das Ganze doch verdammt an ein stinknormales Aktenzeichen.“

Hel starrte ihn an. „Eine Akte?“, fragte sie. „Von welcher Behörde?“

„Zunächst einmal müssen wir festhalten, dass es sich bei deiner Zeichenfolge nicht um ein einzelnes, sondern offenbar um zwei verschiedene Aktenzeichen handelt“, antwortete Leo. „Leider kann ich nur eins davon zuordnen“, setzte er einschränkend hinzu. „Und zwar dieses hier …“ Sein Cursor markierte das erste Drittel der Botschaft. „Gemäß Aktenplan-Kennzeichen und dieser Nummer hier gehört dieser Teil zu einer Akte, die vom Bundesministerium des Innern angelegt wurde. Und zwar im Bereich Personalverwaltung.“

„Eine Personalakte unserer Behörde?“ Hel rutschte aufgeregt von ihrem Hocker. „Kannst du das betreffende Dokument einsehen?“

Leo schüttelte bedauernd den Kopf. „Das habe ich gerade versucht, aber wie es ausschaut, ist diese Akte für unsere Dienstebene nicht zugänglich."

„Komm schon", drängte Hel. „Du bist der beste Hacker, den ich kenne. Du musst da irgendwie drankommen!"

Das Bildschirmlicht tauchte Leos Gesicht in bläuliche Schatten, während er mit verbissener Miene immer neue Befehle in seine Tasten hämmerte. „Keine Chance", stöhnte er nach einer Weile. „Alles, was ich rauskriegen konnte, ist, dass das betreffende Dokument vom Bundesnachrichtendienst angelegt wurde und dass es mit Stufe 4b gekennzeichnet ist."

Die höchste Geheimhaltungsstufe bei Verschlusssachen! Hel schlug frustriert gegen die Tischkante.

„Da ist allerdings noch eine andere Sache, die ich versuchen könnte …" Leo versank wieder in jene typischen Selbstgespräche, die all seine komplizierten Recherchen begleiteten, während Hel fasziniert zusah, wie die ordentlich gegliederten Aktenzeichen auf seinem Bildschirm anderen Zahlen- und Zeichenfolgen wichen, die in ihren laienhaften Augen wie Quellcodes wirkten. Doch sicher war sie nicht …

Irgendwann hörte Leo auf zu tippen und lehnte sich zurück. „Bingo", rief er. „Es ist nicht viel, aber ich habe immerhin den Namen der Person, auf die sich die fragliche Akte bezieht." Er verschränkte die Arme vor der Brust und machte eine effektvolle Pause. „Er lautet Peter Arnold."

Hel riss die Augen auf. „Ist das nicht …?"

„Der einzige Überlebende des Fiaskos von Wien, das Erin Weisz beinahe die Karriere gekostet hätte", nickte Leo.

Das kann unmöglich ein Zufall sein, durchfuhr es Hel. Aber wer sollte ihr einen solchen Hinweis zuspielen? Und wozu?

„Aber warum BND?", fragte sie. „Ich denke, Arnold war bei der PSI."

Leo schüttelte den Kopf. „Für mich sieht das so aus, als ob er weit mehr gewesen ist als ein einfacher Personenschützer."

Hel sah ihn an. „Wer hat Zugang zu diesen Informationen? Zu den ungeschwärzten, meine ich."

„Ein paar Leute aus der Regierung." Leo strubbelte durch seine Locken. „Plus zwei oder drei auf unserer Seite."

„Auch Erin Weisz?"

„Davon würde ich ausgehen."

„Und hast du auch eine Erklärung, warum jemand einen Hinweis auf diese Akte an meiner Spindtür hinterlassen sollte?"

„Um dich zu warnen?", antwortete Leo fragend.

„Mich warnen?" Hel biss sich auf die Lippen. „Vor wem?"

Der Blick ihres Freundes wurde eindringlich. „Vor Erin."

„Das kommt ja wohl ein bisschen spät, oder?", kommentierte Hel knochentrocken.

Doch Leo lachte nicht. „Da ist noch etwas anderes, was ich dir sagen muss."

Sein Ton machte sie sofort hellhörig. „Ja?"

„Ich weiß nicht, ob es etwas zu bedeuten hat, aber … du hast mir doch von eurem Gespräch erzählt. Du weißt schon, über den Borger-Leonhardt-Test. Und dass Erin dabei angeblich fast das gleiche Ergebnis erzielt hat wie du …"

Hel nickte. „Ja. Und?"

„Der Borger-Leonardt-Test wurde erst im Jahr 1987 entwickelt und sogar erst ab 1994 flächendeckend in psychologischen Eignungstests eingesetzt."

Sie schnappte nach Luft. „Willst du damit sagen …?"

„Erin hat dich belogen", nickte Leo. „Sie hat diesen Test niemals gemacht. Zumindest nicht im Rahmen ihrer Ausbildung", setzte er einschränkend hinzu.

„Aber warum sollte sie mich in diesem Punkt anlügen?"

Er zuckte die Achseln. „Um dich zu manipulieren. Sie ist nicht umsonst die erfolgreichste Anwerberin, die diese Dienststelle je hatte."

„Nun, zumindest die Sache mit dem Anwerben dürfte sich ja wohl in der Zwischenzeit erledigt haben."

Leo sah nicht überzeugt aus.

„Gibt es nicht vielleicht doch einen Weg, um an den Inhalt dieser Akte zu kommen?", fragte Hel, um ihn abzulenken. Und in der Hoffnung, ihn bei seiner Hacker-Ehre zu packen, setzte sie beiläufig hinzu: „Vielleicht kennst du ja irgendeinen Spezialisten für so was?“

So wenig empfänglich sich ihr Mitbewohner üblicherweise für Ironie und Subtext zeigte, so erstaunlich war die Wirkung, die ihr kleiner Taschenspielertrick bei ihm entfaltete: „Dazu brauchen wir keinen sogenannten Spezialisten, sondern bloß das richtige Schlupfloch“, entgegnete er – offenkundig zu Tode beleidigt. „Gib mir ein paar Tage, ich schau mal, was ich machen kann.“

FÜNFTER TEIL

Zwei Monate zuvor …

Google.

Suchbegriff: `troy boot`

27.800.000 Ergebnisse.

Sie überflog die ersten Einträge. `Boots`. Schuhe? … Eine Schuhmarke!

Sie schüttelte den Kopf.

Nächster Versuch. Englische Schreibweise: `troy boat`

Na, super! Eine Bootsklasse. Erstmals gebaut im Winter 1928/29 von Archie Watty.

Wohl kaum!

Aber was konnte es sonst mit dieser Sache auf sich haben? Ein Boot, das Troy hieß? Ein Boot, das einer Person namens Troy gehörte? Ein … Sie nickte. Ein Unfall vielleicht.

Suchbegriff: `troy bootsunfall` … ENTER.

Nicht ganz so viele Ergebnisse. Unter den meisten Vorschlägen steht: Es fehlt: ~~troy~~. Also noch mal auf Englisch: `troy boy killed in boat accident`

Sie kniff die Augen zusammen.

`Archiv der New York Times. Artikel vom 31.10.1977`: Clayton, N.Y. Ein dreizehnjähriger Junge, Troy Brockman, kommt beim Fischen ums Leben. Goose Bay, nahe Webster. Sein gleichaltriger Freund wird verletzt ins Krankenhaus eingeliefert …

Sie rieb sich die Augenwinkel, die trocken waren vor Anstrengung. Was genau tat sie hier eigentlich? Warum las sie einen Artikel über einen Unfall, der fast ein halbes Jahrhundert zurücklag und der sich obendrein auf einem anderen Kontinent ereignet hatte? Tausende Kilometer weit weg.

Ihre Augen suchten den Namen des Überlebenden: `James Bongard, 13`. Er wäre heute knapp sechzig. Ungefähr im selben Alter wie ihre Mutter. Aber ist ihre Mutter jemals in den USA gewesen? Irgendwann vor ihrer Geburt?

Bevor sie Sonja endgültig in dieser Einrichtung untergebracht hat, hatte sie nach einem Reisepass gesucht, aber keinen gefunden. Keine Visa. Keine Hinweise auf ein früheres Leben. Nichts dergleichen.

Verrannte sie sich gerade heillos?

Aber was war mit diesem Boot? DAS BOOT EXISTIERTE. Sie war dort gewesen und hatte es sich angesehen. Die Kunsttherapeutin war sehr verständnisvoll gewesen.

„Manchmal vermischen sich Dinge", hatte sie erklärt. „Gut möglich, dass sie sich das alles nur ausgedacht hat."

Nein, denkt sie. Ihre Mutter ist kein Mensch, der Fantasie hat. Ihre Mutter ist das genaue Gegenteil. Sonja löst Sudoku, spielt Schach gegen den Computer und geht niemals ins Museum. Nicht mal ins Kino. Im Fernsehen guckt sie Dokus und Politik. Und doch knetet sie auf einmal Segelboote aus Ton …

Wer bist du, Mama?, denkt sie, während ihre Finger mit einem der wenigen Fotos spielen, die sie von ihrer Mutter besitzt. Sie hat es selbst aufgenommen. Es zeigt Sonja mit einer riesigen Sonnenbrille auf der Nase vor einem Springbrunnen in Füssen. Am Fuß der Berge, nicht am Meer.

„Aber das Motiv – dieses Boot – kehrt schon immer wieder", merkt die Kunsttherapeutin, die noch immer neben ihr steht, nachdenklich an.

Sie dreht den Kopf. „Bitte?"

„Hier", sagt die Therapeutin und drückt ihr einen Stapel Blätter in die Hand.

Meine Mutter kann nicht zeichnen, ist das Erste, was sie denkt. Und das stimmt auch. Die kleinen Szenen sehen aus, als ob sie ein fünfjähriges Kind gemalt hätte. Trotzdem ist hier und da ein Haus oder auch ein Boot zu erkennen.

„Was ist das hier?", fragt sie und hält eine der Skizzen hoch.

„Ja, die kommt auch öfter vor", nickt die Therapeutin und zeigt auf einen dicken Ast, der an der hinteren Wand des Therapieraums hängt.

Erst auf den zweiten Blick versteht sie, was gemeint ist. „Sie denken, das soll eine Schaukel sein?"

Die Therapeutin nickt und betrachtet den Bleistift, der mit zwei roten Wollfäden an den Ast gebunden ist. „Wenn wir sie lassen, hängt sie überall welche auf", flüstert sie vertraulich. „Ich wollte Sie schon fragen, ob Sie vielleicht noch alte Fotos haben."

„Alte Fotos?"

„Von Ihrer Mutter. Als Kind." Sie lächelt. „Wäre doch interessant, wenn wir wüssten, wo diese Schaukel hängt, oder nicht? Vielleicht gibt es sie noch. Sie könnten ja mal einen Ausflug machen."

Ich habe keine Fotos, widerspricht sie stumm. Ich besitze kein Foto meiner Mutter, auf dem sie jünger als Ende dreißig ist. Die Jahrzehnte davor sind schlicht nicht existent. Bislang hat sie das einfach hingenommen. Aber auf einmal hat der Gedanke etwas Elektrisierendes. Und zum ersten Mal kommt ihr die Idee, dass sie einen von diesen DNA-Tests machen könnte. So etwas ging heutzutage doch mehr oder weniger anonym, oder nicht? Neugierig tritt sie näher an den Ast mit der Bleistift-Schaukel heran.

„Da drüben ist noch eine", lächelt die Kunsttherapeutin und deutet auf ein Brett voller Farbflecken, auf dem zwischen Gläsern und Tiegeln voller Farbreste das detailreich ausgearbeitete Modell eines Hauses steht. Veranda und Haustür sind aus Holzstückchen zusammengeklebt und farbig lackiert. Es gibt sogar kleine Blumenkästen vor den Fenstern.

„Und das hat meine Mutter gemacht?", fragt sie ungläubig, als ihr Blick an einem roten Faden hängenbleibt, der an der Seite des Hauses von der Miniatur-Veranda baumelt. Daran befestigt ist ein winziges Schaukelbrett.

„Nein, nein, Ihre Mutter hat nur die Schaukel angebracht", bestätigt die Therapeutin. „Die Schaukel und den Namen. Aber den mussten wir wieder entfernen." Ihre Finger streichen nachsichtig über eine Stelle neben der Haustür, wo unter der weißen Farbe schemenhaft ein pechschwarzer Schriftzug zu erahnen ist. „Die Dame, die das Haus gemacht hat, war außer sich", erklärt die Therapeutin mit einem entschuldigenden Achselzucken. „In dieser Hinsicht sind sie wie kleine Kinder. Und Ihre Mutter hatte den Namen wirklich dick und fett neben die Tür geschrieben."

Sie kneift angestrengt die Augen zusammen, während hinter ihrer Stirn die Fragen durcheinanderpurzeln. „Und was stand da?"

Die Therapeutin überlegt. „Ja, seltsam", sagt sie. „Es war ein englischer Name. Ich weiß noch, dass ich mich gewundert habe. Aber es klang schön. Wie aus einem Spielfilm." Sie überlegt. „River … irgendwas. Warten Sie. War es Riverbridge? … Nein." Sie beugt sich vor und betrachtet die Farbflecken, die einmal ein Schriftzug waren. „Es war noch kürzer. Und es hatte eine Melodie, wissen Sie? River … River … Riversteen!" Ihre Augen strahlen. „Ja, genau. Das war es. Sagt Ihnen der Name was?"

Sie hat das Gefühl, dass sie fällt. Geradewegs ins Bodenlose.

„Ich glaube, es gab da mal eine Fernsehserie", sagt sie, als sie sieht, dass die Therapeutin noch immer auf eine Antwort von ihr wartet.

„Das dachte ich mir schon fast", nickt die Frau. „Aber irgendetwas an dieser Sendung muss sie sehr beeindruckt haben."

Heute …

1

Kinderonkologisches Zentrum im CIO Bonn

„Du, Funny …"

„Ja?"

„Was machst du eigentlich tagsüber?"

Hel, die am Fenster stand und gedankenverloren in den trüben Herbstmorgen hinausgeblickt hatte, senkte ertappt den Blick. „Was meinst du?"

„Nicole hat gesagt, dass du fast immer erst abends herkommen kannst, weil du tagsüber arbeiten musst."

„Ja, das …“ Hel stieß sich von der Fensterbank ab und kehrte zu ihrem Stuhl neben dem Krankenbett zurück. „Das stimmt.“

„Aber jetzt ist Vormittag.“

„Richtig.“

Finn Richter, acht Jahre alt, fixierte sie aufmerksam aus blauen Kinderaugen. Aber zu ihrer Erleichterung fragte er sie nicht nach dem Grund für die Abweichung. Stattdessen sagte er: „Und was genau ist das für eine Arbeit, die du machst?“

Hel biss sich auf die Lippen. Haarsträubende Geschichten von wild gewordenen Bestien und Zauberwesen erzählen – das war die eine Sache. Aber schwerkranke Kinder anlügen? Niemals!

„Ich bin Polizistin“, versuchte sie es mit einer kompromissfähigen Halbwahrheit.

Finns Augen wanderten über ihr Gesicht wie der Lichtstrahl eines Scanners. „Echt?“

„Ja“, sagte Hel und fügte mit Blick auf ihr Clownkostüm vorsichtshalber hinzu: „Aber dann habe ich natürlich andere Sachen an.“

Sie konnte sehen, wie er überlegte, ob der Begriff „andere Sachen“ auch die Schminke in ihrem Gesicht einschloss.

„Fängst du Diebe?“

„Weniger.“

Die blauen Augen unter den von der Chemo geschwollenen Lidern verengten sich zu einem kritischen Schlitz. „Verteilst du Strafzettel?“

„Nein“, versicherte Hel lachend. „Ganz bestimmt nicht.“

Finn verfiel für einen Moment in nachdenkliches Schweigen. Dann hob er plötzlich den Blick: „Musst du auf böse Menschen schießen?“

Hel seufzte. Diese kleinen Biester konnten echt hartnäckig sein!

„Genau genommen versuche ich zu verhindern, dass die bösen Menschen auf …“ Sie unterbrach sich. *Ich versuche zu verhindern, dass die bösen Menschen auf die guten Menschen schießen?* Hatte sie das allen Ernstes sagen wollen? „Ich versuche zu verhindern, dass die bösen Menschen auf andere schießen“, setzte sie in aller

Eile noch einmal neu an. Eine Formulierung, die ihr Berufsbild ihrer Ansicht nach zumindest grob umriss …

„Du meinst so wie ein Bodyguard?“

„Ja, genau.“

Finn ließ sich in die Kissen zurücksinken. Seine letzte Chemo lag noch keine zwölf Stunden zurück und das Sprechen erschöpfte ihn. „Das Auto vom US-Präsidenten wiegt sieben Tonnen und sie nennen es ‚das Biest‘“, erklärte er nach einer Weile mit neu gewonnener Kraft.

Hel lächelte. Tja, so war das, wenn Kinder in diesem Alter gezwungen waren, den ganzen Tag fernzusehen und niemand die Zeit hatte, ein Auge auf die Programmauswahl zu werfen!

„Das ist korrekt“, lobte sie.

„Ich will auch mal in so einem Auto fahren.“

Hel griff nach seiner Hand und hielt sie sanft in ihrer. „Vielleicht können wir das ja mal einrichten, wenn du wieder fit bist.“ Und wenn meine Vorgesetzten mich bis dahin nicht rausgeworfen haben, setzte sie in Gedanken hinzu.

Sie hatte am frühen Morgen in Robert Becks Büro vorgesprochen. Doch seine Sekretärin hatte ihr mitgeteilt, dass Beck bereits am Vorabend nach Washington geflogen sei und dort noch bis Samstag an einem Kongress zu internationalen Sicherheitsfragen teilnehme. Hels vorsichtige Frage, ob ihr Vorgesetzter eventuell irgendwelche Anweisungen oder Mitteilungen für sie hinterlassen habe, hatte die Sekretärin hingegen klar verneint. Aber sie war keineswegs sicher, ob sie dies als gutes Zeichen werten sollte. Es konnte genauso gut sein, dass Beck von ihrem Fiasko im Wald noch gar nichts mitbekommen hatte.

„Erzählst du jetzt weiter?“, bettelte Finn neben ihr.

Sie zuckte zusammen. „Klar“, sagte sie. „Wo waren wir?“

„Die Yakutts haben Elays Schwert ausgegraben und mit in den Wurmwald genommen“, berichtete ihr kleiner Patient mit vor Aufregung geröteten Ohren. „Und Emika hat ihre Spuren verfolgt, bis es so dunkel geworden ist, dass man die Hand vor den Augen nicht mehr sieht.“

Richtig …

Hel atmete tief durch. „Und genau hier liegt das Problem", griff sie den Faden ihrer Fantasiegeschichte wieder auf. „Denn wie du weißt, funktionieren in der Finsternis des Wurmwaldes weder Fackeln noch Grubenlampen. Und weil …"

Das Summen eines fremden Smartphones unterbrach ihren Satz und automatisch suchte Hel das Tablet, das Finns Eltern ihrem Sohn zur Beschäftigung dagelassen hatten. Doch das Display war finster.

„Dein Telefon klingelt", stellte Finn derweil mit achtjährigem Scharfsinn fest.

Und endlich begriff auch Hel, was das Summen bedeutete. Bestimmt will Erin ihr Smartphone wiederhaben, dachte sie, während sie sich hastig ein paar Schritte von Finns Krankenbett entfernte. Und zumindest, was die Identität der Anruferin anging, lag sie richtig: Auf dem Display stand, genau wie bei ihrem ersten und bislang einzigen Telefonat vor zwei Tagen: 01 RUFT AN.

Schicksalsergeben drückte Hel auf ANRUF ANNEHMEN.

„Ja?"

„Warum sind Sie nicht in Frankfurt?"

Hel schnappte nach Luft. Sollte das ein Witz sein?

Am anderen Ende der Leitung machte sich derweil erwartungsvolle Stille breit.

„Ich dachte …" Ihre Stimme klang dermaßen wacklig, dass selbst Finn auf seinem Kissen erstaunt den Kopf wandte. „Nach dem verpatzten Zugriff und den Aussagen der BKA-Verantwortlichen bin ich davon ausgegangen, dass …"

„Max Collin ist ein selbstgefälliger Idiot", unterbrach Erin, die von ihrem Gestotter ganz offenbar genug hatte. „Und vor allem ist er ganz sicher nicht Ihr Weisungsbefugter."

„Ich habe mehrmals versucht, Sie anzurufen", verteidigte sich Hel. „Aber …"

„Wie auch immer", unterbrach die Direktorin sie ein weiteres Mal. „Ich will, dass Sie auf der Stelle zurückkommen."

Das ist so typisch, dachte Hel. *Ich will …*

„Fahren Sie sofort los", sprudelte Erins Stimme ungebremst weiter. „Sie nehmen Ihren Privatwagen. Die Kosten werden Ihnen pauschal erstattet. Und sobald Sie in Frankfurt sind, werden wir …“

„Was ist mit gestern?“, fiel Hel ihr nun ihrerseits ins Wort und im Bett hinter ihr zog Finn angesichts ihrer wiedergefundenen Lautstärke erschrocken den Kopf zwischen die Schultern.

„Was meinen Sie?“

„Der Einsatz im Taunus, Pauls Verletzung …“

„Er ist schon fast wieder fit und hat sich – falls es Sie interessiert – mit großer Vehemenz für Ihre Rückkehr ausgesprochen“, erklärte Erin Weisz mit spürbarer Ungeduld. „Sie treffen ihn morgen auf dem Parteitag.“

Eine Welle höchst widersprüchlicher Gefühle ließ Hel schwanken. Eine zweite Chance? Nach allem, was geschehen war? Das war ja fast zu schön, um wahr zu sein!

„Es ist zu erwarten, dass es wegen des missglückten Zugriffs eine Anhörung geben wird“, erklärte Erin in diesem Augenblick, und einmal mehr hatte Hel das beunruhigende Gefühl, dass die Direktorin über ähnlich gute Instinkte verfügte wie sie selbst. „Aber machen Sie sich keine Sorgen, das ist eine reine Formalie. Ich werde bestätigen, dass Sie sich korrekt verhalten haben.“

„Warum wollen Sie für mich lügen?“, platzte es aus Hel heraus. „Ich habe mich in diesem Wald nachweislich nicht korrekt verhalten.“ Sie lauschte in die knisternde Stille. Und als Erin Weisz keine Anstalten machte, von sich aus etwas zu sagen, setzte sie provozierend hinzu: „Haben Sie meinen Bericht nicht gelesen?“

„Zum Teufel mit Ihrem Bericht!“ Es war das erste Mal, seit sie miteinander zu tun hatten, dass die Direktorin der PSI so etwas wie Gefühle zeigte. Verärgerung in diesem Fall. Und nicht zu knapp. „Sie müssen lernen, die Dinge im richtigen Verhältnis zu sehen.“

Im richtigen Verhältnis? Hel merkte, wie ihr unter ihrer Perücke der Schweiß ausbrach. Was sollte das nun wieder heißen?

„In zwei Stunden ist die Begehung des Veranstaltungsortes im Hessischen Staatstheater durch die Spezialisten des BKA“, fuhr Erin Weisz fort und automatisch sah Hel auf die Uhr. „Paul hat in der Klinik noch ein paar abschließende Untersuchungen, daher müssen Sie diesen Termin allein wahrnehmen. Also sehen Sie zu, dass Sie rechtzeitig in Wiesbaden sind."

„Und dann?", fragte Hel.

„Was meinen Sie?"

„Was ist mit dem Parteitag morgen?"

„Der Schutz gefährdeter Politiker fällt ganz klar in unseren Aufgabenbereich", entgegnete die Direktorin. „Sie bekommen zusätzliche Kollegen zur Unterstützung, solange Paul körperlich noch nicht wieder voll einsatzfähig ist."

„Und die Gesamtleitung des Einsatzes …?"

„… liegt bei Max Collin und seinen Leuten", beendete Erin ihren Satz und ihr Ton machte klar, dass sie von Hel erwartete, diese Kröte klaglos zu schlucken. „Der von Ihnen erstellte und unterschriebene Einsatz- und Evakuierungsplan liegt mir bis heute Abend 18:00 Uhr zur Genehmigung vor", schloss sie. „Alles Weitere besprechen Sie mit Ihren Kollegen vor Ort. Ich verlasse mich auf Sie." Sie beendete das Gespräch unter Umgehung jeglicher Höflichkeitsfloskeln.

Hel starrte auf das Smartphone hinunter, das wie ein Fremdkörper in ihrer Hand lag. Ihre Gefühle pendelten irgendwo zwischen Euphorie und Fassungslosigkeit. Aber eine zweite Chance war eine zweite Chance! Sie straffte die Schultern. „Hör mal", sagte sie, indem sie sich wieder zum Krankenbett umdrehte.

„Du musst weg", konstatierte Finn mit der Abgeklärtheit eines Kindes, das gut ein Viertel seines bisherigen Lebens in Krankenhäusern verbracht hatte.

Hel wusste, dass es keinen Sinn machte, etwas zu beschönigen. Also nickte sie nur. „Tut mir leid", sagte sie. „Aber ich fürchte, ich muss wieder an die Arbeit."

„Kommst du wieder und erzählst die Geschichte zu Ende?"

„Aber klar", versicherte sie.

In den blauen Augen schimmerten Zweifel. „Bestimmt?"

Sein Blick schnitt Hel mitten ins Herz, aber sie widerstand dem Bedürfnis, den Kopf wegzudrehen. Wenn sie ihn schon enttäuschen musste, war es ja wohl das Mindeste, dass sie ihm dabei in die Augen sah!

„Ich verspreche es“, sagte sie und griff wieder nach seiner Hand. „Ich komme wieder, sobald der Auftrag, an dem ich arbeite, erledigt ist.“

Er fragte nicht, wann das sein würde. Schließlich spielte Zeit in seinem Leben eine völlig andere Rolle als bei seinen Altersgenossen.

„Aber …“ Hel versuchte, das flaue Gefühl in ihrem Magen zu ignorieren. „Vielleicht könntest du ja in der Zwischenzeit auf Mister Pebbles aufpassen?“

„Wirklich?“ Über das aufgedunsene Kindergesicht huschte ein Freudenschimmer.

„Wenn ich arbeite, kann ich ihn nämlich leider nicht mitnehmen“, erklärte Hel mit heiligem Ernst, indem sie die rosafarbene Riesenraupe mit dem gelb geblümten Turban neben ihn auf das saubere Krankenhauskissen legte. „Und dann fühlt Mr. Pebbles sich immer schrecklich einsam.“

„Ich pass auf ihn auf“, versicherte Finn mit einem erschöpften Lächeln.

„Gut“, flüsterte Hel – und als sie kurz darauf das Zimmer verließ, lächelte sie auch.

2

Landsitz Vintergaarden, Südschweden

„Vater?“

„Ja?“

„Es hat einen Unfall gegeben …“

Seltsamerweise sind das die letzten Worte, die sich ihm an jenem Vormittag im November eingeprägt haben. Er hatte an seinem Schreibtisch gesessen und an einer Rede für irgendeine dämliche Veranstaltung geschrieben. Und dann hatte das Telefon geklingelt und seine Sekretärin hatte ihn darüber informiert, dass sein Sohn am Apparat sei.

Nach Maribels Umzug in die Staaten hatten sie einander noch seltener gesprochen als zuvor, obwohl ihre Büros streng genommen nur zwei Etagen voneinander entfernt lagen. So nahe, dass Carl ihm die Nachricht von Maribels Unfall rein theoretisch auch persönlich hätte überbringen können …

„Was für ein Unfall?"

„Die Polizei vermutet, dass Olav am Steuer eingeschlafen ist. Anscheinend sind sie erst sehr spät losgefahren."

„Sind sie …?"

„Ja. Alle vier sind tot. Es tut mir leid."

Heinrich Mogendorf ringt nach Luft, doch durch seine geöffneten Lippen dringt nur ein Bruchteil der Menge an Sauerstoff, die er zu brauchen glaubt. Der letzte Satz seines Sohnes hatte ihn so fatal an seine letzte Unterhaltung mit Maribel erinnert, dass ihm vom Rest des Gespräches kein einziges Wort mehr in Erinnerung geblieben ist. Mehr noch: Die Tage zwischen Carls Anruf und der offiziellen Trauerfeier auf dem Friedhof von Falgrensryd – immerhin neunmal vierundzwanzig Stunden – sind bis heute wie ausgelöscht. Viel später hat er ein paar Bücher gelesen. Über neuronale Verknüpfung, posttraumatischen Stress und das Wesen der Erinnerung. Aber wenn er ehrlich ist, versteht er bis heute nicht, nach welchen Kriterien sein Verstand seine Wahrnehmungen sortiert.

Bunte Mosaiken auf dem Grund eines Schwimmbeckens.

Das Summen eines Kleinflugzeugs.

Ein Spielzeugboot, das unschuldig im glitzernden Wasser schaukelt.

Er kneift die Augen zusammen. Doch seine Lider bewegen sich keinen Millimeter. Und auch die Bilder weichen nicht.

Bei der Trauerfeier hatte Mascha eine schwarze Bluse mit stoffbezogenen Perlenknöpfen getragen. Dieselbe Bluse, die sie bereits zum Begräbnis seiner Frau angehabt hat. Er schluckt. Die Bluse ist wie ein Leuchtfeuer im Nebel der Erinnerungen, die ihn mit jenem regenschweren, düsteren Novembertag verbinden. Und in letzter Zeit stellt er sich immer öfter die Frage, ob Mascha diese Bluse auch zu seinem Begräbnis tragen wird.

In seinem Testament hat er verfügt, dass es keine Feier geben soll. Keinen offiziellen Akt. Keine Reden. Und keine Blumen. Aber er weiß auch, dass man dem Willen eines Toten in aller Regel nur eine untergeordnete Bedeutung beimisst.

Sein Blick sucht das Fensterbrett, doch die Amsel bleibt heute aus.

Vielleicht hat sie etwas Besseres vor.

Vielleicht ist sie auch tot.

Wenn Amseln sterben, denkt er, fallen sie einfach zu Boden und die Natur speist ihre Überreste gnädig wieder in den ewigen Kreislauf aus Werden, Wachsen und Vergehen ein. Oder sie werden gefressen und ihre Knochen verwandeln sich im Laufe der Jahrmillionen in Steine, die irgendein stolzer kleiner Junge mit seinem Kinderhammer dann aus irgendeinem blöden Steinbruch klopft …

So oder so: Wenn Amseln starben, bedurfte es keiner Farce aus Lügen und Heucheleien, Grabreden und falschen Tränen. Es war einfach vorbei.

Er denkt wieder an Maschas Bluse, der einzigen Konstante in den Katastrophen seines Lebens, und fragt sich, was sein Sohn mit ihr anstellen wird, wenn er gestorben ist. Sie entlassen?

Vermutlich.

Sie töten?

Vermutlich nicht.

Denn schließlich: Was sollte er von ihr jetzt noch zu befürchten haben? Ihr Schweigen dauert nun schon so viele Jahrzehnte. Und inzwischen ist Mascha alt und müde. Sie wird froh sein, nicht mehr jeden Tag in dieses große, leere Haus kommen zu müssen, und wahrscheinlich wird sie dann endlich die Reisen machen, von denen sie schon so lange träumt. Das großzügige Legat, das er ihr ausgesetzt hat, wird ihr erlauben, sich einen Großteil ihrer – alles in allem eher bescheidenen – Wünsche zu erfüllen. Aber es ist ganz bewusst auch nicht so viel Geld, dass es sie in Gefahr bringt. Auch darauf hat er geachtet. Und doch ist da dieser besondere Blick, mit dem sie Carl hin und wieder ansieht. Immer dann, wenn das Misstrauen in ihr für einen kurzen Moment dem Kerker ihrer Loyalität entschlüpft.

Ob sein Sohn diesen Blick überhaupt bemerkt, kann er beim besten Willen nicht sagen. Gut möglich, dass er lediglich ein Teil jenes geheimen Kommunikationsnetzes ist, das ihn seit jeher mit Mascha verbindet. Aber das Leben hat ihn gelehrt, dass man gut daran tut, jederzeit und überall mit dem Schlimmsten zu rechnen. Umso mehr bereut er, dass er seiner treuen Mascha nicht auch einen Brief oder zumindest eine Warnung hinterlassen hat. Dabei wäre es so leicht gewesen, ein paar Worte für sie aufzuschreiben! Nach Maribels Tod hat er ausreichend Gelegenheit gehabt. Und doch hat er sich davor gedrückt, das Unaussprechliche in Worte zu fassen. Tag für Tag. Jahr für Jahr. Und nun ist es einmal mehr zu spät.

Selbst zu meinem eigenen Begräbnis, denkt er mit einem Gefühl jäher Bitterkeit, komme ich bereits jetzt um Jahre zu spät! Er ringt nach Luft und um Fassung. Und seine Wut lässt die Kurven auf dem Monitor sprunghaft nach oben schießen. Gleich wird die Pflegerin kommen und nach ihm sehen.

„Alles klar, Herr Mogendorf?“, wird sie fragen. Und in Ermangelung einer Reaktion mitleidig hinzufügen: „Keine Sorge, ich sehe mal nach, woran es liegt.“

Es liegt an mir, denkt er. Daran, dass ich es wieder und wieder versäume, das Richtige zu tun. Ich hätte meinen Sohn zum Teufel jagen sollen, als er damit begann, mein Leben zu zerstören. Stattdessen habe ich vier leere Särge begraben und die Perlen an Maschas Blusenkragen angestarrt. Ich bin der größte Idiot auf Gottes Erdboden!

3

Hessisches Staatstheater Wiesbaden, Großes Haus

„Na, jetzt sieh doch mal einer an, wer da ist!“, rief Max Collin, als Hel ihm im Foyer des Hessischen Staatstheaters über den Weg lief und sofort richteten sich die Blicke sämtlicher Umstehenden auf sie. Doch anders als gestern im Wald war sie dieses Mal vorbereitet.

„Guten Morgen zusammen", entgegnete sie fröhlich und sie konnte zusehen, wie Collins Gesicht unter der Wucht ihrer scheinbaren Unbekümmertheit an Farbe verlor. „Bitte entschuldigen Sie die Verspätung, aber die A3 war ziemlich zäh heute früh." Sie war alles andere als zu spät. Aber sie hatte Lust, ihn zu ärgern.

Und es funktionierte: „Lassen Sie mich eins klarstellen", stieß er halblaut zwischen seinen blütenweißen Zähnen hervor, indem er ihr einen seiner muskulösen Arme um die Schultern legte und sie ein Stück weg, in den Schatten der Treppe führte. „Sie nehmen ausschließlich zu Informationszwecken an dieser Begehung teil. Mit dem Einsatz selbst – seiner Planung und seiner Durchführung – wie auch mit der Kommunikation zu allen Belangen, die diesen Einsatz betreffen, haben Sie nicht das Geringste zu tun."

Hel bedachte seine fleischige Hand auf ihrer Schulter mit einem müden Lächeln, und ihm schien siedend heiß einzufallen, dass man seine Körperlichkeit durchaus als Belästigung auslegen konnte. Er zog den Arm weg, als habe er einen elektrischen Schlag kassiert, während in seinem Rücken der Scheinwerfer eines Kamerateams aufflammte.

„Sie dürfen sich gerne umsehen", zischte Collin, als die von Kopf bis Fuß durchgestylte Reporterin mit eingefrorenem Lächeln auf ihn zusteuerte. „Aber kommen Sie mir bloß nicht in die Quere!"

So unkollegial und arrogant sein Verhalten sein mochte, so froh war Hel über die Gelegenheit, sich ungestört und in ihrem eigenen Tempo mit den örtlichen Gegebenheiten vertraut machen zu können. Sie wartete geduldig ab, bis Collins Tross sich in Richtung des Zugangs zum Parkett in Bewegung setzte, um dann mit einem unbeschwerten Lächeln auf den Lippen auf der linken Seite der prunkvollen doppelläufigen Treppenanlage in den ersten Rang hinaufzusteigen.

„Jede Wette, dass die mit der Direktorin schläft!", hörte sie einen von Collins Leuten seinem Nachbarn zuraunen. Dann verschwand der BKA-Trupp im Zuschauerraum.

Hel ließ ihre Blicke über die reich verzierten Wände der dreigeschossigen Halle wandern, während das Geräusch ihrer Schritte von den roten Teppichen geschluckt wurde. Gleich nach ihrer Ankunft hatte sie das Theater einmal komplett umrundet und dabei festgestellt, dass bereits die Anlage des Gebäudes bei einem Ortsunkundigen für Verwirrung sorgen konnte. Denn das, was man gemeinhin für die Front hielt, war in Wirklichkeit die Rückseite des Theaters. Diese war jedoch bewusst als Schauseite gestaltet worden – mit klassischem Säulenportikus, reich verzierten Figurengruppen, geschwungener Auffahrt und Schiller-Zitat im Giebel. Doch die imposante Fassade täuschte: Der Haupteingang des Theaters befand sich auf der entgegengesetzten Seite in der Mitte der Theaterkolonnaden, ein klassischer Fall von Schein und Sein.

Seltsamerweise wollte das Gefühl, getäuscht zu werden, Hel noch immer nicht loslassen, als sie kurz darauf aus dem dritten Rang auf die spielzeugkleinen Messebauer im Parkett hinunterblickte, die zwischen den rot gepolsterten Sitzreihen herumliefen, um Halterungen, Mikrofone und andere Notwendigkeiten eines Parteitags anzubringen. Bei normalem Spielbetrieb fanden in diesem Theatersaal 1.041 Zuschauer Platz, was in etwa der Zahl der Delegierten entsprach, die morgen hier diskutieren, verhandeln, Ränke schmieden und nebenbei einen neuen Parteivorsitzenden wählen würden. Kurzum: Es würde verdammt voll werden!

Collins Leute hatten eine Liste erstellt, in der nicht nur Name, Alter und Geschlecht der Delegierten, sondern auch die Dauer ihrer Parteizugehörigkeit vermerkt war. Und das Sicherheitspersonal war angewiesen, jeden Ausweis und jede Einladungskarte akribisch zu kontrollieren, auch wenn man es allgemein für extrem unwahrscheinlich hielt, dass Duval sich in der Kürze der Zeit Ersatz besorgt haben könnte. Trotzdem war sein Foto vorab an sämtliche Einsatzkräfte verteilt worden. Und auch das Personal – vom Kellner bis zur Toilettenfrau – würde von den Experten des BKA vor Beginn der Veranstaltung noch einmal genauestens unter die Lupe genommen werden.

Die Bedingungen für ein Attentat sind eigentlich denkbar ungünstig, resümierte Hel. Und dennoch war sie nach wie vor felsenfest davon überzeugt, dass genau hier der nächste Anschlag auf Lorna Hoogstraats Leben stattfinden würde. Schon morgen …

Ihre Augen suchten die Bühne, in deren Hintergrund bereits das Prospekt mit dem Parteilogo hing. Rechterhand waren – leicht angeschrägt – zwei Reihen mit Tischen für die Vorstandsmitglieder aufgestellt worden. Noch fehlten die Namensschilder, doch aus den Unterlagen wusste Hel, dass Lorna in der ersten Reihe sitzen würde, genauer gesagt: auf dem zweiten Stuhl von links.

Angenommen, ich will sie genau dort erschießen … Sie drehte den Kopf. Die untere der Bühnenlogen würde mit technischem Equipment der Organisatoren belegt sein, das hatte sie bereits in Erfahrung gebracht. Aus den darüber liegenden Logen wäre der Winkel sehr steil, was jedoch für einen Schützen wie Duval kein Hindernis darstellte, während man aus den Rängen – abgesehen von den äußersten Plätzen ganz rechts – von nahezu überall eine gute Sicht auf die Bühne genoss. Einen besonderen Schutz für jeden potenziellen Attentäter boten dabei die Logen im ersten Rang, die jeweils eigene Türen hatten.

Wenn ich dieses Attentat verüben wollte, dachte Hel, würde ich es wahrscheinlich am ehesten von dort aus versuchen. Aber natürlich gab es in einem Raum wie diesem auch noch Dutzende andere Möglichkeiten!

Hel verließ den Rang und arbeitete sich anschließend Etage für Etage nach unten vor. Sie prägte sich die Position von Säulen und Türen ein, maß Abstände, überprüfte Winkel. Und immer wieder suchte ihr Blick den leeren Stuhl auf der Bühne. Den zweiten von links.

Nachdem sie mit dem Zuschauerraum fertig war, nahm sie sich die Hinterbühne vor. Anschließend den Schnürboden, die Gassen, die Toiletten und die Notausgänge. Hin und wieder begegnete ihr einer von Collins Leuten und belächelte ihre Akribie. Doch ansonsten blieb sie vollkommen unbehelligt.

Als sie gerade fertig war und auf die erschreckend große Bühne zurückkehrte, erhielt sie einen überraschenden Anruf.

„Falls Sie da, wo Sie sind, mal eine halbe Stunde abkömmlich wären, sollten Sie unbedingt herkommen“, kam Andreas Syroth ohne viel Federlesens zur Sache.

Und augenblicklich war Hel wie elektrisiert. „Haben Sie den Jungen?“

„Wir haben ihn vor einer Stunde vor dieser stillgelegten Fabrik aufgegriffen“, bestätigte der Beamte von der Jugendkriminalität. „Am Bücherschrank, wie Sie gesagt haben.“

„Und?“ Hel legte schützend die Hand über ihre Augen, als hoch über ihrem Kopf unvermittelt eine Reihe von Scheinwerfern aufflammte und die Bühne des Staatstheaters in gleißendes Licht tauchte.

„Wir haben ihn nach seinem T-Shirt und dem Bombenpäckchen gefragt, und natürlich will er nicht reden“, erklärte Syroth, und in den Tiefen seiner Gleichgültigkeit glaubte Hel einen Hauch von Beteiligung zu erschnüffeln. „Aber ich habe trotzdem das Gefühl, dass er was weiß. Falls Sie also mit ihm sprechen wollen …“

„Unbedingt“, rief Hel, überrascht von dem unerwarteten Friedensangebot.

„Aufgrund der besonderen Umstände wird der Jungen erst mal für eine Weile in einem Heim in Kassel untergebracht“, ergänzte Syroth. „Dort haben sie andere Möglichkeiten, ihn im Auge zu behalten, wenn Sie verstehen, was ich meine. Aber bis heute Abend bliebt er hier bei uns.“

„Ich komme, so schnell ich kann“, antwortete Hel.

„Gut.“

„Und danke, dass Sie mich informiert haben.“

„Zimmer 306“, sagte Syroth. „Melden Sie sich im Vorzimmer. Dann bringe ich Sie zu ihm.“

4

Landsitz Vintergaarden, Südschweden

„Wann?“, hört er eine fremde Stimme fragen.

Ein Mann.

„Die Pflegerin behauptet, dass er im selben Moment kollabiert ist, in dem sie das Zimmer betreten hat.“

Mascha!

Er blinzelt. Auf seiner Bettdecke liegt helles Sonnenlicht.

„Gut, schauen wir mal.“

Die Schritte, die auf ihn zukommen, sind jung. Ein Notarzt vermutlich. Auf jeden Fall frisch von der Uni.

„Herr Mogendorf?“

„Er ist wach“, flüstert Mascha.

„Sie waren eine Weile nicht bei Bewusstsein“, informiert ihn der Arzt. Etwa eins achtzig. Aschblondes Haar. Schlank. „Ich werde Sie jetzt untersuchen, um herauszufinden, woran das liegt.“

Es liegt daran, dass ich sterbe, kontert er stumm. Zugleich notiert er mit Wohlwollen, dass der junge Arzt ihn nicht um sein Einverständnis gebeten hat, so wie es die anderen immer tun, obwohl sie wissen, dass er ihnen nicht antworten kann. Stattdessen konzentriert er sich auf seine Arbeit.

Heinrich Mogendorfs Augen folgen den Händen des Arztes, die routiniert über seinen Körper gleiten. Den Puls kontrollieren. Den Bauchraum betasten. Hier und da innehalten.

Er schreibt sich nichts auf, notiert Mogendorf auf dem imaginären Personalbogen, den er noch immer gewohnheitsmäßig anlegt – für jeden, mit dem er länger als fünf Minuten zu tun hat. Wie arrogant ein solches Verhalten ist, hat er erst spät erkannt. Aber jahrzehntealte Gewohnheiten lassen sich nur schwer ablegen. Und Potenziale richtig einzuschätzen war immer ein wichtiger Teil seines Erfolges. Ha, ha!

„Hat er sich kürzlich über irgendwas aufgeregt?“, wendet sich der junge Arzt auf seiner Bettkante unterdessen an Mascha.

„Ich war nicht hier, als es passiert ist", lautet die Antwort, und automatisch denkt er, dass auch das Ausweichen irgendwann zur Gewohnheit werden kann. „Aber der Doktor sagt, dass so etwas in diesem Stadium durchaus mal passieren kann."

„Ich denke, es gab einen Auslöser", brummt der junge Mann an seinem Bett. Seine Silhouette ist gestochen scharf vor dem Fenster.

„Was ist das da?"

Heinrich stöhnt. Das Gegenlicht blendet ihn und sein Blickfeld reicht nicht weit genug. Aber ihm scheint, dass der junge Arzt nach rechts blickt. Zur Ecke ...

„Ach das", sagt Mascha. „Das ist sein Computer."

Die Bettkante hebt sich, als der junge Mann aufsteht. Gleich darauf raschelt Plastik.

In Maschas Augen liegt eine seltsame Mischung aus Empörung und Flehen.

„Ist das eine Retina-Steuerung?"

Mascha nickt.

Er selbst hält die Luft an.

„Wann wurde die zuletzt benutzt?"

„Vor ein paar Wochen."

Der junge Arzt runzelt die Stirn. „Und jetzt geht das ... Das geht jetzt aus physiologischen Gründen nicht mehr?" Sein Blick sucht die Augen seines Patienten und sein Stirnrunzeln vertieft sich.

„Nein", antwortet Mascha. „Das heißt ... Ich weiß es nicht. Es ..." Er kann fühlen, wie sie jedes einzelne ihrer Worte sorgfältig abwägt, bevor sie fortfährt: „Es hieß, dass ihn das zu sehr aufregt."

Der letzte Satz klingt wie eine Frage.

Nein, nein, *NEIN!*, schreit er ihr stumm entgegen. *Es regt mich nicht zu sehr auf! Mein Sohn hat nur versucht, mich auszuschalten. So wie den Rest der Familie. DU KENNST MICH!*

Und auch der junge Arzt scheint über ihre Formulierung zu stolpern. *Es hieß, dass ihn das zu sehr aufregt ...*

„Vielleicht sollten wir noch einen Versuch machen", schlägt er vor. „Solange ich hier bin. Manchmal ändern sich die Dinge. Und es wäre auch in Bezug auf die Diagnosestellung hilfreich, wenn er sich artikulieren könnte", setzt er hinzu, als er spürt, dass es Gegenwehr geben könnte.

Mascha schweigt und ihre Finger sehen aus wie verknotet. Aber das kümmert den jungen Mann am Fenster wenig. Er hat kein „Nein" gehört, also geht er von einer Erlaubnis aus.

Gut so, mein Junge! Lass dich nicht beirren!

Vor dem leuchtend blauen Viereck des Fensters tanzen feine Staubteilchen, als die Plastikhaube knisternd zu Boden gleitet. Kurz darauf kündigt ein dezentes akustisches Signal an, dass der Computer hochfährt.

Sein Herz macht einen Sprung, und während der Ventilator an der Seite des Rechners leise summend seine Arbeit aufnimmt, platzen Tränen freudigen Unglaubens aus seinen Augen. Er fühlt ihre Wärme auf seinen Wangen wie eine sanfte Berührung, und automatisch muss er an seine Frau denken. An das, was sie geplant haben, als sie jung und dumm waren. Und an das, was ihr erspart geblieben ist.

„Herr Mogendorf?"

Ja?

„Ich habe hier Ihren Computer." Die Räder quietschen auf dem Teppich. „Ich würde gerne versuchen, ob Sie nicht …"

Was?

Ein plötzliches Stutzen.

Was ist?

Maschas Schultern verkrampfen sich.

„Es tut mir leid, aber …"

Er hört ein Klopfen. Dann Tippen. Eine kurze Stille. Gleich darauf neue Tastenbefehle. Alles außerhalb seines Blickfeldes.

„Ich bin kein Fachmann, was solche Dinge angeht", murmelt der junge Arzt und in seiner Stimme schwingt echtes Bedauern. „Aber für mich sieht es so aus, als ob da irgendwas mit der Steuerung nicht stimmt."

Okay. Schön. Dann holen Sie jemanden, der das in Ordnung bringt!

„Wenn man hier draufklickt, müsste es eigentlich …"

HOLEN SIE …

„Dann müsste rein theoretisch …"

VERDAMMT NOCH MAL JEMANDEN …

„Aber ich will nichts kaputtmachen."

… DER DAS IN ORDNUNG BRINGT!

„Das sieht für mich alles ziemlich kompliziert aus."

Sieh mich an, fleht er stumm, sieh mir in die Augen! Früher hatte ich diesen Blick, der Worte überflüssig macht. Ich habe Meetings auf diese Weise geleitet. Gegner in Schach gehalten. Kunden überzeugt und Menschen übers Ohr gehauen. Also bitte, bitte, bitte, lass mich ein letztes Mal mit einem Blick überzeugen!

Sieh mich an! SIEH HIN, VERDAMMT!

Ihre Augen treffen einander.

Der Notarzt legt die Stirn in Falten und eine quälend lange Weile denkt er nach. Dann fasst er einen Entschluss: „Ich glaube, ich kenne da jemanden, der das vielleicht wieder hinkriegt", sagt er, und zu Heinrich Mogendorfs Freude richten sich die Worte direkt an ihn. Nicht an Mascha. „Wenn Sie erlauben, rufe ich ihn an."

5

Polizeipräsidium Frankfurt, Abteilung für Jugendkriminalität

„Tibor?"

Nichts. Er blickte nicht einmal auf.

„Tibor, ich bin Helena Steen", fuhr Hel unbeirrt fort. „Ich bin Polizeibeamtin und augenblicklich arbeite ich für die Dienststelle Personenschutz Inland."

Du Funny, was machst du eigentlich tagsüber?

„Unsere Behörde ist für den Schutz von gefährdeten Personen zuständig ..."

So wie ein Bodyguard?

„… und im Moment ist es meine Aufgabe, eine junge Politikerin zu beschützen. Lorna Hoogstraat."

Keine Reaktion.

Hel zog ihr Smartphone aus der Tasche und rief eins von Lornas Kampagnenfotos auf. „Meine Schutzperson ist ungefähr so alt wie ich und ziemlich eigensinnig", erklärte sie, indem sie Tibor Hanff das Display hinhielt. Doch der Zwölfjährige würdigte die Aufnahme keines Blickes. „Aber leider hat sie im Augenblick eine Menge Probleme, weil es irgendwo da draußen ganz offenbar Menschen gibt, die sie umbringen wollen."

Sie beobachtete Tibor Hanffs Reaktion genau, doch äußerlich zeigte der Junge noch immer keinerlei Regung.

„Du kennst mich nicht – und ich kenne dich nicht", beschloss sie, die Taktik zu ändern, bevor er endgültig dichtmachte. „Aber ich weiß ein paar Dinge über dich."

War das Spott in seinen Augen?

„Oder besser: Ich weiß ein paar Dinge über das, was du in den letzten Tagen getan hast", korrigierte sich Hel. „Ich werde nicht behaupten, dass es dir besser geht, wenn du mit mir darüber redest. Und ich werde auch nicht vorgeben, dass ich die Mittel habe, dich zu irgendetwas zu zwingen, das du nicht tun willst. Aber ich bin entschlossen, meine Aufgabe zu erfüllen und Lorna Hoogstraat zu beschützen."

Sie legte das Smartphone zur Seite und zog stattdessen das Zigarrenetui heraus, das sie Ilona Marthy unter Aufbietung all ihres diplomatischen Geschicks aus der Tasche geleiert hatte.

Und dieses Mal hatte Tibor Hanff seine Emotionen nicht vollständig unter Kontrolle. Zwar bemühte er sich weiterhin um einen Ausdruck gelangweilten Desinteresses. Aber unter seinem linken Auge flimmerte ein Muskel. Wie ein winziges Insekt, das unter der zarten Haut gefangen war.

„Ich weiß, dass dir dieses Kästchen viel bedeutet", fuhr Hel ermutigt fort. „Zumindest genug, um das Risiko einzugehen, deinen Freund noch einmal ins Heim zu schicken, um es zu holen."

„Okay." Seine Stimme klang erstaunlich erwachsen. „Was wollen Sie dafür?"

„Nichts."

„Na klar!"

„Ich meine es so, wie ich es sage", entgegnete Hel und schob den rostigen Metallkasten über den Tisch. „Es gehört dir, und du kannst es zurückhaben."

Tibor Hanffs Augen richteten sich misstrauisch auf den zerbeulten Deckel. „Haben Sie reingesehen?"

„Nein."

„Warum nicht?"

„Weil es mich nichts angeht."

„Ich wette, Ilona hat reingesehen", gab er zurück und mit einem Mal war sein Blick verletzlich.

„Ja, vermutlich", murmelte Hel.

Jetzt sah er sie doch an. Zum ersten Mal überhaupt.

Sie wartete geduldig, bis er sich seine Meinung gebildet hatte.

„Was genau wollen Sie?", fragte er schließlich. Eine seltsame Mischung aus Trotz und Resignation.

Hel erwiderte seinen Blick. „Wie ich bereits sagte: meine Schutzperson retten."

„Was hat das mit mir zu tun?"

„Ich würde dir gern noch ein Bild zeigen …"

„Von wem?"

„Ist nicht wichtig." Sie griff wieder zum Handy und klickte das Bild von Duval an, das inzwischen auch an sämtliche Einsatzkräfte verteilt worden war. „Ich habe dazu nur eine einzige Frage", sagte sie, indem sie das Smartphone so drehte, dass Tibor die Aufnahme sehen konnte.

„Wer ist das?", fragte er.

Dein Gefühl hat dich nicht getäuscht!, durchfuhr es Hel, und die Erkenntnis überschwemmte sie mit einem elementaren Glücksgefühl. Zugleich meldeten sich neue Bedenken. Konnte sie Tibor Hanff vertrauen? Oder spielte er Spiele? Raffiniert genug wäre er … trotz seiner Jugend.

Sie klickte das Bild weg und straffte die Schultern. „Das ist der Mann, der vorgestern auf meine Schutzperson geschossen hat", antwortete sie, wohl wissend, dass sie hier gerade gegen sämtliche Dienstvorschriften verstieß. Aber sie hatte das dringende Gefühl, dass ihr bei diesem Jungen – wenn überhaupt – nur absolute Ehrlichkeit helfen konnte. „Dieser Schuss war bereits der zweite Anschlag auf ihr Leben innerhalb von einer Woche“, fuhr sie fort. „Der erste war am Montagnachmittag, als jemand einen Bombenanschlag auf ihr Büro verübt hat.“

Ihre Formulierung ließ Tibor Hanff die Stirn runzeln.

Jemand ...

Jetzt bloß keine Suggestivfragen stellen, ermahnte sich Hel. „Kurz zuvor erhielt ein Junge den Auftrag, das Päckchen mit dem Sprengsatz in diesem Büro abzugeben“, fuhr sie so neutral wie möglich fort. „Allerdings sind wir ziemlich sicher, dass sein Auftraggeber ihm nicht gesagt hat, was sich in diesem Päckchen befand.“

Das Zigarrenkästchen hatte die ganze Zeit über scheinbar unbeachtet vor ihm auf dem Tisch gestanden. Doch jetzt streckte Tibor Hanff die Hand aus und nahm es an sich. Seine Fingerknöchel wurden weiß, so fest griff er zu.

„Nicht dieser Mann“, flüsterte er, so leise, dass Hel ihn nur mit äußerster Mühe verstehen konnte. Dann schob er das Kästchen unter seine Sweatjacke und drehte sich weg.

Aber Hel konnte ihn noch nicht auslassen. „Der Mann, der dem Jungen den Auftrag gab, das Paket zu überbringen, war nicht der Mann auf dem Foto?“, hakte sie noch einmal nach.

„Nein.“

„Bist du ganz sicher?“

Sein Blick triefte vor Verachtung. *Wofür halten Sie mich?*

Hel seufzte. „Ich weiß, ich kann dich zu nichts zwingen“, wiederholte sie. „Aber in diesem Fall muss ich dich um etwas sehr Wichtiges bitten ...“

6

Frankfurt, Wohnung von Lorna Hoogstraat

„Ist das unser mysteriöser Auftraggeber?“ Leo verzog die Lippen zu einem geringschätzigen Strich. „Mister One-Time-Pad-COOHL?“

Hel nickte. „Der Phantombildzeichner sagt, der Junge ist wirklich ein hervorragender Beobachter."

Ihr Mitbewohner sah hoch. „Wahrscheinlich wird man das, wenn man schon so früh so vielen Gefahren ausgesetzt ist."

„Ja", sagte Hel. „Vermutlich."

„Und wo ist der Junge jetzt?"

„An einem sicheren Ort." Sie griff nach der Thermoskanne auf dem Tisch und schenkte sich Kaffee ein. „Ich konnte ihn davon überzeugen, erst mal für eine Weile in der Obhut der Polizei zu bleiben. Und wer weiß? Wenn er sich mal daran gewöhnt hat, wie es sich anfühlt, in Sicherheit zu sein, kriegt er vielleicht auch dauerhaft die Kurve."

„Hm", machte Leo und wandte sich wieder dem Männergesicht auf seinem Monitor zu: ein Kaukasier um die fünfzig mit dunklen Haaren und kleinen, leicht schräg stehenden Augen.

„Tibor sagt, der Mann spricht akzentfreies Deutsch", kommentierte Hel. „Der Abgleich mit den einschlägigen Datenbanken läuft. Allerdings mache ich mir keine großen Hoffnungen, dass unser mysteriöser Mister COOHL dort zu finden ist."

„Wohl kaum", knurrte Leo. „Nicht bei der Vorsicht, die er in Bezug auf seine Netzaktivitäten an den Tag legt."

„Naja, wenigstens ist es niemand, den wir kennen", erwiderte Hel, halb ernst, halb im Scherz. „Das ist doch immerhin auch schon was!"

Leo schob seinen Stuhl zurück. „Hast du ernsthaft geglaubt, dass Ashrav Rouhani einen Killer engagiert, um Lornas Umfragewerte zu steigern?"

„Das Problem ist, dass ich in diesem Fall rein gar nichts ernsthaft glaube", seufzte Hel. „Ich habe nach wie vor das Gefühl, dass die ganze Sache inszeniert ist. Aber ich habe nicht den geringsten Schimmer, von wem und zu welchem Zweck." Sie sah auf die Uhr. „Wie auch immer – ich muss los."

„Wohin?"

„In einer halben Stunde treffe ich mich mit dem PSI-Kollegen, der Paul ersetzen soll. Und wenn ich zurück bin, werde ich mich wohl oder übel an den Plan für den Aasgeier setzen müssen."

Die Erwähnung der Direktorin entlockte Leo ein unwilliges Brummen. „Bis wann will sie den haben?"

„Der von Ihnen erstellte und unterschriebene Einsatz- und Evakuierungsplan liegt mir bis heute Abend 18:00 Uhr zur Genehmigung vor", zitierte Hel, wobei sie sich alle Mühe gab, Erins Tonfall möglichst genau zu imitieren.

„Wenn ich die Augen schließe, würde ich schwören, sie wär's", stellte eine amüsierte Stimme in ihrem Rücken fest.

Hel fuhr herum. „Paul?"

„Höchstselbst und dienstfähig", grinste er.

„Im Leben nicht", widersprach sie mit Blick auf den Verband, der sich unter seinem wie immer tadellos gebügelten Hemd abzeichnete.

„Ich gebe zu, es bestehen augenblicklich noch gewisse Einschränkungen hinsichtlich der Beweglichkeit", räumte Paul ein. „Aber die sind als minimal einzustufen und obendrein absolut vorübergehend. Und außerdem ist da ja auch noch der Kollege, zu dem du dich gerade aufmachen willst – wen auch immer sie uns geschickt haben."

Hel stand auf. „Ich glaube, sein Name ist Rösner."

„Ach du Schande", stöhnte Paul.

„Wieso?", fragte sie. „Ist er nicht gut?"

Doch Paul verkniff sich jeden Kommentar und umrundete stattdessen den Tisch, um einen Blick auf Leos Monitor werfen zu können. „Und was gibt es sonst Neues?"

„Wir haben ein Phantombild des Mannes, der dem Jungen das Bombenpäckchen übergeben hat." Leo hielt Paul seine Bounty-Tüte unter die Nase. „Schokoriegel?", murmelte er, ohne Paul direkt anzusehen. In seiner Welt zweifellos so etwas wie ein Ritterschlag …

Und genau das schien Paul auch zu spüren. „Aber immer doch", entgegnete er und griff beherzt zu, während Hel ihm in knappen Worten von ihrer Begegnung mit Tibor Hanff berichtete.

„Also sind Duval und der Auftraggeber des Bombenanschlags eindeutig nicht ein und dieselbe Person", konstatierte Paul und instinktiv tastete er bei Duvals Erwähnung nach seiner verletzten Schulter. Als er sich der Geste bewusst wurde, zog er eilig die Hand zurück. „Bleibt die Frage, ob der Mann, der Tibor Hanff die Bombe ausgehändigt hat, der Drahtzieher oder bloß ein weiterer Mittelsmann war."

Stimmt, dachte Hel. Wer sagt eigentlich, dass der Mann, den Tibor getroffen hat, tatsächlich unser mysteriöser Mister COOHL ist?

Fest stand, dass der Initiator der Bedrohung bislang sehr viel Geld investiert hatte, um sein Ziel zu erreichen: Für eine gezielte Kampagne in den einschlägigen Social-Media-Kanälen, wie sie gegen Lorna in den vergangenen Wochen und Monaten gelaufen war, musste man laut Leo schnell einige Hunderttausend Euro und mehr hinblättern. Und ein Profi wie Duval war unter Garantie auch nicht gerade billig zu haben. Hel starrte nachdenklich auf die nackte Tischplatte hinunter. Da war es in der Tat nicht besonders wahrscheinlich, dass der Urheber all dessen sich höchstpersönlich um den Überbringer seines Bombenpäckchens kümmerte ...

„Hat Lorna dieses Phantombild schon gesehen?", riss Pauls Stimme sie aus ihren Gedanken. „Wäre doch möglich, dass sie mit dem Mann auf dem Bild etwas anzufangen weiß."

Hel dachte an die Zeichnung mit dem Mädchen am Galgen. „Gute Idee", rief sie. „Fragen wir sie!"

Als sie auf den Flur hinaustraten, sahen sie, dass die Tür zu Lorna Hoogstraats Büro offen stand. Durch den Spalt fiel ein Abglanz von Scheinwerferlicht.

„Das Interview für *RTL aktuell*", flüsterte Vicky Dorn, als die beiden Personenschützer so leise wie möglich in den Raum traten.

Neben ihr stand Ashrav Rouhani und beobachtete jede kleinste Regung seiner Chefin mit angespannter Miene. Offenbar traute er Lorna nach der erfahrenen Schmach in der Klinik ohne Weiteres zu, vor laufenden Fernsehkameras irgendeine Dummheit zu begehen …

„Als Politikerin muss man lernen, mit Gefahrensituationen umzugehen", sagte sie gerade, und endlich konnte Hel ihre Schutzperson nun auch sehen.

Das Kamerateam hatte den Schreibtisch ein Stück zur Seite geschoben und zwei von den edlen Besucherstühlen aus dem Konferenzraum auf den grafischen Teppich gestellt, damit die gesprächsführende Journalistin und Lorna einander in lockerer Plauderatmosphäre gegenübersitzen konnten.

„Aber wie machen Sie das?", hakte die Moderatorin noch einmal nach. „Wie schaffen Sie es, die Angst, die Sie angesichts der jüngsten Ereignisse doch ganz sicher haben werden, im Zaum zu halten, wenn Sie morgen auf die Bühne des Hessischen Staatstheaters treten? Wie bereiten Sie sich darauf vor?"

„Ganz einfach." Lornas Haltung wirkte erstaunlich lässig angesichts der Umstände. „Ich konzentriere mich auf das, was ich erreichen will."

„Sie meinen den Vorsitz Ihrer Partei?"

„Nicht nur."

„Aber es gab in den vergangenen Tagen doch ganz sicher einen Moment, in dem Sie erwogen haben …"

„Nicht eine Sekunde", fiel Lorna ihr ins Wort.

Neben Hel stöhnte Ashrav Rouhani leise auf. Offenbar war er der Meinung, dass sein Schützling einmal mehr viel zu beherrscht rüberkam.

„Es beeindruckt Sie nicht im Geringsten, dass es da draußen ganz offenbar Leute gibt, die Ihnen aktiv nach dem Leben trachten?", startete die Moderatorin, die ihren Job verstand, einen weiteren Versuch, ihre Gesprächspartnerin aus der Reserve zu locken.

„Doch", entgegnete Lorna.

Die Anwesenden hielten die Luft an.

„Aber ich habe eine klare Botschaft an alle, die glauben, mich fertigmachen zu können." Lorna drehte den Kopf und wandte sich direkt in die Kamera: „Ich bin nicht hilflos", sagte sie und ihre Augen blitzten – eine beeindruckende Mischung aus Angriffslust und Entschlossenheit. „Das ist der Grund, warum ich überhaupt in die Politik gegangen bin. Und seit ich das verstanden habe, kann ich auch mit meiner Angst umgehen. Ich bin nicht hilflos", wiederholte sie leise, aber mit äußerster

Bestimmtheit. „Und ich lasse auch nie wieder zu, dass ich mich so fühle."

Es waren nur wenige Sätze. Und doch spürten alle Anwesenden, dass sie hier und heute zum ersten Mal einen Blick auf die wahre Lorna hatten werfen dürfen. Auf die künftige Spitzenpolitikerin. Aber auch auf das gedemütigte kleine Mädchen am Galgen.

Das hier, dachte Hel mit einem leisen Schaudern, ist der Moment, in dem sie sich auf ihre Wurzeln besinnt. Auf das, was sie wirklich ausmacht und antreibt. Das ist es, was ihr die ganze Zeit über gefehlt hat. Aber genau damit wird sie gewinnen. Die Wahl am Samstag. Und vermutlich auch alle anderen, die noch folgen werden.

Ashrav Rouhani schien ähnlich zu denken, denn er ballte siegesgewiss die Faust und blickte triumphierend zu Vicky Dorn.

„Frau Hoogstraat, ich danke Ihnen sehr für dieses Gespräch", sagte die Moderatorin, die finster entschlossen war, sich diese unerwartet intensive Pointe ihres Interviews durch nichts und niemanden mehr kaputt machen zu lassen.

Gleich darauf erlosch das Scheinwerferlicht, und rund um Lorna Hoogstraat brach wieder die übliche geschäftige Hektik aus.

„Großartig", raunte Ashrav ihr ins Ohr, doch seine Augen klebten bereits am Smartphone.

Und auch Vicky Dorn eilte umgehend zu den Leuten vom Fernsehen, um ein paar letzte Kleinigkeiten zu besprechen. Lorna hingegen saß noch immer auf ihrem Besucherstuhl, den Kopf gesenkt. Eine nachdenkliche junge Frau, die inmitten all des Trubels erschreckend einsam wirkte.

„Alles klar?", fragte Hel, als das Fernsehteam und die meisten ihrer Mitarbeiter das Büro verlassen hatten.

Lorna sah hoch. „Ich weiß es nicht", sagte sie und ihre Stimme klang müde.

„Das war ein gutes Interview."

„Es fühlt sich aber nicht gut an." Lorna blickte auf ihre Finger hinunter. „Ich schätze, ich muss erst wieder lernen, ich selbst zu sein."

„Das kann ich mir vorstellen", sagte Hel. „Aber wenn Sie mich fragen, war hier und jetzt genau der richtige Zeitpunkt, um die Regeln zu brechen."

Die zarten Lider unter dem dicken Make-up flimmerten. „Ich habe gelogen, als ich sagte, ich hätte keine Angst."

Hel lächelte. „Ich weiß."

„Und jetzt?"

Der Ausdruck in ihren Augen ließ Hel unwillkürlich an die Fragen ihrer kleinen Krebspatienten denken: *Werde ich wieder gesund?* Natürlich. *Wird es wehtun?* Nein, keine Sorge. Du wirst kaum etwas davon spüren. *Wie lange muss ich noch im Krankenhaus bleiben?* Nicht mehr lange.

Sie starrte den Schreibtisch an, der im Halbdunkel des heranbrechenden Abends unverhältnismäßig riesig wirkte. Anders als im Fall von persönlichen Fragen nach ihrem Beruf oder ihren Vorlieben hatte sie die Antworten auf die Fragen der Kinder niemals als Lügen empfunden. Es war keine Lüge, in einer schlimmen Situation auf einen guten Ausgang zu hoffen. Es war vielleicht sogar überlebenswichtig. Eine seltsame Erkenntnis für jemanden, der dafür bekannt ist, sich die schlimmstmögliche Wendung auszumalen, dachte sie.

„Jetzt?" Sie sah wieder Lorna Hoogstraat an. „Jetzt erledigen wir unseren Job und tun, was getan werden muss."

Die Angst in Lornas Augen wich einem Ausdruck amüsierten Unglaubens. „Die meisten Leute halten mich für stark und mutig."

„Ja", entgegnete Hel. „Mich auch."

„Sind wir's?"

Hel dachte an Erin und den Borger-Leonhardt-Test. „Eine Mehrheit von Menschen hält uns dafür", sagte sie. „Und erst vor Kurzem hat mir jemand erklärt, dass man, wenn sich Tendenzen häufen, sehr wohl von einem gewissen Wahrheitsgehalt solcher Einschätzungen ausgehen kann."

„Na dann, auf in den Kampf", murmelte Lorna.

„Ja", nickte Hel. „Auf in den Kampf!"

Zwei Monate zuvor …

7

Google.

Suchbegriff: troy maribel riversteen boat accident … ENTER.

Während ihre Augen die Headlines der obersten Ergebnisse überfliegen, registriert sie eine Reihe von Bildern, die zu ihrem Suchbegriff passen.

ANZEIGEN

Auf ihrem Bildschirm erscheinen Unmengen von Fotos. Bilder von Menschen. Von Flüssen. Sogar von Tieren.

Troy, Border Collie, Doing Funny Things, Watch now!

Maribel, GNTM

Charles Riversteen, Molestine Industries, P.A.

Sie scrollt tiefer. Ihr Blick streift eine Todesanzeige. Flüchtig nur, aber es reicht, um ihr Herz ins Stolpern zu bringen.

Zitternd klickt sie das Foto an. Es zeigt ein Kreuz, um das sich eine stilisierte Rose windet. Daneben steht:

> With deep grief we announce that our CEO Olav Lundgren,
> his beloved wife Maribel and their two children Troy (4)
> and Antonia (1) were killed in a terrible car accident.
> The family was on their way north to Riversteen,
> where they loved to spend their weekends. Although
> he has not been with our company for long, we were able to
> get to know Olav as a capable superior who was popular
> with everyone; and we will always honor the
> memory of the deceased.

Unterschrieben war die Anzeige mit: Bergham Engines.

Das Kreuz und die Rose verschwimmen unter ihren Augen. Der Bildschirm flimmert. Ihr Herz rast. Aber … das ist vollkommen unmöglich! Ihre Mutter ist niemals in Amerika gewesen.

Wäre doch interessant, wenn wir wüssten, wo diese Schaukel hängt, flüstert die Therapeutin in ihrem Kopf. *Vielleicht gibt es sie noch …*

Ja, denkt sie mit einem Anflug von Trotz, vielleicht gibt es sie noch!

Ihre Finger zittern noch stärker.

Riversteen

Nördlich von Los Angeles.

Suchen nach … ORT.

Google Maps … ENTER!

Straßen. Wege. Schraffierte Flächen. Eine schroffe Küstenlinie. Sie weiß, sie sucht die Nadel im Heuhaufen.

VERGRÖSSERN.

Ventura

Faria

Bromela

Avila Beach

Aber kein Ort namens Riversteen.

Das geht so nicht, denkt sie. Ich muss mir etwas anderes überlegen.

Ihre Finger wischen ratlos über die Tischplatte, als ihr ein neuer Gedanke kommt. Eine neue Erkenntnis: Traueranzeigen sind keine Pressemitteilungen. Was, wenn irgendeine Sekretärin etwas falsch verstanden hat? Wenn Riversteen gar kein Ort ist, sondern … ja, was sonst?

Ein Haus?

Ihre Mutter hat den Namen wirklich dick und fett neben die Tür geschrieben, stimmt die imaginäre Therapeutin ihr zu.

Scarlett O'Haras Haus heißt „Tara", denkt sie völlig irrational, während ihre Finger bereits wieder tippen: IMMOBILIENANGEBOTE. Leertaste. HOUSES FOR SALE / RENT. Leertaste. SEASIDE. RIVERSTEEN.

Aber … Was ist das?

Was sie sieht, raubt ihr buchstäblich den Atem. Wie in Trance greift sie zum Telefon. Die Nummer der Buchungs-Hotline muss sie wirklich und wahrhaftig googeln. Sie sind nicht viel gereist, Sonja und sie. Nur hin und wieder nach Füssen …

„Hallo?", sagt sie, als die Verbindung steht. „Ich brauche schnellstmöglich einen Flug nach Los Angeles."

Heute …

8

Hessisches Staatstheater Wiesbaden

Die Taube, die auf dem Dach des Hessischen Staatstheaters nach verirrten Samen pickte, trippelte zutraulich näher, angezogen von der verlockenden Wärme eines menschlichen Beins. Der Westwind zerzauste ihr Gefieder und in den feinen Regentropfen, die diagonal aus dem pechschwarzen Himmel fielen, spiegelte sich das Licht der Wasserspiele auf dem sogenannten Bowling Green.

Maik Duval hatte niemals zuvor über die Frage nachgedacht, was Tauben bei Nacht taten. Aber wenn man ihn gefragt hätte, wäre er sicher nicht davon ausgegangen, dass sie um diese Uhrzeit auf Dächern herumhüpften und nach verirrten Samen pickten.

Das viele Licht bringt ihre Instinkte durcheinander, dachte er und sah hinüber zur Wilhelmstraße. Der Prachtboulevard war taghell erleuchtet – und auch die Kolonnaden unter ihm und das nahe Kurhaus erstrahlten im Licht von unzähligen Scheinwerfern. Da war es kein Wunder, dass alles durcheinandergeriet!

Wie anders waren die Nächte im afrikanischen Busch oder in den afghanischen Bergen, wo alles am Boden in Dunkelheit verschmolz und man allein auf sein Gehör vertrauen musste. Es hatte eine Weile gedauert, selbst bei ihm. Aber dann hatte er verstanden, die Stille zu lesen, die Schreie des Urwalds, das Rauschen der Wüste. Seine Augen hatten gelernt, in einem Meer diffuser Schatten den Unterstand des Feindes zu identifizieren, die Falle, den Gegner. Und es fühlte sich gut an, zu wissen, dass man sich auf sich selbst verlassen konnte. Dass man wieder dran war, am Puls der Natur, des eigenen Ursprungs.

Wie zum Hohn näherte sich auf der nahen Prachtstraße just in diesem Augenblick ein Chor von Sirenen. Kurz darauf donnerten drei Feuerwehren vorbei, gefolgt von einem Audi mit der Aufschrift NOTARZT. Der Lärm schepperte in seinen Ohren, aber die Taube drehte nicht einmal den Kopf.

Sein Ghillie-Suit raschelte, als sie nach ein paar Halmen am Rand des Überwurfs pickte, und aus purer Langeweile ließ er sie gewähren. Langeweile war der größte Feind des Kriegers. Der zweitgrößte war Leichtsinn. Glücklicherweise zählte weder das eine noch das andere zu seinen Lastern.

Er verlagerte sein Gewicht, um der Taube nachblicken zu können, die mit wippendem Kopf aus seinem Blickfeld verschwand.

Die Isomatte unter seinem Körper schirmte ihn gegen die Kälte des Flachdachs ab und der wasserfeste Gepäcksack in seinem Rücken schützte den Anzug, den er besorgt hatte, vor Schmutz und Feuchtigkeit. Er würde aussehen wie aus dem Ei gepellt, wenn er morgen durch die winzige Luke, durch die er heraufgekommen war, in die heiligen Hallen dieses Theaters zurückkehrte. Und niemand würde auch nur die geringste Notiz von ihm nehmen. Sein Gewehr hatte er bereits an Ort und Stelle verstaut und es würde ein Kinderspiel sein, es aus seinem Versteck zu holen. Der Blick der Sicherheitskräfte richtete sich immer nur auf das Naheliegende. So wurden sie ausgebildet, und in diesem Grundsatz wurden sie immer wieder bestärkt.

Wenn du Hufgetrappel hörst, denk an Pferde, nicht an Zebras.

Während seine Augen der Taube zur nahen Brüstung folgten, dachte er an Mirek Tesarik und den riesigen Karpfen, den sie gefangen hatten, als er noch ein kleiner Junge gewesen war. Dass er sein Versteck in der Weiherhütte eingebüßt hatte, wurmte ihn noch immer. Aber er war auch ein Pragmatiker. Er wusste, es wäre ihm niemals gelungen, schnell genug an einen neuen Delegiertenausweis zu kommen. Also hatte er entschieden, sofort herzukommen. Solange dieses Gebäude noch nicht im Fokus stand.

Die allermeisten Menschen auf der Welt rechneten ausschließlich mit dem Erwartbaren. Was das anging, bildeten Polizisten und Sicherheitskräfte keine Ausnahme. Sie würden die Zugangsberechtigung aller Personen, die das Theater betraten, akribisch kontrollieren. Sie würden Listen machen, Detektoren aufstellen und nach versteckten Sprengsätzen suchen, die Mitarbeiter von Service und Catering durchleuchten und dieses Theater in eine Festung verwandeln. Und wenn sie mit all dem fertig waren, würden sie sich sicher fühlen.

Duval schloss die Augen und dachte an Mister Dschin, wie sie einen ihrer Ausbilder beim KSK genannt hatten. Er war Halbasiate gewesen und die meisten seiner Kameraden hatten ihn nicht sonderlich ernst genommen. Aber er schon. Wenn man es genau nahm, verdankte er dem unscheinbaren Mister Dschin einige der wichtigsten Lektionen seines Lebens. Und eine davon lautete: *Sieh nach oben!*

„Menschen legen ungern den Kopf in den Nacken", hatte Mister Dschin ihm bei einer jener Tarnübungen erklärt, mit denen sie einen Großteil seiner Unterrichtszeit verbracht hatten. „Darum übersehen sie in der Regel alles, was sich oberhalb ihrer Augenhöhe befindet. Wenn du also ein gutes Versteck suchst", hatte er augenzwinkernd ergänzt, „such nicht am Boden."

Die Erinnerung entlockte Duval ein seltenes Lächeln, während sich der Regen allmählich wieder verstärkte. Die Tropfen prasselten auf seinen Ghillie-Suit und vertrieben die Taube, die mit hörbarem Flügelschlag in der Dunkelheit verschwand. Laut Regenradar würden die Niederschläge noch etwa zwei Stunden andauern. Dann würde der anhaltende Westwind die Pfützen, die sich überall auf dem Teer gebildet hatten, trocknen und die Wolkendecke hoch über ihm in Stücke reißen. Und pünktlich zum Beginn des Parteitages würde die Sonne von einem wolkenlosen Himmel strahlen – genau wie beim letzten Mal. Mit dem Unterschied, dass seine Kugel ihr Ziel dieses Mal nicht verfehlen würde.

SECHSTER TEIL

Zwei Monate zuvor …

Sie hatte beinahe den ganzen Flug verschlafen. Erst als sich die Maschine bereits im Landeanflug auf Los Angeles befand, kam sie wieder zu sich.

Mit einem Gefühl schlechten Gewissens stellte sie die Sitzlehne senkrecht und rieb sich die Müdigkeit aus den Augen. Dann blickte sie an ihrem Sitznachbarn vorbei aus dem Fenster, wo Landschaft und Gebäude zusehends an Kontur gewannen. Der Pilot verkündete Sonnenschein und dreiundzwanzig Grad.

Nachdem sie ihr Gepäck abgeholt hatte, nahm sie sich einen Leihwagen und folgte dem Pacific Coast Highway nach Norden. Der Ozean schimmerte in sattem Silberblau, aber sie war viel zu aufgeregt, um die Fahrt zu genießen. Die Adresse, die der Makler ihr genannt hatte, lag ein Stück abseits des Highways in der Nähe einer Kleinstadt namens Pinewood Grove, rund hundertfünfzig Kilometer nördlich von Los Angeles.

Die ganze Zeit über wartete sie darauf, dass ihr irgendetwas bekannt vorkam. Eine Kreuzung. Ein Gebäude. Doch nichts dergleichen geschah. Ganz im Gegenteil: Sie war absolut sicher, diese Gegend noch nie im Leben gesehen zu haben.

Pinewood Grove entpuppte sich als trostlose Ansammlung von Fertighäusern und Trailer-Parks. Entlang der breiten Main Street reihten sich billige Discounter, Sonnenstudios und Spielhallen aneinander. Und ein Bowlingcenter warb mit riesigen LED-Wänden in schreiendem Pink um die Aufmerksamkeit der wenigen Durchreisenden. Einzig das Waffengeschäft machte einen halbwegs gepflegten Eindruck.

Kurz hinter der Ortsgrenze lotste das Navi sie nach Westen, in ein kleines Waldstück. Sie drosselte das Tempo und suchte den Schatten unter den Bäumen nach einem Briefkasten oder einem Hinweisschild ab. Aber sie wurde nicht fündig. Durch das geöffnete Seitenfenster drang der würzige Duft warmer Kiefernnadeln ins Wageninnere. Der Geruch hatte etwas Beruhigendes. Zugleich fragte sie sich, ob ihre Mutter tatsächlich jemals in dieser gottverlassenen Gegend gewesen war. War sie wirklich und wahrhaftig diese löchrige Straße entlanggefahren? An dieser uralten Zeder vorbeigekommen?

Sie fuhr noch langsamer und reckte den Kopf aus dem Seitenfenster. Hatte ihre Mutter das unheimliche Knarren und Knacken dieses Waldes gehört? So wie sie? Oder folgte sie einer Spur aus Brotkrumen, die in die Irre führte?

Sie schluckte. In die Irre oder gar ... in eine Falle? Der Gedanke ließ sie frösteln.

Sie hatte niemandem gesagt, dass sie herkommen würde. Wozu? Ihre Finger krümmten sich fester um das Lenkrad. Sie hatte ohnehin nicht viele Kontakte. Und sie hatte auch keine Lust, sich zu rechtfertigen. Nicht für ihre Mutter. Und auch nicht für die Hirngespinste, denen sie nachjagte. Den Drachen. Und auch den anderen. Sie hatte mehr als genug von Fragen, die sie nicht beantworten konnte. Doch inzwischen war sie nicht mehr sicher, ob es nicht grenzenlos leichtsinnig gewesen war, hierherzukommen, ohne dass auch nur eine einzige Menschenseele davon wusste ...

Ich habe mein Smartphone bei mir und außerdem ist auch der Makler über mein Kommen informiert, versuchte sie, sich selbst Mut zuzusprechen.

Im hohen Gras neben der Fahrbahn zirpten Insekten. Doch schon hinter der nächsten Rechtskurve trat der Wald unvermittelt zurück und sie konnte den Ozean sehen – eine unendlich weite, tiefblaue Fläche, in der sich die untergehende Sonne spiegelte. Der Anblick war so atemberaubend, dass sie erschrocken auf die Bremse trat. Und obwohl sie bereits spät dran war, blieb sie einen Moment stehen, um die Schönheit der Natur zu bestaunen.

Vom Meer wehte eine frische Brise die Klippen herauf und mischte sich mit der Wärme des zurückliegenden Tages.

Als sie das Salz auf ihren Lippen schmeckte, gab sie eilig Gas.

Vor ihr war in einiger Entfernung eine Bucht mit einer Handvoll Häusern zu erkennen. Winzig wie Spielzeug. Aber das Navi lotste sie hangaufwärts bis zu einem kleinen Felsenplateau, an dessen äußerstem Rand ein imposantes Haus stand. Allerdings schien es schon länger leer zu stehen, denn das Holz der Veranda war morsch und vermutlich auch durch einen frischen Anstrich nicht mehr zu retten. Und auch die Fensterläden sahen nicht aus, als ob sie sich noch schließen ließen.

Unmittelbar neben dem Haus führte eine breite Treppe zwischen den Felsen hindurch zum Strand hinunter. Und auch der Ausblick über die Bucht war wunderschön. Trotzdem fühlte sie sich nicht wohl. Im Gegenteil: Die feinen Härchen an ihren Unterarmen stellten sich auf, obwohl es jetzt vollkommen windstill war. Fast so, als halte die Natur um sie herum angstvoll den Atem an.

Der Makler – ein Mr. Kurt Dexter jun. – wartete bereits hinter dem Steuer seines Pickups. Als er sie kommen sah, stieg er aus. Dabei stellte sie fest, dass er viel älter war, als sie angesichts seines Namenszusatzes erwartet hatte. Mitte siebzig ganz sicher, aber gut zu Fuß und erstaunlich hager. Dafür war sein Akzent so breit, dass sie sich jedes zweite Wort mühsam erschließen musste. Erschwerend kam hinzu, dass Mr. Dexter eine ganze Reihe von Zähnen fehlte …

„Und?", erkundigte er sich, während er einen riesigen Schlüsselbund von seinem mit feinen Silberornamenten verzierten Gürtel nestelte. „Haben Sie gut hergefunden?"

„Ja", versicherte sie eilig. „Kein Problem."

„Viele biegen vorn an der Zufahrt falsch ab und landen dann irgendwo unten in Nocoota Beach", erklärte Mr. Dexter schadenfroh.

Viele …

„Wird dieses Haus denn noch immer regelmäßig vermietet?", nutzte sie diese Steilvorlage in Sachen Informationsbeschaffung dankbar aus.

„Sehen Sie sich doch mal um", nuschelte Mr. Dexter anstelle einer Antwort. „Bis sich das Geld, das Sie hier reinstecken müssten, amortisiert hat, bin ich alt und grau." Er lachte laut und heiser über seinen eigenen Witz. Und sie ertappte sich bei dem Gedanken, dass seine Aussage nicht gerade für einen ausgeprägten Geschäftssinn sprach. Doch dann wurde ihr Gesprächspartner schlagartig wieder ernst: „Früher war das Haus ein Juwel", erklärte er wehmütig. „Aber das ist inzwischen schon ’ne beträchtliche Weile her.“

Schade eigentlich, dachte sie. Dieser Ort ist geradezu perfekt für Leute, die ihre Ruhe haben wollen!

„Aber was ich mich schon am Telefon gefragt habe …“ Mr. Dexters Raubvogelaugen wurden noch eine Spur enger. „Wieso interessiert sich eine Lady aus Deutschland für einen uralten Kasten mitten im amerikanischen Garnichts?“

Berechtigte Frage, stimmte sie ihm in Gedanken zu. Blöd nur, dass sie sich im Vorfeld keine plausible Antwort zurechtgelegt hatte …

„Das ist ganz einfach“, entgegnete sie lächelnd. „Ich war schon mal hier.“ Sie hatte keine Ahnung, warum sie das behauptete. Vielleicht, weil ihr auf die Schnelle keine bessere Erklärung einfiel. „Als Kind“, schob sie eilig hinterher, als sie die Zweifel in seinen Augen sah.

„Wie alt sind Sie?“

„Vierundzwanzig.“

Seine Augen glitten über ihr Gesicht, als müsse er die Angabe zuerst einer genauen Prüfung unterziehen. Doch was er sah, schien ihn zufriedenzustellen.

„Und jetzt erwägen Sie, wieder herzuziehen?“, erkundigte er sich eine Spur freundlicher als zuvor.

„Ich trete in Kürze einen neuen Job an“, log sie munter weiter. „Bei einer Softwarefirma in Los Angeles. Und da bin ich auf der Suche nach einem Haus für die Wochenenden. Zum Ausspannen.“

Zum Glück hatte sie ihr bestes Kostüm an, das mit Abstand teuerste Kleidungsstück, das sie besaß. Mr. Dexter mochte vielleicht schrullig wirken, aber sie war ziemlich sicher, dass er sehr genau einschätzen konnte, was er sah.

„Und Sie sind sicher, dass Sie so weit fahren wollen?“, knurrte er. „Ich hätte da nämlich auch noch ein oder zwei Objekte weiter im Süden und ...“

„Nicht nötig“, unterbrach sie ihn. „Das hier ist genau das, was ich suche.“

„Hm." Seine Miene verriet noch immer Skepsis. Aber immerhin schob er den Schlüssel ins Schloss. „Na, dann treten Sie mal ein!"

Aus dem Inneren schlug ihnen der typische abgestandene Geruch eines Gebäudes entgegen, das lange Zeit sich selbst überlassen gewesen war. Und auch die Lampe über ihren Köpfen schien kaputt zu sein, denn als Mr. Dexter den Lichtschalter betätigte, tat sich rein gar nichts. Aber noch reichte das Tageslicht aus, um sich einen Eindruck zu verschaffen.

„Man müsste, wie gesagt, einiges machen", murmelte Mr. Dexter.

Aber sie hörte kaum hin. Etwas an diesem Haus berührte sie tief in ihrem Inneren, ohne dass sie einen Grund dafür ausmachen konnte. Im Gegenteil: Nichts an diesem Ort, an dieser Gegend kam ihr auch nur im Entferntesten bekannt vor.

„Sehen Sie sich ruhig in aller Ruhe um", bot Mr. Dexter in ihrem Rücken an. „Ich schaue in der Zwischenzeit mal schnell nach der Garage."

Sie nickte und lauschte seinen schlurfenden Schritten, bis sie auf der Veranda verschwunden waren. Dann nahm sie sich systematisch alle Räume vor, doch die erhofften Antworten fand sie nicht. Die Zimmer waren klein und staubig, und zu ihrem Bedauern gab es fast keine Einrichtungsgegenstände mehr. Hier ein paar leere Einbauschränke, dort ein vergessenes Kaminbesteck. Dazu ein nackter Esstisch im Wohnzimmer. Sonst nichts. Einzig die geräumige Einbauküche verriet, dass hier einst wohlhabende Leute gelebt hatten: Die himmelblauen Schränke waren weit entfernt von der üblichen Brettlware – mit edlen Beschlägen und Arbeitsplatten aus Granit. Doch nichts von all dem löste in ihr auch nur die geringste Assoziation aus.

Was will ich hier?, dachte sie resigniert. Was, um Himmels willen, habe ich mir davon erwartet, irgendwelchen obskuren Geheimnissen nachzujagen, die mich bereits meine gesamte Kindheit gekostet haben? Wie viel Raum will ich dieser Vergangenheit, die ich weder ergründen noch ändern kann, denn noch geben? Die Erinnerung daran ist für immer verloren. Im Kopf meiner Mutter. In mir. Sie ist weg und sie kommt nicht mehr zurück, ganz egal, was ich anstelle. Ich sollte nach Hause fahren.

Sie fand Mr. Dexter im Wohnzimmer, wo er in Ermangelung eines Stuhles auf der nackten Tischplatte Platz genommen hatte und seine hageren Beine in die Luft baumeln ließ wie ein Erstklässler.

„Sagen Sie, wie lange ist es her, dass das Haus zuletzt vermietet war?", fragte sie.

Hast du noch nicht genug?, protestierte die Stimme ihrer Vernunft. Doch sie hörte nicht hin. Diese eine Sache wenigstens wollte sie noch in Erfahrung bringen.

Mr. Dexter konsultierte vorsichtshalber sein Exposé, bevor er antwortete. „Fast auf den Tag genau dreiundzwanzig Jahre", verkündete er dann und setzte grinsend hinzu: „Fast so lange, wie Sie alt sind, was?"

Etwas an seiner Bemerkung ließ sie zucken. Aber sie versteckte die Reaktion hinter einem pflichtschuldigen Lachen. Dann schwiegen sie wieder, während hinter den staubblinden Scheiben die Sonne endgültig im Meer versank.

„Und?", fragte Mr. Dexter nach einer Weile. „Haben Sie schon entschieden, ob das Haus für Sie infrage kommt?"

Sie sah zum Fenster. „Ich überlege es mir."

„Hm", machte er und sie konnte zusehen, wie sich sein Ausdruck veränderte. *Was für eine Zeitverschwendung!*, las sie in den Tiefen seiner Augen. Und: *Dafür hetzt diese blöde Kuh mich hier raus!* Seltsamerweise musste sie ausgerechnet jetzt wieder an ihre Mutter denken. Und für den Bruchteil einer Sekunde blitzte auch der Kunstraum in der Klinik wieder vor ihr auf. Das liebevoll gestaltete Haus der Mitpatientin, auf dessen Fassade ihre Mutter in pechschwarzen Lettern das Wort RIVERSTEEN geschrieben hatte. Den Namen dieses Ortes. Dieses Hauses …

„Haben Sie die Leute, die zuletzt hier gewohnt haben, eigentlich gekannt?", folgte sie einem spontanen Impuls.

„Ach, was heißt gekannt …" Mr. Dexter schälte seinen mageren Körper vom Tisch und machte ein paar wacklige Schritte auf sie zu. „Das wäre zu viel gesagt. Hatte ein paarmal mit ihnen zu tun. Mit ihr, genauer gesagt."

„Sie meinen die Ehefrau?"

Er nickte. „Sie war diejenige, die das Sagen hatte. Und sie war es auch, die herkam und den Vertrag machte. Nette Frau. Schwedin, glaub ich. Oder aus Norwegen."

„Hatten sie Kinder?" Sie kannte die Antwort. Aber vielleicht wusste er mehr als das Wenige, das in der Zeitung gestanden hatte

„Hm, ja." Mr. Dexter kratzte nachdenklich seinen kantigen Schädel. „Ich glaube. Einen Jungen."

Troy, ergänzte sie in Gedanken. „Und …" Sie zögerte. „Wo sind diese Leute jetzt?"

Mr. Dexter warf ihr einen Blick zu, den sie nicht deuten konnte. „Keine Ahnung", brummte er, doch sie glaubte ihm kein Wort. Ebenso wenig, wie er ihr glaubte.

„Danke für Ihre Zeit", sagte sie eilig.

„Keine Ursache."

Sie spürte seinen Raubvogelblick in ihrem Rücken, als sie in ihren Leihwagen stieg und die Tür hinter sich zuschlug. Was für eine gottverdammte Idiotin sie doch war! Eine dämliche Idiotin!

Ihre Finger zitterten, als sie den Schlüssel ins Zündschloss schob. Der Schotter knirschte unter den Reifen, als sie zurücksetzte. Dann trat sie das Gaspedal durch, finster entschlossen, dieses Haus und alles, was damit zusammenhing, möglichst schnell hinter sich zu lassen …

Mr. Kurt Dexter jun. wartete gewissenhaft, bis die Rücklichter in der Dämmerung des Abends verschwunden waren. Erst dann nestelte er sein verschrammtes Uralt-Handy aus der Tasche und wählte die Nummer, die seit dreiundzwanzig Jahren in seiner Adressliste gespeichert war.

Wenige Augenblicke später begann im fernen Schweden ein Mobiltelefon zu läuten.

„Es war jemand hier", sagte Mr. Dexter, nachdem sein Gesprächspartner den Anruf entgegengenommen hatte. „Ich hätte es wirklich nicht für möglich gehalten, aber es ist tatsächlich jemand gekommen. Nach all diesen Jahren."

Aus dem Wald hinter dem Haus wehte das Zirpen von Grillen herüber, während Mr. Dexter eine Weile schweigend zuhörte.

Schließlich sagte er: „Aber sicher, Sir. Selbstverständlich."

1

Hessisches Staatstheater Wiesbaden, Großes Haus

Laut Anzeige betrug die Temperatur im Zuschauerraum 21,7 Grad Celsius, aber Hel kam es um ein Vielfaches heißer vor. Aber sie widerstand der Versuchung, sich über die Stirn zu wischen, und schielte stattdessen zu Leo, den sie unter Aufbietung all ihrer Kräfte überredet hatte, sie auf diesen Außeneinsatz zu begleiten.

„Ich bin Analyst", hatte er einmal mehr sein altbekanntes Argument bemüht und dabei die Arme vor seinem dürren Körper verschränkt wie ein bockiges Kind. „Und Analysten sitzen am Schreibtisch."

„Aber ich brauche deine Fähigkeiten vor Ort", hatte Hel widersprochen.

„Die hast du. Wir werden die ganze Zeit über connected sein."

„Nicht diese Fähigkeiten. Deine Sektion-5-Abschnitt-41A-Fähigkeiten."

„Meine … was?"

„Bei all den Logen, Winkeln, Säulen und Gängen könnte Duval sonstwo lauern", hatte Hel ihm erklärt. „Aber du mit deinem sechsten Sinn für Friedhöfe, Fassaden und Strukturen hast vielleicht eine Chance, ihn rechtzeitig zu entdecken."

„Falls er überhaupt da ist", hatte ihr Mitbewohner zweifelnd eingewandt.

„Er wird da sein", hatte Hel entgegnet.

„Wie kannst du da so sicher sein?"

Instinkt, haha! „Ich weiß es."

Sie hatte auf der Grundlage ihrer gestrigen Ortsbesichtigung einen umfangreichen Einsatz- und Evakuierungsplan erstellt und diesen gestern Abend pünktlich um 17:58 Uhr an Erin Weisz geschickt – zusammen mit dem Phantombild, das sie mit Tibor Hanffs Hilfe erstellt hatten. Doch die Direktorin hatte weder das eine noch das andere kommentiert, sondern lediglich den Erhalt von Hels E-Mail bestätigt. Und nun standen Leo und sie also hier, in dieser Bühnenloge zwischen Bergen von Technik, und starrten angespannt ins Halbdunkel des Zuschauerraums, wo die Delegierten langsam, aber sicher unruhig wurden.

Seit einer halben Stunde waren die Wahlurnen geschlossen, die Auszählung der Stimmen lief, und nach allem, was Hel über den unsichtbaren Empfänger in ihrem Ohr mitbekam, wurde jede Minute mit einem Ergebnis gerechnet.

Lorna saß bereits wieder auf ihrem Platz in der ersten Reihe. Der zweite Stuhl von links. Grauer Sitzbezug. Armlehnen aus Metall. Sie war mit tosendem Applaus empfangen worden und hatte eine starke, kämpferische Rede gehalten. Und auch der rot-gelbe Blumenstrauß, den Heiner Ohlmann, der greise Ehrenvorsitzende der Partei, ihr nach der Verkündigung ihres Wahlsieges überreichen würde, stand bereits in einem schwarzen Plastikeimer in der Bühnengasse und wartete auf seinen Einsatz.

Und dann?, überlegte Hel. Wenn das Ergebnis verkündet, die Dankesrede gehalten und der Applaus verstummt ist – was passiert dann? Würde überhaupt noch etwas passieren? Oder hatten ihre Instinkte ein weiteres Mal versagt?

Nein, dachte sie trotzig. Ich irre mich nicht. Vielleicht lässt Duval sich durch die enorme Polizeipräsenz abschrecken. Aber er hatte vor, heute hierher, in dieses Theater, zu kommen. ER WOLLTE HIER SEIN.

Die vier Worte krallten sich in ihrem Unterbewusstsein fest, und automatisch suchte ihr Blick Max Collin, der an einem der Zugänge zum Parkett lehnte und zufrieden aussah. Er hatte ihr vor versammelter Mannschaft vorgerechnet, wie aufwendig es war, ohne festen Wohnsitz und eigene Parteizugehörigkeit an einen Delegiertenausweis und damit an eine Zugangsberechtigung für diese Veranstaltung zu kommen. Und dennoch hatte Duval all diese Mühen auf sich genommen. Aber warum? Nur um ein weiteres Mal vorbeizuschießen?

Wohl kaum!

Warum hier?, überlegte Hel, während ihre Augen nachdenklich über die Ränge wanderten. Was sollte in diesem Theater passieren, das Duval anderswo nicht viel billiger hätte haben können? In einer ungeschützten Turnhalle, zum Beispiel. Oder bei einem von Lornas anderen Terminen. WARUM HIER?

Sie leckte sich über die trockenen Lippen und seltsamerweise fiel ihr ausgerechnet jetzt die Architektur des Theaters wieder ein. Die Schauseite, die wie eine Vorderfront aussah, obwohl sie in Wirklichkeit eine Rückseite war. Schein und Sein.

Und wenn wir die ganze Zeit über auf der falschen Fährte waren?, pochte es hinter ihrer Stirn. Wenn es in Wirklichkeit um etwas völlig anderes geht?

Eine Bewegung am Rand ihres Gesichtsfeldes unterbrach ihren Gedankenfluss und Hel sah eine blonde Frau in Desigual, die sich mit einem Zettel in der Hand auf dem Weg zu Heiner Ohlmann machte. Das Wahlergebnis …

Denk nach! Womit hast du es zu tun?

Ihr Blick verhakte sich in den roten Vorhängen, die die Loge gegenüber umrahmten. Ein Theater. Eine Bühne. Eine … Hel stutzte. Eine Choreografie! Alles, was wir in den letzten Tagen gesehen haben, wirkt wie eine Aneinanderreihung zufälliger Ereignisse, resümierte sie, aber das stimmt nicht. Es war von vorne bis hinten durchorganisiert. Geplant. Die Hasskampagne im Netz. Das Hotelzimmer. Der Fehlschuss. Nichts davon war Zufall. Im Gegenteil: Was geschah, folgte einem Drehbuch. Und jedes Drehbuch steuert unweigerlich auf einen Höhepunkt zu …

Hel schloss die Augen und hörte wieder die Stimme von Erin Weisz: *Gemessen an dem, was in den letzten achtundvierzig Stunden passiert ist, müssten Ihre Alarmglocken eigentlich Sturm klingeln. Aber sie klingeln nicht.*

Doch, widersprach Hel ihrer Auftraggeberin stumm. Sie klingeln sehr wohl. Sie haben in diesem Wald geklingelt, in Duvals Nähe, und auch vorgestern Abend in der Umkleide, als mir eine unbekannte Person das Aktenzeichen deines größten Fehlschlages an die Spindtür gekritzelt hat. Meine Alarmglocken funktionieren so gut wie eh und je. Und sie klingeln wegen allem Möglichen. Nur nicht … Die Erkenntnis traf sie wie ein Blitz: nur nicht wegen Lorna!

„Was tun Sie, wenn Sie mal nicht arbeiten?“, hatte Lorna sie bei ihrem allerersten Gespräch gefragt.

Und Hel hatte geantwortet: „Ich bin Clown. Sie wissen schon: Musik und kleine Tricks mit Karten und Stoffhasen …“

Sie senkte den Blick, während vor ihrem inneren Auge wieder Martins Krankenzimmer aufblitzte. Er war der erste Patient gewesen, den sie mit ihren Zaubertricks zum Lachen gebracht hatte. Aber am Anfang war es vor allem ihre Ungeschicklichkeit gewesen, die seine Heiterkeit erregt hatte: der akkurat gefaltete Geldschein, der zur absoluten Unzeit zwischen ihren Fingern hindurchrutschte. Die Spielkarte, die viel zu früh aus ihrem Ärmel fiel … Ihre Finger krallten sich in den Stoff der Brüstung. Das Wichtigste beim Zaubern war die Ablenkung. Man musste den Blick des Publikums in eine andere Richtung lenken, möglichst weit weg von dem, um das es eigentlich ging. Im Westen lärmen, im Osten angreifen. Rauch machen, damit man das Feuer nicht sieht – die Elementarregeln der Kriegsführung.

Lorna ist nicht das Ziel!, durchfuhr es Hel. Sie soll nur so wirken. Die Bedrohung gegen sie wurde sorgfältig inszeniert. Das habe ich von Anfang an gefühlt. Aber ich habe aus einer richtigen Beobachtung die falschen Schlüsse gezogen. Es ging nie darum, Lorna Angst zu machen oder sie ins Gespräch zu bringen. Das alles war nur ein zufälliger Nebeneffekt. Es ging einzig und allein um Ablenkung.

Aber von was? Oder besser: Von wem? Und warum hier?

Hel rieb sich die Stirn, während sich ein paar Meter weiter Heiner Ohlmann mit einem strahlenden Lächeln von seinem Platz auf dem Podium erhob. Es ist dieser Ort, dachte sie. Das Theater. Der Parteitag, der – anders als die Weinprobe in der Turnhalle oder die Einweihungsfeier am Mittwoch – einer festgelegten Choreografie folgt: Begrüßung. Formalitäten. Die Bewerbungsreden. Der Gang zu den Wahlurnen. Die Auszählung. All das war berechenbar, weil der Ablauf im Voraus feststand. Darum wollte Duval hier zuschlagen. Irgendetwas passiert hier, das sein unbekannter Auftraggeber genau so haben will. Und dieses Ereignis steht noch immer aus! Das Problem war …

„Hel!“

Sie erstarrte, als Leos Finger sich beschwörend in ihren Arm gruben.

„Wo?“, fragte sie nur.

„Ich bin nicht sicher, aber …“

„Sag es mir einfach!“, drängte sie, wobei sie sich bemühte, rein äußerlich keinerlei Regung zu zeigen.

Und auch Leo sah ganz bewusst stur geradeaus. „Erster Rang“, flüsterte er. „Unsere Seite. Loge VI.“

„Gib Paul und Rösner Bescheid“, raunte Hel im selben Moment, als die Blondine in Desigual in der Gasse neben ihnen nach dem rot-gelben Blumenstrauß griff. „Sag ihnen, ich bin bereits unterwegs!“

Dann rannte sie los.

Als sie auf der Treppe war, brandete Jubel auf. Lorna Hoogstraats Wahlergebnis lag bei sensationellen 98,2 Prozent. Doch das bekam Hel nur am Rande mit. Ihre Wahrnehmung von der Welt war auf einen einzigen Wunsch zusammengeschmolzen: rechtzeitig sein. Nicht zu spät kommen. Und bitte, bitte, bitte auf gar keinen Fall versagen!

Entwickeln Sie sich nicht zu einem Fehler, den ich bereue, stichelte Erin, als sie die Loge mit der Nummer VI erreichte.

Halt die Klappe!, dachte Hel und entsicherte ihre Waffe.

Dann legte sie lautlos die Hand auf die Klinke und schob die Tür langsam, Millimeter um Millimeter auf. Der Beifall, der auf Heiner Ohlmanns kurze Ansprache folgte, kam ihr zu Hilfe, und durch den winzigen Spalt erkannte sie Duval. Er hatte sich ganz in die Ecke der Loge zurückgezogen, den Finger am Abzug, und zielte auf die Bühne, wo sich Vicky Dorn soeben anschickte, ihrer strahlenden Chefin den rot-gelben Blumenstrauß aus der Hand zu nehmen.

„Waffe fallenlassen!“, schrie Hel und als Duval nicht sofort reagierte, feuerte sie ohne zu Zögern auf seine Schulter.

Auge um Auge, Zahn um Zahn.

Das Projektil riss sein Jackett in Fetzen.

Die Fasern staubten im Gegenlicht der Scheinwerfer.

Hel hörte den Aufschrei des Publikums, aus dem Knopf in ihrem Ohr drangen aufgeregte Männerstimmen. Köpfe flogen herum und Menschen gingen kreischend zwischen langen Stuhlreihen in Deckung. Im nächsten Moment traf der Lauf von Duvals M24 sie am Kinn und die Welt um sie herum wurde schwarz. Aber nur kurz. Dann war sie wieder da und der erste Gedanke, der ihr durch den Kopf schoss, war, dass ihr dieses Mal niemand einen Vorwurf machen konnte. Sie hatte vorschriftsmäßig gehandelt. *Wenn du eine Waffe siehst, darfst du schießen.* Das Gebot der Verhältnismäßigkeit. Erstes Lehrjahr. Trotzdem hatte sie den Eindruck, dass sie zitterte.

Reiß dich zusammen!

Ihre Augen identifizierten das rote Muster der Tapete über sich, die winzigen Troddeln an den Schabraken. Schließlich Duval, der blutend das Gewehr auf sie richtete. Mit links, wie sie beiläufig registrierte.

Sie rollte sich zur Seite weg und zum Glück war er durch seine Verletzung immerhin so weit gehandicapt, dass sie um diese eine, die entscheidende Millisekunde schneller war.

Das Projektil krachte dicht neben ihr in den Logenboden und hinterließ tanzende rote Fasern in der Luft, während Hel – gestärkt von einem wahren Adrenalinflash – auf die Beine kam.

„Waffe weg!", wiederholte sie, überrascht von der plötzlichen Kraft ihrer Stimme.

Duval schleuderte das Gewehr von sich, das ihm mit links und in der Enge der Loge keine Hilfe war, und griff sich ans Hosenbein, wo sich unter dem teuren Anzugstoff der vage Umriss eines Armeemessers abzeichnete.

Vorsicht!

In einer körperlichen Auseinandersetzung bist du ihm nicht gewachsen!

„Letzte Chance." Hels Zeigefinger krümmte sich um den Abzug. Sie sah die Wunde an Duvals Schulter bluten, und für einen flüchtigen Moment meinte sie, wieder Paul zu sehen, der vor ihren Augen zusammenbricht.

Jetzt sind wir quitt, du Arsch!, dachte sie völlig irrational, während sie Duval über die Kimme ihrer Waffe hinweg direkt in die Augen blickte. Sie spürte den Abzugswiderstand und eine neue Entschlossenheit. Dann manifestierte sich aus dem Lärm um sie herum die Stimme von Carsten Rösner: „Auf den Boden!"

Hel hörte, wie in ihrem Rücken weitere Waffen gespannt wurden.

„Hände hinter den Kopf!"

Duvals eng stehende Augen waren noch immer auf sie gerichtet. Und fast kam es ihr vor, als ob er ihr zuzwinkerte, als er mit provozierender Langsamkeit in die Knie ging.

Rösner trat hinter ihn und drehte ihm die Arme auf den Rücken. „Maik Duval, Sie sind verhaftet."

Hel fühlte Hände, die sich auf ihre Schultern legten. Hörte weitere Stimmen. Jemand nahm ihr die Waffe aus der Hand. Dann stand Paul neben ihr.

„Bist du okay?", fragte er mit einem besorgten Blick auf ihr Kinn.

Erst jetzt fiel ihr auf, dass sie Schmerzen hatte. „Sicher."

„Gute Arbeit", lobte er.

„Bis hierhin vielleicht." Sie sah ihn an. „Aber ich fürchte, wir sind noch nicht fertig …"

2

Landsitz Vintergaarden, Südschweden

Warten …

Warten war noch nie seine Stärke. Das Leben ist zu kurz zum Warten. Aber jetzt bleibt ihm nichts anderes übrig.

Der langhaarige junge Mann hat sich ihm als Håkan Eriksson vorgestellt, bevor er mit einem hastigen „Sehen wir uns das mal an!" aus seinem Blickfeld geflüchtet ist. Seither tippt und flucht er in breitestem Südschwedisch vor sich hin, während Mascha und

Dr. Geertsson, wie der junge Notarzt heißt, ihn aus der entgegengesetzten Ecke beobachten. Sie haben sich zurückgezogen, weil sie weder ihm noch Hacker-Håkan den Eindruck vermitteln wollen, dass sie aufdringlich sind. Aber die Wellen ihrer Anspannung fluten quer durchs Zimmer bis zu seinem Bett.

„Hm, ja", brummt Håkan am Fenster. „Das könnte …"

Er scheint keinen seiner Sätze je zu Ende zu sprechen. Aber das macht nichts. Hauptsache, er versteht etwas von dem, weshalb er hier ist.

Wenn er Mascha doch nur fragen könnte, wo sein Sohn ist! Kürzlich hat sie ihm erzählt, dass Carl für ein paar Tage ins Ausland gefahren sei. Und noch immer schafft sie es, annähernd wertfrei zu klingen, wenn sie über ihn spricht. Das wiederum tut sie nur, wenn sich etwas am Status quo ändert, woraus er insgeheim schließt, dass sein Sohn bis jetzt noch nicht zurückgekehrt st. Eigentlich eine gute Nachricht. Aber sie beunruhigt ihn auch. Wer weiß, was er wieder im Schilde führt …

Mach voran, Håkan!

Dr. Geertsson hat das Fenster geöffnet, als er gekommen ist, und aus dem Park strömt würzige Herbstluft ins Zimmer. Der bedeckte Himmel schimmert grau durch die lichten Gardinen. In der Nacht hat er gleich zwei Schwärme von Zugvögeln gehört, die aus Lappland kommend Richtung Ostsee gezogen sind. Kraniche vielleicht. Vielleicht auch Wildgänse. Seine Ohren sind ihren Rufen gefolgt, bis sie in der Stille des Südens verschwunden waren, und am liebsten wäre er mit ihnen gezogen.

„Jau", murmelt Håkan.

„Hast du's?", fragt Dr. Geertson hoffnungsvoll.

„Ich denke …"

Die Räder quietschen über den Teppich. Der Arm mit der Retinasteuerung schiebt sich in sein Blickfeld.

„Nur zu, versuchen Sie's", ermuntert ihn der Arzt.

Hinter ihm, am Fenster, scharren leise Vogelkrallen. Die Amsel!

„Geht es so?"

„Sollte gehen", antwortet Håkan an seiner Stelle.

Er nimmt all seine verbliebenen Kräfte zusammen, während die drei anderen erwartungsvoll auf den Bildschirm starren.

RUFEN SIE …

Seine Muskeln sind aus der Übung und sein Auge tränt vor Anstrengung.

Mascha drängelt sich an Dr. Geertsson vorbei und zuerst fürchtet er, dass sie protestieren will, einschreiten, die Anstrengung untersagen. Doch dann erkennt er das Taschentuch in ihrer Hand. Er fühlt den weichen Stoff auf seiner Haut und wünscht sich mit einem Mal inbrünstig, sie in den Arm zu nehmen. Zum ersten Mal im Leben.

„Wen sollen wir rufen?", kommt Dr. Geertsen ihm zu Hilfe.

… ANDREAS.

„Wer ist Andreas?", fragt Håkan.

„Andreas Bergström", antwortet Mascha. „Sein Anwalt."

In ihrem Gesicht streitet Scham mit Triumph. Sie weiß jetzt, dass sie sich allzu leicht hat täuschen lassen. Aber sie weiß auch, dass er sich noch wehren kann. Trotz seines Zustandes. Dass es noch nicht zu spät ist …

„Geht es um Ihr Testament?", fragt sie und zum ersten Mal seit Monaten blickt sie ihm dabei direkt in die Augen.

Das JA, das kurz darauf auf dem Bildschirm erscheint, fordert seine letzten Kraftreserven. Aber die Anstrengung lohnt sich, denn es veranlasst Mascha, augenblicklich den Raum zu verlassen. An der Tür dreht sie sich noch einmal um.

„Ich weiß, es ist viel verlangt", wendet sie sich noch einmal an Dr. Geertsen und sie klingt jetzt erstaunlich entschlossen. „Aber könnten Sie hierbleiben, bis Herr Bergström da ist? Es wäre möglich, dass wir jemanden brauchen, der bestätigt, dass er …" Sie unterbricht sich und sucht nach einem angemessenen Begriff.

Geschäftsfähig, flüstert Heinrich Mogendorf stumm.

„Kein Problem", entgegnet Dr. Geertsen, der längst verstanden hat, was Mascha ihm sagen will. „Ich warte."

3

Hessisches Staatstheater Wiesbaden, Großes Haus

„Ein Ablenkungsmanöver?" Pauls Züge waren grau vor Anspannung. „Aber wovon?"

Hel vergrub das Gesicht in den Händen. Denk nach!

Wenn es nicht um Lorna geht, geht es um jemand anderen. Und diese Person ist heute hier. Mehr noch: Duval wusste bereits im Vorfeld, dass sich die betreffende Person irgendwann im Laufe dieses Tages in Lornas unmittelbarer Nähe aufhalten würde. Dicht genug, um bei einem weiteren Attentatsversuch auf Lorna als Kollateralschaden durchzugehen. Es geht um jemanden, der ihr heute hier nahe kommt. Darauf hat er gewartet. Deshalb hatte er noch nicht geschossen …

Sie schloss die Augen und versuchte, sich das Bild der Bühne ins Gedächtnis zu rufen, unmittelbar bevor sie Duval überwältigt hatte. Wer außer Lorna war zu diesem Zeitpunkt auf dem Podium gewesen?

Halt! Stopp!

Es war nicht gesagt, dass Duval in diesem Moment hatte schießen wollen. Dass er bereits auf die Bühne angelegt hatte, bewies gar nichts. Scharfschützen legten oft lange im Voraus auf eine bestimmte Stelle an, um im entscheidenden Augenblick nicht zu spät zu sein. Hel hob den Kopf.

„Wer wäre in den nächsten Minuten noch auf die Bühne gegangen, wenn die Veranstaltung normal weitergelaufen wäre?", wandte sie sich wieder an Paul.

Er krauste die Stirn. „Woher soll ich das wissen?"

„Ich habe mich falsch ausgedrückt", korrigierte sich Hel eilig. „Ich meine nur die Leute, von denen bereits im Voraus feststand, dass sie auf die Bühne kommen würden. Jemand, mit dem Duval rechnen konnte – außer Heiner Ohlmann und Lorna."

„Spontan fallen mir da, ehrlich gesagt, nur Matthias Ternes und Ann-Kathrin Diesterweg ein", sagte Paul nach einem Moment des Nachdenkens. Der frischgebackene Schatzmeister und die Vorsitzende des Frauenausschusses …

Er hat recht, dachte Hel. Schließlich ist Lorna nicht die Einzige, die am heutigen Tag gewählt wurde. Sie ist nur diejenige, auf der die gesamte Aufmerksamkeit ruht. Ganz so, wie Duvals unbekannter Auftraggeber es haben wollte …

„Du musst dafür sorgen, dass die beiden umgehend an einen sicheren Ort gebracht werden“, drängte sie.

Pauls Miene spiegelte Zweifel. „Ich glaube nicht, dass das BKA unserer Theorie von einem Ablenkungsmanöver so einfach folgen wird.“

„Natürlich nicht“, erwiderte Hel. „Darum musst du dir irgendetwas ausdenken, wie wir die beiden unauffällig unter Schutz stellen können.“

„Und was machst du?“

„Ich rede mit Duval“, entgegnete Hel. „Vielleicht kann ich ihn dazu bringen, uns den Namen seiner wahren Zielperson zu verraten.“

„Ganz sicher nicht ohne einen Deal“, gab Paul zu bedenken.

„Ich weiß“, seufzte Hel. „Und darum werde ich jetzt wohl oder übel erst mal Erin Weisz anrufen.“

Pauls Augenbrauen schossen hoch, bis sie beinahe seinen Haaransatz berührten. „Na, dann viel Glück“, sagte er. „Ich kümmere mich um den Rest.“

Hel blickte ihm nach, wie er mit federnder Eleganz die geschwungene Treppe hinablief. Eigentlich, dachte sie, müssten wir auch Pascal Noray in die Liste der potenziellen Ziele aufnehmen. Der vierundfünfzigjährige Bauingenieur hatte sich ebenfalls um den Posten des Stellvertretenden Parteivorsitzenden beworben, auch wenn ihm zu keinem Zeitpunkt ernsthafte Siegeschancen eingeräumt worden waren. Trotzdem gehörten die unterlegenen Mitbewerber doch in aller Regel zu den ersten Gratulanten, und das Bild vom Handschlag zwischen Sieger und Besiegtem gehörte nicht umsonst zu den beliebtesten Motiven an einem Tag wie diesem.

Hel blickte nachdenklich auf die Stufen hinunter, während ihr Gehirn bereitwillig Bilder von ähnlichen Gelegenheiten hervorkramte: ein beherrschter Helmut Schmidt, der trotz seiner schmerzvollen Niederlage Helmut Kohl die Hand reicht. Ein verkniffen lächelnder Gerhard Schröder auf dem Weg zu Angela Merkels Tisch. Manchmal brachten die Unterlegenen sogar Blumensträuße mit und ... Hel zuckte. Das Videomaterial, das Erin ihr zur Vorbereitung überlassen hatte, hatte eine ganze Reihe von Lornas Auftritten enthalten. Und fast immer war ihr von den Veranstaltern im Anschluss an ihre Rede irgendetwas überreicht worden. Wein. Blumen. T-Shirts. Solche Dinge. Hel nickte stumm vor sich hin. Spitzenpolitiker bekamen tausend kleine Aufmerksamkeiten überreicht – und immer gab es in ihrem Umfeld einen Menschen, der ihnen diese Dinge rasch und unauffällig wieder abnahm. Und in Lornas Fall war das ...

„Ich glaube, ich habe hier was, das helfen könnte", meldete sich Leos Stimme hinter einer der zahlreichen Säulen zu Wort. Ihr Mitbewohner war – ganz wie es seiner Art entsprach – vor dem allgemeinen Trubel in eine Ecke geflüchtet, und Hel hatte seine Anwesenheit zwischenzeitlich komplett vergessen.

„Was?", fragte sie.

Leo rappelte sich vom Boden hoch und kam mit seinem aufgeklappten Laptop auf sie zu. „Ich habe mir noch mal das Phantombild unseres Mister COOHL vorgenommen und seine Gesichtszüge mit denen von anderen, uns bekannten Personen verglichen." Er räusperte sich. „Ich erspare dir die Details, denn natürlich müssen wir zuerst Faktoren wie altersbedingte Erschlaffung, geschlechtsspezifische Merkmale wie Hautdicke und Gewebeverteilung ..."

„Ja, doch", unterbrach Hel voller Ungeduld. „Und was genau hast du herausgefunden?"

Er drehte ihr den Monitor zu und sie sah das Phantombild des unbekannten Auftraggebers, das von einer Reihe grüner Punkte überzogen war.

„Aufgrund der Kürze der Zeit konnte ich leider nur siebenundsechzig verschiedene Parameter für den Vergleich heranziehen", kommentierte Leo mit einem entschuldigenden Achselzucken. „Was als echter Beweis natürlich bei Weitem nicht …"

Hel brachte ihn mit einem entschlossenen Griff an seine knochige Schulter zum Schweigen. „Wer ist es?"

Ihr Mitbewohner seufzte und tippte eine Reihe von Befehlen in seine Tastatur. Gleich darauf wich das von grünen Punkten überzogene Phantombild auf die rechte Seite des Monitors zurück und machte einer weiteren Ansammlung von grünen Punkten Platz, die nach Hels laienhaftem Dafürhalten in etwa dieselbe Anordnung hatten wie das Original.

„Ich schätze, dass du ein bisschen mehr als eine vage Theorie brauchen wirst, um deine Freunde vom BKA zu überzeugen", murmelte Leo, ohne sie anzusehen. „Und darum habe ich das Programm aus den Werten, die es für die betreffende Person ermittelt hat, noch einmal ein eigenes Bild generieren lassen, um meine These zu verifizieren. Und voilà: Hier ist es!"

„Vicky?" Ashrav Rouani sah sich irritiert um. „Die war doch eben noch hier."

„Sie musste weg", meldete sich Lornas Stimme aus der Gasse in Hels Rücken zu Wort, wo sie von zwei BKA-Leuten befragt wurde. Im Hintergrund erkannte sie Carsten Rösner, der Lorna sorgfältig im Auge behielt, während er telefonierte.

Hel ließ Rouhani stehen und eilte zu ihr. „Weg?"

Lorna nickte. „Sie hat einen Anruf erhalten. Aus der Pflegeeinrichtung, in der ihre Mutter untergebracht ist. Sie leidet an Demenz. Und nach allem, was ich mitbekommen habe, ist sie abgehauen."

„Abgehauen?", fragte Hel atemlos.

„Ich glaube, Vicky selbst hat das Wort ‚verschwunden' benutzt", entgegnete Lorna mit einem Lächeln. „Auf jeden Fall ist sie gleich losgefahren."

Okay. Cool bleiben. Nachdenken.

„Wo ist dieses Heim?"

„Keine Ahnung. Wir haben nie viel über Privates gesprochen. Selbst das mit ihrer Mutter habe ich heute zum ersten Mal gehört." Lorna zupfte an ihrer Manschette, während sie nachdachte. „Ich muss zugeben, ich habe nicht allzu genau hingehört", sagte sie. „Aber ich glaube, sie erwähnte, dass es irgendwo im Taunus ist. Ungefähr eine Dreiviertelstunde mit dem Auto ..."

Nicht viel, aber besser als nichts, dachte Hel.

„Check ihre Konten und Telefondaten", wies sie Leo an, der ihr gefolgt war. „So ein Heim will bezahlt werden. Und falls es über diese Schiene zu lange dauert, guck nach, wohin sie regelmäßig telefoniert."

Lorna zog die Augenbrauen hoch. *So etwas können Sie einfach so machen?*, staunte sie stumm. *Ohne richterlichen Beschluss?*

Hel hob entschuldigend die Achseln und führte Leo ein Stück mit sich fort. „Schick mir die Adresse, sobald du das richtige Heim identifiziert hast", raunte sie, indem sie ihre Autoschlüssel aus der Tasche zog. „Und besorg mir alle Informationen über Vicky Dorn, die du auftreiben kannst."

Sie wollte los, doch Leo hielt sie am Ärmel fest. „Denkst du nicht, du solltest Paul und Rösner informieren?"

Hel schüttelte entschieden den Kopf. „Im Augenblick ist das alles pure Spekulation", flüsterte sie. „Und falls ich mich irre und Lorna passiert was, bin ich dran ..."

Sie hielt inne, erschrocken über ihre eigenen Gedanken. *Ich bin dran*, war das Erste, was ihr in den Sinn kam. Nicht: *Lorna ist tot.*

Doch Leo schien nichts dabei zu finden. „Und was mache ich, wenn Paul und Rösner mich nach dir fragen?", erkundigte er sich stattdessen.

„Dann sagst du, dass ich eine Spur verfolge", entgegnete Hel, wohl wissend, dass ihr Mitbewohner nicht nur aufgrund seines Asperger-Syndroms echte Probleme mit dem Lügen hatte. „Sag ihnen, dass ich sofort Bescheid gebe, falls sich aus dieser Spur etwas Konkretes ergibt."

„Hm", machte Leo und sah sich nach einem ruhigen Platz um, während Hel grußlos an Max Collin vorbei Richtung Tiefgarage stürmte.

4

Senioren- und Pflegeheim *Erlenmühle*, Nernheim

Einfach unfassbar, dachte Vicky und zog ärgerlich die Tür hinter sich zu, woraufhin die Stimme ihrer Mutter wie abgeschnitten verstummte.

Im Leben von Sonja Dorn gab es seit Langem nur mehr „schlechte“ und „noch schlechtere“ Tage. Und heute war einer von den ganz besonders schlechten.

„Wer sind Sie?“, hatte sie gekeift, kaum dass Vicky die Tür geöffnet hatte. Und Vicky hatte nicht gewusst, ob sie erleichtert oder einfach nur furchtbar wütend sein sollte.

„Na, also“, hatte die Pflegerin triumphierend gerufen. „Da ist sie doch!“

Als ob man ein verlegtes Buch wiederfände …

„Wir sehen jede Stunde nach ihr“, hatte die Pflegerin mit vorwurfsvollem Unterton hinzugesetzt.

Und obwohl sie beide wussten, dass das nicht der Wahrheit entsprach, war Vicky sich wie die letzte Idiotin vorgekommen. Sie hatte ihren Job vernachlässigt. Ausgerechnet an einem Tag wie diesem. Sie hatte Lorna im Stich gelassen, die sie dringend brauchte, und war stattdessen wie der Teufel hierher gehetzt. Und das alles nur, um herauszufinden, dass sich irgendjemand einen schlechten Scherz mit ihr erlaubt hatte?

„Aber ich wurde angerufen“, hatte sie trotzig wiederholt. „Es hieß, dass sie bereits seit dem Kaffeetrinken nicht mehr auffindbar sei.“

„Davon weiß ich nichts“, hatte die Pflegerin entgegnet. Allerdings gehöre sie bereits zur Nachtschicht und wenn Vicky Wert darauf lege, könne sie morgen früh gern mal bei den Kollegen von der Tagschicht …

„Nicht nötig“, hatte Vicky eilig versichert und sich zu ihrer Mutter ans Bett gesetzt. Doch Sonja war heute nicht in der Stimmung für Besuch.

Jetzt legte sie das Ohr an die Tür und stellte fest, dass ihre Mutter noch immer wüst vor sich hin schimpfte. Warum tut sie mir das an?, dachte sie mit einem Gefühl tiefster Resignation. All diese Schulwechsel. Die immer neuen Wohnungen. Keine Freunde. Keine Hobbys. Keine Antworten. Und jetzt, zum guten Schluss, nach allem, was wir miteinander durchgemacht haben, vergisst sie mich einfach! Der Gedanke fühlte sich kalt an. Wie Reif, der sich auf ihre Glieder legte.

Ein Geräusch ganz in ihrer Nähe ließ sie erschrocken zusammenfahren und sie brauchte einen Moment, um zu begreifen, dass es das Geräusch ihrer Tränen war, die neben ihr zu Boden fielen. Tränen der Verzweiflung. Aber auch der unbändigen Wut. Es reicht, beschloss sie. Ein für allemal. Ich komme nie wieder her!

„Brauchen Hilfe?“, erkundigte sich eine fürsorgliche Stimme hinter ihr.

Vicky drehte sich um.

Vor ihr stand eine Schwester. Eine andere als bei ihrer Ankunft. „Mama nicht gut heute?“, fragte sie mit einem verständnisvollen Blick auf die Tür, an der ein Vogel aus blauem Filz baumelte.

„Nein“, hörte Vicky sich sagen. „Gar nicht gut.“

Das Nächste, was sie fühlte, war eine Hand, die sich auf ihren Unterarm legte. Warme, fleischige Finger, die Fürsorge ausstrahlten.

„Mama nette Frau“, sagte die Schwester. „Hat nur Angst.“

„Angst?“ Vicky schluckte. „Wovor?“

„Träumen schlecht“, erklärte ihre Gesprächspartnerin. „Ich denken immer, sie hat gesehen schlimme Dinge.“

Vicky starrte sie an. Seltsamerweise kam ihr der Gedanke, dass ihre Mutter ebenfalls eine Bürde trug, heute zum ersten Mal. Bislang hatte sie nur angenommen, ihre Mutter sei die Bürde …

„Wissen Sie, wovon sie träumt?“, wandte sie sich eilig wieder an die Schwester.

Doch die schüttelte sofort den Kopf. „Sie nicht redet über Träume. Zu viel Angst. Aber sie weiß.“ Ihre fleischigen Finger tippten sich vielsagend an die Stirn. „Mama weiß viel“, setzte sie mit einem verschwörerischen Ausdruck in den dunklen Augen hinzu. Dann ließ sie Vickys Handgelenk los und verschwand mit einem freundlichen „Gute Nacht“ im nahen Schwesternzimmer.

Minutenlang stand Vicky einfach da, unfähig, sich zu rühren. Vielleicht, dachte sie, habe ich ja doch noch eine Chance zu erfahren, welche Art von Schatten da auf meinem Leben liegt. Warum meine Mutter Kaffee hasst und Marlene falsch riecht. Eine Chance auf Antworten …

Sie straffte die Schultern und kehrte langsam und versöhnt in die Empfangshalle zurück. Vielleicht hatte sie bislang nur an der falschen Stelle gesucht. Vielleicht musste sie ihrer Mutter tatsächlich einfach nur zuhören. Wenn das alles vorbei ist, nehme ich mir Urlaub, beschloss sie und trat in den kühlen Abend hinaus.

Als sie zwischen den parkenden Autos hindurchging, fand sie, dass es geradezu beängstigend still war. Nichts als das sanfte Rauschen des Windes, der von Zeit zu Zeit durch das trockene Laub fuhr, und das Pochen ihres eigenen Blutes.

Doch was war das?

Vicky blieb stehen. Aus einiger Entfernung leuchteten ihr die Lichter des Dorfes entgegen. Doch das Geräusch, das sie hörte, kam nicht von dort. Es kam vom Himmel! Sie legte den Kopf in den Nacken und spähte angestrengt in die Dunkelheit über sich. Ein Geräusch wie dieses hatte sie nie zuvor gehört. Nicht im sogenannten realen Leben. Und doch erkannte sie es sofort. Was sie hörte, waren Zugvögel! Ein ganzer Schwarm.

Er kam von Nordosten und zog erstaunlich schnell südwärts. Und obwohl sie kein einziges der Tiere sehen konnte, folgten ihre Augen dem Schwarm, bis er hinter den nahen Hügeln verschwunden war …

5

Landstraße nahe der B 275

Allmählich entwickle ich eine echte Abneigung gegen diese Gegend, dachte Hel, als sie auf der kurvenreichen Strecke wieder einmal den Fuß vom Gas nehmen musste. Sie befand sich etwa sechs Kilometer jenseits der B 275 in einer Gegend, in die sich bereits jetzt, um 21:30 Uhr abends, niemand mehr zu verirren schien.

Laut Leos Informationen lag das Heim, in dem Sonja Dorn untergebracht war, am Rande eines Dörfchens namens Nernheim, etwa fünfzehn Fahrminuten von hier entfernt. Aber die Strecke zog sich wie Kaugummi …

„Übrigens war Vicky laut ihren Browser- und Mobilfunkdaten vor Kurzem in Kalifornien, um sich ein Haus anzusehen", schepperte Leos Stimme aus dem Lautsprecher der Freisprecheinrichtung.

„Ein Haus?" Hel wusste, dass er dergleichen niemals erwähnen würde, wenn es nicht wirklich wichtig wäre. „Was für ein Haus?"

„Eins, das seit dreiundzwanzig Jahren leer steht", antwortete ihr Mitbewohner kryptisch. „Sie hat einen Termin mit dem zuständigen Makler gemacht und anschließend einen Direktflug nach Los Angeles gebucht. Und schon am Tag nach der Besichtigung ist sie wieder zurückgeflogen."

Reichlich viel Aufwand für eine Hausbesichtigung, dachte Hel, während ihr Blick die Navi-Anzeige suchte. Noch siebzehn Kilometer bis zur *Erlenmühle*. Mehr als genug Zeit für die ganze Geschichte!

„Erzähl mir mehr", forderte sie ihren Freund und Mitbewohner auf.

Und das ließ sich Leo nicht zweimal sagen: „Das Haus, Riversteen, steht – wie gesagt – schon seit dreiundzwanzig Jahren leer. Aber davor hatte es eine Familie aus Schweden gemietet", setzte er seinen Bericht bereitwillig fort. „Als Wochenendhaus. Vater, Mutter und zwei Kinder. Ein vierjähriger Sohn und die einjährige Tochter Antonia, genannt Tony. Ihr Wagen stürzte über die Klippen, als die Familie eines Abends wieder einmal auf dem Weg dorthin war." Leo ließ ein vielsagendes Räuspern hören. „Die Behörden vermuteten, dass Olav Lundgren, der Vater, am Steuer eingeschlafen ist und die Kontrolle über den Wagen verloren hat. Er war beruflich sehr eingespannt und hatte bis unmittelbar vor der Abfahrt gearbeitet. Aber ich habe mir Satellitenbilder des Unglücksorts angesehen – und Teile des Wracks wurden unterhalb eines Straßenabschnitts gefunden, an dem sich eine Haltebucht befindet. Du weißt schon, so ein Aussichtspunkt, wo man Rast machen und fotografieren kann."

„Worauf willst du hinaus?", fragte Hel.

„Na ja, ich dachte …" Er, der Analyst, war im Begriff, sich auf das Gebiet der Spekulation zu begeben. Etwas, das ihm offenkundig überhaupt nicht behagte. Hel hörte ihn atmen, bevor er widerstrebend fortfuhr: „Laut Aussage des Portiers, der die Familie wegfahren sah, saß auch die Nanny mit im Wagen, Irina Melchiuk. Sie stammte ursprünglich aus der Ukraine, kam aber schon als Kind nach Deutschland, wo sie auch Medizin mit Schwerpunkt Pädiatrie studierte. Allerdings brach sie ihr Studium kurz vor dem Abschluss ab, nachdem sie zweimal wegen Torsionsbrüchen im Krankenhaus behandelt werden musste."

Hel horchte auf.

„Gegen ihren damaligen Ehemann wurde eine einstweilige Verfügung wegen häuslicher Gewalt erlassen. Aber er stöberte Irina offenbar immer wieder auf. Doch dann, von einem Tag auf den anderen, verschwand sie von der Bildfläche. Und zwar so plötzlich, dass ihre Freunde den Verdacht hegten, ihr Mann habe sie getötet."

„Vielleicht hat sie auch einfach nur eine Möglichkeit gefunden, unter dem Radar zu fliegen", zitierte Hel, was sie ein paar Tage zuvor über Maik Duval gehört hatte.

„Ja", bestätigte Leo. „Das war auch mein Gedanke."

„Nehmen wir also an, Irina wäre tatsächlich vor ihrem gewalttätigen Ehemann in die Staaten geflüchtet, wo sie eine Stelle als Nanny bei Olav Lundgren annahm …" Hel runzelte die Stirn.

„Und dann?“

„Dann fuhr sie eines Tages einmal wieder mit der Familie nach Riversteen. Doch auf dem Weg ereignete sich ein tragischer Unfall.“

„Den Irina überlebte, weil sie sich zum Zeitpunkt des Unfalls außerhalb des Wagens irgendwo auf dieser Aussichtsplattform befand?“

„Wäre doch möglich, oder?“

„Verdammt!“ Vor lauter Theoretisieren hätte sie beinahe den Abzweig verpasst. Sie trat scharf auf die Bremse und setzte den Wagen zurück. „Aber wie kann ein stehender Wagen einen Unfall haben?“

„Genau“, sagte Leo anstelle einer Antwort.

Hel riss die Augen auf. „Willst du damit sagen, dass der Unfall der Familie Lundgren gar kein Unfall gewesen ist?“, fragte sie.

Doch anstelle eines simplen „Ja“ oder „Nein“ kam ihr Leo mit einer neuen Geschichte: „Die Familie Lundgren hat zum Zeitpunkt des Unfalls ebenfalls erst ein paar Monate in den USA gelebt“, erklärte er. „Zuvor hatte Olav Lundgren eine leitende Position im Unternehmen seines Schwiegervaters inne.“ Auf dem Monitor neben dem Lenkrad erschien das Foto eines weißhaarigen Mannes mit intelligenten grünen Augen. „Heinrich Mogendorf ist Deutscher und hat mit seiner Firma ein Vermögen von umgerechnet rund 1,2 Milliarden Euro erwirtschaftet.“

Hel starrte das Foto an.

„Er und seine schwedische Frau Ylva hatten drei Kinder“, drang Leos Stimme an ihr Ohr. „Der älteste Sohn, Micha, ertrank im Alter von zwölf Jahren beim Spielen mit seinem zwei Jahre jüngeren Bruder Carl im Pool.“

„Und der ist …?“

„Seit dem Unfalltod seiner Schwester Maribel Lundgren der einzige noch lebende Nachkomme von Heinrich Mogendorf und damit automatisch alleiniger Erbe eines Milliardenvermögens.“

Hel schnappte nach Luft. Wenn das kein Motiv war!

„Ich musste eine ganze Weile suchen, bevor ich ein Foto von Carl auftreiben konnte …“

Heinrich Mogendorfs Bild verschwand von ihrem Monitor. Stattdessen erschien ein anderes Gesicht.

„Der Auftraggeber!", rief Hel. „Mr. One-Time-Pad-COOHL."

„Das Foto ist nicht ganz aktuell", Leo klang zufrieden. „Aber ich denke, die Ähnlichkeit ist trotzdem unverkennbar."

„Absolut", staunte Hel. „Dann wäre … Dann ist Sonja Dorn also Irina Melchiuk. Und ihre angebliche Tochter Vicky ist …"

„Antonia Lundgren", ergänzte Leo. „Heinrich Mogendorfs Enkelin."

„Weiß sie es?"

„Glaube ich nicht", sagte er. „Ihr Browserverlauf zeigt, dass sie sich erst seit Kurzem mit diesem Thema befasst. Und ihre Suche gleicht auch eher einem Fischen im Trüben." Der Feststellung folgte eine nachdenkliche Pause. „Wenn Sonja tatsächlich dement ist, dann ist ihr vielleicht ja mal was über das Haus oder ihre Vergangenheit rausgerutscht", schlug er nach einer Weile vor. „Und irgendwann hat Vicky dann offenbar angefangen zu recherchieren."

„Wenn das alles stimmt", Hel trat aufs Gas. „Dann wird Carl alles daransetzen, Vicky so schnell wie möglich zu töten."

„Das steht zu befürchten."

Ich habe ein mieses Gefühl, dachte Hel. „Kannst du versuchen, sie zu erreichen?"

„Ihr Handy ist aus", antwortete Leo. „Aber vielleicht hat ihr Wagen GPS. Warte kurz …"

Hels Finger trommelten nervös auf dem Lenkrad herum, während sie wartete. Noch elf Kilometer. Nicht mehr weit …

„Hel?"

„Ja?"

„Wie es aussieht, ist sie bereits auf dem Rückweg."

Verdammt!

„Auf meiner Strecke?"

Ätherrauschen. Dann: „Ja. Sie kommt dir entgegen."

„Wie weit ist sie weg?"

„Zweieinhalb Kilometer", entgegnete Leo. „Aber zwischen euch liegt ein Tal."

„Ja, das habe ich schon mitbekommen.“ Hel bedachte das Schild, das ihre Scheinwerfer in diesem Augenblick erfassten, mit einem ironischen Lächeln.

Elf Prozent Gefälle.

Na dann!

6

Landstraße nahe Nernheim/Taunus

Der Wald stand links und rechts der Fahrbahn wie eine Mauer aus Laub, und obwohl sie die Strecke schon so viele Male gefahren war, nahm Vicky gewissenhaft den Fuß vom Gas, bevor sie die nächste Kurve in Angriff nahm.

Als es um die Unterbringung gegangen war, hatten ihre Mutter und sie sich verschiedene Einrichtungen angesehen. Auch solche, die deutlich näher bei Frankfurt lagen. Aber Vicky hatte von Beginn an den Eindruck gehabt, dass ihre Mutter die Erlenmühle favorisierte. Vielleicht, weil es dort so still war. Also hatte sie sich nach einem Platz erkundigt.

„Sie haben Glück“, hatte die freundliche junge Frau im Verwaltungsbüro gesagt. „Es ist gerade gestern etwas frei geworden.“

Vicky lenkte den Wagen um die Kurve und gab anschließend sofort wieder Gas. Die Anfahrt war lästig, aber sie wollte trotz allem, dass ihre Mutter sich wohl fühlte. Es war ohnehin nur eine Frage der Zeit, bis Lorna nach Berlin ging. Und dann würde die Nähe zu Frankfurt sowieso keine Rolle mehr spielen.

Das Licht ihrer Scheinwerfer streifte immer neue Baumstämme und die Stimme des Radiomoderators knirschte und flatterte aus den Lautsprechern. Aber gleich, auf der langen Geraden, würde es wieder besser werden. Vickys Hände schlossen sich um das lederne Lenkrad und kaum dass die Bäume zurückwichen, trat sie das Gaspedal durch. Anderthalb Kilometer ganz ohne Kurven – das musste man ausnutzen. Zumal am Ende dieses

Streckenabschnitts die absolute Horrorstelle folgte: das Köllerbachtal.

Vicky schüttelte sich. Allein der Name bereitete ihr nach wie vor Unbehagen, obwohl sie an und für sich eine begeisterte Autofahrerin war. Doch die steilen Kurven und die tiefen Abgründe jenseits der verbeulten Leitplanken erfüllten sie jedes Mal mit blankem Stress.

Wenn du die Serpentinen hinter dir hast, sind es nur noch elf lächerliche Kilometer bis zur B 275, tröstete sie sich. Und auf einmal fiel ihr auch auf, dass sie Hunger hatte. Sie beugte sich zum Handschuhfach hinüber und tastete den Hohlraum nach einem Müsliriegel oder wenigstens einem Bonbon ab. Doch leider wurde sie nicht fündig.

Was soll's!, dachte sie. In einer halben Stunde bin ich zu Hause. Und dann schiebe ich mir ein Baguette in die Mikrowelle.

Als sie sich wieder aufrichtete, bemerkte sie die Scheinwerfer. Zwei kühle blaue Lichtkleckse am äußersten Rand ihres Rückspiegels, nichts weiter. Trotzdem gab sie augenblicklich Gas. Der Tacho zeigte hundertzwanzig Stundenkilometer. Verdammt schnell für eine Landstraße.

Die Scheinwerfer verschwanden aus dem Rückspiegel.

Vicky linste in den Außenspiegel, wo sie nach wie vor zu sehen waren. Und das Ende der Gerade war bereits in Sicht.

Für einen flüchtigen Augenblick erwog sie, rechts ran zu fahren. In irgendeinen Feldweg einzubiegen. Zu verschwinden. Aber die Landschaft war so finster, dass sie eine entsprechende Möglichkeit auf keinen Fall rechtzeitig erkennen konnte.

Hör auf, dich wie eine Idiotin zu verhalten!, schalt sie sich. Du sitzt in einem Auto, einem geschützten Raum. Dein Tank ist randvoll. Du hast ein Handy. Was, um Himmels willen, sollte dir passieren?

Ihre Augen suchten den Tacho. Noch immer fünfundachtzig Kilometer pro Stunde. Viel zu schnell für die Kurve, die vor ihr lag. Sie trat scharf auf die Bremse und spürte, wie der Wagen nach rechts auszubrechen drohte. Doch es gelang ihr, die Spur zu halten. Nur das rechte Vorderrad geriet kurzzeitig auf den

Schotter. Das Knirschen jagte ihr eine Welle von Angst durch die Adern. Und wie aus dem Nichts tauchte ein Bild vor ihr auf: Eine sternenklare Nacht. Feuerzungen, die sich knisternd und fauchend in den glasklaren Himmel erheben. Und eine Hand, die sich fest auf ihren Mund presst …

Der Drache!

Sie stieß einen unterdrückten Schrei aus, während sich direkt vor ihr der Abgrund des Köllerbachtals auftat. Der Wagen geriet weit auf die Gegenfahrbahn, als sie das Steuer herumriss. Bremsen quietschten.

Sei still! Er darf uns nicht finden!

Ihre Augen suchten das schwarze Viereck des Rückspiegels. Doch es war finster. Gottlob!

Die nächste Kurve … Tempo drosseln. Ihr Herz pochte in ihrem Brustkorb und ihre Bluse klebte schweißnass an ihrem Rücken. Wenn ihr jetzt jemand entgegenkäme …

Eine plötzliche Helligkeit im Glas ihres Rückspiegels riss ihre Gedanken in Fetzen, und noch bevor sie realisiert hatte, was sie sah, krachte Blech auf Blech. Der Ruck warf sie weit nach vorn. Sie fühlte den Gurt, der sich über ihrer Brust straffte. Die Wucht nahm ihr den Atem und der Wagen geriet ins Schlingern, aber irgendwie schaffte sie es, gegenzuhalten.

Das ist kein Zufall!, durchfuhr es sie, während ihr rechter Kotflügel der verbeulten Leitplanke gefährlich nahe kam. Dieser Idiot hat mich mit voller Absicht gerammt!

Er will, dass ich abstürze.

Er will mich umbringen …

Die Scheinwerfer hinter ihr waren zwischenzeitlich etwas zurückgefallen. Aber nur, um einen neuen Anlauf zu nehmen. Sie hörte das Röhren des Motors, als der Fahrer Gas gab.

Wie weit bis zur nächsten Kurve?

Ihre Finger krallten sich in das Lenkrad. Seine Scheinwerfer blitzten ihr aus dem Außenspiegel entgegen. Dann krachte sein SUV erneut mit voller Wucht gegen ihre Seitentür.

Sieh auf die Straße!

Rechts von ihr gähnte der Abgrund. Dann ein Licht. Noch heller als das in ihrem Außenspiegel. Es kam um die Kurve und hielt direkt auf sie zu …

7

Köllerbachtal nahe Nernheim/Taunus

Trotz des grellen Gegenlichts erfasste Hel die Situation sofort: Vicky Dorns Ford auf der Talseite. Neben ihr der Abgrund. Und auf der anderen Seite ein SUV, der alles versuchte, um sie von der Straße zu drängen. In den Abgrund.

Hel sah die Funken, als Blech auf Blech krachte.

„Sie müsste jetzt direkt vor dir sein", meldete Leo.

Was du nicht sagst, dachte Hel und hielt ohne Zögern auf den SUV zu. Wie bei diesem Feiglingsspiel, das sie als Teil ihrer Ausbildung modelliert hatten. Brinkmanship. Die Bereitschaft, bis zum Äußersten zu gehen. Ausweichen, das wusste sie noch, hatte einen Wert von zwei Punkten …

Der SUV ruckte, als er versuchte, in den Schatten des Ford zu tauchen.

Vergessen Sie niemals, was dieser Beruf in letzter Konsequenz für Sie bedeuten kann …

Der Ford schrammte die Leitplanke. Hel hörte Metall kreischen. Dann knallte sie ungebremst in den SUV. Die Scherben der Frontscheibe platzen wie Eiskristalle und hagelten auf sie nieder, während sie mit letzter Kraft das Steuer wieder nach rechts riss. Ihr Discovery ratschte an Felsen entlang, schlingerte und stand.

„Hel?"

Sie blinzelte durch das Blut auf ihrer Stirn zu dem befremdlich heilen Monitor neben dem Cockpit.

„Hel? Alles okay?"

Nein, dachte sie. Aber ich lebe …

„Schick Rettungskräfte", keuchte sie, während ihr aus dem Tal der Widerschein eines brennenden Fahrzeugs entgegenleuchtete. Dann kämpfte sie sich aus dem völlig verbeulten Fahrzeug ins Freie. Von der Kurve kam ihr Vicky Dorn entgegen. Sie schien unverletzt.

„Er hat versucht, mich zu töten", flüsterte sie, als sie einander erschöpft vor Schreck und Angst in die Arme sanken.

„Ich weiß", sagte Hel.

Dann standen sie still, Seite an Seite über dem Abgrund, und blickten mit dumpfer Genugtuung auf das brennende Wrack hinunter, das zwischen den hohen Stämmen verglühte.

8

Kinderonkologisches Zentrum im CIO Bonn

Die Schnitte brannten unter dem Make-up, aber zum Glück deckte das Clownweiß die meisten ihrer Verletzungen zuverlässig ab. „… und Emika reichte Elay sein Schwert und sagte", Hel verstellte die Stimme, „Elay Crane, jetzt, da du die Yakutts besiegt hast, bitten wir dich ganz offiziell, uns auch im Kampf gegen die Padanas zur Seite zu stehen."

„Was bedeutet das, offiziell?", fragte Finn, dessen Wangen knallrot waren vor Aufregung und Müdigkeit.

Hel lächelte. Yakutts und Padanas nahm er klaglos hin. Aber ausgerechnet mit dem Wort „offiziell" brachte er sie ins Schleudern …

„Offiziell?" Ihre Augen wanderten zur Decke, während sie nachdachte. „Das bedeutet so viel wie amtlich."

„Aha", sagte Finn, doch seine Augen blickten nach wie vor fragend.

„Wenn etwas offiziell ist, dann darf es jeder wissen", startete Hel einen neuen Erklärungsversuch.

„Du meinst, dann ist es nicht länger ein Geheimnis?"

„Ja, genau."
„Und was hat Elay geantwortet?"
„Netter Versuch", sagte Hel und stand auf. „Aber das erzähle ich dir dann beim nächsten Mal."
„Das ist nicht fair", maulte Finn.
„Du machst deinen Job und ich meinen", entgegnete Hel und ihre Strenge entlockte selbst Finns zutiefst besorgter Mutter ein Lächeln.
„Was ist mein Job?", wollte ihr Sohn indessen wissen.
„Gesund werden."
„Und deiner?"
Hel zuckte die Achseln. „Geschichten erzählen und Leute beschützen."
„Kommst du wieder?"
„Klar."
„Wann?
„Finn!" Anna Richter erhob sich von ihrem Stuhl in der Ecke und warf ihrem Sohn einen mahnenden Blick zu.
„Bald", sagte Hel und nahm Mister Pebbles vom Nachtschrank.
„Ich habe gut auf ihn aufgepasst", murmelte Finn, schon halb eingeschlafen.
„Das sehe ich", sagte Hel und ließ die rosa Raupe in der Tasche ihrer viel zu großen Clownhose verschwinden.
„Ich verstehe nicht, wo Sie das immer alles hernehmen", flüsterte Anne Richter, die sie zur Tür begleitete.
„Ich glaube, diese Geschichten sind meine Art, mit der Realität fertigzuwerden", bekannte Hel freimütig.
„Ist es sehr schlimm?", fragte Anne Richter und deutete zaghaft auf ihr Gesicht.
Hel versuchte ein Augenzwinkern, aber sie hatte das Gefühl, dass der Versuch gründlich in die Hose ging. „Ich kriege Schmerztabletten."
Dann ging sie den langen, sterilen Krankenhausgang hinunter, winkte hier einer Schwester, warf dort einen flüchtigen Blick in ein Krankenzimmer und drückte schließlich auf den Knopf für den Aufzug.

„Schickes Outfit", kommentierte eine Stimme neben ihr.

Hel drehte sich um. Erin Weisz hatte sie noch in der Nacht angerufen und sich freundlich, aber distanziert nach ihrem Befinden erkundigt. Während des Telefonats war ein Arzt erschienen und hatte verkündet, die Wunde an ihrer Stirn nähen zu müssen, woraufhin Hel das Gespräch notgedrungen beendet hatte. Am nächsten Morgen hatte ein Fahrer Leo und sie zurück nach Bonn gebracht und Robert Beck hatte ihr einen Zettel mit dem Nachholtermin für das Sonderwaffentraining überreicht.

„Den Rest des Tages nehmen Sie frei", hatte er im Weggehen geknurrt.

Und Hel hatte die Gelegenheit genutzt und war in die Klinik gefahren, um ihr Versprechen einzulösen, denn sie wusste, dass Finn schon morgen früh ein weiteres Mal operiert werden würde.

Das Einzige, womit sie nicht gerechnet hatte, war Erin …

Eine Geschichte ist erst dann zu Ende gedacht, wenn sie ihre schlimmstmögliche Wendung genommen hat, dachte sie mit einem sarkastischen Lächeln, dass sie sich angesichts ihrer brennenden Wunden allerdings gleich wieder verkniff.

„Tut das nicht weh mit dem Make-up?" Die Direktorin deutete auf die frische Naht an ihrer Stirn.

„Erst beim Abschminken", gab Hel achselzuckend zurück.

Erin Weisz lächelte. „Ich will Sie auch gar nicht lange aufhalten. Aber ich habe hier etwas, das ich Ihnen persönlich vorbeibringen wollte", sagte sie und wedelte mit dem Autoschlüssel in ihrer Hand.

„Was ist das?"

„Der Schlüssel zu Ihrem neuen Discovery."

Hel starrte sie an. „Ich habe vorhin schon bei der Versicherung angerufen."

„So geht es schneller", entgegnete die Direktorin achselzuckend. Und setzte hinzu: „Gute Arbeit!"

Das unerwartete Lob erfüllte Hel mit einer Mischung aus Stolz und Misstrauen, während vor ihnen die Aufzugtüren auseinanderglitten.

„Das Labor hat heute Morgen übrigens die endgültige Bestätigung geschickt, dass Carl Mogendorf in den Trümmern des Wagens umgekommen ist."

Hel nickte.

„Wie geht es Ihnen damit?"

„Womit?"

„Den Tod eines Menschen verursacht zu haben."

Hel trat in den Lift. „Ich versuche mich darauf zu konzentrieren, dass ich das Leben eines anderen Menschen gerettet habe."

Die stahlgrauen Augen nahmen einen prüfenden Ausdruck an. „Gut", sagte sie.

„Fahren Sie nicht mit nach unten?", fragte Hel, als die Direktorin keine Anstalten machte, ihr in den Aufzug zu folgen.

„Ich habe noch etwas zu erledigen", antwortete Erin ausweichend, aber sie stellte den Fuß in die Tür.

Worauf wartet sie?, überlegte Hel. Doch dann fiel ihr ein, dass sie noch immer Erins Smartphone und die ID-Card der PSI hatte. Sie griff eilig in ihre Handtasche und zog beides heraus.

Doch Erin quittierte ihre Bemühungen mit einem nachsichtigen Kopfschütteln. „Ich habe vor einer halben Stunde mit Robert Beck gesprochen", sagte sie. „Wir haben uns darauf geeinigt, dass Sie Ihr Studium fortsetzen, während Sie parallel zu Ihrer Ausbildung bereits für unsere Behörde tätig sind."

Hel hatte das Gefühl, dass der Boden unter ihr wegsackte. Doch der Aufzug bewegte sich keinen Millimeter.

„Und ja ..." Die Direktorin nahm den Fuß aus der Tür. „Das ist ein offizielles Jobangebot. Offiziell bedeutet amtlich." Sie zwinkerte. „Sie hören von mir."

Bevor Hel auch nur Luft holen konnte, war Erins elegante Gestalt hinter den Aufzugtüren verschwunden und der Lift trug sie nach unten.

„Guck mal, Mami, ein Clown!", krähte das kleine Mädchen mit der pinkfarbenen Regenjacke, dessen Vater sich am Empfang nach einer Zimmernummer erkundigte.

Doch das nahm Hel nur ganz am Rande wahr. Wie in Trance tappte sie hinaus auf den Parkplatz, wo sie auf Erins Autoschlüssel drückte und zwei Reihen rechts von sich die Lichter eines rabenschwarzen Discovery aufblinken sah. Es war exakt das gleiche Modell wie ihr alter – nur in nagelneu – ein Umstand, den Hel irgendwie gruselig fand.

Nach dem Einsteigen öffnete sie als Erstes das Handschuhfach, und fast erwartete sie, dort ihr uraltes, abgegriffenes Straßenkartenset vorzufinden. Doch zu ihrer Erleichterung war das Fach bis auf ein ziemlich jungfräuliches Serviceheft leer.

Sie saß ganz still und atmete den Duft der nagelneuen Polster, während die Eindrücke der vergangenen Tage über sie hereinbrachen wie ein Rudel hungriger Raubtiere. *Warum lassen Sie sich von Erin Weisz direkt an die Front schicken?*, beschwerte sich Robert Beck. *Sie haben diesen Job angenommen, weil Sie ihn wollten,* konterte Erin. *Sie hat dich belogen,* widersprach Leo. *Sie hat diesen Test niemals gemacht.*

Hel griff sich an die Stirn. Als sie die Hand zurückzog, hatte sie Schminke an den Fingern. Ihre Narbe brannte wie Feuer. Und mit einem Mal sah sie auch wieder Vicky Dorn vor sich. Oder besser: Antonia Lundgren. Die rotblonde junge Frau mit der dementen Mutter, die eines schönen Tages angefangen hatte, Fragen zu stellen. Fragen nach ihrer Vergangenheit …

Ihr Wagen stürzte über die Klippen, flüsterte Leo. *Ihre Eltern sind kurz nach Ihrer Geburt bei einem Autounfall ums Leben gekommen?*, fragte Erin. Hel kniff die Augen zusammen, bis die feinen Schnittwunden an ihren Wangen spannten. *Wie kann ein stehendes Auto einen Unfall haben?* Sie schluckte. *Und Sie sind bei Ihrer Großmutter an der Nordsee aufgewachsen?* Der Schlüssel klimperte, als sie ihn blind, wie sie war, ins Zündschloss schob. *Mochten Sie das Inselleben?*

Hel riss die Augen wieder auf und blickte sich nach dem Klinikgebäude um. Es sah aus wie immer, aber trotzdem hatte sie das Gefühl, als ob sich von irgendwoher ein Blick auf sie richtete.

Ich habe noch etwas zu erledigen …

Sie tastete nach dem Gurt und ließ den Wagen an. Doch die Rückfahrt zum Wohnheim verlief ohne Zwischenfälle.

Leo war irgendwo auf dem Gelände unterwegs, was Hel unter

den gegebenen Umständen nur recht war. Sie nahm ihr Smartphone – ihr privates, nicht das von Erin – und ging ins Bad, wo sie die Tür hinter sich zuzog und sich neben der Dusche auf den Boden kauerte.

Das Telefon klingelte genau viermal. Dann nahm Charlotte Steen den Anruf entgegen.

„Ist was passiert?", war das Erste, was sie sagte.

Zwei Tage später …

9

Landsitz Vintergaarden, Südschweden

Mascha hat ihn so gesetzt, dass er die Tür sehen kann. Er soll keine Sekunde länger als nötig auf seine Familie verzichten. Doch als sich die Klinke senkt, wäre es ihm fast lieber, ihm bliebe noch dieser kurze Aufschub, den seine Besucher brauchen, bis sie an seinem Bett stehen.

„Herr Mogendorf?" Mascha strahlt. Sie strahlt und sie wartet exakt so lange, wie es dauern würde, bis er „Ja bitte?" gesagt hätte. „Ihre Enkeltochter ist da."

Ihre Enkeltochter … Das Wort fühlt sich fremd an. Stachlig beinahe.

Früher, denkt er, hat mir Familie etwas bedeutet. Aber heute überwiegt das Misstrauen. Misstrauen und Angst.

Dabei hatte ich nie Angst, denkt er trotzig.

Dann kann er ihre Schritte hören. Junge Schritte. Sie zögern.

Gewiss hat man sie vorbereitet auf seinen Anblick. Ihr gesagt, was sie darf und was sie besser lassen soll. Die übliche Gebrauchsanweisung für einen todkranken Menschen.

Doch im selben Moment, in dem sie durch die Tür tritt, weiß er, dass sie keine Gebrauchsanweisungen brauchen werden.

Sie nicht.

Und er auch nicht.

„Hallo, Großvater“, sagt sie und ihre Stimme klingt genau wie die ihrer Mutter. „Ich bin Antonia ...“

10

Nordseebad Borkum, Hafen

Als das Heck der Fähre erstaunlich sanft gegen den Anleger von Borkum Reede stieß, regnete es in Strömen. Ein Schwall von Urlaubern quoll die breite Gangway hinunter – dunkel gekleidete Gestalten mit Mützen und Windjacken, Rentner zumeist, aber auch ein paar ausgelaugte Geschäftsleute, die in der rauen Seeluft Ruhe und Erholung suchten. Die wenigen Kraftfahrzeuge, die parallel zu den Touristenströmen aus dem Rumpf der Autofähre rumpelten, hatten die Scheinwerfer eingeschaltet und Gepäckstücke im Fond. Die Kennzeichen stammten zumeist aus den Niederlanden, Belgien und der Schweiz. Und natürlich aus Deutschland.

Unter ihnen befand sich ein silberner Skoda Oktavia, Baujahr 2016, mit Nürnberger Kennzeichen. Der Wagen war gestohlen, aber das würde frühestens in zwei Tagen bemerkt werden, und die Gestalt am Steuer achtete sorgfältig darauf, nicht ins Blickfeld der Kameras zu geraten, als sie dem Wink des gelangweilten Reedereimitarbeiters Richtung Ausfahrt folgte.

Zum Glück fanden selbst die hartgesottensten Selbstdarsteller das Wetter zu schlecht für Selfies.

Wo der Zubringer die Gleise kreuzte, verlangsamte der Skoda kurzzeitig das Tempo, um ein gestresstes Ehepaar über die Straße zu lassen, das im strömenden Regen zu einem der wenigen Taxis rannte. Dann folgte er den Rücklichtern eines Lkw auf den langen, schnurgeraden Zubringer, der den Hafen mit dem Ort verband.

In der anbrechenden Dämmerung verschwammen die Konturen des Wattenmeers fast vollständig mit den tief hängenden Wolken. Nur ganz in der Ferne konnte man dort, wo der Himmel auf Land traf, das Glimmen des Kurorts erahnen.

Auf der Plane des Lkw waren allerlei Lebensmittel abgebildet: marktfrisches Gemüse, Vollkornbrot, Salat. Darunter stand: WIR LIEBEN GESUND!

Auto um Auto überholte den Lkw, doch der Skoda hielt sich ganz bewusst in dessen Windschatten. Zwar gab es kaum entgegenkommende Fahrzeuge. Doch die Gestalt hinter dem Lenkrad ging kein Risiko ein.

Kurz vor der Ortsgrenze – die Rücklichter der anderen Fahrzeuge waren längst in der Dunkelheit verschwunden – verließ der Wagen den Zubringer und steuerte den spärlich beleuchteten Parkplatz neben einem Wertstoffcontainer an.

Eine nahe Straßenlaterne goss ihr milchiges Licht über den nassen Asphalt. Hier und da schimmerten Glasscherben. Vom Meer wehte ein frischer Wind herüber und bereits nach kurzer Zeit waren die Scheiben des Skoda von innen beschlagen.

Die Uhr neben dem Tacho zeigte 18:16 Uhr.

Mehr als genug Zeit zum Ausruhen.

Nordseebad Borkum, Pension *Dünensand*

Der Wecker auf dem Nachtisch zeigte 02:17 Uhr, als Charlotte Steen in ihrem Schlafzimmer im ersten Stock die Augen aufschlug. Sie wusste sofort, dass sie nicht von allein erwacht war, und trotz des anstrengenden Tages, der hinter ihr lag, fühlte sie sich augenblicklich hellwach, um nicht zu sagen: alarmiert. Etwas stimmte nicht.

Charlotte Steen lag vollkommen ruhig, während ihre Ohren die Stille des Insulanerhauses nach Unregelmäßigkeiten absuchten. Aber sie wurden nicht fündig. Alles schien völlig normal.

Bis auf dieses Pochen in ihrem Inneren.

Bis auf dieses Gefühl …

Charlotte Steen rollte zum Bettrand und schlüpfte in ihre Hausschuhe, die wie immer in einem exakten rechten Winkel auf dem blitzsauberen Parkett standen. Der knotige Filz fühlte sich unangenehm kühl an und Charlotte ertappte sich bei dem Gedanken, dass das Alter eines Menschen vielleicht doch eine Rolle spielte. Zumindest ab einem gewissen Zeitpunkt. Sie hatte nie gefroren und doch waren ihre Strickjacken in den letzten Jahren immer dicker und kuscheliger geworden. Und wenn sie frühmorgens in der Küche stand, um das Frühstück für ihre Gäste vorzubereiten, dann kam es vor, dass sie die Handflächen über den Topf mit den Eiern hielt.

Sie lauschte abermals in die Stille, bevor sie leise und unauffällig unter den Bettrahmen griff und die Beretta M9 herauszog. Sie besaß diese Waffe nun seit dreißig Jahren. Und seit neununddreißig Jahren war sie zu jeder Tages- und Nachtzeit geladen. Einmal pro Woche nahm Charlotte die Pistole auseinander und vergewisserte sich, dass sie nach wie vor funktionstüchtig war.

Sie hatte immer gewusst, dass der Tag kommen würde, an dem sie die Waffe nicht nur aus blanker Routine aus ihrem Versteck nahm. Und doch war sie überrascht, dass er sie ausgerechnet jetzt ereilte. Etwas, das sie ärgerte. Sie hasste es, überrascht zu werden. Hatte es immer gehasst.

Aber vielleicht hatte sie sich ja auch getäuscht?

Diese Insel machte die seltsamsten Geräusche, daran immerhin hatte sie sich in den letzten siebenunddreißig Jahren gewöhnt. Da war der ewige Wind, der gnadenlos mit allem spielte, was nicht niet- und nagelfest verzurrt war. Das Knacken der alten Dachbalken. Das Rascheln von Reed. Schiffshörner, die der Wind weit übers Meer trug, bis herüber zu diesem kargen Haufen Sand, auf dem sie nun seit beinahe vier Jahrzehnten zu Hause war und mit dem sie doch nie ein Gefühl von Heimat verbunden hatte.

Eines Tages, dachte Charlotte, werde ich in diesem Sand begraben liegen. Und der Gedanke kam ihr fast wie eine Niederlage vor.

Am Nachmittag war der erste größere Herbststurm des Jahres über die Insel gefegt und hatte aller Wahrscheinlichkeit nach neue Löcher in die geschundenen Sandbänke gerissen. Doch inzwischen hatte sich das Wetter wieder beruhigt. Durch das Fenster konnte Charlotte die Sterne sehen.

So leise sie konnte, öffnete sie die Tür zum Treppenabsatz. Der vordere Teil des Hauses, den die Gäste bewohnten, verfügte über einen eigenen Eingang. Aber im Augenblick waren ohnehin nur zwei pensionierte Lehrerinnen da. Die eine war halb blind und die andere hatte vor Kurzem eine neue Hüfte bekommen, doch das hielt die beiden nicht davon ab, tagaus, tagein quer über die Insel zu stolpern und dabei immer entspannter und zäher zu werden … Charlotte schüttelte verständnislos den Kopf. Dass irgendjemand freiwillig an diesen windgepeitschten Ort kam, war ihr ein Buch mit sieben Siegeln! Sie blieb einen Augenblick stehen, die arthritischen Finger fest um den Griff ihrer Beretta geschlossen. Dann stieg sie langsam, Stufe um Stufe, die Treppe hinunter.

Die Tür zur Küche war geschlossen, die zum Frühstücksraum stand eine Handbreit auf. Charlotte registrierte das Aroma von erkaltetem Kaffee und Erdbeermarmelade. Die aßen die Gäste nach wie vor am liebsten. Selbst wenn sie gelegentlich pflichtschuldig auch nach Sanddorn griffen ... Helena hasst Sanddornmarmelade, dachte Charlotte und drehte sich um.

Als sie den Schatten hinter der Tür bemerkte, war es bereits zu spät.

Die Beretta schlitterte über die alten Dielen. Ein Licht blitzte auf. Und über das raue Meer dröhnte ein Schiffshorn herüber. Dann senkte sich eine tiefe, trügerische Ruhe über das alte Insulanerhaus ...

Fortsetzung folgt ...